患难余生

邹家华

邹韬奋在抗战中

黄国荣◎著

中国作家协会重点扶植作品

图书在版编目（CIP）数据

患难之生：邹韬奋在抗战中 / 黄国荣著. —北京：
生活 · 读书 · 新知三联书店，2020.11
ISBN 978 – 7 – 108 – 06880 – 4

Ⅰ. ①患…　Ⅱ. ①黄…　Ⅲ. ①纪实小说 – 中国 – 当代
Ⅳ. ① I247.5

中国版本图书馆 CIP 数据核字（2020）第 173762 号

责任编辑　张　璞
装帧设计　刘　洋
责任校对　常高峰
责任印制　宋　家
出版发行　生活·讀書·新知 三联书店
（北京市东城区美术馆东街 22 号 100010）
网　　址　www.sdxjpc.com
经　　销　新华书店
印　　刷　河北鹏润印刷有限公司
版　　次　2020 年 11 月北京第 1 版
2020 年 11 月北京第 1 次印刷
开　　本　880 毫米 × 1230 毫米　1/32　印张 14.5
字　　数　332 千字
定　　价　78.00 元
（印装查询：01064002715；邮购查询：01084010542）

青年韬奋先生

韬奋先生与家人

韬奋先生与夫人沈粹缜

韬奋先生全家合影

《大众生活》刊

中年韬奋先生

“七君子”

民國十四年創始

編行者 生活週刊社

生活

每逢星期六發行

中華民國十六年三月二十七日出版

第二卷 第二十一期

本刊與民衆

編者

本刊創辦的重要說明

什麽是民衆？這裏沒有一定的界說，我

本期目次

《生活》周刊

《生活星期刊》

生活周刊社办公地

店
生活書店
生活書店重慶分店
願竭誠爲讀者出版 代辦 推薦良好的讀物
代辦全國圖書刊物省費妥捷便利
發行參攷書籍雜誌內容豐富精確

生活书店外景

“韬”是韬光养晦的韬，“奋”是奋斗不懈的奋。一面韬光养晦，一面奋斗不懈。

为着做了编辑，曾经亡命过；为着做了编辑，曾经坐过牢；为着做了编辑，始终不外是个穷光蛋，被靠我过活的家族埋怨得要命。但是我至今“乐此不疲”，自愿“老死此乡”。

——韬奋

目　录

第一章　被　捕 1

第二章　拘　禁 37

第三章　保　释 77

第四章　移　提 118

第五章　候　审 160

第六章　开　庭 200

第七章　释　放 239

第八章　流　亡 275

第九章　抉　择 322

第十章　新　生 386

尾　声 446

跋：我们缺什么？ 450

第一章　被　捕

1

俞鸿钧第三次抬手腕看了手表，起身离开座椅，绕过宽大的办公桌，来到衣帽架前取下大衣披到身上，习惯地摸了一下领口的领结和衣领，扣上西服扣子，从口袋里掏出小梳子，梳了他本来就一丝不乱的背头。这似乎是他已经养成的习惯，做这些有序的动作时，看不出他是一种什么样的心情。也许在官场里混的年头多了，也许中华民国上海市政府秘书长这个角色，让他在与各类人物的交往周旋中经受了多种磨炼，遇事少见他惊乍，总显露着一副公事公办、习以为常、不卑不亢又不失风度的神态。

两个小时之前，俞鸿钧的秘书接到日本国驻上海领事馆电话，说日本领事寺崎要来见俞秘书长。没说拜见，更没说求见，仅仅孤单单一个“见”字，足见此时的日本领事，已不同于美、英、法等国外交人员，他已经表露出不可一世的神气，自认日本可以主宰世界。俞鸿钧感觉日本人在中国人面前，特别在上海人面前表现这种身价，是从“一・二八事变”后开始的。

“九一八事变”后的1932年年初，日寇的野心如经数年艰难深伏完成地下扎根后冒出地面的春笋，突然迅速疯长。东三省已无法满足他们的胃口，日军秉承政府意旨，在上海不断寻衅滋事、挑起事端，导致“一·二八事变”爆发。蔡廷锴、蒋光鼐率第19路军，在张治中的第5军援助下，并肩抗击日寇，殊死抵抗反击。至3月3日，英、美、法等国为保护自身在中国的利益主动出面“调停”，日本自忖尚未做好大举进攻占领上海的准备，借机就坡下驴宣布停战。谈判两月有余，国民政府认为当时中国军阀割据、内乱不已、军令政令不统一、财政极端寒酸，无力与日本全面开战，也以事变期间红军发动赣州战役等为由，正式确立“攘外必先安内”的政策。5月5日，国民政府与日本签订了《淞沪停战协定》，名义上日本军队撤退到公共租界，恢复“一·二八事变”之前的状态；实际上是中国丧权辱国，主动取缔一切抗日活动，第19路军留驻停战线之外，划上海为非武装区；而且中国不得在上海至苏州、昆山一带驻军，只在名义上保留行政权和警察权。此后不久，第19路军被调往福建“剿共”，对日本来说，上海成为名副其实的非武装区。

在官场做官的人用不着谁教，端谁的碗为谁做事，为谁做事跟谁说一样的话，这是老百姓都知道的最简单不过的“做官经”，何况俞鸿钧这样工于心计的官场老手。他既要想到上海是国际大都市，是中国的一方政府，又清楚日本人现在的心态与脾气。俞鸿钧明白“君子重义，小人重礼”，他不能在礼节这种无关大局的事上让日本人不高兴，所以他提前十分钟走出办公室，乘电梯到市府大厦的一层大门内，恭候寺崎的到来。

俞鸿钧乘电梯下两层到了一层，秘书陪同他立于前门内迎候。市政府大楼一共四层，外形仿中国古典式宫廷建筑，内部却是欧式装修。

这个大楼的建造不同一般，它是1929年7月，根据中华民国上海特别市政府第123次会议决定修建的，这次会议通过了“大上海计划”，划定上海市区东北方向的翔股路以北、闸股路以南、淞沪路以东的土地约7000亩作为新上海市中心区域。其中，市府大厦是悬赏公开征集的设计方案，到1933年10月10日正式落成。占地8900多平方米，十字形穿堂，前后东西四个门，宽大扶梯两处和电梯两座，一楼设传达室、保险库、会客室、食堂和厨房；二楼为大礼堂、图书室、会议室；三楼中部为市长和高级职员办公室，两侧为各科室办公室；四楼为公役休息处、储藏室、档案室和电话总机房。各室装有防暑扇和御寒的热水管，夏凉冬暖，冬天室内温度能保持22摄氏度。

虽然日本人在中国对待中国人到了蛮横无理的地步，但时间观念依然很强，寺崎准时到达。俞鸿钧和秘书步出前门到车旁迎接。

俞鸿钧与寺崎握手时自然要察看寺崎的神色，不管是寺崎故意装样嚣张，还是他这次来面谈的事情必须拿出这种神气，俞鸿钧发现寺崎心里有股火憋不住直往外冒。

寺崎今天确实很窝火。清晨，他从寓所赶到领事馆，进门就被总领事若杉叫去办公室。寺崎进去时，武官佐藤三郎已经恭敬地站立在若杉一边，一看若杉的脸色，寺崎知道不妙，但不知哪里又惹他生了气。

没等寺崎的脑子里转出子丑寅卯，若杉将桌子上的几本《生活星期刊》拿起，狠狠地重新摔到写字台上。他愤怒地吼叫：“这些《生活星期刊》你们都看过没有？！这是无视天皇！蔑视大日本帝国！这些都是共产党、救国会在幕后策动抗日！你们就一点儿都没有看出来吗？在一个月之内，中国人接二连三做出这些事，是对大日本帝国的蔑视！我们在这儿做什么呢？我们的军队在这儿做什么呢？……”

劈头盖脸，训得寺崎和佐藤三郎除了点头外不敢抬头。

若杉伸出手指直接指着寺崎说：“你立即去见上海市市长，让他坚决遏制救国会行动……让他们告诉蒋介石，倘使遏制不了救国会行动，再要惹起这类事件，发生不测，别怪我们没打招呼！”

寺崎、佐藤三郎点头称是。

寺崎回到自己办公室，一分钟都没拖延，先翻看了那几本《生活星期刊》。看了刊物他才明白若杉为何要这么生气、发这么大火，别说若杉，他看了心里那火也一股一股往外冒。这一个月内发生的鲁迅逝世、杨树浦丰田纱厂罢工、纪念孙中山诞辰 70 周年、日军在绥远进攻受阻这四件事他都知道，为遏制这种不良事态的蔓延，他们已经给上海市政府发了 531 号电，并让上海市政府转达中国政府，制止这些反日行为。没想到的是，这个救国会竟会有这么大的能量，在这短短的一个月里他们搞了这么多名堂，以至于影响到了全中国！尤其是那个邹韬奋，他主编的这个《生活星期刊》在全国简直是呼风唤雨啊！反思自己真是失职！寺崎当即让属下打电话约见俞鸿钧。

2

1936 年 10 月中旬一过，寺崎就感觉有一股不祥的阴云在中国大地上空浮荡，他仿佛听到了中国这头睡狮有了一点声息，像是要醒来。那声息虽然病恹恹的没多少精气神，还没有显示出多少要醒来的征兆，却像是有翻身的可能，倘若真要是翻身，便随时有醒来的可能。现实的上海让他真实地感受到，中国人并不是都愿意当汉奸，也不是都愿意当亡国奴，更不是所有人都挺不直脊梁，有一些中国人的脊梁还很直很硬的。比如鲁迅，尽管他非常清楚，他随时都会遭到暗杀，但他根本没把这当回事，也没把自己这颗脑袋看得有多么重要，他没有一天停止痛骂日本人。鲁迅这个中国人叫寺崎很难理解，他在日本待了这么久，有着许多日本朋友，怎么突然会对日本如此仇恨。

1936年10月19日上午，这个被中国人称为“文化旗手”“不屈的战士”的人，倒下了，他死了！不只是寺崎，在中国知道鲁迅这个名字的许多日本人，都解了气，他终于死了！寺崎真想对老天喊一声谢谢。这个鲁迅让他费了太多的心血，伤了太多的脑筋，他们一直有专门的人盯着鲁迅，几次逼上海市政府悄悄地把这个留胡子的不讨日本人喜欢的中国文人干掉，上海这边竟一直没有动手。10月15日，这个胡子作家还发表了《半夏小集》，无情地揭露了他痛恨的叛徒、汉奸之类的丑恶嘴脸。16日下午，他还为曹靖华译的《苏联作家七人集》作序。17日上午，他继续写《因太炎先生而想起的二三事》，还给曹靖华写信，说要养好病继续战斗。下午还去了内山书店。晚间，跟他弟弟周建人聊到夜里11点，凌晨1点才上床睡觉。18日凌晨2点哮喘病帮了日本人的忙，让他咳嗽得没法睡觉，他一边咳嗽，一边支撑起来，到了这种地步他还拿起了笔，给日本人的叛徒内山完造写了封信，还托内山帮他请医生。盯着鲁迅的那人想，看你还能折腾多久。

19日早晨5时25分，这个留胡子的、最仇恨日本人、一贯言辞激烈、最富战斗性的作家鲁迅，在上海大陆新村9号寓所里病死了。

这个人的死，惊动中国人是可以料到的，成千上万的民众给他送葬也是早想到的。可没料到上海这个救国会会利用鲁迅的死搞这么多鬼名堂。这么多人一边送葬一边游行，不只是哀悼，竟呼着“打倒日本帝国主义！”“停止内战！”“一致抗日！”等口号，借送葬组织了一次民众的政治性示威，把抗日救国运动推向新的高潮。宋庆龄、沈钧儒、茅盾、胡愈之、邹韬奋、章乃器、李公朴、王造时这些治丧委员会的人，竟全是救国会的领袖！他们里一准儿有共产党的人。

蔡元培主持安葬仪式。沈钧儒、宋庆龄、章乃器和那个日本叛徒内山完造先后报告了鲁迅的生前事略。还有那个邹韬奋，站在纪念台上致一句话纪念，说：“今天天色不早，我愿用一句话来纪念先生，许多人是不战而屈，鲁迅先生是战而不屈！”胡愈之宣读悼词。最后由沈钧儒、邹韬奋、史良、章乃器代表救国会献一面绣着“民族魂”的白绸黄纲旗子，覆盖在灵柩上。

从万国殡仪馆到万国公墓，一路上“打倒日本帝国主义！”“停止内战！”“一致抗日！”这些口号没断过。

更让人愤怒的是那个邹韬奋，他不只自己撰写了《伟大的斗士》，刊登在10月25日出版的《生活星期刊》上，还亲自组织出版了《悼鲁迅先生》的特辑，封面就是14位青年作家抬着鲁迅先生灵柩的照片。

还有，从11月8日开始的杨树浦丰田纱厂罢工，能坚持这么久寺崎一直都纳闷：这些穷工人拿一两角钱的工资，他们罢工全家不得饿死啊！他们不但不怕饿死，而且把工厂专门养的一批男女“养成工”（童工）也发动起来了；全厂扳电闸停工，工人们冲出厂门，走上街头，抗议日本老板残酷剥削，要求增加工资，改善女工生活，短短数天，让日本纱厂损失达百万元。不只是杨树浦的罢工没停止，上海其他27家加上青岛的部分纱厂也一起呼应联手行动，全国一起罢工，弄得日本国内上下震动。

原来这也是救国会煽动组织的，尤其是那个邹韬奋，杨树浦丰田纱厂罢工的消息一传出，他配合得十分紧凑，当天就在自己的生活书店发动书店员工捐款，支持纱厂工人罢工。他不光组织自己书店员工捐，还呼吁全社会捐，口号是“支持工人罢工，反抗日本侵略者”。

邹韬奋主编的《生活星期刊》发行量有十几万册，那是多大的一块阵地。他亲笔写了《纱厂工友们的呼声》，发表在11月15日第1卷第24号《生活星期刊》上。他非常清楚，仅靠生活书店自身的捐助，解决不了纱厂工人罢工的实际需求，他更知道自己手中阵地的作用，他利用自己的《生活星期刊》向社会呼吁，开展向纱厂罢工工人捐一天薪水所得的活动，全上海市民众积极响应，搞得纱厂老板只好答应工人条件。

孙中山诞辰70周年纪念大会，原来也是救国会搞的，那个女律师史良，也是救国会的领袖，是纪念活动主席团成员，她在纪念大会上直接呼吁，要求国民党政府继承孙中山先生的三民主义，要求国民党政府停止内战、联俄联共、扶助农工。

那个邹韬奋又以记者身份署名撰写了《孙中山主义与救亡阵线》，发表在11月15日《生活星期刊》第1卷第24号上，鼓吹建立统一战线，抗日救国。

绥远战役是日本经过精心策划准备的。绥远是贯通华北、西北，联结内蒙古与外蒙古的战略要地，控制了绥远，向南可威胁河北、山西，向西则可进兵陕西、宁夏、甘肃，向北觊觎外蒙古。关东军早就制定了《对内蒙措施要领》的绝密文件，决定实施扩大和加强内蒙古的亲日满势力，并随着日军向华北推进，迫使内蒙古脱离中央而独立的方针。关东军参谋长板垣征四郎、参谋田中隆吉、天津驻屯军司令官多田骏、北平特务机关长松室孝良、太原特务机关长和知鹰二等人分别到归绥（今呼和浩特），对中国国民政府绥远省主席兼第35军军长傅作义做劝导工作，先礼后兵，明确告诉他若不与日本“携手合作”，日本将支持伪蒙古军第2军军长德王以“武力解决”。傅作义也是茅坑里的石头又臭又硬，他说他向来“不惹事，不怕事，不说硬话，不做软事”，竟毫无商量余地，说办不到！

王英率领的伪军有5000余人，加上空军和炮兵的协同支援，拿下红格尔图本来费不了什么事，谁料竟拿不下来，时任德化特务机关长的田中隆吉亲临前线指挥。日伪军在野炮、装甲车和飞机的掩护下向红格尔图的守军发动了立体进攻，天上飞机、地面火炮轮番轰炸，步兵、骑兵由东北南三面轮番攻击。日军顾问小滨指挥伪军分两路，由商都、南壕堑（今尚义）等地进犯绥东的红格尔图和兴和。日军用一架飞机对地面进行侦察，指挥步兵和坦克部队攻击，连续七次进攻都未能拿下，伤亡惨重，被迫停止攻击。

这场战役背后也是救国会在策动全国声援。宋庆龄、沈钧儒、邹韬奋等救国会执行委员和常务委员紧急聚会，会议做出决定：以救国会名义分别给张学良、傅作义、宋哲元、韩复榘发电报，希望他们一起督促中央政府抗日，出兵援绥。电文由韬奋负责起草。

韬奋的《生活星期刊》也全力配合，紧急推出《生活星期刊》第1卷第26号，封面刊登开往前线的军用马车和坐在车上的武装战士照片。封面主题词为“往前线去”，封面右上角印着“邹韬奋主编”字样。内文刊登了《发起全国读者“以一日贡献绥远抗战”启事》。

各地的报童拿着报纸向街头人群叫卖：号外号外，绥远告急！绥远告急！日伪军进攻绥远红格尔图！傅作义亲临前线指挥！救国会敦促南京政府抗日！《生活星期刊》刊登《发起全国读者“以一日贡献绥远抗战”启事》！

韬奋一面组织书店同人带头捐献，一面在生活书店门口拉起横幅，设置了捐款服务台，公开发动群众参与“一日贡献”活动，接受社会捐赠。年轻的店员手持扬声器现场宣传鼓动，高喊：“绥远前线战士在为国血战！全国同胞应该全力支援前线将士抗日！有力出力！有钱出钱！抗击日寇！保我中华！”

一位粤东女子，一次性竟将刚继承的遗产25000元全捐给韬奋，让他转给绥远前线，她连自己的姓名都不留下。隔日《生活星期刊》《文汇报》《新闻报》都以醒目的标题刊登了《社会民众向绥远前线捐款名单》，名单的第一行就是醒目的“粤东女子捐遗产25000元”。

看了《生活星期刊》上这些消息与资讯，若杉怎么能坐得住，寺崎都有了要惩罚自己的念头。

3

俞鸿钧以外交官式的微笑引导着寺崎步进一楼会客室，彬彬有礼地请他入座，服务人员不失时机地送上一杯西湖龙井。

俞鸿钧略躬了一下身子，音量适中地询问：“领事先生匆匆赶来，有何要事？”

寺崎端起茶杯抿了一小口，放下茶杯才以问作答：“531号电收到了吧？”口气与神色都相当傲慢。

俞鸿钧仍微笑着点头：“已经收到，敝人已呈送吴市长。”

寺崎一副查问的口气：“吴市长打算如何行动？”

俞鸿钧最怕那种让人摸不透心思的“阴人”，对寺崎这种把心里的东西全都露在脸上的人无须用多少心思。他故作姿态地叫苦：“领事先生，你知道，上海毕竟是地方政府哪！我们要向南京国民政府汇报请示，我们的难处，贵国应该理解。再说丰田纱厂这种劳资纠纷不是什么新鲜事，七年前、十年前都发生过，我想这种事贵国国内也发生过，劳资矛盾是全球性的。”

俞鸿钧这话触碰了寺崎心中那堆火，他居然有失大雅地拍了桌子，愤怒地说：“你看你们的《生活星期刊》吗？你知道你们上海的那个救国会在做什么吗？我告诉你，丰田纱厂的事不是劳资问题！是那个救国会策划组织的暴乱！是《生活星期刊》那个主编邹韬奋提供的罢工经费！还有，给鲁迅送葬就送葬吧，为什么要搞反日游行？送葬不致哀，喊什么‘打倒日本帝国主义’？红格尔图是内蒙古的德王、王英跟傅作义在争权夺利打内战，跟我们日本有什么关系？这都是救国会在幕后制造矛盾，煽动抗日！救国会的人都是共产党！”

俞鸿钧看寺崎怒得过了火，他反而非常镇静地站了起来，拿过热水瓶亲自给寺崎续水。一边续水，一边像旁观者似的劝解，而且故意慢慢悠悠地把事情说细。他说：“请领事先生息怒，那个救国会的总部是在上海，但它是全国的救国会，全称叫作‘全国各界救国联合会’，想你也该知道它是今年5月31日到6月1日在上海圆明园路169号全国基督教协进会礼堂秘密成立的，参加会议的有华北、华中、华南各地60多个救国会团体和19路军的代表共70多人。我们上海市政府根本不在他们眼里，吴市长当时就亲自出面制止过，还特意请沈钧儒、邹韬奋、李公朴、章乃器吃饭并当面劝说，可没管用哪！这事只得南京政府来管。领事先生，531号电，我们是按照原电向上汇报，是原电照发，而且一天都没耽搁。”

寺崎并没息怒，他非常蛮横地说：“怎么上报是你们的事，我管不着，我们现在要的是结果！结果怎么样？变本加厉！肆无忌惮！我今天在这儿再一次明确要求：1. 必须立即逮捕抗日救国会的沈钧儒、邹韬奋、章乃器、李公朴等八个人；2. 缉捕丰田纱厂潜伏的共产党；3. 镇压各大学内险恶分子；4. 逮捕暴乱罪犯。我们保留追偿纱厂损失的要求。”

俞鸿钧依然很耐心，温和地用解释缓和气氛。他说：“巡捕那天去杨树浦纱厂了，主要因为工人太多，寡不敌众，寡不敌众哪！再说要是开枪会把事态闹大，于事不利。公安局与社会局已经在着手调查，对煽动罢工的不法分子一定逮捕法办。”

寺崎不无威胁地说：“请你转告南京政府，倘使遏制不了救国会行动，今后再惹起这类事件，发生不测别怪我们没打招呼！”寺崎觉得该发的火发了，该说的话说了，该明确的要求明确了，没必要再在这里跟俞鸿钧磨嘴皮子，说完他站了起来。站起来后又觉发半天火嗓子发干，忘了用茶压火，于是又弯腰端起茶杯，茶正好温了，他有失风度地喝了三大口，然后才转身离开。

俞鸿钧一直以一种观赏的心态看着寺崎表演。送走寺崎，想想他这一番挺不雅的表演，甚觉好笑。回到办公室，俞鸿钧一分钟也没耽误，直接去了吴铁城办公室。他心里清楚得很，不管寺崎用了什么表达方式，敌国那四条像生铁一样强硬的要求，马虎不得。这烫手的山芋他不能捧在自己手里。

吴铁城背靠在椅背上，皱起眉头听着。吴铁城眉头皱着，那张脸还是温和的，他的神态不太像中将级军衔的军人，缺少几分军人的刚毅，而更像在官场里做官的官员。吴铁城的资格很老，参加过 1911 年武昌起义，追随孙中山多年，但内心却不赞同孙中山“联俄、联共、扶助农工”的三大政策，始终以共产党为敌。后来得到蒋介石赏识，一度曾唯蒋介石之命是从。听完俞鸿钧的汇报，吴铁城坐直了身子，模棱两可地跟俞鸿钧说：“孩子哭闹了有两个办法，自己能哄就哄，不能哄就抱给他娘。”

不愧是多年在外交场合混过的老手，俞鸿钧自然心领神会，他让秘书把寺崎来访的事，以电文报告南京政府。

4

屋子里只有陈布雷和徐恩曾两个人，他俩的作为不小，茶几上的烟灰缸里烟头满得放不下滚到了茶几上，屋子像遭了火灾一样乌烟瘴气，看来他们碰上了非常棘手的事情。一个是国民党中央的秘书处处长，蒋介石的私人大秘；一个是“中统”副局长，“中统”实际的操盘手。让他们两个感到为难的事，绝对非同寻常。

陈布雷站了起来，过去提起热水瓶，给徐恩曾和自己重新泡了一杯茶。他一边泡茶，一边自言自语地把心里想说的话说给徐恩曾听。

“难啊，别说咱们，委员长都感到难。那一天，委员长在他办公室跟我说了他内心的一些真实想法。”

徐恩曾问：“就你们两个？”

陈布雷说：“没有别人，就我们两个。”陈布雷端过茶杯坐回沙发上：“他跟我说，‘不能让救国会干扰政府的决策，要采取果断措施，宋庆龄、何香凝、马相伯，他们的身份影响太大，不便惊动，其他那些跟政府唱反调的骨干分子不能听之任之’。”

徐恩曾像是品味着其中的深意，不住地点着头。其实，陈布雷刚才说的后面那句话，刚才委员长已经单独跟他交代了。徐恩曾完全不同于戴笠，他从来不让自己在别人面前表现出威凌一切的模样，在任何场合他都是有意装出一副儒雅书生的气派，处处以示斯文。他跟人说话声音总是很低，而且谈吐间常常满面笑容，不管是在“中统”内部还是在外，认识他的人几乎没看到他发过脾气骂过人，甚至连重话都不大讲，言谈举止也从没有张牙舞爪的时候。从表面到骨子里，他都是一个极会隐藏掩饰自己的阴险之人。在陈布雷面前，他都不说委员长跟他说了什么，他只是感到委员长交给他的任务太棘手，尤其里面有邹韬奋，他是故意来讨陈布雷的态度的。陈布雷说了这些，他才试探地反问：“陈处长，你说，邹韬奋是不是有点太逞强、太意气用事了？”

陈布雷无奈地说：“你跟他是南洋的同学，你还不知道他的脾气？他常说，人格为为人之基。鲁迅一辈子言辞激烈，揭人之短直戳心肺，刚正不屈，英雄倒是英雄了，但把自己的身体搞得一塌糊涂，得了一个旗手的名誉，却早早结束了自己的人生。”

徐恩曾又十分赞同地点头：“是啊，是啊，人们都说他，可敬而不可爱。”

陈布雷不无感慨地说：“是啊，可回过头来说，知识分子除去了人格与自尊，还有什么呢？”

徐恩曾又跟着点头：“是啊是啊。不过委员长常说‘识时务者才为俊杰’，做人呢，有时候也得识时务啊，你说是吧？”

陈布雷遗憾地说：“我知道，委员长对邹韬奋还是很看重的。”

徐恩曾没有露出不满，倒像是在为自己开脱。他说：“作为同学也好，作为同事、朋友也好，我已仁至义尽了，要有什么不测，该怨不得我了吧？”

5

韬奋住处在上海万宜坊。万宜坊建于1923年，由万国储蓄会集资建造。位置在吕班路（今重庆南路）205弄，在劳神父路（今合肥路）以北，近淡水路、辣斐德路（今复兴中路）的一块方形地基，属于法国租界。弄内有房屋四排，90个单元，沿街店面房屋一排，11个单元（包括205弄过街楼），有一条主通道：宽五米，四条东西横向和两条南北纵向的支通道。白墙红瓦、砖混结构的连排别墅建筑，弄内为假三层，沿街为三层楼，四排住宅前后平列，坐北朝南。

韬奋一家住在54号。20世纪30年代中叶，这里的房价很高，每幢房价在250—280两黄金。入住者非有相当的经济实力不可，一般都是富商实业家、中高级官员和一些成名的高级知识分子。韬奋当时买不起这房子，但钱杏邨、蒋光慈、胡也频和丁玲等许多文人好友都住在这里，再说这里是法租界，相对上海其他地方要太平安全一些，所以他咬牙租了54号居住。

54号小院特别宁静，从院子到楼上楼下都十分地静。沈粹缜静悄悄地在厨房里准备做晚餐。沈粹缜是苏州吴县人，苏州人性情温和，在江南乡间有句俗语：“宁肯跟苏州人吵架，不跟常熟人说话。”倒不是说常熟人野蛮，主要是常熟人说话声高且生硬，苏州人吵架都是商量的口吻，比如两个人争到要动手了，想动手的人会说：“你这样不讲道理，我给你记耳光吃吃好哦？”沈粹缜是知识妇女，她不但性情温柔，而且做事精心精细。她与韬奋正好是互补，应付生活琐事韬奋几乎是小学生的水平，家中的柴米油盐酱醋和生活开销韬奋从来不管，都由沈粹缜打理，韬奋则一门心思在外面做男人该做的大事。沈粹缜的精细与聪明与她的家庭有直接的关系。

沈粹缜的父亲少年时即到古董店当学徒，是鉴别古董真伪的行家。沈粹缜在苏州读了四年私塾，十岁随大姑母到北京读了三年小学，未毕业又到清政府办的农工商部绣工科学习刺绣两年，在江苏南通女红传习所毕业后留所担任助教。1921 年苏州女子职业中学校长杨卫玉（中华职业教育社创始人之一）特聘请她到该校担任美术课主任。经杨卫玉牵线介绍，1925 年暮春，韬奋与沈粹缜相识，两人开始恋爱。

沈粹缜知道韬奋前妻叫叶复琼，他们两个是父母包办婚姻；也知道韬奋坚决抗拒这桩包办婚姻，直接给未婚妻叶复琼写了信，劝她另嫁他人；也知道叶复琼回信同意解除他们的婚约，同意韬奋另娶，但自己愿意终身不嫁；也知道叶复琼这终身不嫁让韬奋感动心软，与之完了婚；也知道两年后叶复琼因病去世，韬奋将前妻安葬在万国公墓，并在前妻的墓边给自己留了一个墓穴，墓碑上刻着“邹韬奋先生、叶复琼女士之墓”。这一切她全都知道，但就是韬奋与前妻的这段婚姻让沈粹缜看到了韬奋对爱情的专注、待人的真诚、为人的大丈夫胸怀。恋爱通信与交往中，韬奋的热情开朗、对文化事业的追求以及他的幽默风趣，更让沈粹缜欣赏，1925 年 7 月他们在苏州留园订了婚。1926 年元旦在上海大东酒家举行了隆重的婚礼。

书房的门开了，韬奋从书房出来。在客厅里玩的邹嘉骊看到爸爸走出书房，高兴地迎了过去，想叫爸爸陪她玩一会儿。韬奋很内疚地抱起女儿，说：“对不起，爸爸现在不能陪你玩，爸爸要去参加一个重要的会议。”

沈粹缜闻声从厨房出来，她有些不放心：“都5点半了，你还要去？”

邹嘉骅、邹嘉骝也从房间里出来。

韬奋有点不好意思：“今天是22日，这个会早就定下了，在功德林开，各界的人都去，商量援绥的事，我一定得去。”

沈粹缜十分担心：“前两天，任之先生匆匆忙忙特意赶来跟你说什么啦？看他的神色像是要出什么事。这几天老是有不三不四的人在咱们弄堂里转悠，你是不是有事瞒着我？”

韬奋满怀感激地看着沈粹缜，他不想让她再为自己担忧，孩子已经够她操心的了，他宽慰她：“没事，他来是问救国会的事。你放心，我坦坦荡荡为国为民做事，有什么好担忧的呢？没事的。”

沈粹缜还是放心不下：“我看弄堂里鬼鬼祟祟出没的人准是特务，天快黑了，不去不行吗？”

韬奋拿上西装，一边换衣服一边说：“这个会不去不行，商界的、银行界的人都来，要发动社会各界向绥远前线捐款。”

三个孩子带着哭腔，一起齐声喊爸爸。

韬奋心酸地蹲下，双手捧住邹嘉骊的小脸说：“爸爸做的都是好事，不是坏事，没有人会害爸爸。大宝、二宝，好好在家陪着妈妈。”

邹嘉骅、邹嘉骝眼泪汪汪地看着父亲点头。

韬奋站起身深情地看着沈粹缜，内心复杂地说：“我去了。”

沈粹缜眼睛已经湿润，她忽然想起了什么：“恩润！等等。”

沈粹缜急忙跑进卧室。三个孩子愣愣地在一旁看着爸爸妈妈。

沈粹缜两手各拿着一点钱，急步走出卧室，来到韬奋跟前，一边替他往口袋里装钱一边说："记住，这是打车钱，放在西服外面的口袋；万一那里没有饭，这是吃饭的钱，放在西服里边的口袋，别弄错了啊。"

韬奋调皮地一笑："夫人，记住了，打车钱放在外面口袋，吃饭钱放在里面口袋。我去了。"

全家人眼巴巴看着韬奋离开家，个个心里都是担忧。

6

功德林是一家素食饭庄，由杭州城隍山常寂寺高维均法师的弟子赵云韶于 1922 年在上海创办，以"积功德成林，普及大地"为初衷。饭庄老店原设于北京东路与贵州路交叉口，1932 年迁至黄河路南京西路路口附近，享有"素食鼻祖"之称。店内装饰典雅，端庄古朴，"观音厅""罗汉厅"都有佛像拱顶，并饰以佛教壁画，风格独特，是设宴聚餐、修身养性的理想场所。菜肴以办佛事和淮扬风味素菜为特色，"金刚火方""天竺素斋""罗汉素斋""如意紫鲍""普度众生""白果芦荟"为功德林的招牌菜，还有"五香烤麸""功德火腿""素蟹粉""白汁芦笋""罗汉菜"和素鸡、素鸭、素火腿等共 200 余种。

功德林一道非常有名的招牌菜叫"金刚火方"，它是将素食文化与佛教文化紧密融合而创制出来。功德林开光大吉法事完毕之后，众人谈起了佛家经典《金刚经》。《金刚经》是一部重要的佛经。所谓"金刚"，是由金刚石亦即钻石和佛教权杖金刚杵演变引申而来的，意思是"坚硬""坚强"，具有无坚不摧、无坚能摧的力量与智慧。

传说《金刚经》是由唐僧"西天取经"从印度请来的。当他带着

《金刚经》等数万卷佛经返身来到天竺大河时，忽遇河水暴涨，船被打翻，他带领众人奋力打捞，仍然有50夹经卷被大水冲走。痛心中令唐玄奘欣喜心安的是，《金刚经》还在。历经千难万险，他终于把从“西天”取来的真经带回了祖国，传遍四方。泰山脚下，至今有个地方叫“经石峪”，是“泰山三宝”之一。相传，玄奘师徒曾经把取来的《金刚经》一页一页拆开，放在石坪上晾晒，结果等经文晒干收取时，发现经文早已入石三分了。从此，人们便把这里取名“经石峪”，把唐僧师徒晒经的石坪称为“曝经石”。

有人把身体特别强健的人说成是“金刚不坏之身”。一贯将素食、营养、健康视为己任的功德林素菜饭庄将佛道、世理、人情相结合，精心创制出这道金黄翠绿、香鲜适口、强身健体的招牌菜——“金刚火方”。

功德林饭庄不只素食菜肴受文人雅士喜爱，它的“积功德成林，普及大地”的初衷更得文人雅士的赞赏。过去，鲁迅、柳亚子常去那里会客吃饭，这些年，黄炎培、沈钧儒、邹韬奋、李公朴也是这里的常客，这天的会议就在功德林举行，捐款援绥也是件功德无量的事。

韬奋赶到功德林时，会议室里已坐了不少人。沈钧儒、李公朴、王造时、沙千里、章乃器等救国会的执行委员也都陆续到会。沈钧儒和韬奋分别在会上讲了话。

韬奋告诉到会的银行界、教育界、报界、律师界各方人士，绥远的战斗打得十分艰难，向红格尔图进攻的日伪军有5000多人，而阎锡山、傅作义的晋绥军和赵承绶所率骑兵总共不过两个半连，加半个机枪连和当地的民众、都会组织起来的民兵，也就300多人，敌人十几倍于我方。可是前线的将士英勇无比，那里的民众也是万众一心，军民团结一致坚决抗击日寇。

陶林县委、县政府派两千民工昼夜修建了坚固的简易工事，红格尔图村的四周挖了一条深宽各一丈二的围壕，村四角修了大碉堡，将挖围壕的土堆筑成掩体，围着村堡里侧又挖了一条曲线型交通壕。那里已经降了大雪，天气寒冷，敌人用飞机轰炸，5000多名日伪军同时向红格尔图发起进攻，官兵士气高涨、沉着应战，一天就消灭敌军100多名，他们还用步枪打落了一架敌机。大风雪中官兵们利用顺风，猛拼猛打，打退敌军无数次进攻。

“前方的将士在为国血战，我们怎么办？有骨气的中国人能做的就是，有力出力，有钱出钱。现在全国人民爱国热情高涨，同胞们同仇敌忾，纷纷发起援助绥远前线将士的运动。有许多学校实行绝食一天，把伙食费省下来慰劳将士们。咱们上海，已经有310多个团体致电慰问矢志报国的傅作义将军和誓死守土的战士……”

韬奋这一番演讲，激发了与会各界代表的爱国热情，众人群情激昂，纷纷表示要支援前线作战，为保卫祖国、抗击日寇贡献一分力量，有的当场就解囊捐款。救国会的工作人员当即组织现场统计，并让有捐款意向的单位一一造册登记，办理手续。

7

功德林的会议结束，韬奋疲惫地回到万宜坊时已是深夜。他下了人力车，缓步走向弄堂。突然，他们房屋前通道口对面屋角的阴暗处，有两个黑影闪了一下，韬奋没有直接走进他们这幢房子的通道，而是迎着对面屋角的阴暗处走去，他想看个究竟，那黑影是什么人。韬奋盯着屋角走去，两个黑脑袋又探了一下。韬奋快步走到那个屋角处，黑影不见了；再往弄堂里看，眼前只躺着一条静静的弄堂，还有跟人一起入睡了的房屋。

韬奋想，也许是听到他的脚步声，他们溜了躲了；也许是自己过于敏感，视线不好产生错觉。他微笑着摇了摇头，转身朝他们房前的通道走去。

韬奋轻轻地打开自家的院门，进去后，回身将院门锁好，还万无一失地试了试是否锁好。他已经感受到了环境的险恶，对这些心狠手辣、无恶不作的刽子手，还是谨慎点好。韬奋锁好院门后，走向住房的大门。来到门口，他也是轻手轻脚地打开屋门，他知道粹缜和孩子们都睡了，尽量不要弄出声响把他们惊醒。

进了屋门，他再转回身来，轻轻地将屋门锁好，锁好后，也再试了试是否锁牢，过去他从来没有这么细心谨慎过。进屋后，韬奋没有开灯，摸着黑换上拖鞋，轻手轻脚地上楼。到了二楼的客厅，他在黑暗中脱下大衣。借着窗户折射进来的光亮，他抬头看了一眼厅里的挂钟，时针正指 12 点整。他继续轻手轻脚脱衣换衣，轻手轻脚洗漱，轻手轻脚推开卧室的门，借着外面的微光，他看到妻子搂着女儿睡着了，睡得很甜。他面带微笑退着将卧室门轻轻带上，独自进了书房。

书房里有一张折叠小床，这是他的常备卧床，每当赶稿子晚了，他就睡在书房。他轻轻地展开折叠小床，铺好被褥，宽衣躺到床上。

韬奋静静地躺在床上，睁着两眼在想事。他在想下一期社论的题目，援绥的主题已经发过了，是不是该考虑时局与救国组织……想着想着，他慢慢沉入了梦乡。忙了这一天，他已经很疲惫了，他睡得很香。

“恩润！什么人在砸门呢！”韬奋被沈粹缜的呼喊惊醒，后门再次响起了凶猛的砸门声。他一骨碌从折叠床上起来，披上衣服，他没弄清是怎么回事，喊着问："粹缜，谁在敲门啊？"沈粹缜还没回答，后门又响起了更加凶狠猛烈的敲门声。韬奋一下想到了夜里他回来时发现的那两个黑影。他下意识地抬头看了一下挂钟，时间是凌晨2点30分。

韬奋立即穿上大衣，沈粹缜也穿上衣服来到客厅。韬奋这时才跟沈粹缜说："粹缜，任之先生前天是来告诫我的，在日本人的压力下，当局很可能要对救国会的人动手。当时我不太相信，所以没告诉你，现在看来任之先生说的是真的，他们真动手了。"

沈粹缜一听十分紧张："那怎么办？"

后门又响起敲门声。沈粹缜不管不顾地跑到后窗，打开窗户向楼下问："你们是谁啊？砸门干什么？"

韬奋已经明白眼前发生的是什么事，这时他再不好瞒她："粹缜，你别问他们了，他们肯定是来抓我的。"

韬奋说完朝楼下走去。来到楼下，韬奋冷静地打开后门，两个法租界巡捕和一个翻译，还有两个中国公安一共五人一起冲进屋来。法国巡捕举枪对着韬奋，让翻译问话。

翻译问："你是邹韬奋吗？"

韬奋平静地回答："我是邹韬奋，本名叫邹恩润。"

法国巡捕神色疑虑。翻译跟法国巡捕说："没错，他本名是叫邹恩润，笔名邹韬奋。"

法国巡捕点点头，出示了法租界巡捕房证件，把枪收了起来，态度也和气起来。两个中国公安却态度蛮横，他们不由分说直接冲上楼去。三个孩子都被惊醒，都披着衣服害怕地躲在妈妈身后。两个中国公安直接推门进了韬奋的书房，打开灯开始乱翻东西，不知他们想搜查什么。

翻译说："邹先生，你得跟他们走一趟。"

韬奋用英语问法国巡捕："你们逮捕我有什么凭据？"

法国巡捕抱歉地表示："先生，对不起，我们是按照上海市公安局的吩咐办的。外面天很冷，你多穿几件衣服。"

韬奋没再说什么，上楼穿衣服。沈粹缜心里很慌，不知所措地给他拿毛衣毛裤，穿上西服，再让他穿上大衣。沈粹缜悄悄地往他衣服口袋里装了点钱。两个中国公安在书房里翻了一阵，拿了一些信件和印刷品，还有韬奋从美国带回来的小册子，手忙脚乱地从书房出来。

韬奋跟中国公安说："你们不能随便拿我的东西，就是抄家也得列一个账单！"

两个中国公安看着韬奋，韬奋无所畏惧地看着他们。他们只好拿一张纸，把几样东西抄了下来，签上名，把单子交给韬奋，韬奋把单子给了沈粹缜。

韬奋又问中国公安："就抓我一个人吗？"

中国公安有些尴尬地说："还有几个。"

韬奋要随他们下楼，邹嘉骊叫喊着扑了过来。

韬奋蹲下搂住女儿，一边拍着女儿的后背，一边哄她："小妹，不要害怕，爸爸没做任何坏事，陪他们去去，把一些事情跟他们说清楚就回来。"

邹嘉骅、邹嘉骝也走过来挨到韬奋身边。

韬奋强忍着内心的酸楚，安慰他们："孩子们，爸爸没有做对不起国家的事，也没有做对不起民众的事，爸爸不会有什么事，好好陪妈妈在家里待着。”

韬奋随他们下楼，沈粹缜和孩子们都跟下了楼。法国巡捕和中国公安他们五个先出了后门。沈粹缜无助地轻声叫了丈夫一声恩润。

韬奋回过身来安慰沈粹缜：“粹缜，我不是孤独一个人，救国会一帮人呢，没有事，照顾好孩子。”韬奋放低声音说：“赶紧把情况告诉几个熟悉的朋友。”沈粹缜点了点头。

韬奋走出门去，三个孩子同时连声喊爸爸。沈粹缜再也忍不住了，抱起邹嘉骊，眼泪止不住地流。

8

巡捕房的警车拐出吕班路弄堂，上了法租界的街道，直接向卢家湾法租界巡捕房方向开去。韬奋坐在汽车后排的中间，左边是法国巡捕，右边是翻译，他第一次明白啥叫逮捕，也第一次尝到了被人抓捕的滋味。尽管如此，韬奋内心十分平静，他知道自己没有错，更别说犯罪了，他踏实得很，一点都进入不了“罪犯”的角色。

韬奋两眼注视着前方，看着一路上熟悉的楼房、熟悉的街道、熟悉的树木，感觉如往常要去参加某个活动一样。一扭头身边不是同人朋友，而是外国的巡捕，还有翻译，心里涌起一股莫名的义愤：

我一个中国人，在自己的国家，在自己的家园，目睹日本人的侵略行径，不堪忍受主权被侵害，不堪忍受民族被欺压，不堪忍受人民被奴役，不堪忍受自尊被凌辱，为国家的主权、民族的尊严、人民的人生自由，做一些自己应该做的事，说一些自己应该说的话，写一些自己应该写的文章，这些又触犯了哪条法律？他们竟无缘无故要把我当罪犯逮捕!

这么一想，韬奋心里那气愤膨胀起来。他是非常讲涵养和风度的文人，不习惯用谩骂、吼叫表达自己的愤怒，他用深呼吸、用哀叹来排解心中难耐的气愤。泱泱大国，让一个弹丸岛国在欺侮，在横行霸道，真是弱国无外交，国弱民遭殃啊！一头大象，让一只老鼠在欺负。这个流氓国家，这个强盗民族，向中华大地伸出魔爪，就是四年前从上海“一・二八事变”开始的。事变的发生与发展如同在昨天……

“九一八事变”爆发后，民族危机不断加深，韬奋慢慢认清了国民党政府的嘴脸，一句话，他们就是不想抵抗。从此，韬奋不再把抗日的希望寄托在国民党身上，而寄希望于人民群众，他竭尽全力投入到发动人民群众开展抗日救亡运动之中。事变之后，中国共产党的影响势不可当地扩大，韬奋在宣传抗日救亡运动中，常常与中国共产党人接触，他们的为人、他们的做事，促使韬奋的思想发生了转变。他主编的《生活》周刊风格大为转变，开始高举抗日救国大旗，刊物以抗日救国为中心内容，事变爆发八天后，他在《生活》周刊上如是写道:“本周要闻是全国一致伤心悲痛的国难，记者忍痛执笔记述，盖不自知是血是泪。”从这一刻起，韬奋再也没有放下他手中的笔。他对国民党完成了从追随到撰文揭露、抨击的跨越，国民党的不抵抗主义成为他心中之痛。他的杂志很快成为抗战的舆论中心阵地，刊物发行量猛增到155000份，“邹韬奋”的名字随同他主编的《生活》周刊在千万读者中流传。

1932年1月中旬，韬奋刚刚被胡宗南“约请”谈话，韬奋知道他是受蒋介石之托，两人围绕要不要与国民政府保持一致，怎么保持一致争辩了整整四个小时，胡宗南的劝说与恫吓对韬奋没起任何作用，谈完话回来，韬奋就连续写了《激昂悲壮的东北义勇军》《奉送锦州的一段秘密》《援助东北义勇军之实际办法》，在1月23日的《申报》和他自己的《生活》周刊上发表。时隔五天，韬奋的文章墨迹未干，28日深夜，上海竟突然爆发了震惊世界的“一・二八事变”，闸北的炮声震醒了上海人民，也震惊了韬奋。

记者出身的韬奋，用不着谁驱使，他自然要搞清这一阴谋的来龙去脉。他了解到这是日本人预设圈套，是故意制造的一场有助于日本帝国主义扩张侵略的战争。日军侵占东三省引起了世界各国的关注，以致国联出面调查日本的侵略行为。在国际舆论的压力下，日本想出一招，扶植废帝溥仪在东北建立伪满洲国，以掩盖其侵略事实。同时，先后在天津、青岛、汉口、福州、重庆、上海等中国内地和沿海各城市自导自演了一系列冲突事件，制造混乱，转移视线。

上海是日本在华最大的经济据点，上海民众抵制日货给日本厂商和航运业造成高达4120多万日元的损失。日本急迫想改变上海的局势，指使关东军高级参谋板垣征四郎大佐制订上海战争的计划，板垣把日本驻上海公使馆陆军辅助武官田中隆吉少佐召到沈阳，当面给田中隆吉交代，请田中在上海“搞点事”，在“满洲独立”时转移各国注意力，并给田中两万日元经费。田中隆吉直接指使日本女间谍川岛芳子具体策划实施。

1932年1月18日下午，川岛芳子唆使两名日本日莲宗僧人与三名日本信徒到上海公共租界东区杨树浦的华界马玉山路的三友实业社总厂外，观看厂内工人义勇军训练，川岛芳子在此之前，早已雇用打手扮成工人模样混入义勇军队伍之中。僧人和信徒一边看，一边故意向义勇军队伍投掷石子挑衅，引起冲突。乘混乱安插进去的“工人”

故意攻击日方五人，打死一人，重伤一人，肇事后逃脱，警察未能抓到人犯。日本领事馆当即指控攻击事件是中国的工厂纠察队所为，大肆宣传这一“日僧事件”。

这还不够。1月20日凌晨2时许，数十名日侨青年同志会成员趁夜放火焚烧了三友实业社，砍死一名、砍伤两名前来组织救火的工部局华人巡捕。当天下午，田中隆吉又煽动1200名日本侨民在文监师路（塘沽路）日本居留民团集会，并沿北四川路游行，前往该路北端的日本海军陆战队司令部，要求日本海军陆战队出面干涉。途中走到靠近虬江路时，开始骚乱，袭击华人商店。

南京国民政府被日本为掩护伪满洲国建立而发动的“假战争”所迷惑，害怕日军将“占领南京，控制长江流域”，战火将迅速扩展至全国。而国内军阀割据、内乱不已、军令政令不统一、财政拮据，无力与日本全面开战，故竭力避免冲突，主张忍让。1932年1月23日，新任行政院院长孙科在与汪精卫、蒋介石相商后，急电上海市市长吴铁城“我方应以保全上海经济中心为前提，对日方要求只有采取和缓态度。应立即召集各界婉为解说，万不能发生冲突，致使沪市受暴力夺取”。军政部部长何应钦即下令19路军五日内从上海撤防到南翔以西重新布防。张静江和杜月笙也邀请蔡廷锴到家中，劝19路军“最好撤退到南翔一带，以免与日军冲突”。蔡廷锴猜测张静江是受“蒋介石所授意”。蔡廷锴和蒋光鼐十分沮丧，胳膊拧不过大腿，他们只能服从军令。1月27日下午，参谋总长朱培德、军政部部长何应钦调宪兵第16团接替19路军在上海闸北地区的防务。该团27日晚8时从南京车站上车，28日正午抵达真如，其先头一个营下午到达上海北站，准备29日拂晓接替19路军第78师第156旅在闸北的防务。

1月27日，日方向上海市当局发出最后通牒，28日下午1时45分吴铁城遵命复文日方，全部接受日方提出的无理要求。晚11时25分吴铁城接到日方回信，对上海方面接受日方四项要求表示“满意”。晚11时30分，日军就向闸北的中国驻军发起攻击。

日军的狂妄炮火震怒了蔡廷锴将军，他没有请示南京，当即指挥19路军全面抵抗。日本军队步兵在海军炮火的掩护下，向上海闸北发起了疯狂的进攻。19路军的将士们用沙袋、泥土垒起工事，顽强抵抗，轻重机枪、步枪猛烈还击，手榴弹在日军队伍中爆炸，日军开进受阻。

蔡廷锴将军正在指挥所指挥作战，机要参谋送来了南京的电报。蔡廷锴没有接电报夹，让机要参谋直接念电文，机要参谋念出的电文是：国民党军事委员会电，日军海陆重兵围困淞沪，似有预谋，我尚未做好战争准备，命你部暂先撤出闸北区，待从长计议。

蔡廷锴的愤怒无法控制，他不顾参谋在面前，气愤地吼道：“一派胡言！不管他，坚决誓死抵抗，决不后撤！”

上海辣斐德路444号的过街楼里，《生活》周刊杂志社也进入了战争状态，全体员工都紧张地在忙着。邹韬奋、胡愈之、徐伯昕、孙梦旦正在开紧急碰头会，他们感觉摆在面前的有两件急需办的事情：一是及时迅速将19路军将士们英勇抵抗日军的精神与战绩向全国宣传；二是发动全市各界乃至全国各界支持援助19路军抗击日寇。

韬奋激昂地说：“蔡廷锴将军不顾南京政府的不抵抗命令，置个人生死与安危于度外，这是我们民族的骄傲，是中国军队的骄傲，咱们《生活》周刊不只是要及时迅速报道他们的英勇精神和战绩，更要呼吁全市，乃至全国各界，积极征募军需物资和日用品，捐助慰问19路军。”

胡愈之主动分担任务，他说战场报道的事他来管，他带采访组，深入阵地采访，迅速及时把19路军将士的英勇精神和战绩告诉全国人民。徐伯昕则揽下了征募军需物资、慰问的任务，他认为这个任务比较艰巨，一方面在杂志上呼吁，另一方面要通过各种渠道宣传，建立战时物资征募站。孙梦旦也主动要求当徐伯昕的助手，他说征募工作量大，事情琐碎又具体，他适合做这方面的事。

明确任务后，他们分头召集有关店员，组织战地采访组和战场物资征募组，确定任务和工作计划。

淞沪抗战的第三天，1月30日，正是严寒的“三九天”，韬奋陪同胡愈之带着记者来到上海西郊真如的19路军前线指挥所。胡愈之亲自采访了蔡廷锴。蔡廷锴激昂地介绍了这两天的情况，他说：“日军海军陆战队有1800余人，武装日侨有4000余人，飞机40余架，装甲车数十辆，分布在虹口租界和杨树浦，另有海军舰只23艘，游弋在长江口外和黄浦江上，由海军第1遣外舰队司令盐泽幸一指挥。1月28日午夜，陆战队分三路向我闸北守军突然袭击，日军早有预谋，视我政府软弱忍让，乘我不备，不宣而战。乘我仓促应战之际，日军一举攻占了天通庵车站和上海火车北站。”

蔡军长接着说：“我19路军三个师共三万余人，然第60、61师分驻在苏州、南京一带，驻守上海的仅第78师两个旅，防守市区为第156旅。日军突然袭击，前来接防的宪兵第16团很有素质，积极主动配合我军参与抗击敌人，在总指挥蒋光鼐的指挥下奋起抗击，分头阻击敌军，寸土不让，誓与阵地共存亡。经过激战，打退了由横浜路、虬江路、宝山路三路进攻的日军。29日，我们奋起还战，部队士气高昂，夺回了天通庵车站和上海北站。日军在我军的勇猛还击下，败退租界，并通过英、美等国领事出面‘调停’，要求停火。我看日军肯定在耍阴谋诡计。昨天日本政府发表声明威胁中国政府，诬指‘上海事件’是中国排日运动引起的。他们可能没有想到我军会如此顽强抵抗，感到兵力不足，以此来拖延时间，等待他们的援兵。我们非常感谢上海民众，他们在共产党的推动下，纷纷组织救护队和义勇军，积极支援我们抗击日军。”

蔡军长最后说：“本军对日军不抱幻想，此次抵抗日军，我们抱决死之心，激战至今，颇占优势，今日日本领事恳求沪上各国领事要求我方停战。本军此次抵抗日寇，纯系为保卫国土计，誓不屈服撤退，余以为休战之先决条件，须日军全部撤退！”

韬奋和胡愈之正在指挥所采访，宋庆龄带着她的老朋友何香凝，还有杨杏佛冒着熊熊战火来到指挥所。他们带来了急需的物资，前来慰问19路军官兵。蔡军长十分感激，代表本军官兵向他们致敬，并表示坚决与日军血战到底，决不让日军的侵略阴谋得逞。宋庆龄一再勉励将士们奋勇杀敌，她和何香凝还一起到战地救护所看望了伤员。韬奋相随一起前往。宋庆龄目睹了19路军伤兵的医疗和护理无法得到保障，认为“似应有持久集中之组织”，遂与何香凝、杨杏佛商量，能不能尽快筹划建立一个新的能给予伤兵较高水平治疗的伤兵医院。她答应蔡军长，设法要为众多伤员提供有效的急救服务。

韬奋和胡愈之从前线归来，将士们为祖国为民族为上海人民抗击敌人的英勇壮举与不怕牺牲的顽强精神，让他们热血沸腾，久久难以平静。他们连夜赶写稿件，内容太多，战争又让邮路受阻，韬奋决定，在前三天报道战况，呼吁全市全国同胞支持援助19路军坚持抵抗，在组织征募军需用品的基础上，紧急出增刊，一期不行两期，两期不行三期。

从韬奋到杂志社和书店的全体员工，废寝忘食，全力以赴，拿出了 19 路军将士们跟日本侵略者作战的精神，于 2 月 5 日接连推出《生活》周刊第 1 号、第 2 号、第 3 号共三期增刊，集中围绕淞沪抗战展开，撰写发表了《痛告全市同胞书》《几个紧急建议》《沪案与整个的国难问题》等一系列重头文章，在上海乃至全国引起强烈反响。

《痛告全市同胞书》向上海市民发出了紧急呼吁："（一）忠勇军士为民族人格及生存在前方牺牲生命，所为者非他们自身，实我们全体同胞，故我们应有财者输财，有力者努力，慰劳我前方义军，协助我前方义军。（二）我国抵抗能多坚持一日，在国际上的信誉及同情即随之而有若干之增进。能坚持愈久，国际形势终必发生激变；国际形势对我之能否有利，全视我们自己抵抗力量之厚薄久暂以为衡。我们的救国义军既忠勇奋发以赴国难，我们国民应全体动员以作后盾，庶几军心增壮，战力增烈。（三）天下绝对没有无代价的利益。我们要想救国保族，必须下决心不怕牺牲，不怕牺牲而后不至于并全国全族而牺牲，人人怕牺牲则非到葬送全国全族于死地或沦为奴隶不止，我们各个人诚有机会牺牲自己而保存国族，虽死无憾，况且在不必即死的以内努力，若再麻木不仁，隔岸观火，则自降于劣等民族，灭亡乃其应得之结果了！（四）时势虽然危急，我们只有向前奋斗，至死不懈，不必恐慌，亦无所用其悲观；我们要深切明白只须我们奋斗，能奋斗至死不懈，最后的胜利实在我们手中，任何强暴不能加以丝毫的改变。我们应利用这种空前的患难，唤醒我们垂死的民族灵魂，携手迈进，前仆后继，拯救我们的国族，复兴我们的国族。"

三期增刊和正刊如期出刊发行，韬奋的心里并未能松一口气，他惦着宋庆龄先生提出的建伤兵医院的事。听说2月12日，宋庆龄又亲赴战斗正酣的吴淞前线慰问守土官兵。再一次目睹了战场救护的困难惨状。她考虑建医院需要房子，而且尽量离战场不要太远，交通便利；有了医院，救治伤员还需要医生护士；医生给伤员治疗伤痛，还需要药品和设备，需要经费。

宋庆龄按这个思路设想伤兵医院，她首先想到了交通大学。交大离前线近，另外交大校长黎照寰，早年留学美国时就结识了孙中山先生，并且加入了同盟会。他与孙中山既是广东同乡，又是战友，一度曾充任孙中山的秘书，与宋庆龄私交甚好。再说交大学生内心充满着炽烈的爱国热情。“九一八事变”之后，学校成立了抗日特种委员会，专门组织领导学生抗日救亡活动。他们连续三次集体赴南京请愿，请求出兵抗日，成为当时沪上各高校抗日救亡运动的排头兵。

宋庆龄先以上海红十字会出面致函交大，请予酌拨校舍建伤兵医院。交大接函后积极支持，决定将南院小学堂及校内空闲房屋暂做院址。宋庆龄亲至学校察看商量，她认为小学堂房屋不适合做伤兵医院，她看中的是落成不久的学生宿舍——执信西斋。执信西斋落成于1930年3月，是为纪念1920年在反桂系军阀战争中英勇就义的朱执信而命名。校长黎照寰欣然答应，同时同意拿出校内的调养室、西宿舍为男女医生看护用房。

宋庆龄一边落实医院房子，一边筹集经费，以劝募的方式向社会募集资金。申报馆、上海市民地方维持会，以及南京路上先施、永安、新新、大新四大百货公司积极响应，慷慨解囊捐助。

宋庆龄给医院起名叫“国民伤兵医院”，取“国民”二字，是要表明它不是政府办的，是“站在民众一分子之地位，对此空前之革命战士表示敬仰感谢，自应各尽绵薄”。

韬奋闻讯后，随即去了一趟交通大学，在那里了解到办医院的方法，也知道了前线急需医院救治伤员的现实。他把沈粹缜也发动起来，终于找到了可以合作的梵皇渡青年会中学。一切都算顺利，韬奋没等病房、病床、医生护士、经费完全就绪就带人去了前线，把学校这边的事都交给了自己的夫人和孙梦旦。

沈粹缜和校长还在学校大门前挂“生活周刊伤兵医院”的牌子，韬奋已把第一批伤兵接来了，汽车、黄包车、三轮车拉来了不少伤员。弄得沈粹缜和校长措手不及，赶忙组织学生和医护人员抬的抬，搀的搀，把伤员们送进教学楼教室里。

就在这时，一辆黑色轿车驶进学校，车门打开，没想到竟是宋庆龄。

韬奋跑过去迎接，他非常意外，又由衷感激。“孙夫人，你怎么会来这里？”

宋庆龄说：“我刚看了几家伤兵医院，听说你们也在这里办了伤兵医院，过来看看。这样好了，伤员救治问题基本解决了，谢谢你们，辛苦了。”

韬奋和沈粹缜陪着宋庆龄参观病房，宋庆龄握住沈粹缜的手，她们似乎很熟。

宋庆龄问：“小女儿才多大啊，你来这儿，孩子怎么办？”

沈粹缜说：“快两岁了，有她两个哥哥陪着玩呢！”

孙梦旦带着一个军官从外面进来，军官递给韬奋一份电报。

军官说：“邹先生，我带来了蔡廷锴将军的贺电。”

韬奋展开电文，沈粹缜凑过来看，韬奋轻声念诵：“为救国保族而抵抗，虽牺牲至一人一弹，决不退缩，此心此志，质天日而昭世界，炎黄祖宗在天之灵，以此祝贺伤兵医院开院典礼！”

病床上，一个士兵挣扎着喊出声来：“蔡将军，顶住啊！”

韬奋陪着宋庆龄看望伤员，韬奋一边走一边向宋庆龄报告新情况。

韬奋说：“我从前线得到一个新的情况。这些日子，日本人改变了战术，他们的飞机轰炸上海，专门定点轰炸商务印书馆与东方图书馆，我跟他们联系了解到，商务印书馆和东方图书馆，连同周围的印刷制造总厂、栈房及尚公小学全部被炸毁了，焚烧的纸灰飞到了十多里以外。尤其是东方图书馆中大量藏书被全部烧毁，那里面有中文书26万余册，外文书8万余册，另外还有古今中外各科学术参考书，以及5000余种珍贵图标照片。据说有位日军首脑说，炸毁闸北几条街，一年半年就可以恢复，只要把商务印书馆这个中国最重要的文化机构炸毁了，它则永远不能恢复。”

宋庆龄听了十分气愤，她愤怒地说：“日本人想毁灭中华文化，用心太可恶！但他们办不到。咱们要发动出版界与文化界，向日本侵略者声讨，也要把他们这一罪行公布于世，让全世界都知道日本人的丑陋与可恶！”

韬奋说：“我们《生活》周刊马上就会组织文章抨击抗议。”

不出所料，日本请英、美领事出面调停和谈是阴谋。日军借调停的机会，从国内增调航空母舰两艘、各型军舰12艘、陆战队7000人援沪。2月3日，日军援兵一到，随即再向闸北进攻，蒋光鼐急调第60、61师参战，击退了日军进攻。日本内阁随即又增派第3舰队和陆军久留米混成旅援沪，由第3舰队司令野村吉三郎接替盐泽指挥。7日，野村改变攻击点，以久留米旅进攻吴淞，陆战队进攻江湾，企图从右翼突破。19路军依托吴淞要塞及蕰藻浜水网地带与日军激战，第61师进攻纪家桥、曹家桥及偷渡蕰藻浜的日军，把他们各个消灭，其余日军又龟缩租界。日军故技重演，再次请英、美等国领事出面“调停”，以待援兵。日本内阁于2月14日又调陆军第9师参战，改由第9师师长植田谦吉统一指挥。中国政府也派请缨抗日的张治中任第5军军长，率所部第87、88师及中央陆军军官学校教导总队增援上海，归19路军统一指挥，接替从江湾北端经庙行至吴淞西端的防线，为左翼军。19路军为右翼军，担负江湾、大场以南及上海市区的防御。18日，植田发出最后通牒，要挟中国守军于20日下午5时前撤退20公里，被蔡廷锴严词拒绝。20日，植田令日军全线总攻，采取中央突破、两翼卷击的战法，以第9师主突江湾、庙行接合部，企图北与久留米旅围攻吴淞，南与陆战队合围闸北。守军19路军与第5军并肩作战，密切配合，利用长江三角洲水网地带及既设工事顽强抗击，并组织战斗力强的部队夹击突入江湾、庙行接合部之敌。经过六昼夜的争夺血战，我军将士怀着报仇雪耻的强烈怒火，英勇作战，给日军以沉重打击，日军在我强大攻势之下，由全线进攻转为重点进攻，后又由重点进攻被迫中止进攻。

淞沪抗战激励了全国，后方官兵纷纷请缨参战，蒋介石拒绝再向上海增兵。而日本内阁决定组建上海派遣军，派前陆军大臣白川义则任司令官统一指挥。2月27日起，上海日军又得到陆军第11、14师的增援，总兵力增至9万人、军舰80艘、飞机300架，战斗力骤增。当时中国守军总兵力不足5万，装备又差，而且经一个月苦战，伤亡非常严重，左翼浏河地区江防薄弱。白川汲取前三任指挥官正面进攻失利的教训，决定从翼侧浏河登陆，两面夹击淞沪守军。3月1日，白川指挥第9师等部正面进攻淞沪，以第3舰队护送第11师驶入长江口，从浏河口、杨林口、七丫口突然登陆，疾速包抄守军后路。淞沪守军腹背受敌，被迫退守嘉定、太仓一线。国民革命军在江湾一带抵抗日军进攻至3月2日，由于日军在太仓、浏河登陆，形成腹背受敌的局面，被迫全线撤退。3月3日，日军占领真如、南翔后宣布停战。

战争至此，日本直接危及英、美、法等国在上海乃至中国的利益，他们必须制止战争再继续下去，积极出面调停。5月5日，南京政府代表郭泰祺与日本特命全权公使重光葵分别代表中日双方签订了《淞沪停战协定》。日军返回战前防区（上海公共租界北区、东区及其越界筑路地带），国军暂留现驻地（沪宁铁路上的安亭镇至长江边的浒浦一线），交战区划为非武装地区。中国不得在上海至苏州、昆山一带驻军。国民政府确定“攘外必先安内”的大政方针，毫不犹豫地全面答应日本的条件，实际上国民政府更主动地取缔了一切抗日活动。

令韬奋乃至全中国人民、全世界人民感慨的是，中国自鸦片战争以来，对外战争几乎逢战必败，而且几乎每次都以割地赔款告终。“一·二八”抗战，国军屡挫强敌，迫使日军三易主帅，而最后的停战协议中，既无割地内容，又无赔款条款，实为百年来所罕见。这一场抗战中，19路军和第5军的广大爱国官兵表现的高度爱国热情和抗日救国的英勇牺牲精神，表明了为民族生存而战的中国军队，虽然武器装备远不如敌军，但抗日卫国的正义性质，和广大人民的支援，使中国军队发挥出强大的战斗力，在中国的抗日战争史上写下了光荣的一页。中国军队的英勇表现，也为在沪西方人所亲见，一定程度上改变了自清末以来西方人轻视中国军队的心理，提高了中国军队的形象，改变了中国的国际观感。

但是，国民政府当局彻底妥协，一味退让。19路军被撤出上海，开赴福建“剿共”，张治中也被免去第5军军长职务，这无异于往全体国民心里扎一根刺……

咣当！法租界巡捕房的警车急刹车，韬奋被惊回到现实。韬奋透过车窗往外望，哦，法租界巡捕房已经到了。

第二章　拘　禁

1

警车在法租界巡捕房前戛然停下，打断了韬奋的回忆与思考，他随法租界巡捕下了车。两个法租界巡捕走过来，一左一右抓着韬奋的胳膊，翻译随后，他成为地地道道的犯罪嫌疑人，随巡捕的拉拽一起向巡捕房大门的台阶走去。韬奋头一次被迫当犯罪嫌疑人，他不停地在问自己：我到底犯了什么罪？我的所作所为该算是什么罪？

走了几步，韬奋抬头朝前看，看到两名法租界巡捕挟持着史良在上台阶，他们已经先到了巡捕房大门前。看到史良，韬奋明白他们是统一部署统一行动，对救国会的人同时动了手。

史良上身穿着西装，下身穿了一条水手穿的那种宽大裤腿的裤子，外面披一件大衣。

韬奋忍不住喊了一声“史律师”。韬奋刚喊出声，当即遭到法租界巡捕的制止，他这才明白，他现在成了罪犯，连说话的权利都被剥夺了，心里十分不适应，也十分愤慨：凭什么，我连话都不能说啦？

史良倒是开朗，一脸无所谓的神态，也许因为她是律师，知道这是怎么回事。史良扭过头来，她用目光迎接了韬奋，同时送过来一个甜美的微笑。

韬奋被带进法租界巡捕房审讯室，巡捕让他坐到指定的椅子上，韬奋告诉自己，到了这里他已经失去自由，一举一动必须听从巡捕的指挥呵斥。韬奋坐到椅子上，他想：行动和语言已经失去了自由，眼睛总还是可以自由看的吧？你总不能让我的眼睛也按照你们的意志和指挥行事。韬奋抬起戴着高度近视眼镜的眼睛，把这间小小的审讯室观察了一遍。最后把目光落到跟前的那张桌子上，还没来得及查看巡捕房的这张桌子跟老百姓用的有什么区别，一个巡捕走过来伸手打断了他的视线，随后一把拉他站起来。

韬奋明白在这里没法计较巡捕们的礼貌与态度，他只能乖乖地而且是认真地配合巡捕的拉拽站了起来。巡捕并没有因为韬奋的自觉配合和态度认真而改变他们做事情的习惯和风格，韬奋刚刚站直身子，准备接受巡捕进一步的指挥，巡捕却没有指挥韬奋，却直接指挥了自己的两只手。巡捕的两只手动作娴熟麻利地解下了韬奋西裤的吊裤带，韬奋顾不得向巡捕询问他想做什么，先急忙用两手提住裤腰，免得西裤掉下去出洋相。韬奋两手抓住西裤裤腰后，刚要开口质疑巡捕的行为，那巡捕又指挥他自己的两只手进一步继续动作，娴熟麻利地摘下韬奋的西装领带上的卡子、领带；接着又掏走了装钱的小皮夹子、手表；接着巡捕又蹲下，两手娴熟麻利地解开韬奋皮鞋上的鞋带，把两根鞋带都抽走；再进一步更不像话地抽掉了他内裤的松紧带。一向反应敏捷、言辞丰富的韬奋让巡捕这一系列反常动作搞蒙了，他有些应接不暇，不知该先询问抗议哪一个不能接受的举动，巡捕直起腰来，两手又娴熟麻利地摘下了韬奋的高度近视眼镜。

韬奋急了，有点忍无可忍，但还是保持了文人应有的风度，他努力温和地说："请别拿走我的眼镜，没有眼镜我什么都看不清了。"

巡捕竟没有理韬奋，也许他听不懂汉语，他只顾把从韬奋身上卸下来的东西放到一处，做他想做和该做的事，而没顾韬奋提什么抗议和意见，他连看都没看韬奋一眼，仿佛韬奋不管说啥，有啥意见不满，与他都毫无关系。

巡捕没管韬奋的抗议，翻译却发现了，他走过来接了韬奋的话。翻译似乎注意到了韬奋的气愤，也注意到了韬奋的涵养，也知道韬奋的身份，态度比较友好地说："你坐下吧，这是规定。"

韬奋觉得翻译的话似乎太简单，他想要翻译说得更清楚更具体一点，比如哪个法律哪一条规定。没等韬奋把自己想说的意思说出来，另一个巡捕过来伸出两只手，同时按住韬奋的肩膀，把他按到椅子上坐下。

韬奋正要提高一点嗓门对巡捕的举动提出抗议，他对面一个人影子抢在他前面已经向他发了话。因为韬奋已经没有帮助他看清这世界的工具，他的近视眼镜被那个巡捕强行放到了另一张桌子的一个盒子里，眼镜也委屈地在看着它的主人而帮不上一点儿忙。没有眼镜，韬奋只能模糊地看到，问话是坐在他对面桌子那边的人影子向他发出的，而他都看不清那是个什么样的人，估计是这里负点责任的警官之类的人物，他没法确认，只听到了那句问话。

对方问韬奋叫什么名字。这句话把韬奋进屋后的一切不快"一笔勾销"了，这是非常蛮横不礼貌的，不说尊重，简直是无视他的存在，韬奋心里很不舒服，他没有立即回答。

翻译自然体会不到韬奋此时的心情，他以为韬奋听不懂英语，于是忠实地履行他的职责，他及时地用汉语对韬奋说："你叫什么名字？”

韬奋被他们东拽西扯得无法让自己再回到之前的思维与他们较真，只好面无表情地回答那个模糊的人影子的问话。韬奋说：“你们闯进我家抓我的时候我就说了，我叫邹韬奋，原名邹恩润。”

韬奋说完，不再看那个对面的人影子，只是听翻译问什么，反正那个人影子说一句，他就翻译一句，不翻译闲着也是闲着，他还有点职业道德，不是拿薪水白吃饭。

“年龄？”

“四十二。”

“参加过什么团体？担过什么职务？”

韬奋渐渐明白对方的用意了，他如实地答：“我是全国各界救国联合会的执行委员之一，没有参加过任何党派。”

“救国会的宗旨是什么？”

这会儿，韬奋尽管看不清对面那个人的模样，他还是瞪大眼睛看着那人影子回答了提问：“我们主张抵抗日本对中国的侵略。假如法国被外国侵略，你作为法国公民，难道你能赞成不抵抗吗？”

韬奋看不清对面那人影子是什么表情，但他听到了他的笑声。那人影子回答说：“这是爱国行为，我们巡捕房捕你，是中国公安局的要求，他们说你是共产党。”

韬奋有点激动地问：“你们有什么证据吗？我要非常明白地告诉你们，我不是共产党。但是我还要问，共产党有什么不好吗？你们西方不是整天在喊信仰自由、结社言论自由嘛！是共产党就要被抓起来限制他的人身自由吗？你们的法律有这一条吗？”

因为没有眼镜，韬奋不清楚那个人影子和翻译对他这番话的反应，无法判断是他的话把他们噎住了，还是他们对他这番话不感兴趣，那人影子和翻译一起停顿下来。过了一会儿，韬奋才又听到他们开始继续问话。

人影子说："我们并没有说你有罪，只是要了解一些情况，看要不要把你移提给中国公安局。对不起，今晚要请你在监狱住下，明天再送交法院。"

没等韬奋回话，两个巡捕走过来，一起伸手拉起韬奋，推着他朝门外走。韬奋十分狼狈，他当然看不到自己的狼狈，只是在心里感觉自己很狼狈。他想象没戴眼镜、高度近视的他走路会是一副什么样子。他两手还要提着西裤的裤腰，提防裤子掉下去，因为他的内裤已经被抽走了松紧带，也会与裤子一起掉下去，那就太丑陋了；他脚下的皮鞋没有鞋带，走路时皮鞋一拖一拖地掉打着地板。在两个巡捕的挟持下，韬奋踢里踏拉地被架着往前走，这狼狈相他做梦也不会想到。

2

徐恩曾说不上是喜也说不上是忧地走进陈布雷办公室。抗战以来，徐恩曾与陈布雷在国民政府里可不是一般的人物。

抗战开始后，蒋介石把特务第一处和第二处分开，分别成立了中央委员会调查统计局和军事委员会调查统计局，简称就是"中统"和"军统"。蒋介石指定，"中统"方面，由国民党中央执行委员会秘书长为局长，而以原任第一处处长的徐恩曾为副局长。"军统"局长则由"侍从室"第一处主任兼任，而以原任第二处处长的戴笠为副局长。实际上，这两个局都由副局长掌握着实权，徐恩曾、戴笠两人实际是这两个特务机关的操盘手。

陈布雷原是国民党中央宣传部副部长，并兼任复旦大学中国国文科新闻组（新闻系前身）教授。1935 年后历任蒋介石“侍从室”第二处主任、最高国防委员会副秘书长，他的办公室就在蒋介石办公室的旁边，他一直是蒋介石的笔杆子，蒋介石的重要讲话和文稿，大多出自他手。

他们两个与韬奋都不是一般的关系，陈布雷和韬奋是《时事新报》的同事和朋友，徐恩曾和韬奋是南洋公学的老同学，他俩又因与韬奋的关系也因韬奋的事有了交往。

徐恩曾进了陈布雷办公室，习惯成自然地在沙发上坐下，掏出烟点着就抽。陈布雷则照例要给他泡一杯西湖龙井。

陈布雷把茶杯递给徐恩曾时顺便问了句：“办啦？”

徐恩曾心知肚明地点点头，连话都没说，端起茶杯喝了口茶。然后又抽了口烟，把烟慢慢吐出，这才若有所思地说：“人活在世上都是做事，人与人之间为什么会有这么大的差异呢？”

陈布雷却不以为然：“这有啥好奇怪的呢，常言道，人各有志，不能勉强。人要是都一样了，这世界不就大同啦！还有什么必要分国家？还有什么必要分民族？还有什么必要成立党派呢？”

徐恩曾有点不可理解地说：“说实在的，委员长对邹韬奋真够抬举赏识的，一而再再而三地亲近提携他，咱们都没法相比啊！他这真叫敬酒不吃吃罚酒，完全是他一意孤行，咎由自取。”

徐恩曾这话并不是空穴来风。他像熟悉自己的手掌一样熟悉韬奋，韬奋与国民政府，甚至与蒋介石之间的纠葛矛盾，没法用言语说清楚。蒋介石把韬奋的事一直交由徐恩曾办，所有事情都是他一手经办的。

韬奋接手主编《生活》周刊，立即改变了刊物的办刊宗旨，本来是一本职业教育的休闲刊物，是供职业人员阅读的生活文化类刊物，他把办刊立场一下转到反帝反封建的民主主义立场，抨击批评时政，批判黑暗势力，维护民众利益，因而深得读者青睐，刊物的发行量从原来的2800份迅速上升，到1931年就突破了10万份。生活周刊社也告别了辣斐德路444号过街楼，于1930年7月1日迁到了华龙路80号（今雁荡路）。

“九一八事变”后，他进一步改变办刊方向，由文化转向政治，把《生活》周刊变成抗战阵地，简直成了全国抗战御侮的舆论中心，发行量一度攀升到15万份。

在阶级社会中，民众称赞的事情，政府不一定赞同；民众欢迎的刊物，政府不一定喜欢。世上的事情历来都是如此。《生活》周刊抨击批评时政、批判黑暗势力、维护民众利益的锋芒有了，发行量也上去了，但矛头常常直指政府，甚至直指最高首脑。哪一级政府、哪一个首脑会发自内心地喜欢别人对他指手画脚，会真心诚意地欢迎别人的批评指责？身为党国要员，在其位就得谋其政，他不能因为是老同学就渎职。徐恩曾做的第一件事是让胡宗南赴上海劝说韬奋。

3

2月的上海，树枝还是枯的，春寒的风比冬天更扎脸。徐伯昕拿来了《生活》周刊第7卷第1期，韬奋接过刊物，上面有一篇重头文章《我们最近的思想和态度》，他要再看一下刊出后的文章。

屋外传来一阵汽车喇叭声和引擎声。韬奋和徐伯昕警觉地朝外看，来的是军车，他们觉得有点不对劲。

孙梦旦匆匆跑进门来报告："韬奋先生，胡宗南将军来了，来了三辆车。"

韬奋和徐伯昕感觉有些奇怪：他到这里来做什么呢？

徐伯昕跟韬奋说："你还是避避好。"

韬奋沉吟了一下："不怕。能有什么事呢？"说着他向孙梦旦吩咐："梦旦，你到咱们的伤兵医院去一趟，那边药品有点紧张，你带些钱去，帮他们解决一下。"韬奋说完举步朝大门外走去。

书店门前停了三辆军车。韬奋走出大门，胡宗南已经下车，他在看生活周刊社的房子。徐伯昕也跟了出来。

韬奋热情地迎向胡宗南："胡将军，尊驾怎么有空来我们这小杂志社，有失远迎，不知不为过啊。"

胡宗南个子不高，据说当年考黄埔军校时，因为他身高不到160厘米，体检时被淘汰，还是经党代表廖仲恺特批才得以参加考试。胡宗南说话做派有点大大咧咧，他没在乎这礼节性的招呼，说："邹先生名声在外啊！碰巧路过上海，特来拜访邹先生。"

韬奋实话实说："小小杂志社，岂敢劳将军大驾。"

韬奋礼貌地请胡宗南进屋。

胡宗南没有进屋，直率地说："这里说话不太方便，咱们找个地方说话？"

韬奋也直率地说："我倒是无所谓，只是怕怠慢委屈了将军您。"

胡宗南哈哈大笑："还是找个地方吧，我带了车，方便得很。"

韬奋说："那就恭敬不如从命了。"

徐伯昕立即走过来轻声征求韬奋意见，要不要陪他一起去。

胡宗南不屑地说："用不着陪，我胡某保证把你们老板安全送回。"

韬奋礼貌地跟着胡宗南上了车。秘书与卫兵分别上了前后的车。三辆车飞驰而去。

韬奋对胡宗南突然光临的目的一无所知，但胡宗南在中国是大名鼎鼎的著名将领，而且他跟蒋介石还是大同乡——浙江镇海（今宁波市镇海区）人，黄埔系一期毕业，是蒋介石最宠爱、最看重的军事将领之一。韬奋接手《生活》周刊时就听人说过胡宗南，说他参加过广州革命军两次东征陈炯明和平定杨希闵、刘震寰的叛乱，在北伐攻打孙传芳与直鲁联军的战斗中，屡立战功。尤其是 1929 年至 1930 年，在蒋桂、蒋冯、蒋唐战争和蒋阎冯"中原大战"中，为蒋介石积极效力，他在蒋介石的"十三太保"中居首。

上车后，他们几乎没说什么话。韬奋想：我与胡宗南没怎么交往过，他无缘无故来找我，肯定是受上面的委派，不知他究竟要谈何事。韬奋不得而知，他觉得也没必要急于了解，于是上车后大家都沉默着。

直到进了一家宾馆的会客室，他们坐定喝上茶，胡宗南才开口说话。他一开口，韬奋就知道，果然是受蒋介石之托，前来充当说客。

胡宗南说："邹先生，你们的《生活》周刊，应该多谈生活，谈这么多政治做什么呢？"

这话问得韬奋啼笑皆非，只好无奈地回答他："政治也是生活啊！生活不是有物质生活、精神文化生活、政治生活这些内容嘛！"

胡宗南不想绕圈子，他单刀直入地说："既然要谈政治，那么党国的利益是最大的政治，你也是中国国民，就应该帮国民党中央，帮国民政府说话，应该站在国民政府的立场上来分析形势，批评时弊。”

一进入正题，韬奋反而镇静下来，他不慌不忙微笑着说：“胡将军，我们的《生活》周刊不是国民政府的官办周刊，是民办的，我们的立场是很明确的，也是公开的，我们没有党派，也不随波逐流，而是站在民众的立场。”

胡宗南反问：“民众的立场是什么呢？政府是代表民众的，政府的立场不就是民众的立场嘛！政府的主张不就是民众的主张嘛！”

韬奋摇了摇头说：“胡将军，不能这么武断地一概而论，民众的立场跟政府的立场是有区别的。你可以要求民众放弃自己的立场，与政府保持一致，但政府的立场不能代表民众的立场。”

胡宗南有点急，他接着说：“你这样只是强调了另一面，民众是什么？民众里面有良民，但也有乌合之众，他们的立场能代表国家的立场，能代表民族的主张吗？”

韬奋解释说：“关于《生活》周刊的主张问题，我们专门发表过文章。我们所强调的，是站在中国人民大众的立场上，是站在一个认清中国局势而有良心的新闻记者的立场上，对中国前途，我们认为只有先改变生产关系，而后才可以促进生产力，舍此之外，并无第二条出路。”

胡宗南觉得韬奋太自负，一个小小的杂志社，竟要跟政府对着干，这不是无法无天嘛！他毫不客气地说：“邹先生，别太书生气了，我奉劝你一句，一个人做事，先要抬头看看天，要知道这是谁的天；再低头看看地，要知道这是谁的地；明白了天下的意思，你才会有路可走，才会有事可做，否则，你会寸步难行，甚至会碰得头破血流。请你记住，这是一位姓胡的军人给你的忠告。”……

韬奋随胡宗南走之后，徐伯昕一直放心不下，他不时到大门口张望，心想他们离开两个多小时了，还没有回来，恐怕是秀才碰着兵，有理说不清了。我们是搞杂志出版的，他们是扛枪打仗的，搞新闻出版的跟这当兵的坐到一起，有什么好谈的呢？又能谈什么呢？时局这么乱，你胡宗南不去打日本鬼子，跑这里来找什么事呢？徐伯昕越想越不放心。

这边，胡宗南与韬奋的谈话越来越激烈，一说到抗日，两个人争论起来。

韬奋说："面对暴日的侵略，中国唯一的出路就是奋起抗击，不获全胜决不收兵。"

胡宗南说："谁不想抗日呢？但打仗不像你们写文章，有脑子有笔就行，打仗要人、要钱、要统一意志，不是想当然就能做的事。"

韬奋激愤地说："你作为一个将军，作为一个军人，竟如此消极！实在让人遗憾。面对强敌，我们难道要选择妥协、选择投降吗？国家的尊严还要不要？民族的尊严还要不要？军人的骨气哪去了呢？大敌当前，需要的是全国一盘棋，需要建立抗日统一战线，攘外必先安内的原则，就是一个妥协忍让的原则，这是万万要不得的！"

胡宗南有点不屑地说："说得轻巧。统一，现在的中国统一得了吗？军事委员会让张学良在东北抵抗，他抵抗了吗？让李宗仁、白崇禧离开广西，他们干吗？让唐生智守河北，他还要回湖南呢！阎锡山、冯玉祥，军事委员会的命令他们听吗？这样一种局面，不安内，能有力量跟日本人拼吗？"

韬奋耐心地说："胡将军，这仅仅是一个方面，马占山将军就不是这样想，也不是这样做的。我们何以尊崇马将军？一是牺牲自我以保族卫国的精神；二是正义所在生死不渝的精神。”

胡宗南又激动起来，他站起来说：“日本侵略我国，是中国人，谁不想抵抗？我们都在随时准备奔赴抗日战场。政府也在抗日，没有委员长统帅号令全国，中国还有今天的局面吗？但是，每个人站的位置不一样，抗日的方式也就不一样，你作为国民，必须拥护政府，就是抗日，立场、主张也要跟政府一致！”

韬奋也很激愤，他争辩道：“我们只拥护抗日的政府，不论从哪一天起，只要政府公开号召全国抗日，我们一定拥护。在政府没有公开抗日之前，我们便没有办法拥护。这是民意，违背了这种民意，《生活》周刊就站不住，这对政府也没什么帮助。”……

徐伯昕再次跑到门外，站在那里焦虑地朝远处的马路张望，还是不见韬奋回来。他再一次抬手看表，已经四个多小时过去了，他有点坐立不安。

徐伯昕终于看到一辆军车朝杂志社开来，就和孙梦旦等急忙迎过去。军车在杂志社大门前急刹车停住。车门打开，韬奋坦然下了车，他朝司机招手致谢，军车掉头飞驰而去。

徐伯昕关切地问：“谈什么啦？”

韬奋笑笑说：“说客，蒋介石的说客，他要咱们改变立场、主张，拥护南京政府。”

徐伯昕着急地问：“那……那怎么办啊？”

韬奋摊开两手，做了个无奈的表情，说：“《生活》周刊只怕要面临新的压力和打击。”

徐伯昕若有所思地点头，忽又问：“他还会对咱动粗？”

韬奋意味深长地说：“不是胡宗南要逼我，是蒋介石在逼我啊！动粗只是迟早的事。”

徐伯昕和孙梦旦一怔，都一时无言。

4

徐恩曾再见蒋介石时，那张圆圆的脸蛋上，不再堆满不那么值钱的一贯微笑。胡宗南没给他，更没给蒋介石带来喜悦，他这一趟上海之行不只是带来失望，还有挑战。

蒋介石却什么也没说，让徐恩曾抱走一大摞《生活》周刊。

这是蒋介石做事的风格，他想要下面办的事一般不直接说出来，即便说也不明说，而是旁敲侧击地骂人，有时会骂一片之众，而且往往大骂一通，让手下自己在他的骂声中去寻思去琢磨猜测，你若是想不明白，他会再骂，让你憋闷去。手下猜出来了，想明白了，他再点头；要猜不对，没想明白，他还不说，继续指桑骂槐，直到把手下骂明白了为止。特务组织复兴社，就是他用这个法子骂出来的。

徐恩曾抱着一大摞《生活》周刊回到自己办公室，他发自内心地敬佩蒋介石，作为国家领导人，居然还会关注一本小小的杂志。他自然明白，蒋介石让他搬回这些杂志，肯定不是要他把这些杂志当废旧刊物处理，他更知道《生活》周刊是韬奋在主编，里面肯定出了问题，让他拿回这些杂志，是要他在这大海里捞出针来，发现认识这其中的问题，拿出处理的办法。

说实话，尽管他跟韬奋是南洋公学的同学，但这些年来，韬奋主编的《生活》周刊他几乎没看过。现在蒋介石给他布置了作业，他可不敢马虎，一篇文章都不能放过，而且不是一目十行地扫视，要做研究，当作业一样来做。

经过几天的阅读研究和揣摩，他发现，邹韬奋从 1930 年年底就开始向政府发难了，而且胆大妄为，不知道天高地厚，无法无天：“你居然敢跟政府作对，敢到老虎头上来拍苍蝇，别说苍蝇，就算老虎头上爬满了马蜂，那也是你能拍的吗？”徐恩曾还发现，委员长真了不得，他操着国家的心，操着军队的心，居然连《生活》周刊也期期都看，而且一些值得关注的文章和段落都用红色彩笔勾画了出来。

1930 年 12 月有一篇《对蒋张避名致敬的问题》，矛头竟直接指向了蒋介石与张学良。文章说：“某机关给首都新闻界发通知，蒋总司令为全国重要人物，奠定国基，讨伐叛逆，劳苦功高；张副总司令则拥护中央，底于统一，亦复功在党国，均应致敬，报纸需用他们名字时，应书‘蒋总司令’‘张副总司令’，不得直书‘蒋中正’及‘张学良’。”文章竟借此讽刺挖苦二位，说什么蒋氏所做的励精图治的种种宣言及张氏维持国内和平统一以御外侮的谈论，不过是向全国国民发出的空头支票，全国国民不是急需尽忠竭智诚欲致敬，倒是应该尽忠竭智辅助他们两位，使发出的支票兑现。徐恩曾读后都如鲠在喉，当事人什么感受可想而知，而且文章登在《生活》周刊五周年纪念特刊上。

再有一篇《民穷财尽中的阔人做寿》，直接抨击皖省府主席陈调元，说他“置全国各处灾民之啼饥号寒急待赈救”、陕民“路旁白骨，村中绝户，流亡载道，死伤枕藉”的惨情苦况而不顾，奢侈荒谬地用十万金以上的代价为其母大摆祝寿盛宴。这不是说国民政府从上到下都昏庸无度，骑在穷苦民众头上作威作福吗？

还有一篇《我们的立场》更让徐恩曾无法接受。文章也发在《生活》周刊五周年特刊上，他们的立场第一条就是没有党派关系，立于现代中国的一个平民地位；第二是不愿意唱高调，也不愿意随波逐流，只根据理性，根据正义，根据适合于现代的正确思潮。这种独来独往、漠视党国、无视政府的立场不是想造反吗？

徐恩曾还发现，1931 年“九一八事变”爆发后，邹韬奋更了不得了，他把《生活》周刊当作向中国各界动员的号角，每期都用大量篇幅，报道中国军民愤怒抵抗的消息，揭露日本强盗的残暴行径，对不抵抗主义的方针和政策进行尖锐抨击，还自成为各党各派各系的监督机构，稍有不如愿看不惯之处，想怎么讽刺就怎么讽刺，想怎么挖苦就怎么挖苦，有恃无恐。

国民党中央的事他也毫不客气地谈论评说。他说 1931 年中国的政局很乱，国民党第四次代表大会都开不下去了，只好分别在南京、广州、上海三地召开，这是没见过的事，这种军阀割据的局面恰恰反映了中国政局混乱的现实。南京国民党中央电邀粤方、沪方中央委员来南京举行国民党四届一中全会，粤方回电拿“九一八事变”说事，要求蒋介石下野，否则粤方中央委员不去南京参加会议，要求在上海召开。迫于粤方的压力，蒋介石只好于 12 月 15 日第二次通电下野，1927 年第一次下野辞去的是国民革命军总司令职务，这次通电请辞的是国民政府主席、行政院院长及陆海空军总司令等本兼诸职。南京国民党中央执行委员会开会决议，批准蒋介石辞职申请，由孙科接组南京政府。这哪是“生活”杂志？完全是政治杂志。

他还说其实蒋介石通电下野不过是应付两广陈济棠、李宗仁、白崇禧的派系势力，蒋介石早已打算好了，下野的当天，他就召开了国务会议，在中央和地方各要害部门安插下亲信，控制中枢机构，为以后上台做好准备。果然，孙科政府软弱无力，难以应付“九一八事变”后复杂困难的局面，尤其是财政陷入严重困境，军费已积欠两个月未发。因此 1932 年 1 月 25 日，孙科向国民党中央政治会议提出辞职。1 月 28 日，国民党中央政治会议接受孙科辞职，南京国民政府再度改组，以汪精卫继任行政院院长。当夜，“一·二八事变”爆发，这给蒋介石复出提供了机会。1 月 29 日，国民党中央政治会议任命蒋介石为军事委员会委员长。这简直是说书人在说今古奇观。

蒋介石复出后就拿出了抗击日本的《第二期抵抗方案》。1 月 30 日，他发表了《告全国将士电》，说：“沪战发生后，我十九路军将士即起而为忠勇之自卫，我全军革命将士处此国亡种灭、患迫燃眉之时，皆应为国家争人格，为民族求生存，为革命尽责任，抱宁为玉碎不为瓦全之决心，以与此破坏和平、蔑视信义之暴日相周旋。”蒋介石要求全国将士“淬厉奋发，敌忾同仇……枕戈待命，以救危亡”，并表示他本人“愿与诸将士誓同生死，尽我天职”。此电发布后，影响甚大，“人心士气，为之大振”。

而他们的文章竟说全国民众都信以为真，结果都被委员长蒙了。他们《生活》周刊所发的文章和组织的募集军需用品、建伤兵医院，原本与委员长慷慨所言是一致的，殊不知蒋介石一切举措仅是一时做给各派势力看的，骨子里早就认定了“攘外必先安内”的大政原则。《生活》周刊毫不客气地批判抨击“攘外必先安内”是不顾亡国灭种的妥协政策。

看了这些，徐恩曾彻底明白了蒋介石的意图，他做了一番考虑，然后去见了委员长。蒋介石问他有什么话要讲，徐恩曾倒没有故意表示气愤，而是温和地琢磨着试探。徐恩曾说的第一句话是：“这种与政府唱反调的杂志，应该把它关掉。”

蒋介石却摇了摇头，反问：“你们不是同学吗？”

徐恩曾说：“是，邹韬奋是我南洋公学的同学。”

蒋介石不无赏识地说：“几年之内，能把一个发行量只有2000多份的职业教育内刊，搞成发行十几万份的大众刊物，而且是蛮有价值性和趣味性的时事新闻述评舆论机关杂志，这个人不简单哪！”

徐恩曾琢磨着蒋介石的意思说：“他的英语倒是很好，在学校时就给杂志翻译西方作品，还当过英语教师，还到交易所当过英文秘书。”

蒋介石说：“这样的人才，为什么不能为我所用呢？他现在在批评政府，抨击时弊，为什么不能想办法叫他改变主张，转变立场，站到政府这一边来呢？”

徐恩曾一边听一边思考着，有了胡宗南的教训，他没敢把内心的畏难露到脸上，他知道邹韬奋的性格，那不是一个随便能改变主张的人。

蒋介石感慨地说：“中国的文人里还是有不少硬骨头，前有邵飘萍，后有鲁迅。这个邹韬奋不只是硬，还一根筋。他会不会是共产党？”

徐恩曾不敢肯定更不敢否定，他只能说出中性的意见：在学生时期，邹韬奋的观念还是很正统的。据徐恩曾观察，他不喜欢参加任何党派。

蒋介石又有了疑问：“邹韬奋不参加党派，那他因何要这么偏向共产党呢？他又因何这么固执？为何这么不开窍地跟政府唱反调呢？没有后台，没有别人影响他，他能这么坚定？”

徐恩曾这才提供信息，邹韬奋跟孙夫人走得挺近的。蒋介石有所意会地点头。徐恩曾进一步提供信息，《生活》周刊是职教社主办的。

职教社的主任是黄炎培，是他重用的邹韬奋，他直接主管这个刊物。徐恩曾建议是不是从这方面给点压力。

蒋介石脸上露出了微笑，点了点头说："既然你知道他们的关系，就知道该做什么，方便的时候，我可以见见黄任之，应该让他们明白其中的利害关系。"

黄炎培从南京回到上海就去见了韬奋。黄炎培很为难，把《生活》周刊交给韬奋，是因为他相中韬奋是个人才，不仅文章写得快、写得好，而且这人有中国文人的胸怀与度量，也有胆识，为人做事讲人格、重尊严。果然他没有看错人，也选对了人，看着《生活》周刊对促进社会进步产生的积极效果，他和职教社其他负责人都很欣慰。但职教社是一个教育机关，如果卷入政治旋涡，对职教社整个事业会带来不利影响。这真给黄炎培出了难题。

黄炎培没跟韬奋讲他南京之行的过程，也没把徐恩曾和蒋介石的话全告诉韬奋，他只是婉转地转达上面责令主办单位职教社要管理好《生活》周刊。黄炎培劝韬奋，是不是适当调整一下《生活》周刊的政治立场，避开与政府的冲突。

韬奋完全体谅恩师的难处，他没有意气用事，也没有因此而退却，但有一点他很明确，《生活》周刊之所以有今天，就是靠它的宗旨、立场与主张，离开了既定的宗旨、立场与主张，《生活》周刊就不可能是现在的《生活》周刊，这样，他不只是对不起全杂志社同人的一片心血，也对不起自己这些年的艰难奋斗，更对不起《生活》周刊的广大读者。但是，不改变宗旨、立场与主张，黄主任和职教社的其他负责人就无法向政府交代。经过慎重思考，他仍然坚持他的一贯主张"宁为玉碎，不为瓦全"，决定"应力倡舍己为群的意志与精神，拟自己独立把《生活》周刊办下去”，让《生活》周刊脱离与职教社的隶属关系，不给职教社的领导增添压力和麻烦。这是一个重大的“转变”，韬奋卸掉了职教社领导肩上的重担，把一切压力全揽到了自己身上。

经过商量，职教社同意《生活》周刊改为自主经营，双方订立契约，并允诺如果周刊社有盈利，仍将其20%的利润支援职教社办教育事业。对外公开发表声明，《生活》周刊与职教社脱离隶属关系，由生活周刊社独立经营。

韬奋在刊物上撰文声明：“倘本刊在言论上的独立精神无法维持，那末生不如死，不如听其关门大吉，无丝毫保全的价值，在记者亦不再作丝毫的留恋。”

《生活》周刊独立了，随之江西、湖北、河南和安徽四省传来消息，“剿共”前线南昌军委会行营发出密令，查禁《生活》周刊。

这是一个不祥的信号。邹韬奋、胡愈之、徐伯昕、孙梦旦紧急商量，他们一个个心情沉重。韬奋说：“真应了胡宗南这句话，我成了不识天时地利的人了，无路可走，甚至要碰得头破血流。局势对咱们来说，真是越来越复杂啊！”

胡愈之劝慰韬奋：“也用不着悲观，从目前《生活》周刊在全国的影响和在舆论界的地位来看，它的使命单靠一本杂志难以承载。我有个想法，咱们干脆创办生活书店，这样，我们除了继续办《生活》周刊外，还可以办其他杂志，还可以出书。”

韬奋点头赞成，他说：“我早有这个想法，还跟黄炎培主任说过。”

徐伯昕也兴奋起来：“除了出书，咱们还可经营图书。”

孙梦旦说：“目前咱们的资金已经具备了扩大规模的条件。”

韬奋情绪开始激动起来：“好，大家意见一致，咱们好好筹划一下，我想咱们创建的企业应该是一个新型的合作社，没有资本家在后面剥削大家，大家是老板，员工也可持股。”

胡愈之很赞赏：“韬奋这个思路很新很好，我非常赞成。有了书店，我们才真正有了阵地，不仅出刊、出书、卖书，万一《生活》周刊被查禁了，咱们的阵地还在，生活书店可另办新的杂志，换个刊名照样继续出刊。”

韬奋比他更兴奋：“我想的也是这个，我们要做事，就要做一生投入都做不完的事业。哎，愈之先生，办了书店，你可不能再兼顾了，应该以这边为主，《东方杂志》那里为副了。”

胡愈之答应：“没问题。不过现在合作社不允许注册，伯昕，是吧？”

徐伯昕说：“是的，只允许股份制。”

胡愈之接着说：“那咱注册是股份制，内部搞合作社。”

韬奋拍手：“好！我看，方案就由愈之先生来起草，然后交全体社员讨论通过，总经理、经理、常务理事统统由民主选举产生。”

胡愈之加了一句：“咱们团结一心，众志成城！”

黄炎培不期而至，走进屋子，看他们一个个喜气洋洋的，他问：“这么热闹，有什么喜事啊？也让我分享一下。”

韬奋向黄炎培汇报：“黄老，我们在合计创办生活书店呢！”

黄炎培说：“这事你跟我说过啊！”

黄炎培跟大家一一握手见面。

韬奋说：“一直没顾过来，现在天时地利人和都具备了。”

黄炎培一听这，脸上的喜悦不见了。

胡愈之敏感地问：“黄老有什么事吗？”

黄炎培立即面露微笑说："哦，没什么新鲜的事，我只是想来看看大家，现在杂志社独立了，我跟韬奋有些话要说。"

大家一听，都赶紧打招呼离开了屋子。屋子里只剩下黄炎培与韬奋两个。

韬奋问："黄老，看你的神色，像有啥大事吧？"

黄炎培说："上次去南京，蒋公跟我谈了话，没跟你细说，现在你独立了，有些事我不大放心，还是要跟你说说……"

胡愈之、徐伯昕、孙梦旦一直待韬奋送走黄炎培才回到办公室，他们不约而同问："黄老来说了什么？"

韬奋轻描淡写地说："没什么大不了的事，南京的调子跟胡宗南是一致的，让咱们好好搞职业教育，宣传职业精神，研究职教问题，别搞政治，别跟政府唱对台戏！蒋介石还真关心咱们的杂志，他看咱们的《生活》周刊，凡有批评政府的地方，还都用红笔画了出来，他跟黄老说，批评政府就是反政府。"

胡愈之说："职教社怎么能承受这么大压力呢！"

韬奋不无风趣地说："政府给职教社领导加压，咱们就替他们减压。咱们独立了，脱离了与职教社的隶属关系，这样咱做什么，就牵连不到职教社了。咱们不只是要把杂志办好，还要把生活书店办好，不仅出刊，还要出书！还要卖书！"

徐伯昕也说："咱们这样独立经营，才真正体现合作社的精神。"

韬奋当场拍板："就这么定了。"

生活出版合作社正式成立，经全体社员大会选举，邹韬奋、徐伯昕、杜重远、王志莘和毕云程五人当选为第一届理事，第一次理事会选举邹韬奋为总经理，徐伯昕为经理，毕云程为常务理事。

华龙路80号大楼前热闹异常，鞭炮制造的热烈气氛吸引了过往的行人。鞭炮声中，韬奋为生活书店建店揭牌，在场的嘉宾和店员热烈鼓掌。报社的记者照相的照相、采访的采访。

徐恩曾在他办公室捧着电话，给国民党中央宣传部打电话，他的办公桌上放着《申报》，载有醒目的标题《上海生活书店创建，〈生活〉周刊独立》。

徐恩曾温文尔雅地说："今天的《申报》看了吗？邹韬奋的《生活》周刊越搞越大啦！还成立了生活书店。委座的意思是从管理的正常渠道应该有所动作，你们该管一管！"

上海外滩全是码头，桅杆林立，跳板和船艇纵横。徐伯昕带着生活书店工作人员押运一车分扎好的《生活》周刊赶到码头。码头上今天像有啥重要事情，警察增多，还有一些检查人员夹杂其中。徐伯昕指挥书店工作人员把分扎好的杂志从车上卸下，装到小拖车上送往各处运输船。两个警察和检查人员走过来阻止了他们的行动，徐伯昕过来询问是怎么回事。

一位检查员说："你们是《生活》周刊的吧？别卸了，接上面通知，江西、湖北、河南、安徽四省全部停邮《生活》周刊。"

徐伯昕问："为什么禁邮？"

警察说："你去问市新闻处、市公安局，他们会告诉你的。"

徐伯昕与工作人员一脸无奈。

5

韬奋于1935年8月7日回国后，全力投入创办《大众生活》的工作，并于11月16日创刊，刊物沿着创刊词《我们的灯塔》所指的目标，竭诚尽力，从文化方面推动铲除封建残余和帝国主义的大运动前进。这一天，韬奋突然接到邵洵美的电话。说突然，是因为他跟邵洵美有几年不见了。他们是同行，邵洵美和他的时代图书公司对中国的漫画发展是有贡献的。而且邵洵美还是相当有名气的诗人，还写散文，还搞翻译。身为同行，相互又了解，却多年没见，主要是志向与志趣不同。有人说邵洵美是招摇的文学纨绔子弟，酷似他的朋友徐志摩，文学界称他俩是“诗坛双璧”。他是清朝大官僚盛宣怀之外孙，清朝一品大员邵友濂之孙，鲁迅称他是“富家翁女婿”，有人说他在诗人、大少爷、出版家三种角色当中穿梭往来，循环往复。如此，韬奋自然没那么多闲暇与他交往，但毕竟同做出版，不算知己，也是同业朋友。

韬奋问他，怎么忽然想起自己来了。邵洵美在电话里说，如今，大家都在当人生的奴隶，为了事业，为了金钱，人生的乐趣都被剥夺了。他已经派人送过请柬来了，下午早点到他家里一聚，晚上一起吃便饭。

韬奋手里的事很多，一边办着《大众生活》，一边写着《萍踪忆语》。但出国两年，许多朋友好久不见了，聚一聚也不错，同行多交流有益无害。他就没跟邵洵美多说，应允后扣下了电话。

邵洵美对韬奋还是敬仰有加，他一身便服悠闲地提前立在家门口等候韬奋的到来，屋内客厅已有客人到来，不时传出男男女女的说笑声。

邵洵美发现韬奋走来，急忙拱手相迎。两人握手相见。

韬奋玩笑着打招呼：“洵美，隐居多年，怎么突然冒出来了？要聚，一声招呼即可，何必还要送请柬呢？”

邵洵美笑答：“有请恩润先生大驾，岂敢随意怠慢。”

韬奋问：“如此郑重其事，还有谁呢？”

邵洵美卖关子：“两个贵客，在南京政府做事的同事来看我，想见你，另外还有你的老同学！”

韬奋疑惑地问：“我的老同学？”

邵洵美没再兜圈子：“徐恩曾啊！那两位也都是布雷兄的老朋友。”

韬奋有些明白了，他淡淡地说：“我跟布雷兄也没怎么联系。”

邵洵美心满意足地说：“都是老朋友，快进去说话吧。”

韬奋顿时就失去了聚会的兴趣，冷冷地给了邵洵美一句：“可千万别设成鸿门宴哟！我看他们来不会有什么好事。”

邵洵美打了个呵欠，把韬奋往屋里让。邵洵美的美国女朋友哈恩也来到门口迎接，娇滴滴地打招呼：“邹先生，久仰啊！”

韬奋点头应付，邵洵美却接连打哈欠。

韬奋悄悄地问：“你还在抽那东西？”

邵洵美搪塞：“偶尔，偶尔。”

韬奋问：“你还做杂志吗？”

邵洵美伸出手指头比画了个数字七，有点得意扬扬地说：“小生意，同时出七种杂志，我的经营规模可不比你小哟！”

韬奋有些疑惑地看了邵洵美一眼，进了客厅，徐恩曾和刘健群、张道藩已经在喝茶。邵洵美给韬奋介绍刘健群，哈恩借机进了房间。

邵洵美说：“这位是复兴社的总书记，刘健群先生。”

韬奋听说过这个人，对他不是太了解，只知道他是“三民主义力行社”和“中华民族复兴社”的骨干，鼓吹法西斯主义。

刘健群大光头，大眼睛，说话声音洪亮。他目中无人却又不无妒忌地说：“邹先生大名鼎鼎，委员长的座上宾啊！”

韬奋对“CC 组织”的人不感兴趣，跟这些人不可能有什么共同语言，他什么都没说，只是微笑着跟刘健群握了一下手。

邵洵美继续介绍张道藩：“这位是中央宣传部部长张道藩先生，他的职务太多了，还兼什么教育部常务次长，中央社会部副部长，中央政治学校校务主任、教育长……我都说不上来。”

韬奋对张道藩了解得多一些，张道藩长期从事官办文化教育事业，参与、控制国民党文宣与党务系统。他上的是伦敦大学学院美术部，是这所大学有史以来的第一位中国留学生。听说他当年跟徐悲鸿多有交往，徐悲鸿在德国读书，他专门从英国赶去拜访过徐悲鸿，他们还一起搞过天狗会。张道藩还到巴黎最高美术学院深造过，美术和文艺理论方面都有自己的著作。留学期间他跟陈立夫交往很多，两人一直是朋友，也是“CC 系”骨干人物，娶的老婆是法国姑娘。

张道藩倒是没说话，只是跟韬奋握了手，韬奋却一语双关地说：“早闻大名，久仰久仰。”

韬奋知道这次聚会肯定又是徐恩曾刻意安排的，他估计得很准确。徐恩曾却装出一副事不关己、若无其事的样子，到哪都拿着儒雅书生的气派，以示斯文。他内心虽还念点同学之情，但人在江湖由不得己，他对上司必须忠诚，对岗位必须忠于职守，不能有半点含糊，这一点，他心里明镜似的。上次他请胡宗南出面，软硬兼施，把韬奋劝了四个钟头，没起一点作用，这才不得已用禁邮限制《生活》周刊发行，给韬奋敲敲警钟，结果仍没什么反应。他想，胡宗南是军人，比较粗，还是请政治宣传口的权威人士出面给韬奋晓之以理更直接一些，或许这样更便于触及思想。于是，他就策划了这个局。他想自己直接出面，韬奋不一定肯赏脸，于是找到邵洵美这个大少爷兼诗人、出版家，这样会更好一些，确实是用心良苦。

韬奋到来之前，他们已经谈论了一番。张道藩与邵洵美关系非同一般，他们都是天狗会的，以兄弟相称，平时没外人时，邵洵美叫张道藩“老三”，张道藩称邵洵美“老四”。张道藩把这次行动的目的向邵洵美交了底，假如邹韬奋还不听劝的话，就要采取强硬措施，让邹韬奋连同他的生活书店和《生活》周刊关门。邵洵美一听情况不妙，小心地跟张道藩说：“就算邹韬奋的《生活》周刊触犯了你们的利益，你们要邹某人关门，我不管。可我的时代印刷厂要活呀！我的厂子印《生活》周刊哪！你知道吗？每期印 15 万份，邹某人是我的财神啊！”张道藩却冷冷地说：“老四啊！你亏就亏在没政治头脑。这事无法通融，我考虑的是党国利益。”邵洵美惊愕了，眼前天狗会的老三竟要眼睁睁地看着他掉井里了。所以邵洵美对这次聚会能有个什么结果，心里打鼓，感觉到自己这角色十分尴尬。

韬奋跟徐恩曾只是碰了一下手：“来上海，怎么也不打个招呼？”

徐恩曾以老同学的口气说：“哪敢随意打扰你这个大忙人，里外都忙。”

韬奋实话实说：“作为老同学，我不怕你打扰；作为官员，我还真怕你来找我。”

刘健群见缝插针接过话说：“听说二位当年在南洋公学并称‘双恩’？名不虚传，现在也是才俊双雄啊！”

韬奋没接他的话，理了理衣服在沙发上坐下。刘健群这话让徐恩曾反有些尴尬，邵洵美察言观色，他没法插话搭腔，忙着给大家续水打趣。

张道藩没忘记他的任务，他没让刘健群岔开话题，抢先把谈话转入正题。也许职务害了他，他学的专业是艺术，但现在功夫都用到耍嘴皮子上去了，能说但说的大多是空话。他一开口就滔滔不绝地谈起目前抗战的形势和政府的策略方针，完全不是那种朋友式的聚会聊天，而像在听他做形势报告。韬奋一言不发，静心倾听，但他始终不得要领。韬奋瞥了徐恩曾一眼，徐恩曾只是静静地像旁观者一样坐在那里，韬奋看出，今天徐恩曾只是幕后看戏，前台演员是刘健群和张道藩。

刘健群却受不了了，借着张道藩喝水停顿的机会，赶紧微笑着接过话，直接切入主题。刘健群的笑容来得快去得也快，他说："邹先生，张部长是科班出身的画家，我呢，以前也画过几笔。我觉得邹先生的刊物的整体设计倒是非常有艺术气质，唯愿先生能坚持并以此为追求。"

韬奋感到，张道藩不过是乌云密布，刘健群开始了电闪雷鸣。他不慌不忙地应对："刘总书记倒十分关心我们的小刊物。"

邵洵美拿着一本杂志，随意翻看，装作什么都没听见。

刘健群问："邹先生英文水平了得，先生是留英还是留美的？"

韬奋说："英文全是在上海学的，并无留洋的经历，去年刚从欧洲回来，因何去欧洲，恩曾最清楚。"

徐恩曾没法回答，只好干笑了几声。

韬奋看出今晚的主角是刘健群，那么他也不想绕圈子说废话浪费时间，他就直对刘健群打开天窗说亮话。他说："刘先生，你我未曾有过交往，我这人一贯主张光明，无事不可与人公开交谈，邵先生好意做调，盛意万不可辜负，刘先生有什么事，尽管直说无妨。"

刘健群大大咧咧地把茶杯放置一边，或许他是怕话说到情绪高涨时手舞足蹈起来打翻了水杯。他探过身子，瞪起大眼，声音洪亮地说：“你的那个杂志，我看了一些，前几年还是挺有意思的，最近怎么管起打不打日本的事情来了？而且思想偏激，一个杂志，思想偏激，就会直接影响刊物的艺术气质哟！”

韬奋一直端着茶杯，刚举到嘴边却没有喝，他把茶杯放下，坦然地说：“国难当头，民族危亡，我们报人自然应该以国事为重。作为中国人，对暴日的侵略行径，能熟视无睹？能袖手旁观？能丢开国家民族存亡不顾去谈艺术气质？”

刘健群从鼻子里哼了一声：“嚯！打不打日本？什么时间打？在哪里打？这都是领袖要做的事情，领袖操心这些事就行了，先生你管那么多干吗呢？”

韬奋反过来问：“刘先生，自己的国土让日本占领践踏，自己的同胞在遭日本人蹂躏欺压，人民大众都在呼吁停止内战，一致抗日，我们替人民反映愿望心声，不应该吗？”

徐恩曾依然一语不发，邵洵美倒抽一口凉气，一副看不下去的表情。

刘健群站了起来，敲敲自己的大光脑壳说：“不管中国发生什么重大问题，全凭领袖的脑壳去决定，一切全在领袖的脑壳之中，领袖的脑壳要怎样就应该怎样；我们一切都不必问也不该问，只要随着领袖的脑壳走，你可以万无一失！我们去干扰他干什么呢？邹先生，你跟着领袖的脑壳走，你的刊物也才能万无一失啊！你看，邵先生也是搞杂志的，他做得多漂亮，日子过得多滋润！”

韬奋只觉可笑，手指轻轻敲着茶几，不想再跟他说什么。

邵洵美捕捉到了这个表情，他用神色暗示徐恩曾情况不妙。徐恩曾淡定得像在看戏。这时张道藩也沉静下来，他也不想打断刘健群说话，让刘健群按自己的思路走。

韬奋笑了笑说："照刘先生的意思，一个国家只要有领袖的脑壳就行了，我们新闻言论界存在不存在都无所谓，是吧？"

邵洵美坐不住了，赶紧过来续水，一边续水一边冲韬奋挤眼。

刘健群居高临下，冷冷地看着韬奋说："抗日的事是国家大事，领袖的脑壳里自有神机妙算，你们言论界自作聪明呶呶不休，这就好比领袖要静静地睡觉，你们这些人像蚊子嗡嗡嗡在周围烦扰不休，他忍无可忍，只有一挥手把蚊子扑灭，其中的道理不是一样的吗？"

韬奋一语不发，朝徐恩曾看了一眼，徐恩曾依然不露声色，刘健群更加得意。

刘健群继续亮着他的大嗓门说："说句大实话，今日拍死几只蚊子，也绝对不会发生什么问题，将来等到领袖的脑壳妙用一发生效果，什么国家大事都一概解决，那时候再回头来看，今天被拍死的蚊子不过白死而已。"刘健群进一步恐吓说："老实说，今日蒋介石杀一个邹韬奋，绝对不会发生什么问题，将来等到领袖的脑壳妙用一发生效果，什么国家大事都一概解决，那时看来，今日被杀的邹韬奋不过白死而已！"

面对这种恫吓，韬奋不禁冷笑。韬奋针锋相对地回答："我不参加救亡运动则已，既参加了救亡运动，必尽力站在最前线，个人生死早置之度外！政府既然有决心保卫国土，即须停止内战，团结全国一致御侮，否则高喊准备，实属南辕北辙。要说抗日救亡问题，救亡运动是全国爱国民众的共同要求，所以即令消灭一二脑壳，整个救亡运动还是要继续下去，非至完全胜利不会停止！你这种所谓的‘领袖脑壳论’，是独裁的领袖观，和民主领袖观是根本对立的，民主领袖观是要领袖采取众长，重视民众脑壳，即重视民众的要求和舆论的表现；独裁的领袖观便恰恰相反，只有领袖算有脑壳，其余亿万的民众算是等于没有脑壳！”

一直似乎置身事外的徐恩曾终于开了口，他不能再这么让邹韬奋把刘健群批下去，再批下去刘健群就受不了了，于是他出来缓和气氛。他说：“恩润，我记得你当年还给我传递过北伐的消息，那时候我们对领袖何等尊重，你不记得了吗？”

韬奋说：“此一时，彼一时，可同日而语吗？我要对几位说明的是，民众的意志，不是一二人或少数人的‘脑壳’创造出来的，既参加救亡运动，个人生死早置之度外，这是其一；民众的爱国运动，并非反对政府，尽可作为政府的外交后盾，这是其二；其三，政府既有决心保卫国土，即须停止内战，团结全国一致御侮；其四，我们迫切希望蒋先生领导全国抗战，抗战的领袖自然会是受全国尊重的领袖，领袖的伟大之处正在集众‘脑壳’，而不是无视众‘脑壳’而成孤家寡人！”

徐恩曾看着韬奋，耐心地劝说：“恩润，换一种思维，你既然有志献身于救亡运动，何不跟领袖接近一点呢？你可以用你的才智与思想去影响领袖，把你的主张与立场变为领袖的主张与立场，何必要在外面用报刊舆论当工具呢！这不是更高层次的爱国救亡嘛！”

韬奋不置可否地笑了笑。

徐恩曾加了一句：“这也是布雷兄和我的真诚愿望。”

韬奋缓缓站起来，冲徐恩曾和刘健群拱了拱手说：“我想说的都说了，已经不早了，我还有事，告辞了。”

刘健群脸上已没了笑容，张道藩一脸失望。

徐恩曾意味深长地说：“恩润，你这是把我往悬崖上逼啊！”他用上海口音很重的普通话对韬奋说：“老旁友（老朋友）！你有你的政治见解，我完全同情你的苦闷，在这个年头，谁满意现状哩？我知道你不是共产党，我只希望你帮个小忙，你可以做到，就是希望你不要替共产党说话。这个要求总不算过分吧？”

韬奋以锐利的眼光透过深度近视眼镜望着徐恩曾，他客气又坚决地回道：“你看，既说希望，又请帮忙，最后还来个要求，一个‘中统’的局长，跟一个文化人这般说话，岂不是太客气了？但是，我坦白地告诉你，这我办不到！我不是共产党，但我愿意投共产党的票，愿意说赞成他们的话，照法律应该有这个自由。我今天承你和张部长、刘总书记在这里约见我，我没有别的希望，也只希望你们帮点小忙，做到或做不到在你们，我希望你们允许我有这个自由。”

韬奋以希望对希望，回了他们一枪。

徐恩曾知道无法使韬奋屈服，不待张道藩插嘴，马上装出一副笑嘻嘻的样子说：“我一定拥护你有自由，不骂国民党的自由，好不好？老旁友（老朋友）！在此地吃吃便饭吧。”

韬奋并没有领这个情，立即起身告辞离开。待韬奋走后，徐恩曾即对他们说：“这种书呆子不要正面打击他，对这种人要有对这种人的手段。”

韬奋走出邵洵美家大门之后，想想这个鸿门宴，忍不住哈哈大笑。

6

黄炎培到生活书店找韬奋，生活书店已经搬到了福州路384弄4号。看到黄老先生来到，韬奋与徐伯昕赶忙起身迎接。

韬奋很过意不去，说："黄主任要有事，叫我们过去就是了，何必还亲自跑来呢！"黄炎培跟他说，这件事在职教社说不方便，只能到这儿来说。徐伯昕看他们有要事相商，就借故离开，他正要去邮电局谈刊物发行的事。

徐伯昕离开后，韬奋问："你老人家这么郑重其事赶来，又有什么重要的事啊？"

黄炎培说："杜月笙杜老板你应该熟悉的，一起吃过几次饭的。"

韬奋笑了："上海人谁还不知道杜月笙呢！你们工商界那个中华共进会，他是会长，你是秘书长吧？他还有中汇银行，上海赫赫有名黑白两道都吃香的大老板啊！"

黄炎培说："是啊！他找我了，约你到他那里见个面。"

韬奋十分奇怪："他找我？他怎么会找我呢？他跟你说什么事了吗？"

黄炎培说："他说他要陪你去南京见蒋委员长。"

韬奋一怔，感觉事情有点严重，他自言自语说："这么说，徐恩曾回南京没有说我太多的坏话。"

黄炎培不明白韬奋这话的意思，问他："徐恩曾来上海了吗？"

韬奋把前些日子徐恩曾带着刘健群、张道藩来上海劝说恫吓他的事说了。

黄炎培说："具体什么事儿杜老板没说，明天你抽空去见见他，他家你不是去过嘛。这人很讲义气的，在上海有什么事，他还是能帮上忙的，他也肯帮忙。”

送走黄炎培，韬奋想：蒋介石居然要见自己，而且让杜月笙出面来请，这事非同小可，有点反常。自己一个小小书店的经理，值得这种大人物出面吗？韬奋越想心里越打鼓，于是打电话约见了沈钧儒。

韬奋来到沈钧儒家，没想到沈老把李公朴和章乃器也叫来了，这两人都是宋庆龄组织的全国各界救国联合会的执行委员，韬奋把这一段时间自己遇到的事都告诉了他们。

沈钧儒听了之后，有了想法。他说：“先是胡宗南前来相劝，继而徐恩曾又带刘健群、张道藩来沟通相邀，现在又请杜月笙出面约见，并要陪同前行南京，这一系列举动，以我之见，蒋公可能真的赏识你，我看去见见也无妨。”

章乃器则认为事情不是这么简单：“我认为不能去。假如是为救国会的事，为何要单独约见你呢？里面肯定有阴谋，凶多吉少，不去为好。”

李公朴赞同章乃器的看法：“我也认为还是不去为好，你们的杂志接连遭查禁，约见你可能是想让你彻底离开这块阵地，以消心腹之患。”

沈钧儒细想，觉得他们的分析不无道理，他说：“要不我征求一下孙夫人的意见？此去不可能是你个人的事，与救国会会有直接关系。”

韬奋也觉得这样更为慎重，最后大家一致同意先去见杜月笙，看他怎么说，然后听听宋庆龄先生的意见，再做决定。

杜月笙的公馆在华格臬路（今宁海西路），据说是黄金荣送给杜月笙的，那是一幢中式石库门楼房。杜月笙在自己公馆的小花园里见了韬奋，见面很随意，杜月笙和蔼可亲地与韬奋在花园里一边漫步，一边说去南京的事。

杜月笙走过一棵梅树，对韬奋说："恩润，你应该是了解我的，我和你态度很一致啊，坚决抗日。"

韬奋默默点头，但他难以掩饰对面前这个人的不完全了解。

杜月笙继续说："我这人最讲信用，我是受蒋委员长之托，请你去趟南京，我答应了他，那么你就给我个面子。"

韬奋不知底细地说："你恐怕也知道，我是救国会的，假如是谈抗日的事，他为何要单独见我一个人呢？"

杜月笙挥挥手："这我就不知道了。恩润，这不必有顾虑，我看委员长对你很器重，委座身边的陈布雷先生不也是你朋友吗？我看你的前途亦是无可限量啊！"

韬奋一时语塞。

杜月笙很豪爽地拍了拍胸脯："恩润老弟，我杜某陪你去，再陪你回来，你尽可放心，绝对保证安全。我跟南京方面联系好了，买明天晚上的火车票。"

韬奋没法再说什么，他们一切都安排好了，根本不是在征求他的意见，他要再说别的，只能当面顶起牛来，他干脆什么也不说，只是支吾着应付。

傍晚，韬奋一手提着一兜刚上市的枇杷，另一手拿着个洋娃娃回到万宜坊自己的家。进门，韬奋先把洋娃娃给了迎过来的邹嘉骊，然后喊大宝、二宝吃水果。邹嘉骅、邹嘉骝一齐出房间叫爸爸。邹嘉骝看到小妹手里的洋娃娃，靠过来问爸爸，有没有给他买东西。韬奋变戏法似的掏出一个小汽车玩具递给他。邹嘉骝接过，高兴地跟妹妹显摆。邹嘉骅也疑惑地抬眼看着父亲。沈粹缜从厨房出来，见他们爷儿仨开心，她也开心。韬奋慈爱地对邹嘉骅说："大宝，爸爸一天到晚在外奔波，你已经长大了，要多帮妈妈照顾弟弟妹妹。听你妈妈说，你在学校的刊物上发表了一篇小文章？"邹嘉骅点点头。韬奋从怀里掏出自己平时用的钢笔，说："好孩子，这是爸爸平时用的钢笔，送给你做个纪念，奖励你的文章第一次变成铅字。"邹嘉骅旋开笔帽看看，珍惜地把钢笔放进书包里，低头直乐。

沈粹缜看着这情景，莫名地紧张起来，她悄悄地问："你又要上哪儿去？"

韬奋笑笑说："看你紧张的，饭好了吗？吃饭。"

书房里安静得只有韬奋钢笔在纸上奋笔疾书的声音，写字台上放着一尊高尔基的木刻肖像。沈粹缜提着水壶悄声进来给丈夫续水。

韬奋说："别添了，我要出去。"

沈粹缜又紧张起来："晚上去哪儿啊？"

韬奋小声说："刚才守着孩子没跟你说，上午我去见了杜月笙。"

沈粹缜更紧张："他不是流氓大亨嘛！见他做什么？"

韬奋说："他要陪我去南京见委员长，说是委员长托他约我去南京。"

沈粹缜脱口而出："不能去！吴市长不是说要取缔你们的救国会嘛！绝对不能去！"

韬奋耐心地说："这不是我个人的事，关系到救国会，所以我要到沈老先生那里去一趟，我们已经商量过一次了，再把见杜月笙的情况说一说，看看去好还是不去好。"

沈粹缜先表态，当然不能去啊！

韬奋无奈地说："真要不去，只怕我又没法在国内待下去了。"

沈粹缜没了话。

这一次，沈钧儒没叫李公朴他们，就韬奋和他两个商量，沈钧儒听韬奋说了见杜月笙的情况后，郑重地说："孙夫人慎重考虑了，她认为还是不去的好。"

韬奋说："我爱人也不同意去。"

沈钧儒说："孙夫人一则考虑，谈及救国会的事，你一个人没法说；二则不排除蒋公想拉你用你，你不好办。"

韬奋态度明确地说："要我做陈布雷第二，我绝不会答应。"

沈钧儒说："问题不在你答应不答应，若把你扣下了怎么办？"

韬奋一怔："那倒是……"

沈钧儒说："问题是这事怎么婉拒杜月笙，这人特别讲义气，他可不能惹，谁要惹了他，那可真要倒霉的。你好好想想，用不着太早回复他，以免节外生枝。"

韬奋想，这事不跟杜月笙明说不行，要是跟他弄僵了，这可不是闹着玩的，他黑道上有的是人。第二天下午晚些时候，韬奋直接去了中汇大楼杜月笙的办公室。

韬奋走进杜月笙办公室，杜月笙已经和一位银行老板坐在沙发上等他。杜月笙起身相迎，韬奋抱歉地说："正在发下一期稿子，忙不过来。"

杜月笙劝他："做事情用不着这么拼命，也不必事必躬亲，当老板的要学会放权，要放手让下面干。"

韬奋说："办杂志出书真不同你们做生意，再忙稿子也必须看，重要文章必须亲笔，就这样还老让人查呢！”

杜月笙笑笑说：“查的只怕就是你的亲笔，手下写的就用不着查了。”

三个人会意地哈哈大笑。

杜月笙说：“一会儿咱们去吃饭，吃了饭就上车。那边回话了，明日一早，戴局长亲自到车站接你，派头蛮大哟！”

韬奋犯难地说：“杜老板，真对不起，你约我陪我去南京，真是天大的面子，也是我的荣幸，要是在平常，我都不知该怎样感激你。但是，这一次不是我驳你的面子，我真不能去。”

杜月笙呼地站了起来：“你说什么呢！这玩笑开得起吗？你让我怎么跟委座交代？”

韬奋如实地说：“杂志社、书店一堆事离不开这是客观。更主要的是救国会是全国性的组织，救国会的事是全国的事，我一个人怎么说？我说了也不算啊！假若委员长器重我，要把我留下，那我真的只有死路一条了。请杜老板体谅小弟，多多为小弟想想，多多理解小弟。我知道你讲义气，有事得明说，所以我只能当面来跟你求情谢罪，求你帮我这个忙，小弟没齿难忘。”

杜月笙十分不满：“我杜某还没办过这种荒唐事，明天戴局长到车站接不到人，我还有脸再见委座啊？”

韬奋十分尴尬：“杜老板，要骂要罚只能由你了，我说的都是实话，实在对不起，请多原谅。”

银行老板开了口：“邹先生，你要不去，确实给杜老板出了道难题，委座我了解，他十分爱惜人才。说句实话，你这次要不去南京，就只有再流亡海外，国内就休想立足了！”

韬奋像回答又像自言自语："三军可夺帅，匹夫不可夺志啊。"

老天跟韬奋的心情一样，从上海到南京，天色阴沉，一早上就淅淅沥沥下着密密的细雨。戴笠背着手，在站台等待。有雨飘进站台，勤务员过来打起伞，请他车里等。戴笠摇摇头，说这是委座请的客人，文化人讲自尊，还是在这里等好。

从上海来的火车进了站，戴笠调整一下情绪，很有军人风度地微笑着站在站台边，勤务人员也赶紧收伞站好。火车上的人下来，有学生有居民。乘务员下车，直接来到戴笠跟前报告了情况，同时给了他一封信。戴笠的脸立即变了色。

沈粹缜、李公朴、章乃器都赶到生活书店。徐伯昕、孙梦旦已在跟韬奋商量。

沈粹缜进门就急了："那怎么办呢！"

徐伯昕安慰道："嫂子别急，我看韬奋先生住家里已经不安全，只能先到我家避几天再说。"

沈粹缜说："避倒是有地方避，杜重远先生在监狱，他家的房子空着。"

李公朴说："在上海避解决不了问题，那个银行老板说的是实话，在国内哪儿也不安全。"

韬奋左右为难："我刚从国外回来不到半年，欠的债还没还清呢，我不想再出去了，随他们怎么发落吧。"

章乃器有了主意："去香港吧，那里也有咱的组织。另外，金仲华、恽逸群他们都在那里，在那里可继续办报办杂志。"

徐伯昕很赞成："这是个好主意，你不是一直想创办《生活日报》吗？这倒是个机会，那就把阵地转移到香港去。"

韬奋眼巴巴地看着沈粹缜。

沈粹缜心绪纷乱，她无奈地说："这也是没有办法的办法了……"话没说完，眼泪流了出来。

7

陈布雷和徐恩曾闷闷地喝着茶。

陈布雷看着徐恩曾问："下一步怎么办，有方案了吗？"

徐恩曾摇了摇头，圆圆的脸上布满忧愁。他说："他们都住在法租界，只能由法租界的巡捕房先拘禁了再说。"

徐恩曾说这话的时候，韬奋已经被法租界巡捕带到楼下的另一间办公室，里面有柜台，柜台后面坐一个警官，像是巡长。

巡捕把韬奋带到离柜台不远处的栏杆里，有一个巡捕看押着他。这间办公室的门又被打开，声音告诉韬奋，巡捕又带进来一个人，韬奋看不清进来的是什么人。

巡捕把带进来的人也带到离柜台不远处的另一道栏杆里，进来的人离韬奋已经很近。他大约看清是一位女性，他知道是史良，巡捕仍不许他们说话。

韬奋对柜台里边的那个人影子提抗议，他估计那里边的人可能是一位警官。他提高嗓门说："请把眼镜给我，我什么都看不清！"

韬奋的话在这屋子里翻着跟斗四处撞墙，但屋子里的人没有一个理睬他。

史良也帮他说话，她对旁边的一个人说："韬奋先生是有地位的人，应该把眼镜给他使用。"

巡捕和警官仍不理睬他们，韬奋只能朝史良苦笑。

韬奋双手提着裤腰，拖着没系鞋带的皮鞋，大睁着近视眼，在一个巡捕的挟持下狼狈地走着。到监狱的大门口，他又遇见了史良，还碰到了章乃器。不是他看到章乃器，是章乃器轻轻叫了他。巡捕立即制止他们说话，他们只能用点头微笑相互打招呼。

乘巡捕与监狱看守接洽时，韬奋问章乃器被抓了多少人，章乃器悄悄告诉他，法租界就他们三个。韬奋问沈先生他们有什么消息，章乃器说大概也被捕了。

监狱铁格子大门打开，他们三个被分开关进三间囚室。狱卒跟他们说，这是对你们上等人的照顾，一人睡一间囚室。

韬奋和衣躺到一张大床上，他睁着两眼，怎么也睡不着。

第三章　保　释

1

韬奋摘了眼镜本来就什么都看不清，再睡到这黑洞洞的囚室里，睁着眼睛跟闭着眼睛没两样。他躺在这张陌生的囚室大床上，被褥、枕头的气味都让他陌生，翻来覆去睡不着，一合眼，离家时的那一幕就闪现在黑暗之中……

沈粹缜那一声无助的低低的“恩润”，三个孩子同时呼喊着“爸爸！爸爸！”，这些一直在韬奋耳畔回响，这声音让他心碎。

韬奋翻了个身，干脆睁着两眼想事……

白驹过隙，光阴似箭，一转眼十年就过去了，十年前的情景就像发生在昨天……

韬奋正伏案疾书赶稿子，徐伯昕也在办公室里忙他的事，黄炎培悄声地进了屋。

黄炎培跟往常一样打招呼：“恩润，又在给谁家赶稿子呢？”

韬奋不好意思地憨笑着答：“《时事新报》要一篇时评。”

黄炎培关心地问：“恩润，你兼了几家报纸的差？”

韬奋很紧张，没有回答。

黄炎培和蔼地问："家里缺钱，是吧？"

韬奋难为情地说："妻子快要生了。"

黄炎培听了这话，脸上漾出一些犹豫的神色，似乎心里还有话要说，却没有说出来。

韬奋发觉了老主任的神色，疑惑地看着他问："主任先生，你是不是有什么事要说？"

黄炎培坐了下来，拿一根食指敲敲主编的桌子说："本来找你想商量件事，王志莘先生要去银行任职，咱的《生活》周刊没人主编了。我想，你倒是挺合适。你笔头快，又在大报馆锻炼过，当主编没问题。只是杂志发行量只2800份，人手也只有你、伯昕和孙梦旦三个人，经营起来比较困难，也不知你有没有兴趣接手《生活》周刊。"

韬奋有些意外，他犹豫了一会儿，没说话，只是摇了摇头。

徐伯昕两只耳朵却一直竖着听这边两个人说话，他看到韬奋摇头，也非常失望地摇了头。

黄炎培十分体谅地说："你现在是有家口的人了，需要多赚钱养家，这边能给你的薪资也太低。"

韬奋觉得老主任误解了他的意思，他急忙解释："主任先生，不是钱的问题，我只是觉得咱们的职教刊物没多大意思，做起来也困难。"

黄炎培看着韬奋，觉得他有想法，就鼓励他说："现在的刊物没意思，你当了主编，可以改啊！"

韬奋心里没底，他有些勉强地说："那我考虑一下吧。"

黄炎培还是寄希望于韬奋："那你好好考虑一下，这也算是你的一件人生大事，你年轻，正是创事业的时候，回家跟妻子好好商量一下，我很希望你能接下这刊物，我也相信你会有一番作为的。"

黄炎培一离开，徐伯昕立即凑过来。他鼓动韬奋：“恩润，你怎么不接呢？接呀！我支持你，刊物现在没影响，黄主任说了，可以改啊！我觉得你很适合做《生活》周刊的主编。”

让黄炎培和徐伯昕这么一劝，韬奋被说动了，他认真地做了一番思考。

韬奋出生在一个日趋破落的官僚地主家庭，祖父邹舒予做过福建永安、长乐知县，官至延平知府。父亲邹国珍在福州市做候补官时，家道已趋没落，生活很显拮据。韬奋兄弟三个姊妹六个，他是长子，从小领略了生活的艰辛与困苦。在父亲“实业救国”观念的推动和影响下，韬奋考取了福州工业学校，父亲希望他将来做一个工程师。但韬奋认为他的天性实在不配做工程师，读到大学电机科二年级，虽然成绩优异，他仍对数学、物理不感兴趣。终未遂父心愿，他破格考入上海圣约翰大学文科三年级学习，他的人生发生了一大转折。韬奋从圣约翰大学毕业，获得文学学士学位。他想进入新闻界，但一时得不到机会。恰逢上海厚生纱布交易所需要英文秘书，韬奋为谋生暂去就业，成为工商界的一名职员，后到上海职业教育机关兼职，做写作、翻译工作。1922 年，他正式进入中华职业教育社，担任编辑股主任，主编《教育与职业》月刊，开始了他的新闻、编辑、出版生涯。回想自己的经历，他觉得自己还是愿意做编辑出版工作，也适合做编辑出版工作。

韬奋回家跟沈粹缜商量，如实地说了目前刊物的实际情况，只有他和徐伯昕两个，孙梦旦是兼职会计，只能算半个人；发行量现在也只有 2800 份，入不敷出，但接手后刊物的内容、设计、风格都可以改。沈粹缜觉得兼职太辛苦，也不稳定，希望他有一份比较稳定的有发展的事业可做；再说当了主编，等于自己有了一块天地，能做成什么样，全凭自己的本事。她相信自己的丈夫能做成事，能做成大事，她全力支持他。就这样，韬奋打定了接手《生活》周刊的主意。

他和徐伯昕、孙梦旦三个人在辣斐德路444号过街楼的十几平方米的小屋里开始了《生活》周刊的艰苦创业。三张桌子就塞满了屋子，编辑部、总务部、广告部、资料室、会议室多位一体，都在这个小小的空间里。

一年中他苦苦思索，如何让一本读者很少关注、反映职工教育生活的《生活》周刊，变为关注人生、唤起民族精神、推动社会变革的大众喜爱的刊物。自第二年开始，他调整办刊方向，确立了“暗示人生修养，唤起服务精神，力谋社会改造”的宗旨，确定刊物以最近的趋势，材料内容以时事为中心，用新闻学的眼光，为中国创办一种议论公正、评述精当的时事周刊。但刊物和文章的风格力求体现“每星期乘读者在星期日上午的闲暇，邀几位好友聚拢来谈谈，没有拘束，避免呆板，力求轻松生动简练雅洁而饶有趣味”以“供应特殊时代的特殊需要的精神食粮”这样一种情趣。因此，《生活》周刊更接近知识分子和文化阶层，让读者多些“天下兴亡，匹夫有责”的理想情绪。

办刊的理想有了，但人手极端少，资金也极端有限，当时连供稿的作者都请不起，付不起稿费。怎么办？只能靠自己。每期刊物的文稿只好由当时的邹恩润自己一人来写，但一个人写难以满足读者多层次多口味多喜好的阅读需求，他就以心水、思退、沈慰霞、因公、惭虚、秋月、落霞、春风、润等笔名撰稿。影响最大的笔名还是韬奋，最早用于1928年11月18日《喂！阿二哥吃饭！》一文。他曾向人解释说：“‘韬’是韬光养晦的韬，‘奋’是奋斗不懈的奋。”文章不是以不同署名就能满足读者阅读需求的，读者性别有男有女，年龄有老有轻，文化有高有低，韬奋用尽心思磨炼自己，有的文章完全以女性化的笔名，以女性的温和雅致的文字风格书写；有的文章则以中老年喜爱的笔名，以老到辛辣的笔墨书写；有的则以年轻而充满朝气的笔调和充满青春活力的激情与文字书写，尽力满足各阶层、各年龄段、男女读者的各种需求。

韬奋对读者更有亲和力的是竭诚为读者服务，这种服务不是装样做表面文章，而是发自内心，他始终把读者奉为真正的上帝。《生活》周刊许多栏目都受读者欢迎，但“小言论”和“读者信箱”成为他与读者心声交流的重要园地。

“小言论”，每期每篇篇幅不长，但精致而言之有物，总会给人启迪，发人沉思。而“读者信箱”则要他花费比撰稿还多的精力与心力。那时候，他们刊物的读者来信就成麻袋地装，回复周刊读者的来信，每一封都是韬奋亲笔写。几乎每一天，韬奋都是从下午开始回信，直到夜里两三点钟。大到社会变革问题，小到求学求职、婚姻恋爱、工作方法、写作技巧等，他都会给予具体的、各不相同的解答。看信、回信占据了韬奋大部分时间。他每天要看几十封信，并安排回复，有代表性的读者来信还选出来直接在刊物发表。最长的回信，他会写到上千字。有时在办公室写不完，他就把信带回家写。沈粹缜有一次和他开玩笑说，我看你恨不得把床铺搬到办公室里面去。其实，即便把床铺搬到办公室里面去，他也做不完要做的事。

这仅是一个方面，自韬奋接手《生活》周刊，他就立了个规矩，只要周刊的读者找到咱，不管是什么事，都要给他帮助。慢慢地，读者就把《生活》周刊当作自己的家，把他们当作自己的亲人，问路、问事、打听人、买火车票或船票、找旅馆等杂事，都会毫不见外地向他们求助，有时连找对象、谈恋爱都会跟韬奋商量。

不只韬奋一个人如此拼命，徐伯昕也是独当管理经营发行这一摊，孙梦旦也是财务和总务所有杂事都管。他们三个人齐心协力，艰苦创业六年，终于走出了困境。

他们开始通过考试，对外公开招聘员工。那时，他们已经告别了辣斐德路那个过街楼，搬到了华龙路 80 号。

徐伯昕抱着一摞试卷进办公室，韬奋问："伯昕，这次来应聘考试的有多少人？"

徐伯昕兴奋地说："30 多个呢！"

韬奋欣慰地笑了："想当年《生活》周刊只有你、我和老孙三个人，发行量才 2800 份，现在刊物发行过了 10 万份，还有了生活书店，开始公开考试招聘店员了。"

徐伯昕也很欣喜："是啊，当时杂志的稿子靠你一个人唱独角戏，一期刊物的文章都是你自己写！"

门外响起了犹豫的敲门声。

韬奋喊："请进！"

贺众秀羞涩地走进来站在了门口。

韬奋问："姑娘，你找谁呢？"

贺众秀羞怯地说："我找韬奋先生。"

韬奋已经习惯，因为经常有读者慕名来找他，他说："我就是，你有什么事我能帮助的？"

贺众秀很不好意思地说："我从湖北来，我在《生活》周刊上看到你们考试招聘的启事。我刚刚技校毕业，我非常敬仰你，特意赶来考试应聘，谁知今天赶到这里考试已经结束了。韬奋先生，能不能给我个补考的机会，要不我就白赶来了……”

韬奋笑了，他听了非常感动，热情地说：“姑娘，谢谢你对《生活》周刊和生活书店的热爱，这事归徐经理管，伯昕，你看呢？”

徐伯昕也被她的精神感动，他爽快地说：“没问题，可以给你个补考的机会。”

贺众秀激动得跳了起来：“谢谢！谢谢！太谢谢了！”

孙梦旦正在门店指导着贺众秀布置书店的书架，韬奋让人叫他到办公室开会。孙梦旦叫贺众秀看看自己摆的书架，让她照着样子摆放。那时候的生活书店门市对读者实行开架售书，各类图书如何按分类陈列布置于书柜里，如何便于读者随意取阅，是需要动脑子研究的。

孙梦旦走进里屋办公室在韬奋身边一把空椅子上坐下，因办公室小，来参加会的有站有坐。韬奋看人已到齐，他就开门见山说事。他说：“今天说两件事。第一，我们的《生活》周刊改版成时政述评舆论杂志后，发行量突飞猛进，上一期发行量已经超过 15 万份。”大家纷纷笑起来，徐伯昕和孙梦旦也掩饰不住地笑。

韬奋继续说：“第二，我们的书店对外是股份制，对内是合作社。书店不是我和徐经理的，是大家的。盈利归全体，没有剥削存在，为社会服务，也为自己工作。”

大家都开心地点头微笑。

徐伯昕站起来说：“新员工进了咱们书店，只要工作满一年就可以享受股份。邹先生是咱们的总经理，他自己坚决不当资本家，他只占 2000 股。”

这时，贺众秀跑进来压低嗓子喊：“孙先生！”

孙梦旦误会了，对贺众秀说："你着什么急？有你的股份！"

贺众秀着急地说："有人在门市偷书！"

屋里的人一惊。孙梦旦随贺众秀进了书店门市。柯益民站在书店靠墙的一个书架前，地上还掉了一本书，周围的人在窃窃私语。

贺众秀悄声跟孙梦旦说："刚才我看到他拿书往衣服里塞，书就在他的衣服里。"柯益民翻看着一本书，他发现了贺众秀和孙梦旦在看他，有一点紧张，把翻看的这本放回书架，插书时没能顾及藏在衣服里的那本书，书从衣服里掉到了地上。贺众秀走了过去。

贺众秀鄙视地看着柯益民责问："这书怎么从你衣服里掉下来了？年纪轻轻的，做这种事，还读什么书呢？"

柯益民让贺众秀说得无地自容。这时韬奋开完会也来到门市，他用眼神打断贺众秀的话，弯腰捡起了掉地上的那本书。柯益民很窘，实在待不下去了，转身要走。孙梦旦过来一把拉住了他。

孙梦旦很气愤地说："我看你常来书店，偷几次了？"

柯益民低头梗着脖子不理，店员们叽叽喳喳议论起来，有的大声说应该罚他。

韬奋走上前去，很和气地说："听口音你是东北人，东北哪儿啊？"

柯益民说："哈尔滨。"

韬奋问："什么时候来的上海？"

柯益民说："半年前。"

韬奋又问："家里还有什么人？"

柯益民没有说，眼泪在眼眶里转。

韬奋沉吟片刻，脸带微笑看着柯益民，像对自己的学生一样说："要是喜欢看书，可以来我们书店应聘啊！"

柯益民抬起头，不敢相信地看着韬奋，他疑惑地问："流亡学生你们也要？"

韬奋点点头，把那本捡起来的书递给柯益民："这本书你先借去看吧。"

贺众秀有点急："邹先生，书看脏了就不好卖啦！"

柯益民扭头看着贺众秀，闷闷地说："等我有了钱，看过的书我都买回去。"

韬奋温和地说："脏了不好卖就别卖，做样书给读者翻阅，翻阅过的书籍也可以打折卖嘛！想读书的人终究还是会买的。"

柯益民避开韬奋的目光，抹了一下眼角，转身走了。

韬奋坐在办公桌前写稿，徐伯昕在审书稿。贺众秀在门市实习结束了，她被安排到编辑部当编辑。她就坐在门口的办公桌前编稿，屋子里特别静。

柯益民满头是汗，两手抱着一摞书，轻手轻脚来到门口，屋里的宁静让他不敢发出声响，他探头朝屋子里扫了一眼，不好意思打扰，下不了决断找哪一位。柯益民在门口犹豫了片刻，还是选择了离他最近的贺众秀，他不知道贺众秀的姓名，只好轻轻地喊："喂，喂。"

这轻轻的喊声还是打断了贺众秀编稿的注意力，贺众秀扭头朝外看，发现是那个偷书的小伙子。她不想理他，扭回头看了看韬奋和徐伯昕，他们两人都在忙。那偷书的小伙子仍站在那里，像是有事，她只好放下书稿和笔，走出办公室。

贺众秀很不客气，但还是小着声说："你又来干什么？"

柯益民没回她的问话，把一摞书给了贺众秀。

贺众秀不明白他是什么意思，问："这书是怎么回事？"

柯益民低下头，难为情地说：“这些书，都是我从你们书店拿的，请你先收起来放一边，等我挣到钱，我再来买回去。请跟邹先生说一声，对不起。另外，麻烦你帮我问一下，我什么时间可以来应聘考试？隔天我再来听信。”

贺众秀有些奇怪地看着离开的柯益民。

办公室里依旧十分安静，今天只有贺众秀独自一人在屋子里编辑书稿，经理们都外出忙去了。贺众秀正集中精力看稿编稿，柯益民穿一身脏衣服，带着一脸汗水，胆怯地来到这办公室的门口。柯益民站在那儿没吱声，贺众秀头埋在书稿里也没发现他。柯益民下意识地用手抹了一把脸上的汗，整了一下衣服。或许是柯益民身上的汗味飘过去干扰了贺众秀，她皱着眉头扭头看，柯益民把她吓了一哆嗦。

贺众秀生气地说：“你吓死我了！鬼鬼祟祟的，你干什么呢？”

柯益民抱歉地鞠了两次躬：“对不起，我不知道咋称呼你。”

贺众秀不耐烦地问：“你又来干什么？”

柯益民从裤袋拿出一把带汗的钱，一边理钱一边说：“我是来买书的，我挣到了一点钱，把上次我退你的书拿来，算一算，看钱够不够？”

贺众秀疑惑地看着柯益民。贺众秀的目光让柯益民感受到了侮辱，他有点不高兴，他很有自尊地说：“这钱不是偷来的，是我在码头上用汗水换来的。”

贺众秀一怔，看着柯益民的脏衣服与浑身的汗水，她的目光当即温和下来。她转身从柜子里拿出他送来的那一摞书，她捧着书，对柯益民说：“走，到门市去交钱。”

贺众秀带着柯益民来到孙梦旦那里，孙梦旦把书算了一遍，把钱数告诉了柯益民，柯益民有点为难地说："减掉两本，这次钱不够。"

贺众秀一直打探着柯益民，看着他那个窘迫样，生出一些同情，她想起了邹先生的话，跟孙梦旦说："孙主任，邹先生说，看脏了的书可以打折卖。"

贺众秀这话让柯益民发自内心地感激。自接触以来，他知道她看不起他，她看他的目光里只有鄙视，没想到她会为他说话，但他不想占这便宜，急忙跟孙梦旦说："不用打折，这些书都是我看脏的，这次买不了的，下次我再来买。"

孙梦旦还是给柯益民打了八折，打折后，柯益民带的钱就够了。孙梦旦收了钱，把书打好包，然后给了柯益民。柯益民感激地捧着书走了。

柯益民走出书店大门，贺众秀才想起了那件事，她急忙追出门去，朝着柯益民的背影喊："喂！喂！买书的，你停一下……"

柯益民听到了贺众秀的喊声，他不知道她在喊谁，回过头来，看到贺众秀着急地在向他招手，知道是喊他，他急忙捧着书跑回来，不好意思地说："我叫柯益民，还有什么问题吗？"

贺众秀不好意思地说："刚才忘了告诉你，你不是想来我们书店应聘嘛，我已经替你问了，邹先生说对东北流亡学生优待，你准备好了，想哪天来考就哪天来考，假如有其他同学也想来应聘，可以一起来考试，哪天来都行。"

柯益民十分意外，他向贺众秀连鞠两躬，一个劲地说："谢谢！谢谢！怎么称呼你？"

贺众秀有点难为情地说："我姓贺，加贝贺，名众秀。"

柯益民再一次朝她鞠躬："贺小姐，真的谢谢你！"

贺众秀望着离去的柯益民，若有所思。

韬奋好久没来闸北了，黄包车拉着他一过外白渡桥，似乎是引他进了另一个世界。文人都喜欢用“霓虹灯下”来概括上海人的日常生活，对于闸北的民众来说，更为贴切的却是“煤油灯下”。霓虹灯那是租界生活的标志，整个上海市政用电和照明用电并不普及，别说室内照明，闸北的道路照明都是以煤油灯为主。据《申报》报道：闸北比较繁盛的横浜桥路、东宝兴路、宝通路、永兴路、宝昌路等马路，也都是煤油路灯。闸北华界的马路，路灯黯然欲绝，十分凄凉，棚户区更长期是煤油灯的世界。

这里的房屋少见楼房，平房居多，棚户贫民大都以草结屋。在这里居住的多数是工人，大量当地农民、贫苦市民等劳苦大众，车夫、乞丐、失业者等下层人群，也都以这一带为居住的场所；再就是大量的苏北、浙江、广东的流民。环境衰败，空气龌龊，秩序混乱，拐卖、诈骗、盗窃、抢劫各种案件频发。

韬奋下了黄包车，看着手里纸片上的地址，在一个草棚屋前停了下来。按纸片上的地址，就该是这里。草棚屋的大门关着，屋里有人声，而且不是一人，里面的声音很乱。韬奋上前抬手敲了门，一个小伙子拉开门。门一开，一股呛人的浓烈烟雾把韬奋推得倒退了两步。他抬头朝屋里看，屋里有一盏昏暗的煤油灯在烟雾之中若隐若现，烟雾浓得连人都看不清。几个年轻人一人手夹着一支烟，在继续制造烟雾。

韬奋拿着几本《生活》周刊，难以插足地在门口定了定神，他仍没看清谁是柯益民，他只好喊柯益民的名字。

柯益民盘着腿坐在床上，手上的烟快要燃尽，不知他在想心事，还是无聊地拿烟在消磨时光。突然听到有人喊他，他定睛看，他没想到韬奋先生会到这儿来找他。柯益民急忙掐灭烟头，从床上跳下来迎到门口，非常尴尬地说："邹先生，您怎么来这儿了呢？"

韬奋被咽呛得咳嗽起来。

柯益民扭头吼："把烟都给我掐了，这是大名鼎鼎的韬奋先生！"

小伙子们都傻笑着把烟掐灭。

韬奋没计较，反乐呵呵地说："听说东北人老大娘都爱抽烟，你们都是一个地方来的吗？"

他们一个个自报家门，一个说是吉林的，一个说是热河的，一个说是辽宁的。

韬奋问："热河的学生现在也出来了？"

其中一个小伙子说："'九一八事变'以后，热河的情况也越来越不好。"

柯益民摇摇头说："国破家亡，跟着学校老师一起出来的，还有书念，他来得早（指吉林的），还能找到工厂，我们这些零散来的，只好到码头碰运气，靠卖苦力挣口饭吃。"

韬奋高兴地说："小柯，我是来告诉你好消息的，你和你的一位同学被我们生活书店录用了。"

柯益民不相信自己的耳朵，怀疑地问："邹先生，你是不是故意照顾我？"

韬奋说："是真的，你们都符合我们的要求，你们明天就可以去报到上班。你做实习编辑，另一位到书店门市做业务员。"

柯益民眼睛湿了，他伸着两只手，却不敢握韬奋的手，他激动地说："邹先生，你真是好人，谢谢！谢谢！"

2

这一夜，韬奋自己也弄不清，自己是睡着了，还是一直醒着；也弄不清自己一夜是在想过去那些事，还是做了一夜梦；反正不管是睡着了，还是没睡着，这一夜的脑袋瓜可一直没闲着。不管看见看不见，韬奋还是把眼睛睁开了，睁开的眼睛还是跟闭着有些不一样，他看到墙上那个小铁窗透进了一些光亮，天可能亮了，或许快要亮了。他的手表也让他们拿走了，即使有表，没有眼镜也是白搭，有表他也看不清是几点。

韬奋记起昨晚送他来囚室的那位巡捕说是上午8点，至于是吃早餐，还是提审，还是押送到别处，他没具体说：反正是上午8点会有事，看来还不到时间。

门响了，可能到8点了，韬奋坐了起来。反正昨晚他没脱衣服，今天也就用不着费事穿，衣服都在身上，但没腰带、领带和纽扣，实际是披在身上而已，他也就用不着费工夫去完成穿的程序。韬奋提着裤腰，拖着没鞋带的皮鞋，踢里踏拉跟巡捕走出囚室的铁门。感觉不对，不像是上午8点，虽然没眼镜看不清，但上午8点不至于这么黑，没有一点天亮的样子，外面还是一片夜色。韬奋被带出来，巡捕也不说要带他上哪儿，韬奋不管，随着巡捕走。直到在另一个门口，韬奋遇见了史律师，还看到了章乃器先生。巡捕叫跟着他走，史律师和章乃器先生也跟着一同走出去。经过一个天井，转了两个弯，才明白是把他们转到另一处监狱。这里在两排囚室中间的甬道里安着一只火炉，那个法国巡捕说着简单的英语，说这里比较温暖一些。他们还挺有同情心，想到了天冷，怕他们挨冻——上海的十一月已经很冷了。

这么一转移，韬奋再躺到床上更没了睡意，他就权当休息，在床上干躺着。没觉着过多长时间，天终于亮了。韬奋没戴眼镜也觉得天真的亮了，他已经隐隐能看到囚室的墙壁。铁门终于再一次有人来打开。哦！是吃早餐，韬奋鼻子的功能比眼睛强得多，尽管那监狱看守什么也没说：他已经闻到了白粥的气味，而且还有萝卜干和腌雪里蕻，这时他也感觉肚子饿了，心里的事太多，他一时没顾得上理它。

韬奋安慰完肚子，囚室的门又响了，他耳朵的功能也很好，他听出不只是看守，还有巡捕，巡捕还不是一个，是两个。韬奋被他们挟持着带出了囚室，再出了监狱的大铁门。韬奋差不多成了半瞎，被巡捕挟持着，两手提着裤腰，拖着没系鞋带的皮鞋，不知转了多少楼梯，终于到了一处屋里。

屋里模糊不清的人影子发出声音：“打手印。”

韬奋不明白打手印是啥意思，他只好问：“打什么手印啊？是打手掌印，还是打手指印，我可从来没打过手印，不知道怎么打，我没眼镜也看不清，也不知道在哪里打。”

模糊不清的人影子说：“这是法定的手续，人进了监狱都得打，打食指的手印，打个手印有啥呀！”

韬奋笑了：“是啊，打个手印是没啥呀！命都在你们手里掐着了，还在乎啥手印呢？怎么打，打在哪里，我可看不清，打错可别怨我。再说，打手印总不会是打在白纸上，手续肯定是用文字表达的，肯定是一些条款，我没有眼镜，看不清是些什么条款。若上面写的是判我什么罪，给我处什么刑，我什么也不清楚，稀里糊涂打了手印，等于我同意了，这不是害我自己嘛！你们得把这些条款念给我听，我听了同意后，才能打我的手印呀！法官还是警察大人？是不是呀？”

韬奋竟把他们说笑了，那人影子就开口向他说明了上面是什么内容，只是拘捕他的手续，证明他哪年哪月哪日什么时间被拘捕了。

韬奋就不再说话，身边那位巡捕指导着他打了手印。

韬奋又被巡捕挟持着，两手提着裤腰，拖着没系鞋带的皮鞋，踢里踏拉不知转了多少楼梯，来到了另一处屋里。

韬奋不知道又要他做啥，他把询问的目光投向了面前模糊不清的人影子，模糊不清的人影子没出声，身旁的巡捕告诉他，要量身高、面部和臂长。

韬奋无奈地说："你们想怎么折腾就怎么折腾吧。"

巡捕协助他做了该做的一切。

韬奋再一次被巡捕挟持着，两手提着裤腰，拖着没系鞋带的皮鞋，踢里踏拉不知又转了多少楼梯，又来到另一处屋里。

这一回韬奋问了身旁的巡捕，到这里是要做啥？

身旁的巡捕跟他说："照相。正面拍一张，侧面拍一张。"

韬奋依旧说："你们想怎么拍就怎么拍吧。"

拍完照片，韬奋再被巡捕挟持着，两手提着裤腰，拖着没系鞋带的皮鞋，踢里踏拉又不知转了多少楼梯，他们把他送回了监狱。

韬奋在监狱的囚室刚坐了一会儿，看守又来开门，韬奋听出还有巡捕。巡捕让他起来跟他们走，韬奋问他们又要做啥，巡捕没理他。这个巡捕是个慢性子，出了监狱的大铁门，这半天了，韬奋已失去听他回话的兴趣和愿望，他反倒回了话，说还要搞一套手续送到英租界。

韬奋头痛了，他说："你们想搞多少套就搞多少套，我只有一个请求，给我鞋带系上皮鞋，给我腰带系上裤子，让我戴上眼镜然后再折腾行不行？”

巡捕说：“对不起，这办不到，这是规定。”

韬奋非常气愤地说：“不管犯没犯罪，只要进了你们的监狱，是不是都要这么不拿人当人折腾？要是身体差的这么折腾，不把人折腾死啊？”

巡捕不理睬他，继续挟持着他往前走。韬奋又两手提着裤腰，拖着没系鞋带的皮鞋，踢里踏拉开始转楼梯去完成另一套手续。

这半天折腾，把韬奋折腾得腰酸腿痛，一双脚拖着没系鞋带的皮鞋，脚后跟都蹋破了皮。再回到囚室，韬奋有点受不了了，昨天一夜没睡觉，进了囚室倒到床上他就再不想动。

韬奋累了也困了，倒床上不一会儿就睡着了。

开门声把韬奋惊醒，尽管睡着了，但他人在监狱，到现在啥也不清楚，不知道他们为啥捕他，他究竟犯了啥罪，他们是要判他刑，还是要杀他，这些都还是问号。人睡了，脑子里还拔一根神经醒着，让他睡得轻一些，不睡那么沉。尽管他很困，囚室的门一响，他就醒了，他搞不清已是什么时间。

韬奋听出，不是看守有事，是那两个巡捕又来了。巡捕让他起来跟他们走，可没说去哪儿，也没说去做啥。韬奋再一次两手提着裤腰，拖着没系鞋带的皮鞋，踢里踏拉被巡捕挟持着出了监狱的大铁门，由着他们折腾去。

韬奋被带到巡捕房的门口，又碰到了史良与章乃器，是耳朵“告诉”他的，他们也到了门口。尽管巡捕依旧不让他们相互说话，但韬奋还是感觉到了他们两个的气息。

不一会儿，巡捕拿出了手铐，把韬奋的右手铐上，接着把另一只手铐铐到章乃器的左手上，他们两个被铐在了一副手铐上。突然被铐上这冰冷的硬硬的勒得皮肉痛的东西，韬奋脑子里闪过了一种奇特的感觉，跟他头一次被巡捕拉去打手印时的感觉一样，罪犯这两个字深深地钻进他脑子里，一种从未有过的屈辱感占据了他整个心灵，他愤怒得想吼叫。韬奋气愤地问巡捕，这是要做啥。巡捕没理他，铐完手铐，拉着他们两个，后面还有巡捕拉着史良，一起出了大门。戴上手铐，韬奋行动更困难，他只能用一只左手提着裤腰，拖着没系鞋带的皮鞋，踢里踏拉跟着巡捕走。他还要努力跟章乃器同步，他们俩的手铐在了一起，若不同步，那铁家伙勒得手腕子痛。巡捕把他们三个带上了已经在那里候着的汽车。

韬奋再也憋不住了，他再一次问巡捕，这是要把他们押哪里去。他左边的那个巡捕告诉了他，要把他们交给江苏高等法院第三分院。

他们三个被巡捕押上车，汽车立即就开出了法租界巡捕房的院子。

3

法租界的警车载着韬奋、史良和章乃器驶向华界。巡捕依旧不允许他们说话交流，韬奋见到史良和章乃器后，章乃器还是瞅机会悄悄地告诉他，救国会在法租界住的就他们三个。韬奋想：我们三个都被捕了，救国会的其他人肯定也会被捕。那么孙夫人也会被捕吗？马相伯老爷子这么大年岁了也会被捕吗？沈钧儒老先生他们呢？

志同道合，志相同，道才能合。救国会的全称叫“全国各界救国联合会”，它是在中国民权保障同盟和上海文化界救国会基础上发起、联合全国各地各种救国会成立的。他们在 1932 年 12 月就组织成立了中国民权保障同盟，邹韬奋被选为执行委员会委员。他记得很清楚，是鲁迅让胡愈之找的他。

鲁迅是在自己家里跟胡愈之说的这件事。两个都是大烟鬼，他们凑在一起，屋里除了烟没有别的，他们两个一边抽着烟，一边忧国忧民。

鲁迅跟胡愈之感叹，现在国民党特务横行霸道到让人无法容忍了，他们用绑票的流氓手段秘密逮捕人，酷刑逼供，随意处死，惨无人道。

胡愈之跟他有同感，他告诉鲁迅，韬奋先生的一位南洋同学的亲戚的孩子，是个才 18 岁的小青年，发了一些批评政府的言论，当局把这孩子抓了，硬说他是共产党。孩子的母亲求到了韬奋，韬奋有位南洋公学同学是“CC 派”官员，估计就是徐恩曾，徐恩曾出面说了话，说同意保释，但必须写悔过书。那孩子挺有骨气，说他无过可悔。结果就这么被无辜枪杀了。

鲁迅又接上了一支烟，吸了一口，说现在搞得社会很恐怖，民众起码的生存权利得不到保障。孙夫人邀蔡元培和杨杏佛先生发起成立一个中国民权保障同盟，蔡元培和杨杏佛邀他参加，他同意了。他想还是人多力量大，所以找了胡愈之，他让胡愈之再找韬奋先生说一说，大家一起参加，为民维权申冤，问胡愈之怎么看。胡愈之欣然答应，首先表态参加，还打包票说韬奋先生也一定同意参加。

就这样，他们都参加了中国民权保障同盟。本来就都是文友，参加了同盟他们要经常开会，要一起搞为民维权的活动，他们就有更多的机会一起为国家为民众做事。

那天，韬奋又在书房里赶稿子，沈粹缜拿报纸和信上楼，一边走一边在楼梯上就喊：“恩润，好像是鲁迅先生来信了。”

韬奋从书房出来，接过信看，十分欣喜，果真是鲁迅先生的亲笔信。韬奋拆信，一边看一边轻轻地念出了声，让夫人也知道信的内容。鲁迅在信上写：

韬奋先生，今天在《生活》周刊广告上，知道先生已做成《高尔基》，这实在是给中国青年的很好的赠品。我以为如果能有插图，就更加有趣味。我有一本《高尔基画像集》，从他壮年至老年的像都有，也有漫画，倘要用，我可以奉借制版。确定后，用的是哪几张，我可以将作者的姓名译出来。此上即请著安。鲁迅上。五月九日

韬奋非常兴奋："如果我这本《革命文豪高尔基》，有高尔基的照片和画像做插图，那就太好了。"

沈粹缜被他的情绪感染，很为他们之间的友谊感动，她说："鲁迅先生真是个热心人。"

韬奋和鲁迅在中国民权保障同盟成立的记者招待会上见了面，记者招待会在上海南京路华安大厦（华侨饭店）八楼会议室举行，会议聚集了上海文化教育界的各路名人，吸引了上海各大报纸的记者到场。会场里前排坐着蔡元培、杨杏佛、鲁迅、邹韬奋、胡愈之、林语堂、茅盾、王造时、史沫特莱、郁达夫等各界名人，中外记者在忙着照相、采访，气氛非常热烈。

记者招待会由民权保障同盟总干事杨杏佛主持，他是位经济管理学家，辛亥革命时非常活跃，参加了孙中山的同盟会。孙中山辞掉临时大总统后，他赴美国入康奈尔大学学习，毕业后，又转入哈佛大学

学习，回国后任国立东南大学教授。他经常与恽代英接触，还利用业余时间到中国共产党创办的上海大学讲课。后遭校方记恨，被迫离开东南大学，奔赴广州，投向革命。到广州后，任孙中山秘书，后又随孙中山北上。这些年他一直追随着孙夫人在搞救国救民的社会活动。

杨杏佛宣布大会开始并介绍完到会的人员之后，他先向大家解释："中国民权保障同盟的主席是宋庆龄先生，因为她身体不适，今天不能到会，将由同盟副主席蔡元培先生代她宣读讲话。下面请蔡元培先生致辞。"

会场里响起热烈的掌声。

蔡元培宣读了宋庆龄的演讲稿："中国民权保障同盟旨在唤起民众，努力于民权之保障，反对国民党反动派的迫害，援助革命者，争取言论、出版、结社、集会自由。我等所愿意保障的是人权。我等的对象就是人。既同是人，就有一种共同应受保障的普遍的人权。所以我等第一，无党派的成见，因为各党各派所争持的，已超越普遍人权以上，我等决无专为一党一派的人效力，而不顾其他的。"

下面又响起热烈的掌声。

会议结束时，蔡元培主动找到了韬奋。

蔡元培跟韬奋说："《生活》周刊被'禁邮'的事，我又给蒋公致了电，我不赞同蒋公'批评政府就是反对政府，绝对没有商量的余地'这种说法，我向他说明，杂志批评政府是热爱政府、关心政府、支持政府。"

韬奋十分感激，他双手紧握蔡元培的手说："谢谢蔡老，蒋公这么做，就是搞一党专制，只准国民党自由，剥夺其他党派和所有人的言论自由！"

中国民权保障同盟的影响很大，成立后积极开展了为中国民众维权的种种活动：宋庆龄为“刘尊棋事件”签名发出的呼吁书，《燕京日报》的标题是《刘尊棋的控诉信》；《生活》周刊发表了《〈江声日报〉经理刘煜生被枪杀案》；《新闻报》报道了中国民权保障同盟声讨顾祝同的活动，标题是《中国民权保障同盟敦促南京政府严办顾祝同》。接着《新闻报》又报道了中国民权保障同盟要求南京政府释放罗登贤、廖承志、陈赓等五人的呼吁，标题是《要求南京政府释放罗登贤、廖承志、陈赓、余文化、陈藻英等五人》。国民党当局又抓捕了丁玲，中国民权保障同盟积极营救，《新闻报》发表文章，《宋庆龄等 38 人发宣言，营救丁玲、潘梓年》。

中国民权保障同盟的这一系列维权活动，矛头直指南京政府，用刘健群的话说：“这会刺激领袖的脑壳。领袖被刺激，就像他要睡觉，蚊子却老在他耳边嗡嗡叫，他终于被惹急了，挥起他的手，他要清除这种令他讨厌的杂音、噪音。”

中国民权保障同盟所制造的杂音和噪声最为强烈，蒋介石要清除杂音和噪声，中国民权保障同盟必定首当其冲。宋庆龄是中国民权保障同盟的会长，那么她自然是蒋介石首先想除掉的人。但是宋庆龄是“国父”孙中山先生的夫人，她向来被中国人称为中国民主主义运动的先驱者之一，无论是在国内还是在国际，宋庆龄的影响力都非常巨大，在以三民主义为立国之本的中国，她所拥有的巨大号召力是其他任何人所无法替代的。蒋介石想以孙中山的继承者自居，他就不得不有所顾忌。正是这种顾虑，使他对宋庆龄迟迟不敢下手。

对中国民权保障同盟的会长一时难以下手，蒋介石又要扼制这种杂音与噪声，那么即使一时清除不净，也得想法减弱这种杂音和噪声。

会长一时动不得，那就先砍掉她的左膀右臂，只要砍掉左膀右臂，宋庆龄的民权保障同盟也就无法有所作为，于是杨杏佛便成为那个名单上的第一目标。

蒋介石和他的手下专门研究了杨杏佛。他姓杨名铨，号杏佛，1893年出生，江西清江人，早年曾在上海中国公学读书，并且加入了由孙中山领导的同盟会。1912年，孙中山在南京成立临时政府，杨杏佛追随孙中山到南京，在临时总统府秘书处工作。

孙中山的临时政府只持续了三个月。在袁世凯眼里，孙中山的临时不是谦虚，而是心里底气不足，而他的实力与欲望，驱使他野心勃发，他想当皇帝。于是便有了“南北议和”，孙中山辞去了临时大总统，南京临时政府也就此解散。袁世凯表示愿意接收临时政府的所有官员，其中也包括杨杏佛，但有几个人愿意到袁世凯手下做事？于是杨杏佛作为稽勋留学生，去美国留学。

“稽勋留学生”是中华民国的首批官派留学生，也是中国近代留学教育中比较特殊的一个群体，其成员多为追随孙中山打天下的革命党人，或者是对辛亥革命有功人士的子弟，他们由临时稽勋局以“酬勋”的名义派遣出国留学。除杨杏佛外，还有宋子文、张竞生、任鸿隽、谭熙鸿、李四光等人，很多人后来成为中国近代史上的重要人物。

杨杏佛回国后在东南大学任教，在学生中威望很高，大家都尊崇他是一名学识渊博、崇尚民主思想的良师益友，备受信赖。但校方领导不怎么欣赏他，因为他时常在校园里向学生们宣扬马克思主义，讲解资本论和剩余价值理论，成为校方的心头隐患。后来校方把整个工科都取消了，杨杏佛自然也就无法再教学。1924年，杨杏佛再次找到孙中山，并随同他北上，又一次成为了孙先生的秘书。同年，国民党改组，实行第一次国共合作，杨杏佛追随孙中山奔走南北，奉行孙中山的新三民主义和三大政策，与共产党人真诚合作，为中国人民的革命事业做出了艰辛的奋斗。

1925年，上海发生震惊中外的“五卅”惨案，在宋庆龄的授意下，杨杏佛主办了《民族日报》，言辞激烈地揭露了帝国主义的侵略暴行和军阀官僚的媚外丑态，唤起群众参加反帝斗争。到20世纪30年代初，蒋介石非但不抵抗日寇的侵略，反而提出了“攘外必先安内”的卖国投降政策，不抗日却加紧对苏区红军进行“围剿”，残酷镇压抗日民主运动，大肆屠杀同胞。全国监狱密布，特务到处横行，许多为拯救中华民族危亡而斗争的仁人志士被逮捕甚至惨遭杀害，国内政局令人毛骨悚然。为此，杨杏佛与宋庆龄、蔡元培等民主斗士，为了反对独裁统治，争取民主和自由的权利，于1932年12月29日，建立了一个进步政治团体——中国民权保障同盟。

杨杏佛还陪同宋庆龄等人到北京调查监狱的状况，在《申报》发表文章，公开与南京政府唱反调，明确要为国内政治犯之释放与非法的拘禁、酷刑及杀戮之废除而奋斗；给国内政治犯以法律及其他援助，刊布关于国内压迫民权之事实，以唤起社会之公义；协助为结社集会自由、言论自由、出版自由诸民权努力之一切奋斗。同盟公开反对国民党的一党独裁统治，援救所有被国民党关押的爱国的、革命的政治犯，争取民众出版、言论、集会和结社的自由权利。作为中国民权保障同盟的总干事，杨杏佛在任期间，全力以赴地协助宋庆龄宣传民主思想，并竭尽所能营救被国民党逮捕和关押的进步人士。综观他的一贯表现，他跟国民党中央和政府不是一条心，是宋庆龄的左膀右臂，他的所作所为已经让蒋介石极为痛恨，如鲠在喉，不除不快。于是戴笠、徐恩曾、张道藩他们指挥着“军统”“中统”两个系统的特务动起手来。

上海法租界亚尔培路（今陕西南路）是国民党中央研究院所在地，杨杏佛在这个院里居住。

1933 年 6 月 18 日清晨 6 点，亚尔培路整条街跟往常一样安宁，清风徐徐，晨雾消散，街上行人稀少。一辆轿车缓缓开来，在街角路边的隐蔽处停下。车上下来四个黑衣黑帽的人，在研究院大门外的马路上走动，他们走至研究院大门口，眼睛不停地朝院内张望。然后他们神色诡秘地分开，一眨眼在大门两旁消失。

时间依旧按照自己的步伐一分一秒地走着，但这一刻对那四个人来说却嫌时间走得特别缓慢。大约 7 点，杨杏佛身穿麂皮夹克和马裤，头戴灰色呢帽，潇洒地走出了大门，司机已在门口等候。杨杏佛回头招呼身后活泼可爱的儿子杨小佛，杨小佛 15 岁。父子俩随司机走向院子中央，上了杨杏佛惯常乘坐的那辆小轿车。上车之后，杨杏佛和司机才发现，中央研究院用来接待客人的备用敞篷车堵住了通道：大清早去找人挪车费事。杨杏佛没有多想，叫儿子下车换车，他们换到停在前面的那辆敞篷车上。然而，正是这个不经意的决定，使得杨杏佛父子陷入了万分危急的险恶处境。

杨杏佛父子上车在后排坐定，司机发动车前行。

杨杏佛跟儿子说：“小佛，爸今天带你去骑马郊游。”

杨小佛有点撒娇地说：“我不要跟爸骑一匹马，我要自己单独骑一匹马。”

杨杏佛摸了摸儿子的脸蛋说：“没问题，咱先乘车到大西路马厩，而后直接骑马到郊外。”

杨小佛高兴地说："好！爸，我真开心！"

汽车缓缓地朝院子大门开去。敞篷车从中央研究院的大门开出，正缓慢地拐向大街，四个黑衣黑帽的持枪杀手突然从两旁窜出，朝敞篷车一阵猛射。司机中弹，忍痛开车门飞奔逃命。

四个黑衣黑帽杀手并没有就此歇手，他们向敞篷车围过来，继续朝车内开枪。杨杏佛已经中弹，他有意识要保护这独生儿子，他把儿子压在自己身下。

四个黑衣黑帽杀手看车内杨杏佛已经趴车上不再动弹，分头逃离现场，逃得不知去向。

一位俄国人培克目睹了这一血腥的场面，他不顾一切，上了敞篷车，驾着敞篷车朝医院飞驰而去。……

杨杏佛的告别仪式在上海胶州路万国殡仪馆举行。杨杏佛遗体旁站着腿部负伤、拄着拐的杨小佛，他的姑姑陪着他，悲痛地在哭送逝者。

宋庆龄、蔡元培、黄炎培、鲁迅分别向杨杏佛遗体三鞠躬致哀，然后安慰亲属。鲁迅怀着悲愤的心情吟下一诗："岂有豪情似旧时，花开花落两由之。何期泪洒江南雨，又为斯民哭健儿。"

韬奋、胡愈之也来向杨杏佛遗体三鞠躬致哀。然后安慰亲属。

宋庆龄一行缓步走出殡仪馆，外面一群记者与民众围了上来，众人发出了一片呼声，他们都在喊孙夫人。

有一青年学生高呼："孙夫人讲两句话吧！"

宋庆龄停住脚步，沉默了一下，然后缓缓地开了口："这些人和他们雇来的打手们以为靠武力、绑架、施刑和谋杀，他们可以粉碎争取自由的斗争……但是，斗争不仅远远没有被粉碎，而且我们应当更坚定地斗争，因为杨铨为了自由而失去了他的生命。我们必须加倍努力，直至实现我们的目标。”

青年学生们高呼口号：“反对白色恐怖！保障人权自由！”

人群中，鲁迅给韬奋递了个眼色，他们两个在青年们的口号声中来到路边树荫下，夏日垂荫鸣蝉包裹着这一黑长衫、一白西服两个人。

鲁迅心情沉重地说：“韬奋先生，丁玲失踪，杨铨被暗杀。据闻，你我也荣幸地入选了他们的黑名单。”

韬奋说：“先生，您今天不该来。”

鲁迅惨淡地笑了笑：“不瞒你说，我已经准备好了，今天出门的时候，连家门钥匙都没带，没打算还回得去。”

韬奋敬仰地说：“先生的勇敢令人敬佩。”

鲁迅坦然地说：“无怨于生，亦无怖于死！你怕吗？”

韬奋摇摇头说：“不怕。可是我不敢想，假如我带着嘉骅，或者嘉骝、嘉骊碰上这种事时，真不堪想象是一种什么样子。”

鲁迅真诚地劝说：“韬奋，你还是走吧。我想，他们不会把我怎么样的，你的杂志已经被查抄两次了吧？为了孩子，还是走吧。高尔基的书进展如何？”

韬奋说：“下月初应该就出版面世了。”

鲁迅叹息了一声。黄炎培、胡愈之也来到他们跟前。

黄炎培说：“国民党特务很猖狂，我看你们还是到国外避避吧。”

鲁迅说：“我正在劝韬奋呢，骨气不是拿鸡蛋去撞石头。”

胡愈之也说：“借机到国外考察一下，这倒是个机会。”

韬奋百感交集，他只能沉默。

鲁迅在书房写稿，许广平把一份邮件送给鲁迅。鲁迅接过邮件看了一眼，然后拆开邮件，是韬奋翻译的《革命文豪高尔基》一书。鲁迅翻开书，韬奋题写："鲁迅先生教正，韬奋敬赠。一九三三,七,五。"

韬奋抱着女儿嘉骊走出巷口，他发现不远处有特务在朝他张望，他把女儿交给妻子。韬奋坦然地朝前走。沈粹缜放下女儿，领着她忧心忡忡地跟在后面。

韬奋扭头轻声说："我自己去书店，你回去吧，你快带孩子回去。"

沈粹缜的担忧和恐惧难以掩饰："那你小心，叫黄包车，快去快回。"

韬奋回过头来说："不要怕，我会好好回来的。"

沈粹缜点点头，一辆车缓缓停到韬奋身边，沈粹缜一惊，急忙拉着女儿追过来。

车窗摇下，是宋庆龄，她悄声说："邹先生，我顺道来接你，坐我的车吧。"

沈粹缜感激地看着宋庆龄，担心地催促："孙夫人，你们快走吧。"

宋庆龄点点头，韬奋回头看了看妻子和女儿，转身上了车。

上海港毕竟是开埠的国际大港，它并没有因为日本人的入侵而影响各国对中国市场的企图，各国船只依然挤满港口，意大利"佛尔第号"邮轮正在上客，准备离港。

前来为韬奋送行的有胡愈之、李公朴、徐伯昕、毕云程。

韬奋一边跟大家拥抱一边说："只能辛苦你们了，杂志和书店全拜托你们了。"

毕云程紧紧地拥抱着韬奋说："放心，我会尽一切力量按你确定的宗旨办刊办书店的。"

韬奋与徐伯昕握手时，徐伯昕安慰他："旅费没有问题，大家凑的

3000 块钱先用着，后面我再想办法。”

韬奋无言，与徐伯昕紧紧拥抱：“伯昕，杂志和书店你是最早的创始人，一切你都明白，全靠你了。”

最后韬奋来到沈粹缜跟前内疚地说：“夫人，真对不起你，要让你受苦了。”

沈粹缜忍着眼泪。

韬奋继续说：“不跟孩子们说，是怕大家难受，回去跟孩子们说，我到欧洲考察学习。”

沈粹缜一边抹着泪一边点头说：“在国外没人照顾你，把钱放好，自己多保重……多写信……”沈粹缜再也说不出话来，眼泪流成了小河。韬奋忍不住紧紧抱住沈粹缜。

汽笛鸣响，催乘客上船，请送别的人离船。沈粹缜伸着脖子扫视着甲板上的人，她终于找着了丈夫的身影，远远的一个人影。她举起双手，使劲地挥着。韬奋也在甲板上举着双手，向送别的人挥手告别，开始了他的第一次流亡生涯……

4

法租界的警车开进了江苏高等法院第三分院的院子，法租界的巡捕让他们三个下车，韬奋的右手依旧和章乃器铐在一起，他左手提着裤腰，拖着没系鞋带的皮鞋，睁着看啥都模糊的眼睛，听凭巡捕指使，跟着章乃器一起下了车。巡捕押着他们三个进了三分院的一间屋子，进屋后巡捕才替他们两个打开手铐，他们让韬奋与史良、章乃器三个在屋里坐着，不知道是等他们办理交接手续还是别的，韬奋三人一无所知，三分院有三个警察在屋里监视着他们三个。

一个三分院的警察看他们默默地干坐着，出于同情地说："你们可以说说话。我知道你们是主张团结救国而犯罪，你们的主张，是中国人都会赞成的。"

韬奋很觉新鲜，警察群里竟也会有同情他们的人。三个人憋闷坏了，听到警察让他们说话，赶紧交流各自被捕的经过。

正说着，两个警察推门进来，同时跟进来了三个穿便服的人。史良和章乃器是一目了然地看到了，韬奋却仍然只能凭他灵敏的听觉判断。那三位不知身份的人向他们做自我介绍。

第一个说："我叫唐豪，我是要给章乃器先生当辩护律师的。"

第二个说："我叫张志让，我是要给史良律师做辩护律师的。"

第三个说："我叫孙祖基，我要为韬奋先生做辩护律师。"

他们不知道这律师是法院给他们指定的，还是自告奋勇前来帮助他们的，又或者是救国会统一组织的。他们正要询问，屋子的门被推开，传来了一片有男有女的嘈杂声，韬奋耳朵尖，他听到那声音里有妻子沈粹缜的声音。韬奋忍不住喊了一声："粹缜！"

警察制止了提着裤腰想要站起来冲出去的韬奋，另一个警察随即将门关死，门隔断屋子外面的声音，但韬奋还是依稀听到门外有驱赶人群的呵斥声，他想粹缜肯定是被他们赶出去了。失望同时挂在了韬奋与史良、章乃器的脸上。韬奋还想，粹缜她怎么会到这儿来的呢？她怎么知道他转到这儿来了呢？外面是不是还有救国会的人掌握着他们的情况。

警察的开门声和仓促的脚步声打断了韬奋的思绪。只听进来的警察走过来，让史良跟他走，史良跟着警察离开了待审室，她的律师也跟着去了。

韬奋悄悄地问章乃器："他们让史律师去做什么？"章乃器没一点精神，说可能还要履行拘捕的必要程序。韬奋接着悄悄地问："沈老先生他们现在关哪儿？"章乃器说："刚才我在外面听警察说，他们关押在江苏高等法院第二分院，说上午10点问过情况后，律师把他们保释出去了。"

屋子的门又被打开，又匆匆地进来两个警察，他们来到章乃器跟前，让章乃器跟他们走，章乃器跟着他们走了，那个律师也跟着去了。屋里只剩下韬奋一个人。他始终不理解，他们救国会一心救国救民，竟要把他们逮捕，凭的是哪一条法律？他们又做错了什么？

"九一八事变"后，日本帝国主义武装侵略中国的野心在膨胀，制造种种借口在上海、内蒙古、河北等地挑起事端，全国人民同仇敌忾、要求奋起抗日的呼声一浪高过一浪。各界纷纷成立救国会，马相伯、沈钧儒首先发起组织了上海文化界救国会，沈兹九、史良也发起组织了上海妇女界救国会。1936年2月，国民党中央宣传部发表《告国人书》，给上海文化界救国会加上了"反对中央""颠覆政府"的罪名。

宋庆龄、沈钧儒、章乃器、李公朴、史良、沙千里、王造时在马相伯家召开紧急会议。宋庆龄非常激愤，她说："国民党宣传部的《告国人书》污蔑咱是反政府、颠覆政府，被共产党利用。我们要针锋相对，立即发辩正文章。现在国民政府责令上海市政府取缔咱们上海文化界救国会，这是一场斗争与较量，我们不但不能让他们取缔，还要扩大覆盖全国，建议赶快筹备成立全国各界救国联合会。"马相伯接着说："我非常赞同孙夫人的建议，历来如此，不进则退，咱们不能退。"

宋庆龄跟韬奋商量，问韬奋先生能不能把他们的辩正文章先在

《大众生活》上发表，同时联系《申报》《新闻报》，让所有媒体都发表。韬奋说完全没问题，这事由他负责安排。

2月14日，韬奋在《大众生活》上发表了上海文化界救国会《对中宣部告国人书之辩正》，指出救国会不是“一纸污蔑文书所能恫吓得了的”，文章同时再一次呼吁停止内战、一致对外。韬奋的《大众生活》刊登这个辩正文章，再次惹恼了国民党政府。

5月31日，全国各界救国联合会在上海宣告成立。公开表示响应中国共产党“建立抗日民族统一战线”的号召，要求国民党停止内战，释放政治犯，并与中共谈判，建立统一的抗日政权等。选举马相伯、宋庆龄、何香凝、邹韬奋、章乃器、史良、王造时、李公朴、沙千里、陶行知等人担任执行委员。为争取主动，他们按程序向上海市政府申请社团登记。

宋庆龄把登记的事交由常务委员沈钧儒组织办理。按照上海社团组织登记的规定，救国会准备好一切登记所需材料后，沈钧儒率领章乃器、邹韬奋、李公朴、王造时等直接上了上海政府大楼，见了政府秘书长俞鸿钧和上海市市长吴铁城。

吴铁城知道这事的分量，南京方面要求取缔上海文化界救国会，这事还没办，他们竟又要成立全国各界救国联合会，事情越闹越大了。但他一看他们的来头不小，马相伯、宋庆龄、何香凝，那都是什么人物啊！不能也不敢轻易处理。南京政府压他，而上海这些大人物攻他，他真成了风箱里的老鼠，两头受气，还没处可躲。

吴铁城听说沈钧儒、韬奋他们一起来了五个人，哪敢怠慢不见，他在俞鸿钧和工作人员的引领下进了会议室，众人相互行完见面礼，分两边坐下。工作人员将全国各界救国联合会的申请登记材料呈给吴铁城，吴铁城顺手翻了一下，这材料不用看他也知道：按政府规定，条件肯定具备，这些文人组织的材料，文字也不会有问题。他把材料搁到一边。

吴铁城坦率地跟他们说："对不起，不是我吴某人驳你们的面子，你们这救国会我没法承认，更不可能给你们办理登记手续。"沈钧儒冷静地问他："我们成立救国会，哪一条不符合政府的法律规定？我们的申报材料哪里还有问题？"吴铁城却笑了，他说："你自己就是大律师，还用我说吗？我是地方政府，怎么可能批准登记一个反政府的全国性组织呢？"

沈钧儒反问吴铁城："是我们反政府，还是谁硬把我们推到反政府这一边？我们什么时候反对过政府？我们哪一项活动反对了政府？"吴铁城耍滑头，说："你们自己做的事情还用我说吗？你们自己看看你们办的那些报刊。"

韬奋听着吴铁城的话心里很不舒服，他接过话头说："吴市长要这么说就主观片面了。我们从来没有反对过政府，我们是站在支持政府、爱护政府的立场给政府提一些建议与批评。"吴铁城一步不退让，很坚决地回韬奋："批评政府怎么还叫支持爱护政府呢？批评政府就是反对政府，这是中央政府定的调子。看看你们救国会的宗旨和纲领，'全国各党各派立即停止内战，释放政治犯，各党各派立即派遣正式代表进行谈判，制定共同救国纲领，建立一个统一的抗日政权'，这不是共产党的《八一宣言》嘛！我怀疑救国会的幕后支持者是共产党！"

章乃器也忍不住了，他有些气愤地对吴铁城说："我们都是无党无派的人士，说话得有证据。"吴铁城不想跟他们再浪费时间："好了好了，你们回去跟马老、孙夫人说，你们有结社与言论的自由，政府有审查不批准的权力；你们有批评政府的权利，政府也有管理你们的权力；咱们就各自自由，好吧？不过作为一方政府，我倒是要敬告你们，从你们这些纲领性文件中，我发现，你们有政治野心，‘建立统一的抗日政权’，这不是要推翻现行政府夺权嘛！这样的组织不要说还没正式成立，即使成立了也是必定要解散的。民族英雄不是那么好做的，不信你们就试试，我的话说在这儿。”吴铁城说完，站起来要送客，说：“对不起，我今天还有许多事情要办理，不能奉陪了。”

吴铁城说完没送他们就自顾自走出会客室离开了，俞鸿钧自始至终一句话没说，也跟着吴铁城离开，沈钧儒他们五个被晾在那里。

沈钧儒他们回来把上海市政府的态度向全体执行委员做了汇报。宋庆龄提出建议：“这事上海市政府恐怕是做不了主，跟他们磨只能耽误时间，既然法律给予每个公民结社与言论的自由，那我们就按法律办事，登记手续该怎么报就怎么报，不管他批不批，登记不登记，我们照样宣告成立，按照我们的纲领先行动起来。同时把事情宣传出去，国民党中央正在筹备他们的五届二中全会，直接向南京政府上书，宣传咱们的宣言和主张。”

经过研究，救国会决定委派沈钧儒、邹韬奋、章乃器、李公朴前往南京，直接与政府谈判。他们四人当即乘火车前往南京。四个人在火车上相对而坐，一路上商量赴南京谈判的对策。沈钧儒是牵头人，他说：“现在绥远告急，日军在向华北进犯，咱们这次南京之行的任务很重要，咱们尽一切努力把宣言提交给政府，敦促国民党五届二中全会议决停止内战，立即对日宣战，如果有可能，努力争取在全会上发言的机会。”李公朴觉得把握不大，说大家要有思想准备，若政府拒绝接受怎么办？韬奋建议：“我们的底线要明确，我们的主张与立场不能变，因为咱们的主张是全国人民的主张，咱们的立场是全国人民的立场。”章乃器认为：“谁搞统一战线，我们就跟谁统一，谁抗日我们就拥护谁。”沈钧儒最后确定：谁搞统一战线，我们就跟谁统一，谁抗日，我们就拥护谁，这就是咱们跟他们谈判的底线。

餐厅宽大的包间与讲究的装饰，体现着餐宴的档次与规格。沈钧儒、邹韬奋、章乃器、李公朴在张道藩、徐恩曾、刘百闵等的引领下走进包间。韬奋悄悄地跟李公朴嘀咕：“他们拒绝了咱的一切请求，怎么蒋公还要请咱吃饭呢？”李公朴悄悄地回他：“还不知道是敬酒还是罚酒呢。”

沈钧儒一行在宴会厅的沙发上落座。陈布雷陪同蒋介石步入餐厅，在座的都起立迎接。蒋介石先与沈钧儒握手，做出一副非常随和的样子，他一边与沈钧儒握手一边说：“沈老先生气色很好啊！”沈钧儒也回敬：“委员长更是神采依然。”蒋介石跟韬奋握手时说：“你的杂志，我可是期期都看哦！”韬奋一语双关地说：“谢谢委员长如此关注。”蒋介石与李公朴握手时说：“听说你的补习学校有5000青年学生？”李公朴感觉意外：“委员长，你这么了解下情？”蒋介石与章乃器握手时挖苦他：“你这个银行家，怎么也热衷起政治来啦？”章乃器坦荡地说：“没办法，都是让日本鬼子逼的。”

大家落座后，蒋介石端起酒杯：“为你们接风，祝你们在南京快乐！”

沈钧儒不失礼貌端起酒杯：“委员长日理万机，特意亲自设宴招待，在下受宠若惊，借委员长之酒聊表感激之意，我先喝为敬。”沈钧儒喝完酒，没绕圈子，单刀直入。他说：“政府拒绝了我们的请求，不知委员长还有何吩咐？”

蒋介石摆了摆手，说："今晚咱只叙友情，不谈公务。拒绝这个字眼我不喜欢，凡事都不是是与非这么简单，你们不妨在南京留几日，跟他们好好沟通沟通，都是为了抗日，有什么不能谈的呢？"

蒋介石拿起筷子劝大家吃菜。

委员长发了话，张道藩、徐恩曾自然要有所行动，第二天，他们就到沈钧儒他们住处跟他们交谈。他们在小会议室的会议桌两边成谈判形式而坐，沈钧儒、邹韬奋、章乃器、李公朴四人以客人的身份坐在会议桌靠内的一面，张道藩、徐恩曾、刘百闵和一个秘书以主人角色坐在会议桌靠外的一面。

沈钧儒有些疲惫地开了口："今天已经是第三天了，你们要说的、该说的话都说了，我们要回答的、要解释的话也都说了，我看这种议而不决的马拉松式的会谈没必要再继续下去了。你们觉得这么谈下去有意义吗？"

张道藩有些不满地说："委员长好心好意把你们请来，不说感谢，你们连一点起码的面子都不给。政府对你们已经宽宏大量到了极限，已经允许救国会存在，只要你们不跟共产党站在一起，不把共产党的口号当作救国会的口号，不要跟着共产党一起跟政府作对。这与你们代表大众、无党派、不服从于一党一派的原则不是一致的嘛！"

韬奋接过话说："是一致的，我们一再表达我们的主张与立场，谁拥护抗日统一战线，我们就拥护谁；谁抗日，我们就团结谁；这与党派毫无关系。"

章乃器更加干脆地说："国民党政府明天宣布联俄联共，一致抗日，我们明天就在总统府门前竖起拥护政府的大旗！"

沈钧儒很平静地说："不是我们在为难你们，是你们在给自己设障碍。我们所表达的主张与立场，也是孙夫人和马相伯老人的主张与立场。我们只有一个目的，全国上下团结抗日！我们一再说了，谁搞统一战线，我们就跟谁统一；谁抗日，我们就拥护谁；这还有什么好为难的呢？”

这一番话说得张道藩和徐恩曾无话可回。张道藩到最后只说：“你们要是这么固执，这么为难政府，我们也就爱莫能助了。”

《中央日报》《文汇报》《申报》《新闻报》《中华日报》《中美日报》各大报纸都在显著位置刊登了全国各界救国联合会在上海成立的消息，50多个来自全国的团体代表出席成立大会，宋庆龄当选会长，沈钧儒、邹韬奋等文化名人被选为执行委员和常务委员。成立大会上发布了全国各界救国联合会宣言《抗日救国初步政治纲领》。

全国各界救国联合会的成立及他们的宣言，让南京政府很没有面子。领袖和政府觉得没面子，徐恩曾的日子就不好过。他主动邀集戴笠、张道藩到陈布雷办公室一起商量对策。

徐恩曾心事重重地说：“委座什么都没讲，他心里很不高兴。”

陈布雷点拨道：“他不讲，是要大家想，要大家讲，讲清隐患的潜在危险，想出解决隐患的办法。”

张道藩说：“救国会在全国的影响，除了他们搞那些抗日活动外，韬奋生活书店的那些杂志是他们的舆论工具，那个《大众生活》，发行量已经突破20万份，我看得把刊物封掉。”

一直不吭声的戴笠说：“刊物仅仅是一个方面，李公朴那个补习学校的5000学生是救国会的骨干，那是很大的隐患。刊物是人做出来的，要害关键还是人，把人治住了，才能从根本上解决问题。”

徐恩曾、张道藩不住地点头。

5

史良和章乃器都被警察带走后，剩下监视韬奋的那个警察告诉他，这个地方是待审室。

韬奋问警察：“啥时候轮到我呢？”

警察说：“问完了他们就轮着你了。”

警察朝左右扫了一眼，悄悄地对韬奋说：“韬奋先生，我很喜欢你主编的刊物，每期都看，特别爱看你写的文章。他们说原来《生活》周刊上的那些小言论都是你写的，是吗？”

韬奋欣慰地笑了，他点了点头。

警察敬佩地说：“你真了不起！”

门又被推开，两个警察朝韬奋走来，让他跟他们走。

韬奋提着裤腰，拖着没系鞋带的皮鞋，踢里踏拉被他们挟持着离开了待审室。韬奋随着两个警察进了另一间屋，估计就是他们的审讯室。韬奋睁大眼睛也没法看清面前是些什么人，他只看到面前的桌子后面分别坐着五个面目模糊的人，他估计他们就是审判他的人，无非是审判长、检察官、书记员之类的人。

两个挟持他进来的警察让他在这五个面目模糊的人前面坐下，他明白，他这边是被告的位置。

中间那个面目模糊的人发出声音：“你跟共产党究竟是什么关系？”

韬奋说：“我在法租界巡捕房已经说了，我没参加过任何党派，我是全国各界救国联合会的执行委员。”

还是中间那个面目模糊的人伸手拿起一本小书之类的东西，还拿在手里晃了晃说："这个小册子是你起草的吗？"

韬奋问："啥小册子？我写过几本书，你指的是哪一本？"

中间那个面目模糊的人说："就是《团结御侮的基本条件和最低要求》这个小册子。"

韬奋说："我是起草人之一。"

中间那个面目模糊的人说："这上面的观点与共产党是一致的。"

韬奋坦然地说："团结御侮，一致抗日，这不只是共产党专有的主张，有正义感的中国人都是这个主张。这小册子是公开发表的，不需隐瞒；政府有做得不对的地方，不只共产党可以批评和建议，是中国人都可以批评和建议。给政府提批评和建议犯罪吗？"

还是中间那个面目模糊的人说："你有没有煽动上海日本纱厂工人罢工？"

韬奋说："罢工不是我煽动的，我对日商纱厂只做了一件事，给工人捐了一天薪水所得，救济在日本纱厂过牛马生活、罢工后饥寒交迫的中国同胞。连法租界巡捕房的巡捕都承认，这是爱国行为。"

五个面目模糊的人没再询问什么。两个挟持他的警察继续履行他们的任务，他们过来拉韬奋起来，韬奋继续两手提着裤腰，拖着没系鞋带的皮鞋，踢里踏拉随着他们回到待审室。

韬奋回到待审室时，史良和章乃器已经先他一步回到屋里坐下了，两个警察拉他坐到了章乃器旁边，屋子里仍旧留下两个警察监视他们。

他们在屋里坐了一会儿，待审室门被推开，进来的不是警察，是那三个来帮他们辩护的律师，韬奋的耳朵感受到了他们的欣喜。

那个叫张志让的律师抢着说："走！咱们回家！"

韬奋、史良、章乃器三个惊愣：回家？就这么简单，这就可以回家了？

那个叫唐豪的律师说："保释成功，你们可以回家了！"

韬奋、史良、章乃器三个喜出望外，他们随着三个律师走出待审室，警察还没有把眼镜、西裤吊带和鞋带给韬奋，他还是只能两手提着裤腰，拖着没系鞋带的皮鞋，踢里踏拉往外走。他们一出门，各自的家人纷纷扑了过来。

沈钧儒头一个跑过来跟韬奋拥抱，沈钧儒说："我们上午 10 点就回家了，不放心，我来看看，好了，都回家吧。"

沈粹缜站在一边抹着眼泪。

韬奋不好意思地说："粹缜，你看，我都没法抱你，裤子没有吊带，皮鞋没有鞋带，连眼镜都没了，我都看不清你了。"

沈粹缜破涕而笑。这时警察才把韬奋的眼镜、吊带之类的东西送过来。

沈粹缜挽着韬奋走进家门，三个孩子一齐叫着"爸爸"扑了上来，韬奋双手抱起邹嘉骊，亲她的小脸蛋。

韬奋说："小妹想爸爸了吧？哭没哭？"

邹嘉骊坦白："哭了，大哥、二哥都哭了，妈妈也哭了。"

韬奋左手抱着女儿，伸出右手抚摸邹嘉骅、邹嘉骝的头。一家人亲热地拥在一起，爬楼梯上楼。

韬奋一边上楼一边说："昨天在那里一夜没睡，我要洗个热水澡，好好睡一觉。"

韬奋他们自然不知道，他们七个人的被捕完全是日本人在背后逼迫国民政府所为。11 月 23 日当天，日本驻中华民国大使馆总领事若杉就密电日本国外务省有田外务大臣，报告救国会后台之沈钧儒、韬奋等七人已于22日夜被一举逮捕，中国方面希望公共、法二租界不拘泥于法规常例，将逮捕原委公诸报端。25日又密电有田外务大臣，称24日各华文报纸刊载中央社消息，谓救国会首领七人已受逮捕，该会属非法团体，其罪状为“勾结赤匪，煽动罢工、罢课、罢市，扰乱治安，颠覆政府”。当局系按《危害民国紧急治罪法》，于租界当局配合下将彼等逮捕。

第四章　移　提

1

家是啥？各人都有各人的体会，各人都有各人的感受，各人都有各人的理解。

家是一个窝，家是一个港湾。当你在外奔波疲倦了，在外拼搏劳累了，在外闯荡受挫了，你的身心疲惫不堪了，你回到家，如同飞鸟回到窝里，好似舰船驶回港湾。这里会给你温暖，给你慰藉，让你酣睡，使你重新振作，更加精神抖擞。

家是一副担子，家是一份责任。有了家，无论是在天涯，还是在海角，都会有一种声音时时告诉你：你要努力，你要奋斗，妻子和儿女都在盼着你给他们幸福，给他们快乐。

家是一个乐园，家是一个温床。这里让夫妻相亲相爱，相濡以沫，白头偕老；这里让父母子女互敬互爱，血肉相连，相互付出而不求回报；这里让兄弟姐妹情同手足，互助互爱，亲密无间。

幸福的家庭让每一个成员在这里感到安全、愉快、温馨、满足，无论竹篱茅舍，无论高楼殿堂；无论贫穷富贵，无论祥和灾难，人们对自己的家都不离不弃，不舍不放。所以，家能让人享受到人生的快乐，更会给人前进的勇气和动力。

天空晴朗的清晨，吕班路万宜坊54号的楼宇里结束了阴郁与沉闷，一阵阵爽朗的欢声笑语钻出门窗传向四周，韬奋一家开心地吃着早餐，充满温馨与甜蜜。

用过早餐，韬奋听完儿女们的汇报，让他们各自去看书做作业之后，悄悄地跟沈粹缜说："我得给沈钧儒先生打个电话，我总感觉这事发生得突然，转折得也蹊跷，我们还没来得及碰头，看看他那里有什么情况。"

沈粹缜也放心不下："是啊，快到书房打电话，别让孩子们听到，我想这事只怕不会这么简单。"

韬奋进了书房，关上门拨了沈钧儒的电话。电话接通了，他问："是沈钧儒先生府上吗？我是韬奋，请沈先生接电话好吗？什么！……"韬奋拿着电话愣在那儿，好长时间没放下电话，直到沈粹缜推开门进书房，他才沮丧地搁下电话。

沈粹缜见他这情状，焦急地问："恩润！沈先生怎么啦？"

韬奋没精打采地说："今天凌晨1点，沈先生又被捕了。"

韬奋刚说完这句话，电话铃响了，韬奋急忙接电话，整个电话他一句话都没说，只是听，听完电话，他颓然地放下电话。韬奋像是对沈粹缜说，又像是自言自语："王造时、沙千里也都又被捕了。"

电话又响起铃声，韬奋拿起电话，是好友胡愈之打来，他说警察并不按法律程序办事，是随意乱捕乱抓人，劝韬奋还是离开家避一下。韬奋对他的关心表达了谢意。

沈粹缜慌了手脚，她十分焦急，她也说："恩润，你还是找地方躲躲吧。"

韬奋倒是十分镇静，他说："既然是律师保释才出来的，一切就由律师来经办，律师要对法院承担责任，我不能随便走开。"

沈粹缜劝他："这年头谁还按法律办事，你赶快到朋友家躲躲吧。"

韬奋非常无奈，他说得给律师打个电话，看律师是什么意见。韬奋立即给律师打了电话，律师对公安局随意拘捕这种做法也十分不满，但他也拿他们没有办法。他认为，既然是经律师担保才出来，尽可以通过律师随传随到，他让韬奋在家等着，有什么事他会随时通知他。韬奋说自己不想再在家里遭他们拘捕，免得给家人带来不必要的刺激和惊吓，想到朋友家去避一避。律师赞成韬奋的意见，让韬奋到了朋友家，把那里的电话告诉他，有情况他随时跟韬奋联系。

韬奋放下电话跟沈粹缜说："为了不惊吓孩子们，我到徐伯昕家去吧，有事你就打电话到伯昕家。"

沈粹缜赶忙料理韬奋的衣物，让他自己也准备一下要带的东西，万一再进去，免得缺这缺那。一切准备停当，跟孩子们只说到徐叔叔家避一避。沈粹缜还是送了韬奋。沈先生他们都又进去了，韬奋肯定也免不了要再进去，这一去又不知是啥结果，她不能不送。韬奋要了一辆黄包车，直接去了徐伯昕家。

韬奋到徐伯昕家，除了不想让孩子们受刺激惊吓外，他还是惦着杂志和书店。他想，他们都动手抓人了，决不会轻易放过杂志和书店，他要让徐伯昕转告胡愈之和毕云程做好准备，假如他们要封禁杂志，那就想法再办新刊，这块舆论阵地绝对不能丢。

韬奋跟徐伯昕正商量着，电话铃响了，徐伯昕拿起电话一听，是沈粹缜打来电话，他把电话给了韬奋，告诉他是夫人的电话。

韬奋接过电话，沈粹缜告诉他，他离开家不多一会儿，那天晚上那个大块头特务又在他们弄堂口东张西望。中午饭后，韬奋的二妹给沈粹缜送咳嗽药，刚进门，给他保释的那位律师就来了电话。律师说法院已经通知，决定下午4点开庭，让韬奋提前到律师的事务所去，他陪韬奋一同前往。韬奋听完电话，告诉夫人，这事先不跟孩子们说，他会按时去律师的事务所，让她别担心，这么多人呢，他们又没做什么错事，法院不会拿他们怎么样，让她放心，好好照顾好自己和孩子们，有什么困难就找徐伯昕。

不管韬奋如何劝沈粹缜，她的心还是又悬了起来，她非常担心，一遍又一遍嘱咐他千万要小心，有情况他不方便打电话，一定要让律师给家里打电话。韬奋则坦然地安慰她，让她放心，警察抓的不是他一个人，是他们救国会的一帮人，谅警察也不敢胡来！

韬奋到律师事务所才知道，他们不去公安局，仍旧直接回三分院，开庭审讯后，假如同意保释，他们就办保释回家；假如不同意保释，他们很可能要去上海第二特区监狱。韬奋问律师，跟沈钧儒他们这些被重新拘捕的人有啥区别。律师告诉他，法院不能直接抓人，抓人立案是公安局和巡捕房的事。上次是上海市公安局出面抓的人，因为他们三个在法租界，上海市公安局不好直接到法租界抓人，只好委托法租界的巡捕房抓他们，然后由法租界巡捕房把他们三个移提给三分院。法院对他们初审后，觉得逮捕的证据不足，所以允许保释，让他们离开了法院。而沈钧儒他们在华界，是上海市公安局直接抓捕的。现在保释后上海市公安局重新直接抓捕，看来或许有了新的证据，他们属于重新拘捕。韬奋等人是在法租界被拘捕，然后由法租界巡捕房把他们三个移提给了三分院，由三分院预审并办理的保释手续，现在他们三个不是被重新拘捕，而是按照保释规定自动归案，所以仍旧回到三分院就可以。假若三分院同意保释，他们三个就可以自由回家，假若不同意保释，就要去上海第二特区监狱，这个监狱在租界。但自 1931 年开始，已经由中国人接管，符合现在上海现行法律程序，而且监狱离法院很近。

韬奋和律师来到江苏高等法院第三分院，章乃器和史良都还没到，法院将开庭时间延迟到当夜 12 点。韬奋被押解到法院的法警室，律师与家属一概不能进入，警察倒是有十几个人，一看都是中国人，韬奋就对他们打开了话匣，闲着也是闲着。他从日寇侵略东北，讲到国难当头，丧权辱国，民族失去尊严，人民遭受蹂躏，一直讲到全国御侮的主张。法警们听得津津有味，一个个点头称是，对韬奋格外尊敬，让座的让座，倒茶的倒茶。一直等到午夜 12 点，章乃器也自动归案了，史良没到。法院没再等，对他们两个开了庭。其实，开庭问的还是那一套，律师提出交保，法院没同意。几个法警果真把韬奋和章乃器送到上海第二特区监狱，审判长还在押单上批明“予以优待”。好在这边管理的方式不像租界巡捕房那样死板严格，没拿掉韬奋的腰带、鞋带和身上带的所有硬器，韬奋没受那么多罪。

监狱离法院很近，走进一个大铁门便是监狱。韬奋和章乃器进门，照例有人问他姓名籍贯，然后问他犯的是什么罪。韬奋真不知道自己犯了什么罪，没法回答那人的问题，就没好气地回答：“救国！”

那发问的警务人员听了一怔，看了看韬奋，也没好意思再询问，他毫不迟疑地在登记簿上写下了“危害民国”四个字。韬奋看到了那四个字，他明白，看来上面已有定论，而且已经通知到监狱的看守。

经过第二道门时，他们又重复问了这些话，韬奋像例行公事一样做了回答。在这里他又在警察的挟持下打了一番手印，好在已经有了经验，手印便打得很熟练，就像在银行支票上盖图章一个样。

韬奋和章乃器走在监狱的过道上，后面有人无缘无故踢了他一脚。韬奋的眼镜没被摘走，他以为是警察踢他，气愤地扭头想责问警察。一扭头发现不是警察，而是一个同时被抓进来的小偷，对小偷这种流氓，他就没法计较。韬奋没理睬他，权当被什么撞了一下。

那小偷不当回事地问韬奋："喂，你犯了什么事啊？"

韬奋没理他，继续朝前走。不一会儿，他们进了一个大铁门，韬奋意识到这就是监狱内部。他用余光看着走廊两侧的囚室，抿紧嘴，一句话不想说。狱卒知道韬奋和章乃器是有身份的人，后面小偷又不老实，狱卒转过身来敲了小偷的脑袋，让他闭嘴。

小偷很不以为然地说："你厉害啥？又不是第一次见面！老子是故意去偷的东西，想进来过年！要不在外面，这年我怎么过啊！"

韬奋低下头，心里涌起一股强烈的屈辱感。现在他成什么人啦！竟与小偷为伍。他们几个人的脚步声和狱卒的呵斥声惊醒了两边囚室里的人，不少人翻身爬起来，目光阴沉地盯着新入狱的同伴。

有人突然高喊了一声："哎！穿西装的！你是贪污了军粮还是国税啊？"

囚室里的囚犯们爆发出一阵哄笑。

他们几个，只有韬奋穿着西装。他知道那家伙是喊自己，他按捺着心头的恼火，目视前方走去。一起进来的小偷被推进了一间囚室，狱卒转身礼貌地打开旁边的一个囚室门，狱卒没把他们关进盗窃犯们的囚室，而把他们关进了幼年囚室。狱卒示意韬奋和章乃器进去。进囚室后，韬奋发现这间囚室有六七尺宽，十几尺深，室内放着一张上下两层的小铁床，一张小木凳（上海人叫"骨牌凳"），屋角放着一个马桶。他们进去时，里面已经有一个年轻的罪犯在下铺躺着了。狱卒把他们从家里带来的被褥拿进来，然后把那个睡下铺的青年犯人叫了起来，让他搬到上铺去睡。这样他们两个只有一个下铺，有一人只能睡地板。

韬奋主动说："章先生，你睡床，我睡地板。"

章乃器自然不会同意："恩润，这哪行，你睡床，我睡地板。"

韬奋从兜里摸出一枚银币，他当真地说："谁也别争了，你要字还是要背？朝上睡床，朝下睡地板。"

已睡下的青年罪犯坐了起来，他好奇地问："恩润？你是叫'韬奋'的那个邹恩润先生？"

韬奋朝青年罪犯点了点头。

青年罪犯下床站了起来，又问："那这位是？"

韬奋介绍："这位是章先生，章乃器教授。"

青年罪犯走了过来，他说："韬奋先生，我姓周，是你的读者。今天虽是头一次见面，但精神上我们早已经是多年的朋友了，我内心跟你结下了多年的友谊。你们都是受人尊敬的名人，哪能让你们睡地板！你们睡床，我睡地板。"

周姓青年说着就把铺盖抱起放到地板上。隔壁传来了敲墙的声音。

周姓青年到囚室的铁栅栏处，对隔壁吼了起来："敲什么！这是韬奋先生被关进来了。"

对面囚室里刚进来的小偷隔着铁栅栏喊："韬奋先生！我听说过你！让我再看一眼好不好？我得记住你长什么样！"

韬奋和章乃器对视一笑，感觉这个周姓青年与他们已经没有距离，他们在床边坐下，跟周姓青年聊了起来。原来周姓青年是政治犯，他非常关心绥远前线的战况。聊起来才知道，这个监狱在押人员有900余人，人虽押在监狱，但爱国热忱异常真挚，抗日情绪十分高涨。韬奋这才明白，他们虽为罪犯，一听说他们两个是为救国而被捕，就对他们非常尊敬。

周姓青年从他床铺那儿翻出了几张纸，给了韬奋。韬奋拿起来看，标题是《江苏上海第二特区法院监狱、看守所全体在押人为绝食助饷绥远全体将士书》。韬奋惊奇地看起来：

> 各报馆、各救国团体转绥远全体将士公鉴：我们全体九百九十余人被关在社会的另一角落，坚墙厚壁阻隔了我们与你们彼此间的联系；然而敌人侵略的狂风，竟冲破了坚墙厚壁而吹入了我们的耳朵。我们得知了这消息，真是悲愤欲绝而无可奈何，恨不能冲破铁门，和你们站在前线携手前进。可是这怎么能够？我们不愿做亡国奴的心是和你们一致的。我们有的是为了不做亡国奴而搏斗而受罪。大家也明白了，因为敌人吸尽了我们国家的膏血，使我们走投无路，不得已而走上了危险之途。由于我们的实际遭遇，所以我们之愤恨敌人是达到了顶点，听到了你们不屈不挠地抗拒敌人，我们真是欢喜得流出眼泪来。然而你们孤军抗战，艰苦之状是可以想象得到的，所以不愿做亡国奴的人们都群起呼号，予以物质、精神上的接济。我们呢？奔走呼号吗？我们的身体已经失去了自由。物质上的帮助吗？我们是“无薪可捐”“无家可破”“无衣可节”“无食可缩”。我们拿什么来援助你们呢？没有别的，只有饿肚皮。有弟兄们在前方杀敌，我们这点“苦头”是愿意忍受的。如果情势需要，那我们再来一次二次也可以。近千

人一日饿肚皮，所得仅百余元，这当然济不得什么急，但物微心重，这不过是表示我们不愿做亡国奴的心而已。最后我们高呼："打倒日本帝国主义！中华民族解放万岁！"

韬奋抬起头来，将这书信给了章乃器，他敬佩地看着周姓青年，他不知道他们在这监狱里是怎么组织起来的。周姓青年说，就是用传信的方式联络了全体在押的900余名难友，在意见达成一致的基础上，起草了这份给绥远全体将士的书信。

韬奋伸出双手又感激又赞赏地握住了周姓青年的双手。

2

韬奋再次入狱，牵走了沈粹缜的魂。

过去丈夫接手《生活》周刊时也难，但那时的难只是办刊的压力大，无非是经费困难、人手少、扩大发行量艰难，再难也只是操心受累辛苦，她只要把家管好，照顾好他的生活和身体。自从杨杏佛被特务暗杀后，沈粹缜要操的心就不止这些，操心又加上了担心。丈夫做的事是正义的事，是为国家为民族的事，是为大众的事，她无条件地支持，男人应该以事业为重。她看到丈夫事业的成功与红火，看到民众对他的支持和爱戴，她光荣，她骄傲，更全力地支持他。但让她不解的是，这个政府怎么昏到这般地步，黑白颠倒，是非不辨，好坏不分。全国民众都反对的事，他们却顽固地坚持，这不是等于以民为敌吗？丈夫他们的救国会，这么苦口婆心地规劝政府，他们不但置之不理，竟还要斩尽杀绝，手段龌龊到跟黑社会流氓一个样。她心里好矛盾，她希望丈夫有作为，能为国家、为民族、为社会、为民众做好事，但她又担心这反动政府害他。

最近这些年来，她一直提心吊胆地过着日子。现在政府居然把丈夫抓进了监狱，他们什么坏事都做得出来，后果不堪设想，她不知道将会有什么不测在等着她。昨晚她翻来覆去一夜没能合眼，思来想去，只有去找宋庆龄，她是救国会的会长，也是她的好朋友、好姐姐。

沈粹缜领着女儿邹嘉骊来到宋庆龄住处。沈粹缜按了门铃，保姆打开门，热情地把沈粹缜迎进屋里。

宋庆龄在客厅里迎接了她们。

沈粹缜非常着急："孙夫人，这事怎么办？我一点主意都没了。"

宋庆龄眉头紧锁，她很坚决地说："粹缜，你放心，这事救国会一定会管到底，我已经给冯玉祥副委员长写了信，让孙科直接去南京面交给他，敦促他们放人。韬奋他们做的是爱国救国的事，爱国救国怎么会有罪呢？我们会向全国各界发出呼吁，大家来管。你放心，照顾好孩子们。你先回去吧，两个男孩子独自在家也不安全！"

沈粹缜感激地点头。

宋庆龄做事从来是说到做到。宋庆龄之所以给冯玉祥写信，她不想直接跟蒋介石打交道，一是她对他很失望，名义上他总是口口声声继承孙中山的遗志，高举三民主义旗帜，实际是阳奉阴违，蒋介石也知道宋庆龄瞧不上他，一直在跟他作对；另一方面碍于妹妹宋美龄的面子，说起来是妹妹、妹夫，实际上见面都很尴尬，所以她们姐妹几乎不见面。

秘书拿着宋庆龄的电文走进冯玉祥办公室，把电文面呈冯玉祥。冯玉祥展开电文，上面写道："爱国无罪，请释放'七君子'。"

宋庆龄发话，冯玉祥从不当儿戏。因为冯玉祥对孙中山有一段难言的隐痛。受进步思想的影响，冯玉祥尤其敬仰孙中山。为此，他发动了北京政变，推翻了直系军阀吴佩孚控制的北京政府，驱逐清逊帝溥仪出宫，改所部为中华民国国民军，任总司令兼第1军军长。当年美国《每周评论》发起民意调查，在“十二名在世的最伟大的中国人”评选中，冯玉祥得票仅次于孙中山，名列第二，超过他的上司直系首脑吴佩孚。冯玉祥积极电邀孙中山赴京共商国是，特派马伯援为代表持他的亲笔信，前往广东欢迎孙中山先生。但在孙中山北上途中，冯玉祥迫于形势，向反直系的军阀张作霖、段祺瑞妥协，组成以段为临时执政的北洋政府，冯玉祥不得已急流勇退。孙先生到北京时，北京已是段祺瑞的天下，对孙先生用尽一切手段进行抵制。冯玉祥再无颜面见孙中山。冯玉祥每谈及此事，总有不胜愧对孙先生之憾。孙中山在北京病逝，冯玉祥备感悲痛，一谈到此事，他都难过得热泪盈眶，所以他对宋庆龄格外尊敬。

11月25日，杜重远走访了冯玉祥，详细地报告了“七君子”被捕情况。当天，冯玉祥又在铁道部约见了杜重远，再次询问了“七君子”的情况，商谈如何营救“七君子”这事，看了宋庆龄的信之后，他不再迟疑，当即给蒋介石发了密电，全文如下：

洛阳。蒋委员长介公赐鉴：密。昨闻章乃器、沈钧儒、王造时、李公朴、史良、邹韬奋、沙千里等七人，在上海被公安局拘捕，窃以章等之热心爱国事，祥亦素有所闻，尚非如报纸宣传之为共产党及捣乱者，且其设立救国会宣传救国，立论容有偏激，其存心可为一般人所谅解，今若羁押，未免引起社会之反感，而为日人挑拨离间之口实，拟请电令释放，以示宽大。若恐有轨外行动，应于释放后由祥同李协和、孙哲生、陈立夫诸先生，招其来京，共同晤谈，化除成见，在中央统一领导之下，为抗日救国努力。并劝其代为募捐购机，及抚慰前线将士，使表其诚。且藉此以促进国人更团结于中央抗敌御侮之宗旨之下也。未知尊意以为如何？匆此布臆，无任企盼！冯玉祥。宥。

冯玉祥给宋庆龄也发了复函：

孙夫人惠鉴：顷由哲生先生交来大函，读悉种切。章乃器诸先生被捕之事，祥亦有所闻知，已与哲生先生设法营救，并为介石先生去电，请其早日释放，乞释雅怀。其他详情晚间拟再与哲生谈商，容另奉告。专复。顺颂　时绥。冯玉祥敬启。

宋庆龄一面给冯玉祥写信，一面在《救亡情报》上发表《宋庆龄为沈钧儒等人被捕声明》，抗议政府违法逮捕爱国领袖，同时又在《申报》上发表声明《反对违法逮捕》；在《新闻报》上发表《为七领袖无辜被捕告当局及国人书》，其文对国民政府正式公布的，强加在“七君子”头上的所谓“罪嫌”和逮捕理由，逐条进行批驳，并再次呼吁：“中华民族生死存亡之秋，政府如真欲取信于民，明示抗敌之决心，则首先对民众自动组织之救国团体即应开放，而允许民众以最大限度之救国自由。其次更必须以事实昭信于人民，表示政府愿意停止一切内争，一致抗日，而不再以‘剿匪’之名，使神圣之民族解放战争仍无从发动，或为他人所误解。应集中全国注意力于日帝国主义者之侵略行动，及日帝国主义者对华所有之汉奸活动，勿再以赤诚之爱国者作为罪犯。政府当局其真欲抗战乎？敝会其他同人当以此观之。”

宋庆龄营救“七君子”的举动在全国产生了巨大影响。桂系军阀李宗仁、白崇禧、黄旭初以“国密”特急电致冯玉祥、孙科：“当此日人主使匪伪侵我绥东，全国舆情极端愤慨之时，政府对于爱国运动，似不应予以压迫。况声援抗日战士，立意极为纯洁，纵或对日纱厂罢工工友有同情举动，亦系爱国热情所应有之表现，与危害民国实极端相反。”“务请迅予援救，以顺舆情。”

全国各界救国联合会在各地的团体成员纷纷组织活动，呼吁政府释放“七君子”。北平各大、中学校的学生罢课，派出五名代表赴南京请愿。北平文化教育界进步人士李达、许春裳等107人上街示威；天津文化界、华侨文化界200余人举行游行；连新加坡的华侨也纷纷致电国民政府，要求立即释放“七君子”。法国著名作家罗曼·罗兰、美国犹太裔著名科学家爱因斯坦、英国哲学家罗素等世界名人也向国民党政府提出抗议。

3

常言道，患难见真情。韬奋在监狱里才真切感受到刊物的作用，感受到自己为刊物为读者所付出的心血的价值所在。他们重新回到监狱的第二天，隔壁囚室传过来一封长信，是一个20岁左右的青年写的，信是写给章乃器的，他不知道韬奋也住在隔壁囚室，他在信上除了安慰章乃器之外，也着急地在关心韬奋被捕的情况。后来这青年见到韬奋，他又俯卧在床上给韬奋写了一封信，信中真诚地安慰韬奋先生：听到他的咳嗽声，自己感到很不安，要他为国珍重身体。还有一位同监的 19 岁的青年，因做了一次小偷被关进监狱。他没有多少文化，但也在一张小纸片上写了几十个字传交给韬奋，表达了他抗日救国的热情，也表达了对韬奋他们无辜被捕的义愤。

在监狱里他们无法交谈，传信成为他们的交流方式。更让韬奋感动的是，有位被判无期徒刑的盗窃犯，也给韬奋写了信，表达了他对国难的关心，对他们因救国而被捕的同情。他在信上的语言虽然很粗率，但他那同样火热的心，让人看了无不为之感动。

监狱里的犯人，每个人都有一个号，看守和警察有事，都不叫本人的名字，而叫号；同监的人相互之间也都习惯叫号。但是，同监的几个青年朋友对韬奋和章乃器都不叫号，而叫他们先生；不只自己不叫他们的号而称先生，还要求看守也不准叫他们的号，也要看守称他们先生。

11 月 26 日晚上 7 点左右，韬奋和章乃器突然接到通知，要他们去法院，说是要开庭。韬奋和章乃器来到高三分院的法庭，才知道是上海地方法院（在租界以外的法院）来“移提”。原来，韬奋和章乃器 23 日被捕的当天和 24 日自动归案，上海市公安局曾两次要求移提邹韬奋和章乃器，但巡捕房的律师认为犯罪证据不足，两次拒绝了上海市公安局的要求。根据上海法租界和中国政府的协定，除中国的司法机关可以无需证据即可向巡捕房或特区法院“移提”犯人外，像公安局一类的机关要做这件事，必须拿出足够的证据才行。这一次他们想出鬼点子，特意转了个弯儿，由上海地方法院出面来“移提”。他们提出“移提”的理由是“妨碍秩序嫌疑”。这样，地方法院出面“移提”，高三分院便不好再拒绝。

到了地方法院之后，韬奋和章乃器分别被关在两个大房间里。一进屋，里面的尿骚臭熏得人不敢喘气，原来屋里有一个硕大无比的马桶，有老百姓寻常用的大米桶那么大，因为他们现在是犯人，他们就没法讲究，他们想讲究别人也不让他们讲究，只能忍受着臭气的折磨。

监狱房间的门上有个四方形的洞孔，外面的人可以通过这个方孔往里张望。韬奋和章乃器进了这个房间后，不断有人把脸镶到这方孔里。又有一张不招人讨厌的脸镶到方孔里，他不只向里张望，还开口说了话。他似乎有所顾忌，说话声音很轻。他问里面是不是韬奋先生，韬奋不知道他有啥事，急忙起身回应他说是。那人说："我是你的读者。"韬奋立即有了好感，如同遇见了亲人。那人说，自己在法院任职，正在吃晚饭，听说邹先生来了，连饭都没吃完就过来了，特意来看看他。韬奋问他，这么晚了怎么还没下班。他说，办公时间已经结束了，因为先生来了，不想走，得等开庭审完之后，好好招呼先生进了看守所他再回家。这个人让韬奋十分感动，这真叫真情换真情，因为这些年他真诚地对待每一个读者，读者还是读懂了他的心，也真诚地回报他。

11 月 27 日下午 6 点，韬奋和章乃器由上海地方法院转交给公安局。公安局派来人办理手续押人，上海地方法院的几个职员赶出来跟他们握手送别，韬奋再一次感受到爱国的同胞随处都给他们同情与厚爱。站在旁边的那位公安局的科员说："这是各位先生人格带来的感动。"韬奋接过话说："这不是我们几个人的人格问题，是许多同胞不愿意做亡国奴的心理流露。"

尽管在战乱年代，政府机关都在迁徙动荡之中，但蒋介石的手下和亲信为让他开心，替他张罗了隆重的五十大寿庆典，10 月 29 日，连远在西安忙“剿总”军务的张学良都赶来为他祝寿，当然张学良是想借祝寿的机会见他。寿宴结束后，张学良特意见了蒋介石，几句话就让蒋介石瞬间拉下了脸。张学良向他提出了“国难当头、联共抗日”的请求。蒋介石十分愤怒地责问他：“是你服从我，还是我服从你？”

12 月 2 日，蒋介石心情有点糟糕，冯玉祥要求释放“七君子”的密电他还未复，昨天中共方面又借绥远抗战事发通电的机会，再一次强烈要求南京政府“开放人民抗日救亡运动，实行言论、集会、结社的民主权利，立即释放政治犯及上海各爱国领袖”。蒋介石心想：说得轻巧，不当家不知道当家的难啊！他在房间里翻看着一摞报纸，正在考虑如何给冯玉祥复电，侍从敲门进来，说张学良将军求见。

蒋介石不解地问：“祝寿他不是来了嘛！‘剿总’的军务这么紧急，他怎么又来了呢？”

侍从回答：“他是乘军用飞机专程赶来的，说是有要事见你。”

蒋介石不高兴地说：“他能有什么好事啊！我看他在西安那里靠共产党太近，他都快要被赤化了！”

蒋介石对张学良一向尊重有加，他们是拜把子的兄弟。1928 年 12 月 29 日，张学良顶住来自内外的种种压力，毅然决然宣布东三省“易帜”，服从国民政府，蒋介石没费一枪一弹，结束了民国以来最黑暗的北洋军阀混战的局面，等于张学良帮蒋介石完成了国家形式上的统一。蒋介石自然心存感激，任命张学良为东北边防军司令长官。1930 年，中原大战爆发，在这军阀混战的历史紧要关头，张学良再一次选择了蒋介石。9 月 10 日，张学良在东北召集高层军政人员秘密开会，宣布：“东北地处边陲，日本窥伺已久，如欲抵御外侮，必须保持国内统一。”蒋介石感慨：“得友如兄，死无憾矣！”“九一八事变”后，张学良发出和平通电，率军队入关，阎锡山、冯玉祥集团立时瓦解。张学良成为巩固蒋家政权的功臣。蒋介石任命刚刚而立之年的张学良为全国陆海空军副司令，威镇北方八省二市，地位、声望直线上升，成为活跃在中国政治舞台的新星。同年11月，张学良应邀赴南京列席国民党三届四中全会，一路上受到热烈欢迎，蒋介石以兄弟平等的方式相待，作为最高统帅的蒋介石，如此礼遇下属，绝无仅有。从此，蒋张结盟，关系日深，亲如兄弟。

但是张学良在和平通电中所言“注视线于国外，立泯内争，本诚意以相维，共图匡济”的“攘外安内”主张，与蒋介石“攘外必先安内”的政见南辕北辙，已经埋下他们间分裂的隐患。进入1936年，这种分裂再无法掩盖，进而公开暴露对立。10月22日，蒋介石由南京飞抵西安，严令张学良“进剿”红军。张学良当面反对，向蒋提出“停止内战，一致抗日”的要求，遭蒋拒绝，两人公开大吵。10月29日，张学良飞抵洛阳为蒋介石祝寿，再一次借机劝蒋介石联共抗日，再次遭到蒋的拒绝，并强令其“剿共”，否则就把他的部队撤到东边去。11月27日，张学良直接上书蒋介石，请缨北上抗日，再一次遭蒋拒绝。

蒋介石问侍从：“他说啥事了吗？”

侍从答：“好像是为‘七君子’的事。”

蒋介石非常气愤地说：“他凑什么热闹？让他进来。”

侍从开门出去，不一会儿引张学良进屋。

张学良进屋后给蒋介石敬礼：“委座安好！”

蒋介石面有不悦：“军务在身，大敌当前，你乘专机赶来，凑啥热闹呢？”

蒋介石边说边示意他坐下。

张学良在一旁沙发就座：“有两件事要禀报委座示下。”

蒋介石瞥了他一眼：“什么事啊？用得着坐专机赶来？”

张学良为难地说：“头一件是‘进剿’红军的事，这事实在难办，部下不稳，势难支撑，除非委座亲自前往训话。”

蒋介石看他消极，当即答应：“好啊！我4日就去西安，我要调30万中央军‘进剿’红军，你看我办成办不成。”

张学良面无表情地继续说：“委座能亲临指挥，自然求之不得。另一件事，在下惊闻上海七位爱国领袖被拘捕，因爱国而入狱，世界震惊，举国痛心，爱国获罪，令人发指……”

蒋介石挥手打断张学良的话：“你若是单为此事而来，就不必多言了。”

张学良按捺不住内心的冲动：“委员长如此专制，这样摧残爱国人士，这和袁世凯、张宗昌有何区别？”

蒋介石没有发火，但他不苟同地说：“党国唯有你这样看。我是革命政府，我这样做，就是革命。少干这种沽名钓誉之事，多想想‘剿共’大业，赶紧回去吧。”

蒋介石说完不等张学良回应起身直接走进卧室，把张学良晾在客厅。

张学良十分愤慨，他不管不顾地发牢骚：“好人在房间里叹气，坏人在舞台上唱戏！”

张学良说完愤愤地离开。

4

这一次韬奋吸取了教训，他没再穿吊带西裤，也没再穿系鞋带的皮鞋，可没想到，这次警察没有摘他的眼镜，也没有解去他的腰带。韬奋对法国巡捕房那天的做法甚是奇怪，但细细想来，他们的做法看起来似乎不近人情，但确是对被捕人员负责，为的是不给被捕者身上有一样威胁生命的自尽工具。

两个警察来到监狱，让韬奋和章乃器跟他们走。韬奋与章乃器随着公安局的警察走出大门，上了他们的车。警车把他们一直送到市公安局，韬奋与章乃器下了车，警察带着他们走进公安局，把他们两个送到一处房间，打开门，没想到沈钧儒、李公朴、王造时、沙千里都在这个房间里。患难相见格外亲，他们一一握手拥抱。

沈钧儒说："我们已经在这里关四天了。"

李公朴问："怎么没见史良律师？"

韬奋说："我们也不知道。"

章乃器说："他们可能没联系上史律师。"

韬奋看，这是个不小的房间，有一张圆桌和几把椅子，桌后是屏风，屏风后面是一排四张小铁床，房间外面是阳台，阳台前是天井，阳台上居然有四五个警察。

韬奋小声跟沈钧儒说："我踏进房间一会儿之后，有一种奇特的感觉，总觉有一个不相识的人立在那里，或者坐在哪个角落里，在监视着我们。"

沈钧儒说："没错，是有侦缉队的侦探在监视我们，包括阳台上那几个警察，他们也是监视咱们的。"

韬奋坦然说：“纵然是做侦探，他也还是中国人。我们所做的事是救国活动，我们所谈的也只是关于抗日救国的事情；我们不但用不着躲避他们，而且可以当着他们的面大谈我们的主张，甚至可以请他们直接参加咱们的谈话和讨论，他们也可以发表救国的意见。”

沈钧儒说：“是啊！我们一点儿都不需要避他们，可以请他们参加咱们的讨论，只是不知道他们愿不愿意，管他们的人允许不允许。我相信，只要他们还有一点中国人的自尊，他们不会反对咱们，很可能会同情咱们，甚至会成为咱们的朋友。”

警察在门口对他们说：“邹先生与章先生的房间在隔壁。”

原来，他们是让韬奋和章乃器先见见他们的难友，他们两个只好先跟其他人暂时告别，随着警察去了隔壁的房间。韬奋和章乃器的房间是双人房间，里面放了两张小铁床，进了房间问了警察之后才知道，这里是公安局的看守所。

第二天清晨，他们六个就在这里开始了被看守的生活。起床后，他们六个人先后都来到大客厅，这个客厅差不多有五六十平方米大，他们六个在里面做起了早锻炼。沈钧儒、王造时打太极拳，韬奋做柔软体操，李公朴在房间里跑步。他们的一切活动都是在阳台上的警察监视之下进行的，警察对他们很负责任，昼夜轮流值班。

韬奋和章乃器到公安局的第二天，上海市公安局局长蔡劲军设晚宴招待了他们六个人。席间他诡称：抗日救国，政府和人民并没有两样，只要把误会解释清楚，便没有事了。沈钧儒毫不客气地说：“那么就请政府先把强加给我们的所谓‘组织非法团体’‘煽动工潮’‘勾结赤匪’这些莫须有的罪名解释清楚，问题才能解决。”这位蔡局长被他顶得十分尴尬。

他们开始按照看守所的生活秩序安排活动。清晨，他们照例在客厅里按照自己的爱好活动。他们正活动着，一个警察来到客厅宣布，今天可以会客。

韬奋问："家属和朋友都可以来吗？"

警察说："都可以。"

大家一听高兴了，说这还差不多。

韬奋又问："可以给家里打个电话，送点衣服来吗？"

警察说："可以。"

于是他们立即停止了早锻炼，都称赞王造时申请书写得好。其实，这是沈钧儒老先生提出的，说大家抛妻离子地被关押在这里，也不知要被关多久，离家里说远不远、说近不近的，亲属们也无法随便来探望；再说，每个人都还有自己的一份事业，也都突然撒手不能相顾，总有些事情需要安排处理。鉴于这些，他让王造时代表他们六个人给看守所写个请求让亲属和朋友定期来这里探望的申请书。王造时写好申请后，大家都过了目，觉得很好，原因、理由、要求、目的写得非常清楚。没想到看守所还很给面子，这么快就同意答复了。大家都急忙去打电话通知家人和朋友到看守所来会面。

吃过早饭，前来探望的家人和朋友陆陆续续来到看守所，客厅里顿时热闹起来，一人一处，四周围一圈人。

唯韬奋家人和朋友还没来到，他有些焦急地在窗口朝外张望。焦急中他终于看到了沈粹缜的身影，激动地朝客厅门口跑去。沈粹缜抱着邹嘉骊急急地走在最前面，后面是拿东西的徐伯昕、柯益民、贺众秀。

邹嘉骊的一声声"爸爸"喊得韬奋心头发热，他高兴地迎上去抱过女儿，先亲了女儿，然后才顾得上跟徐伯昕、柯益民、贺众秀打招呼。

徐伯昕说："梦旦、云程都想来，但书店不能没有人。"

沈粹缜从柯益民和贺众秀手里拿过带来的东西，她一边拿东西一边交代："这是棉背心，这是毛衣毛裤，这是换洗的内衣。给你拿了一床厚一点的棉被。"

韬奋开玩笑说："你打算让我在这里过年啊！大宝、二宝好吗？"

沈粹缜说："他们也想来，我还是让他们上学去了。"

韬奋说："学习不能耽误。杂志和书店怎么样？"

徐伯昕说："一切都还好。"

柯益民说："声援、慰问先生的信件特别多，我只带来一部分。"

柯益民把一包信件递给韬奋。

韬奋接过信件，给柯益民和贺众秀交代："凡是来信，务必给一一复信，一封都不能漏，这是咱们杂志和书店的诚信。"

贺众秀说："徐经理是这么要求的，我和柯益民天天写回信都写不过来，晚上有时加班到深夜。"

韬奋问："小柯，工作适应了吗？"

柯益民不好意思地说："还是要不断向徐经理请教，还有这位小贺老师。"

贺众秀白了柯益民一眼，韬奋看出他们俩已经成了朋友。

徐伯昕说："小柯不错，现在成主力编辑挑大梁了。"

韬奋兴奋起来："好啊好啊，这么说咱们后继有人了。"

警察开始催促会客的家属离开，客厅里确实人太多了。

警察说："地方受限，以后接见日只允许家属来会见。"

家人和朋友开始往外走，韬奋这才顾得上跟沈粹缜说话。

沈粹缜心疼地说："你瘦了，生活是不是不好？"

韬奋说："还可以吧，坐牢哪能跟在家里一样呢！你多受累了，我没事，你自己要照顾好自己。"

邹嘉骊亲昵地问："爸爸，你还要几天回家啊？"

韬奋抱起女儿，心酸地说："小妹乖，爸爸还得过几天才回去，在家好好听妈妈的话。"

邹嘉骊说："我不哭，明年我就上学了。"

韬奋把女儿紧紧地抱住，抱得邹嘉骊受不了了："爸爸，你把我抱痛了。"

沈粹缜接过女儿，让女儿跟爸爸说再见。邹嘉骊向韬奋招着手喊："爸爸再见！"

韬奋挥手跟他们告别，眼泪止不住地涌出来，挡住了他的视线。

5

史良仍没有来看守所。据说警察原来拟定逮捕的名单里还有陶行知，《团结御侮的基本条件与最低要求》的小册子是沈钧儒、章乃器、邹韬奋、陶行知四个人署名发表的，日本人除了揪住鲁迅葬礼的反日大游行、支持丰田纱厂工人罢工、发动全国募捐声援支持傅作义绥远抗日和举行孙中山纪念活动这四件事不放外，最让日本人痛恨的还是7月15日发表并印成小册子发遍全国的《团结御侮的基本条件与最低要求》，那是直接呼应停止内战、停止"剿共"，组成抗日民族统一战线，全国一致抗日的宣传纲领。这是韬奋一手策划经办的，他最清楚。

当时韬奋在香港起草好初稿后，陶行知第一个看，当场就同意署名签字。陶行知签完名，韬奋拿初稿要回上海时，他就出国了。公安局不知道他的下落，无法联系，便发了通缉令，企图从海外将陶行知捉拿归案，但一时得不到任何消息，就只好先逮捕他们六个人。

六个相知相识的文友集合在一起，尽管身陷公安局的看守所，但他们内心没有一点犯罪入狱的感觉，也不孤单寂寞，似乎是政府给了他们一个聚会的机会，给了他们一个朝夕相处的环境，内心反有几分可以感谢的感觉。

会客室成为他们白天学习、交谈、议事和娱乐的场所，今天会客室里很是热闹。沈钧儒跟李公朴两个在下围棋，王造时跟沙千里则在下象棋，韬奋和章乃器没参与娱乐。韬奋坐在靠窗的椅子上凝视着窗外，像在想什么事。章乃器看了一会儿王造时与沙千里的棋，转身来到韬奋身边。

章乃器看着韬奋一脸沉思的样，以为他在思念家人，便问："又想女儿啦？"

章乃器的问话，让韬奋把自己从沉思中抽出来。他没跟章乃器开玩笑，很认真地说："我在想，咱在这儿时间可能短不了，我在考虑该好好利用这么集中的大块时间，做一个工作计划。"

章乃器有点惊奇："工作计划？人陷囹圄还怎么工作啊？"

韬奋说："外面的工作没法做，那就做适合在这里做的事啊！我本来就有几本书要写，在外面忙于书店和杂志社的工作，抽不出一点空闲时间写，在这里我觉得倒是个很好的机会，公安局不找咱的事，咱们就没有法定的事要做，时间可以归自己支配啊。"

章乃器佩服地点点头说："韬奋啊，你真是个勤奋的人，看来你之前就从来没有闲着过，写了这么多文章。”

公安局第三科科长来看守所找他们进行个别谈话，是从韬奋和章乃器到公安局看守所四天之后的夜里开始的，科长跟他们谈话，都留下了笔录。其实问和答的内容，跟在法院里那一套大同小异。

他们六个人被关在看守所里，除了允许探望的那天能和家人聊一聊，了解一点外面的情况，其余时间几乎与世隔绝，外面的事情几乎不知道。他们被关在里面很安静，也很寂寞，在外面，他们的事却惊动了全国，而且声援和抗议都扩大到了国际上。

12月1日，中共中央和苏维埃中央临时政府在绥远抗战通电中，强烈要求南京政府“开放人民抗日救亡运动，实行言论、集会、结社的民主权利，立即释放政治犯及上海各爱国领袖”。

12月3日，蒋介石给冯玉祥回复了密电：“冯副委员长焕章吾兄勋鉴：宥电敬悉。沈钧儒、章乃器等诸人，有为中所素识者，亦有接洽数次者，前曾以国家大势，救国要义，向之详加劝导，乃彼等不唯不听，而言论行动反日益乖张，若非存心祸国，亦为左倾幼稚病中毒已深，故尔执迷不悟。近更乘前方剿匪紧张之时，鼓吹人民阵线，摇惑人民，煽动罢工，扰乱秩序。中外迭据确报，沪上罢工，其经费均由章乃器以救国会经费散发每日七千元，其背景可知。若非迅予制裁，不特破坏秩序，危害国家，即彼等自身，亦必更陷于不可赎之重大罪恶。值此国难严重，固当集中心力，爱惜人才。但纲纪不能不明，根本不能不顾，故此时处置，正所以保全彼等，使不得更趋绝路以祸国。中意：除依法惩处不令放任外，仍当酌予宽待，以观其后。务望兄等同此主张，以遏乱萌，而正视听，无任企祷。弟中正叩。”

12月4日，下午1点半，刚吃完午饭，公安局第三科科长突然来到客厅，进门他就大声宣布："赶紧收拾东西，立刻送你们去苏州的江苏高等法院。"

这的确十分意外，如果转移到苏州，他们就离开上海离开了家，就会跟家人完全失去联系。韬奋想到该给家里打个电话告诉一下，但科长说不可以，现在就整理下东西，立即启程。王造时想让家里送一套铺盖来，睡监狱的被褥他实在受不了。他的请求也被那科长否决，说苏州那里有铺盖。看他那表情，他心里还有句话：都当罪犯了，蹲监狱还想舒服？但这句话他没说出口。沈钧儒一看这架势，他也是执行上司命令，跟他已没有啥好理论的，于是跟那科长说："走就走。"沈钧儒说完就动手整理自己的零碎日用东西，卷好自己的铺盖。

韬奋本来心里还有话要说，一看年高德劭的沈先生已在行动，他就抑制住内心的愤懑情绪，也回房间整理自己的零用东西，包卷自己的铺盖。

他们正在整理行李，公安局局长匆匆赶来，到房间里跟他们一一打招呼，一再说他也是临时刚接到上峰命令。他确是多此一举，他们都不是一般民众，他们被捕与否也不是他说了算的事，他们也不会追究他的责任，他这么说无非是想为自己开脱，把事情往上推。从守土有责的角度看，他不过是一个做事不敢负责的官场官吏而已，他们谁也没怎么理睬他。

6

一辆警车在前面开道，大客车紧随其后，两辆车在上海去苏州的公路上奔驰。大客车上除了他们六个人外，有十几个武装警察跟随，还有几个侦探。似乎是优待他们六位，他们一人占一席两人座位的座椅，这些警察、侦探倒是两个人坐一席座椅，客车座位基本上坐满了。

韬奋靠窗坐在座位上，他望着窗外的田野，目光一点一点向远方延伸，以致成凝视状。窗外的田野旋转着徐徐朝他迎来，再快速向车后飞移。山河还是原旧的山河，社会却不再是原旧的社会。韬奋触景生情，生出许多悲愤。中国人脚踏着自己祖国的大地，却不能自由自在地生活，也不能自由自在地做事。丧权必辱国，辱国民遭殃，他不由得想起三年前被迫流亡国外的情景……

“佛尔第号”邮轮汽笛一声长鸣，缓缓地离开码头。韬奋走向船舷，挥动双手向送别的沈粹缜和胡愈之、徐伯昕、毕云程等好友告别，男儿有泪不轻弹，此时他却再也忍不住了，热泪汹涌而出，这泪饱含与亲人好友的离别伤感，更多的是背井离乡的心酸。

他何尝愿意抛妻离子、离开祖国而流亡国外呢？他临离开家前写下了这样一段话：“我常勉励我们的兄弟姐妹们，我们处在一个血腥的黑暗时代，如不为整个社会的前途努力，一个机关的内部如何充实，如何合理化，终不免要受黑暗势力的压迫摧残的。我们这班傻子把自己看作一个准备为文化事业冲锋陷阵的一个小小军队，我们愿以至诚的热血，追随社会大众向着光明的前途迈进。”他就是抱着不管时代如何不堪，始终要保持那种“傻子”一般的热忱，永不放弃努力，始终怀有理想，争取自由空气，痛快地笑，痛快地哭，痛快地做事，痛快地说话这样一种信念踏上了流亡之路。

他视刊物如同自己的孩子，出国也是为了刊物。他出国前在给戈公振的信中透露，主编《生活》七八年，越来越感到自己知识浅薄，有一种枯荒的感觉，想要对社会有所贡献，一直想到国外去增长一些见识。他想象自己是作为读者和诸友的眼睛和耳朵去观察，尽力把自己的所见所闻、所感所想，陆续地写成文章，在本刊向读者和诸友报告。他渴望到伦敦政治经济学院去听课，到那著名的他们称为“Reading Room”（读书房间）的伦敦大英博物馆的图书馆，专门做一些研究。

但更主要的还是被逼出国。他在给戈公振的信中明确说：近来国内变相法西斯主义猖獗，著名作家丁玲女士被绑架，中国民权保障同盟总干事杨杏佛因援丁甚力，致遭暗杀，许多好友告之，“愈之兄及弟亦名列 Black list（黑名单），亦甚危险。故有爱护弟之友人极力劝弟出国暂避”。

此时，站在甲板上的韬奋百感交集。邮轮开始全速前进，距离阻断了韬奋与亲人的视线，他感觉自己像一只断了线的风筝，一切都将由不得自己，只能顺应自然，漂泊天涯……

“佛尔第号”轮船有 18000 多吨，是当时航行印度洋最大吨位的邮轮。韬奋住的是经济二等舱，四个人一个房间，吃饭也是四个人一桌。这里的规矩是首次同桌后，每餐都照旧不变了。房间很整洁，只是油漆气味太重，加上闷热，在房间里憋得难受。韬奋离开房间，吸烟室倒是个不错的去处，房间宽大，而且还有桌椅，可以在里面看书写文章聊天。船大甲板长，可以跟在吕班路一样散步。甲板上还有一张张藤椅，累了也可以躺着，边看大海边休息。只身流亡，又是在这种被逼的境况下出行，苦闷忧郁孤寂是必然的。好在有一位同行张君，同室的周、王二位也还合得来。

韬奋在甲板上散步，碰上了一位姓雷的老先生，两人竟一见如故，坐在藤椅上像老朋友一样聊了起来。雷先生是同盟会的老会员，参加过辛亥革命，是留英的老前辈。两人一聊竟聊了三个多小时。

韬奋是个勤奋而不让一分一秒虚度的人，他第二天就开始写文章，以记者的身份，用《萍踪寄语》为书名向读者与友人报告他的所见所闻、所思所想。他的流亡生涯的第一篇文章叫《开端》，他如实地向读者与友人报告了他出国的动机，同时报告了他与雷先生的交谈。他说："此次离国，实带着苦闷和憧憬而去。""漫漫长夜，不甘同流合污的，谁都感到苦闷。""黑暗势力的劲敌是大众的意志，决不是铲除几个人就能高枕而卧的，最伟大的莫过于大众意志的力量。只须朝这方向努力，不会感到孤独。因为深信大众必有光明的前途，个人的得失存亡是不足道的。"开宗明义地向读者与友人报告了他的内心世界。

经过两天的航行，邮轮于 7 月 16 日下午到达香港，停泊五个小时。韬奋立即与同行张君和同房间的周、王两位下船上岸游香港。邮轮停泊在九龙，他们摆渡到了香港这个山岛，坐缆车到山上。他眼睛里看到的香港是"我中国的豪绅和军阀们在山上东一座洋房，西一座别墅的亦所在皆是，这和马路旁人行道上夜里睡满的人们比较，当然是另一个世界"。

17 日邮轮驶进了南海深处，此时满眼都是无边无际的蓝，分不出天与地，更觉察不到风的迹象，但邮轮却跳起了摇摆舞。它这一舞不要紧，船上百分之七八十的乘客陶醉得晕了。韬奋也没法再在房间待下去，他到了吸烟室，尽管背心已经出汗，吃进胃里的东西又都喷了出来，但心里急着那稿子。要把稿子及时寄回国内，只有借邮轮停靠码头的机会。明天船会在新加坡停泊，今天无论如何要把稿子赶出来。他忍着呕吐的难受，继续趴在吸烟室的桌上赶稿，直到把要写的稿件写完。

邮轮经由香港、新加坡、锡兰（今斯里兰卡）、孟买、苏伊士、塞得港，至8月6日下午终于到达了意大利东南海港布林的西（Brimdisi）。在海上航行了整整22天，加上常遇大风，晕船呕吐成了家常便饭。好在到沿途各地港口都会停留几个小时，有时会停半天，可以上岸游玩。让韬奋没感到寂寞的是，这邮轮上竟有好几个《生活》周刊的热心读者，几天时间里那些读者知道他们喜爱的刊物的主编在船上，都来找韬奋，他们成了一个《生活》周刊读者小旅行团，一块儿聊天交流，一块儿玩，旅途便不再有孤独与寂寞。

下了船，他们这个小旅行团就一起玩，威尼斯、佛罗伦萨、罗马……一路上他们成了旅伴。其间，韬奋收到了徐伯昕的来信。

韬奋拿起另一封信拆看，是柯益民寄来的。柯益民在信上说，他们除了编辑新刊外，徐先生按照他的嘱咐，组织他们编辑出版了新的丛书“抗日救亡文丛”，已经出版了《中国不亡论》《全面抗战论》《民众动员论》《抗日与外交》等，新书已经在书店上架销售，很受青年学生们喜欢，他们争先恐后到书店买这些新出版的书籍。

韬奋很是欣慰。韬奋从信封里倒出几张剪报，还有照片，剪报和照片反映的都是日军在东北、上海和华北的侵略行径。韬奋拿起的最后一张剪报是《社会新闻》杂志的文章。韬奋知道，这个杂志是国民党特务丁默邨主编的。这篇文章竟说，邹韬奋的出国费用，系由援助马占山抗战捐款中克扣而来！

韬奋愤怒地把剪报拍在桌子上，嘴里愤恨地骂了声“无耻”。韬奋一刻都没法耽搁，他顾不得做别的，奋笔疾书给徐伯昕回信。

他写道：“伯昕，请将《生活》周刊致马占山的两封信和马占山的亲笔来信，一并在刊物和报纸上刊登，反动派的诬蔑诽谤便可真相大白……”

两年之中，韬奋一天也没有闲住，他天天在写《萍踪寄语》，把所见所闻、所思所想写成文章及时发回国内给刊物供稿。他人在国外，但国内的读者却每周都与他“见面”，像是从来没有离开过一样。韬奋除写稿外，就是周游欧洲，考察欧洲国家的新闻出版。他在巴黎专门考察了《晨报》。英国成为他人生中一个重要的驿站。他参观了《泰晤士报》，多次到伦敦大学政治研究院听讲座，让他终生难忘的是在大英博物馆的阅览室里的那些日子，这是他最留恋不舍的时光。

他头一次走进大英博物馆里的阅览室，整个感觉就两个字：惊诧。尽管在学校上学时就听说了它的名字，但他真没想到世界上竟会有这么豪华的阅览室。

这个阅览室已经有百年的历史，在伦敦的大罗素街（Great Russel Street），藏书有500万卷以上，据说这里的书架成一线排起来长度达8公里。

阅览室是个圆形的大厅，上面罩着一个高约100米的玻璃圆顶。这样宽敞的大厅，通风好，空气新鲜不消说，厅内竟会寂静无声，坐在这里如同坐在与世隔绝的大山深处，让你失去了耳朵；其实，这个大厅里备有500多个座位，只是地板和桌面都贴着胶皮，无论人走动还是往桌子上放东西，都不会发出一点声响。一排一排的长长的阅览桌，中央都有一道低矮的用皮革材料制成的隔墙，坐在桌子两边面对面看书的读者，彼此看不见对方，也听不见翻书的声音。设置在桌子中间的皮革矮墙上，装有让书依靠的架子，很巧妙，需要用时拉出来，可把所看的书依靠在上面，便于边看边抄录；不用时可靠矮墙收起，一点不占用桌面；坐的椅子也非常舒服，椅子的四条腿的末端都装有铜质小轮，在胶皮地板上移动非常轻便，一点不费力，而且不发出声音。阅览桌上装有台灯，有绿色灯罩，需要时可随手扭转开关使用。500余人同时坐着看书，那静寂的气氛，如同只有你一个人在空旷的空间里看书。

找书也非常便利。藏书的目录是依着著作者姓名的首字母分类的。在这姓名下面，前面是其他著作家评说这个著作者学说的书目，然后才是这个著作者自己所著的书目，所以你要研究任何一个名家的学说，都可以寻找到关于这家学说成系统的书籍阅读。

韬奋听说马克思和列宁在伦敦时，也都曾把大部分时间花在这里用于读书研究，而且听说马克思固定在一个位置读书，从不更换位置，久而久之，他坐的椅子下面的地面上已磨出了痕印。韬奋好奇地找工作人员询问，工作人员告诉他，自己也没有亲见，有两种说法，一种说法是马克思固定的位置是G7，另一种说法是马克思没有固定的座位。韬奋还是找到了G7的座位，地上已经铺上了胶皮，没有两脚磨出的痕印。座位也是跟其他座位一模一样的。

其实，韬奋不是对马克思的座位产生兴趣，而是对马克思的思想理论产生了兴趣，他想在这里好好地研究一下马克思主义。他在书目的簿子上翻到马克思的一栏，所有关于马克思学说的书籍都列在这里，可以根据需要选择。韬奋在这里不只看到了马克思的著作，他还看到了恩格斯和列宁的著作，还有众多参考书籍供他选择。

韬奋选的第一本书是马克思的《共产党宣言》，他按照书目提供的信息，在一张印好的小表格上填好书名、著者名、出版的年月日、藏书的号码、自己的姓名和座位的号数，放到工作人员柜台上的小藤篮里，不一会儿便有职员将书送到他坐的位置。这本书他当天就看完了，但想做一些摘记。他去交书时，询问了工作人员，工作人员告诉他，假如第二天还要继续看，可另夹小纸条在书里，上面写明自己的姓名，第二天再过来，工作人员就会立刻把书送到所坐的位置。就这样，韬奋在阅览室里系统研读了马克思的《法兰西内战》《哥达纲领批判》《政治经济学的形而上学》《政治经济学导言》《资本论》等重要著作，而且对马克思主义的来源做了系统的研究。通过阅读马克思的著作，他感觉看到了中国之外的一片新的天地。阅读了马克思和恩格斯的著作之后，他更产生了去苏联的强烈愿望，因为苏联是世界上第一个用马克思主义理论指导本国社会主义革命实践的国家，而且革命取得了成功，用实践检验了马克思主义的真理性。

韬奋的苏联之行正好在离开祖国的一周年之日成行。1934 年 7 月 14 日，他在友人孟云峤的送别下上了前往列宁格勒的“西比尔号”轮船。上船后韬奋发现乘客中的中国人只他一人。让他感到新鲜的是，船上靠扶栏边有五六十个男女青年围在一起，他们在齐声高唱《国际歌》，岸上前来为他们送行的人也跟着他们一起高声和唱。听着青年们激情高唱的场面，韬奋心里掠过一丝惭愧。在国内，偶尔也从报纸上看到《国际歌》的字样，但它的歌词内容竟没注意过，在有些人看来，这是大逆不道的东西。在这里静心细听了这些青年人唱的内容之后，他才知道这是勉励世界上受蹂躏被摧残的人们团结起来努力奋斗、解除束缚、积极自救的歌曲。韬奋对这些青年，有了许多好感，主动与他们交谈后，才知道他们来自美国，是美国全国学生同盟的会员，这次赴苏联就是这个同盟发起的。它是美国全国各处大学组织起来的，不属于任何政党，美国每所大学里都有它的支部，其任务是帮助学生解决种种困难，辅助工人运动，它特别注意学生界和劳动界的实际问题，做种种抗争与奋斗，以唤起学生和工人对现行制度的认识，使他们认识到学生和工人的困难是现行制度所造成。

这么一交流，韬奋跟这群学生成了朋友。此后，原本一个人坐船远行的孤独枯燥的旅行生活，一下子便变得丰富多彩。每天下午茶点之后，这些学生要举行两个小时的讨论会，他们邀请韬奋参加。第一天由一个名叫塞尔逊的博士演讲“法西斯”。他是一位社会主义的信仰者，学识比较渊博，谈吐也非常豪爽直白。他用社会主义的眼光对资本主义最后挣扎的工具“法西斯”做了客观的分析研究。第二天的讨论会继续由旅伴中熟悉各国“法西斯”真相的人做报告。

韬奋也被讨论会的主席再三邀请讲了一些中国的情形。他在发言中特别提出法西斯所需要的几个基本条件，并对中国是否具备这些条件做了客观的分析与研究。

韬奋的发言吸引了一个特殊人物的注意，他就是住在头等舱的英国移民局官吏。在休假中前往苏联看热闹，但他没有忘记自己“爪牙”的重要任务。他也夹在听众中旁听，他可能认为中国人敢反对资本主义，无疑是个“危险分子”。乘韬奋不备，他用随身带的照相机偷拍了韬奋的照片。他的这一行为被塞尔逊和美国全国学生同盟的领袖戈登发现了，他们悄悄地请韬奋到了另一个房间，告诉了他这一情况。他们一起与船长开会商量，假如这个“爪牙”把这些情况报告给英国警署，韬奋就有可能再回不了英国。他们决定，到达列宁格勒，由船长出面报告海关，把这个“爪牙”拍摄的底片没收，船长一口答应。韬奋感受到思想与理想是诚挚的友谊的出发点和基础。

到达列宁格勒的前一天，那位学生同盟的领袖戈登来找韬奋，劝他参加他们的暑期大学旅行团，每天上午听一两个小时课，其余时间都用来参观。参加他们的团体活动，一方面团体参观会得到个人行动得不到的方便，省得他一个人孤单没有伴；另一方面经济费用上也可以省一些。韬奋欣然答应加入他们的团体。18日夜晚，韬奋跟这些学生们度过了一个难忘的夜晚。晚餐席上，大家在掌声中通过一个议案，用全体名义致函船长，对全船职工在旅途中对他们的殷勤招待表示感谢，然后，全体山呼厨子的名、厨房助手的名、男女侍者的名，每呼一个人，被呼的人便由厨房跑出来，笑容满面地立正行军礼向大家答谢。第二天早晨5点到达列宁格勒，全船的人都聚集在甲板上，水手和女侍者们一面帮他们照料衣箱行李，一面跟他们握手道别。这种热烈的场面让韬奋十分感动，他流亡坐船以来从未见过，引起了留恋之情，永远不能忘却。

此后到9月6日的50多天时间里，韬奋与美国全国学生同盟五六十位学生朝夕相处，他们一起参观了列宁格勒苏联首屈一指也是世界上馆藏最丰富的赫密特吉艺术博物馆，一起到红场观看了十余万男女青年举行的运动大检阅，一起参观了教育实验所、夜间疗养院、莫斯科博物馆、郊外的幼儿园、妓女疗养院、佛列格机械厂、发动机制造厂、布尔穴俘公社，拜谒了列宁墓，然后又到苏联南方的乌克兰去参观。8月30日他们再回到莫斯科，又参观了莫斯科最大建筑之一全联工会总部，以及铁道专门学校、实验模范职业学校、莫斯科大学和编织专门学校。最后全联学生总会招待了美国全国学生同盟。

其间也遇到几个让人不愉快的人，那就是几个资本家和资产阶级的走狗，他们知道韬奋是中国人之后，常常用中国教育落后文盲多、交通落后、不会用电报、打内战窝里斗来对韬奋鄙视取乐；韬奋则以牙还牙，用美国的失业、社会混乱强盗多，红灯区妓女多来回敬他们。

韬奋在苏联见了两个人，一个是戈公振。戈公振是《生活》周刊的作者，也是新闻界的老朋友，1933年3月，他随中国驻苏联大使颜惠庆去莫斯科访问，在苏联逗留，对莫斯科、列宁格勒以及乌克兰、高加索、乌拉尔等地进行考察。其间所写的文章由韬奋集成一册辑为《从东北到庶联》出版，他们在莫斯科数次见面交谈，韬奋感觉他进步巨大，戈公振在莫斯科招待了韬奋，并为他送行。

韬奋见的第二个人是萧三。韬奋见萧三时正值苏联召开作家代表大会，萧三邀请韬奋参加苏联的作家代表大会。韬奋内心很想见一见高尔基，但韬奋考虑，参加苏联作家代表大会自然是个交流学习的好机会，也能见到高尔基，可以相识并当面交流，但如果参加了苏联的作家代表大会，他就成了苏联邀请的中国宾客，回国后可能会有麻烦，写文章更会有诸多不便，还是以一个普通旅行者的身份随意游览而不是作为苏联的宾客在苏联活动比较好，这样不会引起别人的怀疑。

韬奋拜托萧三一件事，他把自己译著的一本厚厚的《革命文豪高尔基》交给萧三，请萧三代为转送给高尔基。同时，他把写给高尔基的一封信也请萧三代为转送。

亲爱的高尔基同志：

我是来自中国的您的一位敬慕者，在这个国家里，为了群众的利益正进行着一次真正的革命。在过去的八年当中，我担任《生活》周刊的主编，这个刊物的目的，是在中国鼓吹社会主义，同情中国的苏维埃运动，但是它必须在各种伪装的方法之下进行自己的工作，因为它是在“白色恐怖”最厉害的上海出版的。我高兴地告诉您，我曾经用中文写一本您的传记，这本书在去年七月间出版，并在中国受到普遍欢迎。革命的青年一代人非常关心您的生平和作品。我想您不可能阅读这本书，但我相信您会高兴看一看这本书，把它作为一个从遥远的国家来的您的真诚的敬慕者送给您的一份礼品保存着。最后，我请求您原谅我用英文写这封信。我非常抱歉，我不懂俄文，而中文信又是外国人很难理解的。我希望您的秘书会把这封信翻译出来。邹恩润启。

9月18日，韬奋离开苏联，乘船回到英国。旅途非常不顺利，大风，再加上机器故障，原本五天的行程，九天才完成，直到9月27日才回到英国。一份惊喜与感动让他忘掉了旅途的不悦。回到英国他收到黄炎培个人给他寄的100元钱，这位师长、领导的举动让他感动得热泪盈眶。他怎么也忘不了，他出国前，黄炎培7月2日、3日连续两次请他和徐伯昕、毕云程等几位吃饭，为他饯行。

到了英国，韬奋静下心来，把两个月的苏联之行坐下来细细地做了梳理，尤其是参加美国全国学生同盟那个暑期旅行团，所有的参观以及听课，都是一次很好的学习，收获非常丰富，成为一生难忘的记忆。苏联作为社会主义国家给韬奋的感受是全新的，从制度到社会上人与人之间的关系，都体现着社会主义的优越性。他在伦敦把这一经历与记忆写成了20余万字的文章，如实地介绍了苏联社会主义建设在各个方面所取得的伟大成就。

1935年5月16日，韬奋到了美国，纽约除了让他感受到高楼大厦和繁华之外，也让他看到了资本主义不合理制度的弊端，这里把女子当作商品出卖，他的感觉似身处屠场，跟在芝加哥看到的杀猪宰羊的屠场没什么两样。此时，纽约却又是美国革命运动的中心，南方的美国人，只要听说你来自纽约，他们马上会对你存有戒心。

在华盛顿韬奋不只看到它建筑的美丽和它的富丽堂皇，他还看到了一般旅客忽略的另一角。他用两个整天的时间在贫民窟里进行了调查。这些贫民住的是狭窄肮脏的板屋，穿的是捉襟见肘的破衣烂衫，尤其凄惨的是贫民窟里的黑人。他们每十个人里就有四个人失业，其余有业可干的，无论受过怎样的教育，都只能做收入最低微的工作。除了黑人区之外，其他任何公共地方，包括旅馆、戏院等，都不许他们进入。白人乘坐的街车，不许黑人上车乘坐；白人开的旅馆，不但不许黑人住，连偶尔来访也不准坐电梯。有一位黑人博士学者佛雷西要去某旅馆的十层开会，旅馆同样不许他乘电梯，会议组织者出面交涉都没有用，最后只好把会议从十层挪到二层开，便利让黑人进入。

韬奋不由得想起上海租界“华人与狗不得入内”的牌子，在上海中国人不许与外国人同乘电梯也不足为怪。歧视不只在华盛顿，在美国的南方，黑人的遭遇更惨。

韬奋于7月12日到达美国芝加哥，参观了《芝加哥论坛报》。韬奋是到芝加哥第三天早餐时在《芝加哥论坛报》上看到那篇长文的。文章说杜重远创办的《新生》因发表了《闲话皇帝》，日本领事向中国政府提出抗议，说文章侮辱天皇，妨碍两国邦交，要求查封杂志，严惩编者与作者。在日本侵略者的压力之下，国民党政府查封了《新生》杂志，杜重远被逮捕入狱。韬奋看完报纸先是惊愕发怔，继而悲愤，眼泪夺眶而出，他恨不能立即生双翼飞回祖国。当时与他共用早餐的美国朋友被他的情绪吓愣了，问他出了什么事。待朋友看完报纸上的文章后，他也非常愤怒。他们立即一起跑去电报局，发电报慰问狱中的杜重远，杜重远的爱国文字狱让韬奋再无心在美国考察下去，他决定马上回国。8月9日，韬奋在旧金山乘“胡佛总统号”轮船回国。

8月27日，“胡佛总统号”终于开进了上海港。光阴似箭，转眼就过了两年，可在韬奋心里，他似乎一天也没有离开祖国，一天也没有离开自己的杂志。船靠码头，沈粹缜、徐伯昕、柯益民等在码头迎接。韬奋提着行李下船踏上岸，沈粹缜扑过去抱住韬奋。

韬奋轻轻地说：“不是回来了嘛！你先拿着行李回家，我让伯昕陪我去看杜重远先生。”

沈粹缜抹了眼泪，和柯益民接过韬奋手里的行李。韬奋和徐伯昕叫了一辆汽车，飞驰而去。

韬奋走进监狱的门槛就已经悲愤满腹，等看守带杜重远从牢房出来相见时，韬奋双手紧紧握住杜重远的手，百感交集，泪如雨下，话在喉咙里都说不出来了。他如此冲动悲愤，不只是他们的友谊笃厚，更是杜重远为公众牺牲的精神让他感动。

杜重远宽慰他：“你回来就好了，你回来我也就放心了，我没有罪，他们不会把我怎么样。”

韬奋感慨地说：“你为大众奉献牺牲的精神，人们永远会铭记在心。”

押送他们的汽车的喇叭声打断了韬奋的思绪。

李公朴在车里发表着演说：“警察先生们，你们凭心想一想，我们主张全国团结御侮，何罪之有？你们每天也在看报，中华民族面临的深重灾难，我想你们不会不知道。东北五省已经完全在日本人统治之下，有一点骨气和良心的东北人只能四处流浪；咱们上海，19路军弟兄们的血白流了，上海已经沦陷，日本人在中国烧杀淫掠，无恶不作。面对自己的同胞被杀戮，眼睁睁看着自己的姐妹被强暴、被污辱，难道还要我们沉默吗？”

原来他们在车上一直没有闲着，在不停地与警察们交谈，在向他们宣传抗日，韬奋陷在自己的回忆之中，完全没有注意到。

车上的警察们被李公朴鼓舞起来。李公朴带头唱起了《义勇军进行曲》，唱着唱着，车上押解他们的警察也一起加入，汽车在嘹亮的《义勇军进行曲》歌声中前进。

7

大客车眼看就要开进苏州城，突然停了下来。那位负责的警察没有让他们六位多问，当即宣布：“先生们，汽车没办法开进城，我们下车，改坐黄包车前往。”

他们六个人各自提着行李下了汽车。因为每个人都拿着行李，两个人一辆车没法坐，警察只好给他们一人雇了一辆黄包车，带上行李前往。押解他们的警察因为有任务在身，他们是在执行押解任务，不能离开被押解人而去坐黄包车，只好在车旁跟着车夫徒步行走。车夫走，他们也走；车夫跑，他们也得跟着跑。他们六个人看着警察的狼狈与尴尬，倒觉得十分好笑。

六辆黄包车一辆挨一辆连成了一个车队，每辆黄包车旁边还跟着全副武装的警察，这气势非同一般，成了一道相当引人瞩目的景观。沿街的老百姓好奇地看着他们，看车上坐的人一个个斯斯文文的；再看有这么多警察背着枪护卫着，老百姓弄不明白是怎么回事，以为是警察在护送一帮高官！

押送韬奋的警察一边跑一边对韬奋说：“先生，我们哪是在押送你们，是在保驾你们呢！”

警察哪能跑过黄包车车夫，车夫天天都在跑，而且是自己的饭碗，不敢偷懒，两条腿早练出来了。没跑两条街，警察都受不了了，他们上气不接下气，那狼狈样有损警察的形象。也许是要面子，也许是那个负责的警察自己也受不了了，他发出了停止前进的命令。

他们六个人坐在车上，自然是不累，不知道警察又有了啥新主意。待那位负责的警察让手下招黄包车，他们六个都笑了，他们这才明白，警察受不了了，也要坐黄包车前往。

警察他们是两个人一辆车，黄包车重新排队。警察的车在前面带路开道，每一辆警察的车后面跟一辆被押解人的车，被押解人六辆车，再加上警察们的车，十几辆车排成了一字长蛇阵，浩浩荡荡，好不气派。他们六个坐在车上，还真感觉有点威风，心里好惬意。

他们六个下午 4 点坐上黄包车，赶到高等法院已经上灯了。下车后，他们六个被押进待审室等候审问。沈钧儒老先生头一个被带去审问，剩下五个就坐在待审室等着过堂。不一会儿，沈钧儒被警察送回了待审室。

韬奋问：“沈老，问什么啦？”

沈钧儒说：“重复，履行手续而已，跟上海问的差不多，每个人都得过一遍堂。”

待他们一个一个过完堂，警察又押着他们再坐黄包车，说高等法院的看守所在吴县横街。一路折腾，赶到吴县横街看守所，已是晚上 9 点多了。

载着“六君子”的黄包车一辆接着一辆在看守所大门前停下，人们下车聚齐后，看守所的负责人开始讲话。他说：“诸位先生都是有身份的上等人，上面吩咐照顾你们，不叫你们住监狱，我们看守所正好刚落成了医院病室，还没使用，就在看守所的院内，但跟囚室是隔离的。一共六间房，第一间和第六间是看守和工役人员的住房，你们两人一间，剩下一间做餐厅和活动室。现在就带你们过去。”

韬奋和章乃器提着行李走进了第五病室。里面有两张小铁床，上面铺了木板。韬奋说：“还不错，新房子挺干净，没有臭虫跳蚤。”章乃器放下行李，也说：“要是有张桌子就好了，咱可以在房间里写作。”韬奋笑了，说：“这已经很不错了，别忘了，咱们是罪犯，他们怎能把咱们当客人接待？咱们可以到餐厅看书写字。”

他们从被捕到转送到江苏高等法院看守所，完成了移提程序，他们将在这里开始他们的监禁生活。

第五章　候　审

1

第二天清晨起床后，六个人不约而同来到室外的天井里。天井不算小，他们就一起在天井里跑步晨练。六个人年龄不同，爱好与习惯也不一样，虽说都是跑步，跑法却不相同，有的喜欢快跑，有的则喜欢慢跑；有的爱大步摆动加大运动量，有的则爱小步平稳减少活动量。李公朴跑得最快，其次是章乃器，再是韬奋与王造时，再是沙千里，沈钧儒老先生只是慢跑快走。

沈钧儒跑了五圈就不再跑步，他到一边找了一块平整干净的地块开始打太极拳。沈钧儒一打太极拳，沙千里跟章乃器也不跑步了。章乃器会打形意拳，沙千里看着这形意拳挺有意思，就跟章乃器学打形意拳。跑了一会儿，其余人也都跑累了，都停了下来，做放松的柔软体操。

就在大家觉得晨练得差不多的时候，沈钧儒老先生拍了拍巴掌把大家招呼到一起。

沈钧儒老先生的神情非常严肃，话说得也非常郑重。他说："我们参加救国运动，固然有着一致的主张和行动，那是不消说的。在这里所要特别提出的，是在被捕的这个时期里面，我们也应该有着一致的主张和行动。”

五个人听了沈老先生的这几句，发自肺腑地感动，姜还是老的辣，大枣就是红的甜，他几句话说出了大家有所觉但还未细想的事，或者有所想还没想好的事，大家十分赞赏地点头，为了不打断老先生的思路，他们谁也没插话，让沈老先生说完他的想法。

沈钧儒收获了五个人赞许与信任的目光，心里由衷地感到欣慰，更体会到志同道合的含义。他情绪高涨地说：“我们六个人既然已经被捕进来，有罪大家都有罪，无罪大家都无罪；羁押大家一起羁押，释放大家一起释放。我提出一个宣言，六个人是一个人！”

“对！六个人是一个人！”其余五个人异口同声赞成。

沈钧儒继续说：“我们下了患难与共的决心，我们必须坚决地要求共同关押在一处。我们预先约定，倘若当局要把我们六个人分开羁押，我们必然要一致以绝食来抵抗。”

“好！用绝食来抵抗！”其余五个人完全赞同，信心十足，意志坚决。

沈钧儒继续说：“这件事所以要预先约定，因为我怕当局用迅雷不及掩耳的手段把我们分开，仓促间也许来不及知照；既已预先约定，倘若有这样的事情发生，不必有所知照，各人便应该依照共同的预约实行。”

其余五个人觉得沈老先生说的这件事太重要了，只有六个人是一个人，斗争才会有力有利，才会抵制当局的一切阴谋。大家非常赞同。

沈钧儒的话还没有说完，他继续说：“救国是一件极艰苦而需要长期奋斗的事情。我们这次被捕，有些人说这是求仁得仁，这话有语病，因为如果说我们的目的是要进牢狱，现在进了牢狱便是得仁，那是大错而特错！我们的目的是要救国，而不是要进牢狱！进牢狱绝对不是我们所求的，这是不幸的遭遇。我们为着要替救国运动做更多的工作，是要在不失立场的范围内极力避免的。”

李公朴说：“燕雀安知鸿鹄之志啊！”

沈钧儒接着说：“还有一件事要与大家商议。咱们六位在这里也算是个大家庭，虽不知道要在这里押多久，但咱要在一起生活一段时间，应该有个临时组织比较好一些，一来平时生活有个秩序安排，二来他们要是有事，咱们也好有个商量。按照咱们现在的生活，方方面面应该有个分工，凡事要有人管，到时各负其责，这样咱们在这里不管是长是短，生活就有条理了。”

韬奋很赞成：“沈老考虑得很周全，应该有个临时组织，我建议推举沈老当我们这个大家庭的家长。”

大家一致鼓掌赞成。

沈钧儒说：“咱们六个人，我最年长，大家信任我，要我当家长，那我就倚老卖老当这个家长。但我需要几个助手，按照咱们生活的秩序和内容看，需要设置几个部门，我想会计部不能少吧，咱们在这儿总还得要买东西花钱，得有人管，看谁当这个主任。”

王造时推荐：“这自然是乃器最合适，他原来是银行家。”

沈钧儒点头：“那就乃器吧。王造时，你是不是做文书部主任？我看上次你给看守所要求会见家属的申请写得有声有色很有条理。”

大家也都同意。

沈钧儒想了想说：“还要一个事务部主任，是不是公朴来做？”

大家称好。

沈钧儒说："今后吃喝拉撒睡就都归你管了。千里呢？做卫生部主任吧，谁要有个小毛小病的，就你来联系安排了。韬奋嘛，做监察吧。"

韬奋开玩笑说："咱们这里既没老虎可打，也没苍蝇可灭，还用监察吗？我就兼文书部和事务部助理吧。"

大家一起笑着鼓掌赞同。

吃完早餐，李公朴就走马上任，开始行使事务部主任的职权。

李公朴对狱卒说："狱卒先生，天气越来越冷了，都快伸不出手了，我们空闲时还要看看书、写写东西，给我们餐厅弄个火炉行吗？"

狱卒无奈地说："这里不配火炉。"

章乃器也帮着说："这么冷受不了啊！房间没有就算了，餐厅是我们的活动场所，没有火炉真受不了。你们不配，我们自己花钱买一个行吗？"

狱卒有点疑惑，他做不了这主："我只能替你们反映一下，要是上头同意，我来帮你们办。"

沈钧儒也说："我们平时都在这里活动，你好好跟上面说说，我们花钱，帮我们弄个火炉，当然你们能花钱给我们配是最欢迎不过的了。"

狱卒准备离开，韬奋又把他叫住问："这里有报纸吗？应该给我们拿些报纸看吧？"

狱卒说："你们有没有报纸我也不知道，我也得去问问。"

大家一起收拾餐厅。两张方桌都铺上了桌布。狱卒的办事效率很高，他们还没把餐厅整理好，他就送来了报纸。他说："我请示了，长官说你们都是文化人，应该给你们报纸看，这是今天的报纸。另外，火炉上头也同意你们自己凑钱买，说是照顾你们，在餐厅里安个火炉，房间就不安了，我们帮你们买。”

餐厅的门突然被打开，大家扭头看，门口站着的竟是史良，她在警察的陪同下，走进了餐厅，大家十分意外。

史良说：“我自己来投案了，既然媒体上都已经称咱们‘七君子’了，少了我怎么行呢！”

沈钧儒问：“你也在这儿住吗？”

警察说：“她是来跟你们打招呼的，她要关到女子看守所去。”

警察只给史良跟他们打招呼的时间，没打算让她跟他们交谈，他们刚说了这几句话，警察就表示要她离开的意思。大家都看到了警察的表情，他们就没法多聊，简单问候安慰之后，他们六个人就一起送史良出门。史良在警察的陪同下走出大门，挥手向他们告别。

送走史良，他们六个仍旧回到餐厅，各人开始做自己想做的事情。沈钧儒与李公朴两人合用一张桌子，他们俩拿出笔墨纸砚开始写书法。王造时在翻译外文图书，沙千里在温习日文，他们两个合用一张桌子。章乃器与韬奋到另一张桌上，铺开稿纸准备写作，餐厅里一时鸦雀无声。

外面传来一阵杂乱的脚步声，接着会客室那边又传出搬桌子板凳的声音和说话声，他们六个人的餐厅里很静，外面的声响传过来听得一清二楚。这声音让他们产生了疑问：这里除了他们六个，就是狱卒和监视他们的警察、侦探，警察与侦探没离开阳台和院子，不知狱卒们在忙活什么……

2

吃过午餐，大家准备稍事休息。法警却没让他们休息，说要继续侦讯，他们先叫沈钧儒跟他们走。大家以为又要带他们回法院那里去侦讯，法警告诉他们不用去法院，就在这里的会议室侦讯。大家这才明白，原来狱卒们忙活是把会议室变成审讯室。

沈钧儒在两个法警的挟持下进了会议室。沈钧儒看到，会议室真的变成了审讯室，但是，来的人不多，就检察官和书记员两个，再有就是押送他的两个法警。

两个法警把沈钧儒带到位置上坐下，检察官开始了侦讯。

检察官的侦讯完全是例行公事，所问的内容和在上海问的以及第一天转到苏州时问的大同小异，问完那些姓名、年龄、有没有参加党派组织、担任什么职务等一大堆重复了不知多少遍的废话之后，又一次问："你们主张停止一切内战是什么用意？"

沈钧儒说："这个问题也回答多遍了，我们主张停止一切内战，就一个目的，就是要全国一致抗日。我们承认中央的领导权，也没有一点要推翻政府的意思。"

检察官又问："你们提出释放一切政治犯是什么目的？"

沈钧儒说："就是要集中所有人才来抗日救国。"

检察官又问："为什么要主张联合俄国？"

沈钧儒说："也是为了中国抗日救国这个目的，我们不只主张联俄，同时主张联英、联美、联法。"

检察官再问："你们是否主张人民阵线？"

沈钧儒说："我们主张的是民族联合阵线，未曾主张人民阵线。"

沈钧儒让检察官问得一点精神都没有，他想你们既然是应付公事，那么我就应付你们。

沈钧儒被法警带回他们的餐厅后，他们五个问他又被问了什么，沈钧儒回答他们三个字："老一套。"

轮到韬奋过堂时，韬奋已经知道他们要问什么，他要回答的内容也早都背得滚瓜烂熟了，所以他连检察官都不看，差不多闭着眼睛在回答那种多余的问题。

检察官对他的态度很不满意，提高了嗓门问："你加入过什么党派？并担任什么职务？"

韬奋抬起头来，他觉得这个检察官实在太有意思了，心想：他是没有事干，还是闲着难受，这不是拿着法律、拿着时间在跟别人开玩笑嘛！既然这样，我倒要给他清理清理脑子，弄明白一个人活着应该有自己的立场与主张。于是他认起真来，郑重其事地开了口："关于这个问题，我已经表达过多次，今天我可以更明白地表明我的立场与主张，请检察官你认真听着。"

韬奋这话，让检察官和书记官都瞪大了眼睛。

韬奋继续说："黑暗势力陷害人的方法，除在经济方面尽其造谣之能事外，还有一个最简便的策略，那便是随便给你戴上帽子。这不是夏天的草帽，也不是冬季的呢帽，却是一顶可以陷你入罪的什么派什么党的帽子。其实，戴帽子也不一定是丢脸的事情，有害尽苍生的党，也有确能为大众谋幸福的党；前者的帽子是怪可耻的，后者的帽子却是很光荣的。但是讲到我个人的实际情形，一向并未曾想到这个帽子问题；再直截了当地说一句，我向来并未加入任何党派，我现在还是这样。"

检察官觉得韬奋的话很新鲜，他真竖起耳朵来听了，书记官则加快速度，把韬奋的话全记了下来。

韬奋继续侃侃而谈："我说这句话，并不含有褒贬任何党派的意味，只是说出一件关于我个人的事实。但是同时却不是说我没有立场，也不是说我没有主张。我服务于言论界十几年，当然有我的立场和主张。我的立场是中国大众的立场；我的主张是自信必能有益于中国大众的主张。我心目中没有任何党派，这并不是轻视任何党派，何党何派不是我所注意的，只须所行的政策在事实上能不违背中国大众的需求和公意，我都肯拥护；否则我都反对。我自己向来没有加入任何党派，因为我是这样的看法：我的立场即是大众的立场，不管任何党派，只要它真能站在大众的立场上努力，真能实行有益大众的改革，那就无异于我已加入了这个党了，因为我在实际上所努力的也就是这个党所要努力的。但是因为有着这样的看法，所以向来未曾加入任何党派。我的回答不知检察官听明白了没有？”

检察官没有搭理他的话，继续照本宣科地问：“听说你积极主张建立人民阵线？”

韬奋又抬起头来说：“有何证据？”

检察官追问：“你跟共产党那边不是有联系吗？你们的杂志已经发表过一位姓莫的写的文章，公开主张建立人民阵线。”

韬奋反问：“刊物发表某人的文章，只是表明某人的观点与立场，并非就是主编的观点与立场，这我想检察官应该懂得。看来你们还是没弄明白什么叫人民阵线，什么叫民族联合阵线？”

检察官让韬奋接着说。

韬奋说：“我们一而再再而三地说，我们主张的是民族联合阵线。我再一次在这里郑重地表明，现在是整个民族生死存亡万分急迫的时刻，除少数汉奸外，大多数的中国人都在挣扎着避免沦入亡国奴的惨劫。在这个时候，我们要积极提倡民族统一阵线来抢救我们的国家，要全国团结御侮，一致对外，我更无须加入任何党派，只须尽我的全力促进民族统一阵线的实现，因为这是抗敌救亡的唯一有效的途径。”

韬奋看了检察官一眼，他看到检察官只是看着他说话，无法判断他是真在听，还是装样在听。他继续慷慨陈述：“民族统一阵线，或称民族联合阵线，或称民族阵线，名词上的差异没有什么关系，最重要的是我们要彻底了解这阵线的意义和它与抗敌救亡的关系。所谓民族统一阵线是：全国人民，无论什么阶级，无论什么职业，无论什么党派，无论有什么信仰，都须在抗敌救亡这个大目标下，团结起来，一致对付我们民族的最大敌人。在这个民族阵线之下，全国的一切人力、财力、物力，都须集中于抗敌救亡。为保障民族阵线的最后胜利，凡是可以增加全国力量的种种方面，都须千方百计地联合起来；凡是可以减少或分散全国力量的种种方面，都须千方百计地消灭或抑制下去。无论任何个体和个人、任何集体和集团，纵然在以往有过什么深仇宿怨，到了国家民族危亡之祸迫在眉睫的时候，都应该把这深仇宿怨抛弃不顾，联合彼此的力量来抢救这个垂危濒亡的国家和民族。”

检察官问：“那么你说人民阵线是什么呢？”

韬奋有一点急，他说：“民族阵线是以拯救民族危亡为要旨，是要一致来对外的。人民阵线也同样是救国救亡，也是极广泛的人民统一战线，也是强调全民族抗日反卖国贼的各阶层联盟，无论是最进步的阶层及其政党的武装力量，还是最落后的同乡会、宗教团体，部分反日的地主、军人、官吏、资本家、名流学者等，都是人民阵线的力量。但是，它与民族阵线还是有一些差异，人民阵线是以阶级为中心的，同时含有对内的意味。容易令人误解，不如‘民族联合阵线’来得清楚。”

韬奋感到有点费劲，似乎有一点对牛弹琴的感受，他不想再费劲跟检察官赘述，收起了自己的一腔热情。

韬奋回到餐厅与大家交流后发现，大家都是这种感受：不知道为什么，检察官对别的似乎不是很在意，也不是很感兴趣，却对“人民阵线”和“民族阵线”这个问题揪住不放，没有一次不问，也没有一个不问。

沈钧儒说：“这很明显，他们在竭力罗织咱们的罪名，因为人民阵线是延安那边提出来的，假如咱们救国会也承认呼吁全国建立人民统一战线，不是就有了现成的帽子给咱们扣上了吗？咱们就是通共，与共产党一起想推翻政府。”

韬奋这才感觉，这些人真是居心叵测。他想起他在香港办《生活日报》时，就这个问题特意发表了一篇答读者问，他可以让杂志社把那篇文章找来给他们，让他们看看他的一贯立场，而不是今天现编现说。

沈钧儒说的没有错，公安局抓捕了他们七个救国会的骨干，但法院却感到难定罪名，手里的证据不足，于是只好反复找他们侦讯。为了方便，法院把法庭移到了看守所，几乎是隔五六天就把他们讯问一次，问的始终是这些重复的问题。在一次讯问中，韬奋竟跟检察官吵了起来。

问题还是他们主张的是民族阵线，还是人民阵线。韬奋生气的是，书店已经把他在《生活日报》上发表的那篇关于民族阵线和人民阵线的答读者问送来了，他也已亲手交给了检察官，结果在再一次讯问中，检察官像什么都没有看过一样，照样按老一套问他。

韬奋说：“关于这个问题，我已经把以前的文章给了你们，人民阵线与民族阵线的不同，文章里已经讲得十分清楚，我们主张的是民族阵线，不是人民阵线。”

检察官竟说：“这个文章不算数，文人著述全是言不由衷。”

韬奋被他这句话激怒了，他跳了起来：“我抗议！你这是侮辱人格！是亵渎作家和新闻记者的崇高职业！我发表的文字，我负百分之百的责任！”

检察官也不让步，坚持说：“我有权力这样说！”

侦讯完毕，六个人一起被叫去看笔录，看完笔录，每个人都签字，然后再回到看守所临时法庭被告席上坐下，恰恰被告席位只有五个人，韬奋没地方坐，他干脆一屁股在律师席上坐了下来，引得大家大笑。

3

六个人在看守所的生活慢慢形成规律。吃过早餐后，他们依旧在餐厅各人做自己想做的事情，第一件事情还是看报。

韬奋突然惊呼：“快看报，张学良和杨虎城将军在西安兵谏，把蒋介石扣了！”

大家惊奇地一起围了过来。

韬奋干脆念报：“张学良和杨虎城在西安实行‘兵谏’，扣留蒋介石，向全国发出《对时局宣言》。全文如下：‘东北沦亡，时逾五载。国权凌夷，疆土日蹙，淞沪协定屈辱于前，塘沽、何梅协定继之于后，凡属国人，无不痛心。近来国际形势豹变，相互勾结，以我国家民族为牺牲，绥东战起，群情鼎沸，士气激昂。于此时机，我中枢领袖应如何激励军民发动全国之整个抗战！乃前方之守土将士浴血杀敌，后方之外交当局仍力谋妥协，自上海爱国冤狱爆发，世界震惊，举国痛心，爱国获罪，令人发指。蒋委员长介公受群小包围，弃绝民众，误国咎深。学良等涕泣进谏，屡遭重斥。昨日西安学生举行救国运动，竟嗾使警察枪杀爱国幼童，稍具人心，孰忍出此！学良等多年袍泽，不忍坐视，因对介公为最后之诤谏，保其安全，促其反省。西北军民一致主张如下：（一）改组南京政府，容纳各党各派共同负责救国。（二）停止一切内战。（三）立即释放上海被捕之爱国领袖。（四）释放全国一切政治犯。（五）开放民众爱国运动。（六）保障人民集会结社一切政治自由。（七）确实遵行总理遗嘱。（八）立即召开救国会议。以上八项为我等及西北军民一致之救国主张，望诸公俯顺舆情，开诚采纳，为国家开将来一线之生机，涤以往误国之愆尤。大义当前，不容反顾……”

六个人欢呼起来。这事太突然，太激动人心了，他们怎么也没有想到两位将军会做如此大义的事，他们的喜悦与感动无法表达，一个个感慨万分。

六个人的举动惊动了看守所的狱卒与警察，他们不知道发生什么事情，赶紧跑进来制止，说在这里不应该如此大声喧哗。

南京陈果夫办公室里烟雾腾腾，屋里只有陈果夫、陈立夫和徐恩曾。陈果夫对张学良、杨虎城“兵谏”扣留委员长气愤至极，他无法让自己坐下来说话，一边抽着烟在屋里来回不停地走，一边骂张学良和杨虎城，屋里几乎一直是他一个人在说话。

陈果夫与蒋介石的特殊关系在国民党的政要人物中无人可与他相比。他 1911 年 3 月就加入了中国同盟会，在民国时期“蒋宋孔陈”四大家族一手遮天，把持着中国的政治、军事、经济命脉。他与蒋介石在上海交易所结识，一起做投机买卖。1924 年参与黄埔军校创办，在上海为军校招募新生兼采购物资。曾任国民党第二届中央监察委员、国民党中央常务委员、国民党中央组织部部长、监察院副院长、江苏省政府主席，是国民党“CC”系统的首领之一。抗日战争全面爆发后，历任中央政治学校代理教育长、军事委员会委员长侍从室第三处主任、中国农民银行董事长等职。陈氏兄弟的命运和他们在中国政坛上的起伏，是与蒋介石紧紧联系在一起的。现在蒋介石受难，他当然要急。

陈果夫几乎在吼叫：“狂妄！太狂妄了！他们早有预谋，我们太麻痹了！他们摆迷魂阵！暗通明不通，上合下不合，故意造假象暴露矛盾对立，都是阴谋！我们在他们身边的人都被蒙骗了！委员长要是有不测，我们怎么向党国交代？他们还在继续行动，必须坚决遏制！”

陈果夫所说的这些不是空穴来风。为了达到逼蒋抗日，不致兵谏流产。扣留蒋介石同时，张学良命令警备第二旅旅长孔从洲和副旅长许权中指挥本部，迅速解除了宪兵一团、保安司令部、常驻省政府的宪兵和西郊飞机场的驻军武装，并占领了飞机场，扣留了作战飞机。炮兵团负责封锁西安火车站。警备第三旅则奔袭咸阳，解除了万耀煌所部第 25 军两个团的武装。命特务营营长宋文梅扣留了因参加军事会议住在西京招待所、花园饭店及西北饭店的陈诚、邵力子、蒋鼎文、陈调元、卫立煌、朱绍良等国民党军政要员，还致邵元冲等人在冲突中遇难。

除此以外，张学良又电令 51 军抄了朱绍良的绥靖公署，缴了电台、密码和警卫部队的枪支；端了甘肃省国民党党部、公安局及兰州的特务组织的窝，把它们所辖的武装部队以及驻在兰州东郊的中央军第七军的炮兵团的武装统统缴械；把绥靖公署、省党部、励志社、军训委员会的头目都抓了起来，软禁在励志社里面。

张学良、杨虎城当即撤销了西北“剿总”，改设“抗日联军临时西北军事委员会”，主持西北军政事务，张学良、杨虎城分任正、副委员长。还分别致电南京国民政府领导人和各地实力派领导人，说明了西安事变的原委、经过和主张，希望得到理解和响应。接收《西京日报》，创办《解放日报》。为向国际社会和国内各界说明西安事变的真相，张学良亲自于12月14日在西安电台发表了广播讲话，宣传他们的八项主张，要求共同抗日救亡。张学良他们如此嚣张，陈果夫的火不打一处来。

陈果夫突然停止走动，他扭头对着徐恩曾说：“他们不是要求释放上海抓的那七个人吗？给他们点颜色看看，我们再不能手软！”

陈立夫疑惑地问：“你的意思是？”

陈果夫说：“戴副局长去西安了，要不这事用不着我来管。你们想想，在现时这种兵械相对、千钧一发之际，必须有撒手锏遏制警示他们。他们要求放人，我们不但不放，而且要杀鸡给猴看！不是悄悄地杀，而是要枪毙！看谁能硬过谁！”

一直坐在那里默不作声的徐恩曾听了这话，不由得一怔，他感觉这事太棘手。这不只是沈钧儒、邹韬奋他们七个名声太大，现在张、杨的《对时局宣言》已经搞得全世界都知道了，不仅救国会的宋庆龄他们在呼吁释放“七君子”，全国各界都在呼吁，国民党的桂系也在呼吁，连副委员长冯玉祥都在劝委员长放人，陈果夫居然在这个时候要枪毙他们，若要真这么反其道而行之，这可真是冒天下之大不韪了。他摁灭了烟，抬起头看着怒火中烧的陈果夫，稳下心绪，他本来就是三锥子扎下都不见血的阴人。这时，他心里已经有了两全其美的主意，他心里的点子多得很，在任何环境下都不缺。

徐恩曾依旧保持着听候指挥的身姿与表情没做任何改变，没有流露一点违拗陈果夫的神情，非常自然地以温和谦卑的建议口气说："别的我任何顾虑都没有，只是担心委员长现在受难，人被扣留在他们手里，咱们这么做，会不会激怒张、杨，假如把他们逼急了，他们铤而走险，委员长的安全会不会受到影响？现在委员长不在，冯副委员长在主事，这事要不要听听他的意见？"

陈果夫对徐恩曾的建议很不满意，他一挥手把徐恩曾的话驱赶出窗外，他以一种鄙视的口吻说："要是前怕狼后怕虎，那就什么事情都别做了。现在到了什么时候？张学良、杨虎城居然敢当着共产党的面造反搞内讧，还公开请共产党来人参与调解！他们心里还有党国吗？他们眼里还有委员长吗？他们连委员长都敢扣留，还有什么事做不出来呢！我们怎么就要考虑这考虑那呢？"

徐恩曾没再出声，他自然清楚这里面的利害关系，祸从口出。该提醒的已经提醒了，听与不听在你。出了任何问题，已经与我徐恩曾无关了。

陈果夫话虽这么痛快地说了，但徐恩曾提出的疑问留在了他脑子里，这不是一般的小事，关系到委员长的安危，这让陈果夫有所顾虑，思来想去，他还是不想把责任全揽在自己头上，他去见了冯玉祥。

冯玉祥听陈果夫说完计划，当时就目瞪口呆了，他用一种怀疑的目光看着陈果夫：都说他精明过人，他怎么会想出这么个馊计划来，还有没有脑子啊！怪不得内外都怕陈氏二兄弟，真是嗜杀成性了。冯玉祥自然不能这么说出心里的真话，尽管他是副委员长，但在蒋介石那里，他自知地位不如陈氏兄弟。但他绝不同意陈果夫这么蛮干，这弄不好真要危及蒋介石的生命安全，他必须阻止这个计划。

冯玉祥先摇头，一边摇头一边琢磨话该怎么说，他还是以商量的口气说：“这样是不是太冒险了，委员长在他们手里哪！还是要谨慎行事为好。我想要给张、杨警示，但不宜过激，蒋夫人已经去了西安，这边的行动还是要听她的意见，不要干扰他们的协调为好。对‘七君子’可以加大对他们管制的力度，限止他们的行动，禁止‘七君子’会客，禁止他们与外界接触，最大限度地缩小社会影响。”

胡子婴前去拜访冯玉祥是事先约好的，冯玉祥知道她是救国会的总干事，是受宋庆龄之托前来见他，他也知道她是章乃器的妻子，她来拜访他自然还是为了释放“七君子”的事。正好碰上陈果夫提出这事，他当然不单是因为宋庆龄阻止陈果夫做这件事。常言道，在其位，谋其事。他是军事委员会的副委员长，现在委员长被囚禁，他这副委员长不能不管，当然这事有比他更着急的人。有宋美龄夫人在，他还不便多插手。但陈果夫要做的这事，已经让他警惕：这人一贯心狠手辣，什么事都做得出来，公开枪毙不行，暗杀是他们惯用的手段，而且到时他不会留任何证据，这事万万大意不得，不能有丝毫马虎。这样做无论与委员长，还是与孙夫人，于情于理，他都尽到了责任。慎重起见，还是防患于未然好，得让他们提高警惕，让看守所也要加强保护。于是，冯玉祥接见胡子婴时，把这事悄悄地告诉了她，他再通过司法部门，要江苏高等法院在西安事变非常时期，加强对“七君子”的保护。

胡子婴吃惊得眼皮子直跳，她一方面感谢副委员长的关照，另一方面向冯玉祥表示，这事她回去会向孙夫人汇报，而且从南京回去就直接去苏州关照。冯玉祥这才放心。

胡子婴离开南京直接去了苏州，除了救国会的工作与任务，她的丈夫章乃器是“七君子”之一，现在“CC”系统要杀害他们，她怎么能放得下心。胡子婴到苏州，没去法院找院长和检察官，因为这事不宜公开，她直接去了吴县横街看守所。胡子婴先见了看守所所长朱材因，单独向他转达了冯副委员长的指示，要他提高警惕，加强看护，防止“CC”系统暗害“七君子”，确保他们的生命安全。

朱材因是个富有正义感和同情心的人，自从“七君子”从上海转移到苏州，在他负责的看守所关押之后，他也想不明白，怎么爱国反是犯罪，他非常同情“七君子”。他一面执行上面交给的任务，一面尽可能在他的职权范围内照顾“七君子”，不让他们在这里再受监狱额外的折磨，在生活上也尽力为他们提供保障，减少他们的痛苦。他听胡子婴传达了冯玉祥的指示之后，一口应承，一定全力负责保护他们的安全。

胡子婴见完所长之后，提出要见一下他们六个人。朱所长不知道她和章乃器是夫妻关系，他怕事态扩大，不想让胡子婴见。胡子婴竟流下了眼泪，她当然明白，所长不让她与众人相见并非恶意，看守所里人杂事多，他不想让“CC”系统的阴谋被更多人知道。但一想到到了看守所还不能见丈夫，眼泪就忍不住流了下来。

胡子婴一流泪，朱材因觉得有些奇怪。他知道她是救国会的总干事，也明白他们是一起做事的志同道合的朋友，但不至于感情深到劝她别见他们六个就要流泪的份。他关切地问胡子婴，是不是还有别的难言之事要办。胡子婴看着朱所长，觉得这人可以信任，就把她和章乃器的关系告诉了他。

朱所长一听恍然大悟，他说：“那就不必一起见他们六个。”他让她单独悄悄地见一下章乃器，胡子婴十分感激。朱所长带胡子婴去了会客室，然后让狱卒悄悄地把章乃器叫来，夫妻两个在看守所的会客室单独见了面。

除了夫妻见面倾诉思念之情，胡子婴把“CC”系统的阴谋告诉了章乃器，让他告诉他们几个，这期间要特别小心谨慎，保持高度警惕，严密注意个人的安全。

4

看守所里的气氛突然紧张起来，徐伯昕带着柯益民来见韬奋遭到拒绝。他们六个照旧在餐厅做着各人的事情，外面传来了争执的声音，但他们的人身自由受限制，就不好多管外面的事。

徐伯昕他们离开之后，韬奋才从狱卒那里知道发生了什么。狱卒给了韬奋一张便条，是徐伯昕所写，他告诉韬奋，已经接到政府的命令，《生活星期刊》自 12 月起禁止发行。韬奋急忙问狱卒他人在哪儿。狱卒说他和另一个年轻人已经离开了。韬奋问狱卒为什么不让他们进来。狱卒说自己也是昨天晚上才接到通知，从今天开始，禁止外人前来探访。

接着法警到餐厅正式宣布，从今天起，停止一切探访活动，不但朋友和外人不准探访，当事人的亲属也一律不准探访。接着，他们的门口加了好几个武装保安队队员，还有几个宪兵在他们室内和室外来回走动，表面上是加强了对他们的监视，其实是加强对他们保护的力度。

面对这一情况变化，大家无法静下心来做自己的事情，每个人对时局和自己的遭遇都有了种种估计，他们都把目光投向了“家长”沈钧儒。

沈钧儒面对大家的神情开了口：“我们都纯洁爱国、胸怀坦荡，原用不着有所忧虑，但是在混乱的形势下，意外的牺牲也不是绝对不可能的。假使来了不测之祸，把我们几个人绑出去枪毙，我们应该怎么办？”

李公朴头一个说：“我们应该一致地从容就义！”

韬奋说：“我们出去的时候应该高唱《义勇军进行曲》，起来，不愿做奴隶的人们！”

章乃器说：“临刑前应该一致高呼，打倒日本帝国主义！民族解放万岁！”

张学良与杨虎城在西安起事“兵谏”扣留蒋介石，让宋庆龄感到意外惊喜，她没想到张学良在东北为保存自己实力，对日本侵略者不做任何抵抗，放弃东北逃进关内，今天为了抗日大局会做出如此壮举，令人赞叹。她更没有想到，他和杨虎城给全国的通电中竟会提出如此强硬开明的八项主张，居然建议改组南京政府，容纳各党各派共同负责救国；停止一切内战，就是要与共产党合作，还要求立即释放上海被捕之爱国领袖，而且向宋子文提出，要中共派人一起参与谈判。宋庆龄发自内心感激张、杨的大义，确是真正的大丈夫之举。她想应该借这时机，加紧营救被捕的救国会领袖。

宋庆龄亲自给何香凝打了电话，征求她的意见。何香凝跟她想的是一致的，应该乘势扩大营救“七君子”的声势。她们两个约定，一起去见马相伯老人。

马相伯已是近百岁的老人，他依然神采奕奕，精神很好。宋庆龄先向马相伯老人介绍了西安事变的情况，及全国呼吁释放“七君子”的情况。她告诉马老，“七君子”事件已经引起国际社会的关注，国际友人都纷纷致电南京政府，要求尊重人权，释放“七君子”。现除了上海救国会的七个人被捕之外，南京方面又拘捕了南京救国会的孙晓村和中国妇女慰劳自卫抗战将士总会常委曹孟君，应该连他们一起营救。马相伯非常赞同。三位全国各界救国会的领导人在马相伯家中，当场在《为救国会七领袖被捕事件宣言》上签名，再一次向全国同胞发出呼吁：“我们正同全国有良心的同胞一样，要求立刻无条件恢复九位（‘七君子’及11月28日在南京被捕的孙晓村、曹孟君）先生的自由，释放一切因爱国行动而被捕的同胞，以巩固政府与人民之间的合作，加强全民族抗敌的力量。”

马相伯、宋庆龄、何香凝三位救国会领导人的宣言，把营救“七君子”的活动推向了高潮。西安“兵谏”进入了谈判，蒋方由宋美龄和宋子文出席，西安方面除张学良、杨虎城之外，中共代表周恩来、秦邦宪、叶剑英三人也参加了谈判。双方在张学良住的公馆西楼二层正式举行谈判。周恩来提出了六项主张：双方停战，中央军撤兵至潼关以东；改组南京政府，肃清亲日派，吸收抗日分子；释放爱国领袖和政治犯，保障人民群众的民主权利；停止“剿共”，联合红军抗日，共产党公开活动；召开各党派各界各军救国会议，决定抗日救国方针；与同情中国抗日的国家实行合作。

宋美龄住进张学良公馆东楼，协助解决西安事变。经过多次谈判，周恩来甚至直接与蒋介石面谈，蒋介石针对延安方面六项主张做了口头答复：1. 下令东路军退至潼关以东，中央军离开西北；2. 委任孔祥熙、宋子文为行政院正、副院长，责孔、宋与张商组府名单。蒋决令何应钦出洋，朱绍良及中央人员离开陕甘；3. 蒋先回南京，后释放爱国七领袖；4. 联红容共，蒋主张为对外，红军苏区仍不变，经过张暗中接济红军，俟抗战起再联合行动，改番号；5. 开国民大会；6. 主张联俄联英美。

5

餐厅里在进行着一种特殊的游戏。韬奋和沈钧儒都忙着在信笺上写着什么，狱卒在一旁等着。韬奋把写好的便信和一篇稿件送给狱卒，韬奋交代狱卒，请他将稿件和信交给生活书店的徐伯昕经理或柯益民。狱卒拿着韬奋给的信和稿件匆匆离开餐厅直接进了会客室，徐伯昕、柯益民和沈谦等一些人在会客室里坐等。

狱卒进会客室问："谁是徐伯昕和柯益民？"

徐伯昕和柯益民赶紧站起来，告诉狱卒自己的名字。

狱卒交代："这是韬奋先生的稿件和信，你们有什么要跟他说的，写到纸上，我给你们送进去。"

徐伯昕接过稿件和信，朝柯益民无奈地笑笑。

徐伯昕跟狱卒说："对不起，不知道不让见面，没有带纸，请提供一点信笺是否可以？"

狱卒说："你们先等一会儿，我去给你们拿信笺。其他人有往里捎的东西没有？"

沈谦把写好的便信给狱卒："这是给我爸爸沈钧儒的信，请你交给他。"

狱卒接过沈谦的信，离开会客室，匆匆回餐厅。狱卒进了餐厅，先告诉韬奋，他的稿件和信都已经交给了徐伯昕，徐伯昕有事要跟他说，请他给些信笺。韬奋立即给了狱卒一些信笺。狱卒再把捎进来的信给了沈钧儒。

狱卒礼貌地跟沈钧儒说："沈老先生，这是你儿子给你的信。你如果有事要跟儿子说，你写好后，我帮你传给他。"

沈钧儒说："信我已经写了，请你交给我儿子沈谦。"

狱卒接过沈钧儒给的信和韬奋给的信笺，很有兴致地又匆匆走出餐厅。

沈钧儒看着狱卒离去的背影，很有感触地说："这是搞什么名堂，人都来了，不让见，没一点同情心！"

王造时像没有完成任务一样带点歉意地说："要求恢复接见亲友的函已经提送三次，口头也跟所长交涉了几次，但始终没有得到同意，也没有回复，估计是上面定的，看守所决定不了。"

李公朴比较强硬，他说："他们这样无视咱们，那咱们就集体起来抗议。"

韬奋考虑了一下说："抗议咱们也出不了看守所，只会给看守所施加压力，解决不了这个问题。"

沈钧儒说："不行就调整一下思路，硬的不行，咱来软的。我想县官不如现管，咱们就找所长谈，晓之以理，动之以情，唤起他的同情心。"

沙千里也是律师，他说："这事肯定是南京政府定的，看守所只能执行。假若咱们要恢复原来的状态，南京政府肯定不会同意，政府要不同意，咱们找看守所，即使所长有同情心，也只能让他为难。"

沈钧儒听着沙千里的分析，觉得有道理。他说："千里说得有道理，咱们也要为所长考虑。那咱们退一步，不要求恢复正常接见亲友，就说咱们思念孩子，让十岁以下的子女到监狱来探望，然后让孩子们携带信件。”

大家觉得有道理。

沈钧儒直接拜见了所长，沈钧儒是大名鼎鼎的律师，他有点受宠若惊。沈钧儒非常谦和地跟所长说：“大家离家好几个月了，担心家庭，思念亲人，这是人之常情。尤其是邹韬奋、李公朴、章乃器，他们还年轻，家里都有年幼的孩子，哪一个当父亲的能不想自己的孩子呢？现在临近年关，更加思念孩子。已经几次提出申请，恢复接见亲友，始终没得到同意，也没得到回复。他们知道这不是看守所能决定的事，他们一点也不怨看守所，要叫看守所违反上面的决定私下里通融，这要让看守所担责任；让看守所明目张胆违反上面决定，也不能这么做。两下里互相体谅一下，对外仍坚持不接见亲属亲友，但是否可以让十岁以下的孩子来监狱看看自己的父亲，既减少孩子的痛苦和心理影响，也让父子、父女减少思念之情，看所长能不能给予这点帮助与便利。”

沈钧儒这一番话，说得入情入理，让所长起了恻隐之心。所长略加考虑，他点头同意了，嘱咐他们对外不要说允许接见亲属与朋友，年幼的孩子来探望算作特殊照顾。为了减少影响，一天只能来一家，白天把孩子送进监狱，晚上接回去。沈钧儒非常感激。

韬奋、章乃器、李公朴三家的子女小，都在十岁以内，三家轮流，分别让孩子来监狱探望他们的父亲。

韬奋的两个儿子和小女儿一起走进他们的餐厅，给他们六个人带来了热闹与快乐，沉闷寂静的餐厅一下子有了欢乐的气氛。韬奋的大儿子大宝（邹嘉骅）十岁，二儿子二宝（邹嘉骝）七岁，小女儿小妹

（邹嘉骊）六岁，三个孩子一阵伯伯、叔叔，把大家叫了一遍，叫得满屋子都是笑声。尤其是小丫头邹嘉骊，好几个月没见爸爸了，有一点埋怨和撒娇，她跟韬奋的对话更是让大家好久没这么开心了。

韬奋怕孩子们影响大家做事，跟大家见过面之后，领着孩子回了他和章乃器住的房间。

韬奋度过了被捕以来最愉快的一天。按照规定，吃过晚饭，孩子们必须离开看守所，韬奋带着孩子们到餐厅跟伯伯叔叔们告别。

沈钧儒已经给大家做了布置，有需要给家里或朋友写信的，把信写好，让孩子们带回家，再由家人按地址一一分发或寄送。韬奋带孩子走进餐厅时，事务部主任李公朴已经把大家写的信集中好，并且用报纸包好，交给了韬奋。

韬奋当即向大宝交代，让他到家后，把这些信件交给妈妈，让妈妈按信封上地址尽快转交给伯伯叔叔的家人和朋友。大宝开心地接受了爸爸交给的任务，说他会帮妈妈一起做好这件事。从此来探望父亲的孩子们便成为他们六个人的秘密通讯员，孩子们担起了为他们向外界传递信息的重任，建起了一条秘密交通线。

这个秘密很快被那些监视的警察和侦探发觉，他们拦截检查了所有信件，虽未发现大的问题，但也有他们认为不合适的内容。

检察官找了沈钧儒，告诉他正常与家人通信可以，但是不能向家人谈及监狱和与他们案件有关的情况，同时转告家属和朋友，他们往监狱里写信，也不准谈论时事。为了做给这些监视他们的警察和侦探看，知道他们的监视和检查发挥了作用，沈钧儒故意给儿子沈谦寄明信片，告诉他以后给他写信，莫谈国事和时事。

6

江苏高等法院对韬奋他们六个人进行了五轮“讯问”，不知是检察官们自己厌烦了这种重复，还是感觉从他们六个人嘴里无法得到他们想要得到的东西，五轮“讯问”之后，检察官再没有找他们，连见都没见他们六个，他们六个倒是乐得安逸自在。

六个人慢慢适应了看守所里的生活。所谓适应，其实是在没有人生自由的囚拘环境中，他们自己给自己创造了一种看守所的作息时间与生活秩序。他们除了夜晚回到各自房间睡觉之外，其余时间都集中在餐厅里做各自想做和要做的事情。他们有时也讨论一些事情，更多的还是自由自在地做个人的事情。

六个人里面最能利用时间也最忙最辛苦的要数韬奋了。他特别珍惜时间，一点时间都舍不得浪费，说他争分夺秒一点儿不为过。也许以往没这么多时间能归他自由支配，监狱生活对他来说，似乎太难得、太宝贵了。他是个工作狂，从 1926 年接手主编《生活》周刊，到创办生活书店，他一直跟时间赛跑似的在工作。这一点他妻子沈粹缜最清楚，他一天到晚在写稿，白天写，晚上写，睡梦里还在写，睡到半夜突然梦到了某个主题，半夜就起来写。不只给自己的刊物写稿，还要完成外面刊物、报纸的约稿。除了写稿，他还要编辑发稿，看读者来信，每信必读，每信必复。有时刊物包封寄发来不及，他还要搁下笔帮着做包封工作。这些年来，他没有十一二点之前上床睡觉的，就这么干，事情还是干不完，每天下班回家只得恋恋不舍地和办公桌暂时告别。用他的话说，“纵然把床铺搬到办公室里面去，也还是来不及的”。

多年的夫妻，沈粹缜已经适应了韬奋这种工作狂的生活与工作习惯，即使有时被家务和生活所累，发一些埋怨，恰是他们夫妻间幸福与戏谑相交融的甜蜜，沈粹缜所表露的对韬奋嗔爱参半的复杂感情，真实地反映出韬奋的工作状况。韬奋从不怨天尤人，任何时候都充满乐观，总觉得自己干得还不够。沈粹缜珍爱的正是韬奋对待工作的热情与严肃，作风的一丝不苟。韬奋自己也多次向沈粹缜表白：我自己没有别的什么特长，凡是做了一件事，我总要认真要负责，否则宁愿不干。

现在他在监狱里，除了写稿再忙不了生活书店和刊物的事情，杂志由金仲华在替他主编，生活书店由徐伯昕在替他打理，他在监狱里操心也是白费劲。他怎么也没想到，竟还会有这么成日成月的时间归他个人支配，他决心要好好利用这时间，千万不能让它白白地浪费了。

韬奋是个少见的勤奋人，一直以来，他除了给自己的刊物拟定选题、撰写文章之外，个人还一直坚持写作和翻译图书。在这么繁忙的工作中，他还挤时间撰写了《革命文豪高尔基》，每天坚持撰写2000字；在流亡国外的动荡岁月里，他坚持把自己在国外的所见所闻所思写成文章，给自己的刊物供稿，最后结集成《萍踪寄语》出版。

被捕前，他已经开始着手写反映自己人生的《经历》这部书，但实在太忙，他仅写了六篇文章。一到看守所安定下来，他一天都没有停笔，他想利用这个大好机会，把全书写完。

今天韬奋情绪很好，要写的东西昨天晚上躺在床已经做了思考，打好了腹稿，所以吃完早餐，和大家一起收拾好餐厅，他立即坐到自己的位置上，铺开稿纸，拿起钢笔唰唰地写起来。他今天写第30篇文章，标题是《几个原则》。他写道：

历史既不是重复，供应各个时代的特殊需要的精神粮食，当然也不该重复。但是抽象的原则，也许还有可以提出来谈谈的价值，也许可以供给有意办刊物的朋友们一些参考的材料。

最重要的是要有创造的精神。尾巴主义是成功的仇敌。刊物的内容如果只是“人云亦云”，格式如果只是“亦步亦趋”，那是刊物的尾巴主义。这种尾巴主义的刊物便无所谓个性或特色；没有个性或特色的刊物，生存已成问题，发展更没有希望了。要造成刊物的个性或特色，非有创造的精神不可。试以《生活》周刊做个例。它的内容并非模仿任何人的，作风和编制也极力“独出心裁”，不愿模仿别人已有的成例。单张的时候有单张的特殊格式，订本的时候也有订本时的特殊格式。往往因为已用的格式被人模仿得多了，更竭尽心力，想出更新颖的格式来。单张的格式被人模仿得多了，便计划改为订本的格式；订本的格式被人模仿得多了，便添加画报。就是画报的格式和编制，也屡有变化。

其次是内容的力求精警。尤其是周刊，每星期就要见面一次，更贵精而不贵多，要使读者看一篇得一篇的益处，每篇看完了都觉得时间并不是白费的。要办到这一点，不但内容有精彩，而且要用最生动最经济的笔法写出来。要使两三千字短文所包含的精义，敌得过别人的两三万字的作品。写这样文章的人，必须所要写的内容，彻底明了，彻底消化，然后用敏锐活泼的组织和生动隽永的语句，一挥而就。这样的文章给与读者的益处显然是很大的；作者替读者省下了许多搜讨和研究的时间，省下许多看长文的费脑筋的时间，而得到某问题或某部门重要知识的精髓。

再其次，要顾到一般读者的需要。我在这里所谈的，是关于推进大众文化的刊物（尤其是周刊），而不是过于专门性的刊物。过于专门性的刊物，只要顾到它那特殊部门的读者的需要就行了，关于推进大众文化的刊物，便须顾到一般大众读者的需要。一般大众读者的需要当然不是一成不变的，所以不当用机械的看法，也没有什么一定的公式可以呆板地规定出来。要用敏锐的眼光和深切的注意，诚挚的同情，研究当前一般大众读者所需要的是怎样的“精神食粮”；这是主持大众刊物的编者所必须负起的责任。

最后我觉得“独脚戏”可以应付的时代过去了。现在要办刊物，即是开始的时候，也必须有若干基本的同志作经常的协助。“基本”和“经常”，在这里有相当重要的意义。现在的杂志界似乎有一种对读者不很有利的现象；新的杂志尽管好像雨后春笋，而作家却仍然只要常常看得到他们大名的这几个。在东一个杂志上你遇见他，在西一个杂志上你也遇见他。甚至有些作家因为对于催稿的人无法拒绝，只有一篇的意思，却“改头换面”做着两篇或两篇以上的文章，同时登在几个杂志上。这样勉强的办法，在作家是苦痛，在读者也是莫大的损失，是很可惋惜的。所以我认为非有若干“基本”的朋友作“经常”的协助，便不该贸然创办一个新的杂志。当然，倘若一个作家有着极丰富的材料，虽同时替几个杂志做文章，并没有像上面所说的那样虚耗读者的精力和时间的流弊，那末他尽管“大量生产”，我们也没有反对的理由。

韬奋搁下笔，深深地吸了一口气，但他并没有站起来活动或离开座位，他右手托着下巴，两眼仍凝视着窗外，但他的目光却又不聚焦到任何物体或在外面监视他们的警察身上，他似乎还沉浸在文章的思路之中。

此时，他又回到了刚回国时的情景，他走进自己的生活书店时，发现书店的工作人员多了许多。

韬奋问徐伯昕："伯昕，现在咱们有多少员工？"

徐伯昕说："快 70 人了。"

韬奋很高兴："这两年你们干得真不错，家大业大了。"

徐伯昕说："除了《新生》夭折了，咱们的《文学》《译文》《太白》和《世界文学》几个杂志都很不错，光鲁迅先生的译著就刊载了 70 多篇了；今年就发表快 40 篇了。"

韬奋十分高兴："一个刊物没基本的朋友经常帮助，没有名家的文章常常在刊物上与读者见面，这个刊物就可能没有吸引力，就不会有太多的读者喜爱。咱们的刊物，就是得益于像鲁迅这样的优秀作家，他能让中国人的脊梁挺直。"

两个人说着话走进了办公室。

徐伯昕问："《新生》被查禁了，你有何新的打算？"

韬奋笑笑说："野火烧不尽，春风吹又生嘛！咱接着干，创办新刊《大众生活》周刊。"

徐伯昕拍了拍手："好！还是周刊，还是原来的宗旨和风格。"

韬奋胸有成竹地说："对！一切都不变，只是换个名。《大众生活》还是要做爱国学生的代言人，让上海成为全国抗日救亡的中心。"

章乃器发现了凝神的韬奋，他挥了挥手："哎，想什么呢？"

韬奋一下从回忆中走出来，笑自己写文章写得这么沉醉。他只好说："写文章实际是在帮自己回忆往事，替自己总结经验教训，人生就是这么一步一回头走过来的。"

章乃器点了点头说："我看你写文章真是全神贯注。"

7

直到狱卒把慰问信和慰问品送到他们的餐厅，沈钧儒他们六个才知道今天在高等法院发生了一件大事。他们的看守所在吴县横街，离高等法院有不近的距离，高等法院发生的事他们无法知道。

"七君子"被捕入狱后，宋庆龄数次以个人和救国会的名义向全国同胞发出声明和宣言，呼吁南京政府无条件释放"七君子"。除了公开发表宣言，她又两次给冯玉祥写信，请他帮助斡旋营救"七君子"，始终没见效果。她想光靠宣言、写信这种文字行动对这无赖的政府已经不会产生什么作用，如何进一步加大营救"七君子"的力度，她专门召集救国会的委员们开会商讨。

参加会议的委员一共 21 人，大家对南京政府这种对日软弱、对民残暴的行径异常气愤，会议成了对南京政府的控诉会，与会人员一致认为，对政府的无耻行为不能寄过于善良的期望，必须与他们做坚决的斗争。会议决定营救活动由书面宣言和呼吁上升到面对面请愿，由到会的 21 人组成上海各界救国会请愿慰问代表团，直接到江苏高等法院面对面请愿，递交请愿书，敦促法院与当局释放"七君子"。他们当场起草了请愿书，每个人都亲笔签名，同时分工，为"七君子"准备慰问品。

上午，上海各界救国会请愿慰问代表团到达江苏高等法院请愿，向法院递交了请愿书，要求尽快无条件释放“七君子”，并且提出到监狱探望“七君子”进行慰问的要求。

这一下给高等法院出了难题，他们哪有这个权力让代表团入监狱探望慰问“七君子”。他们一面应付请愿代表团，一面向上汇报请示。交涉了半天，法院接收了请愿书，但没答应代表团入监狱探望“七君子”的要求，只同意他们将慰问信和慰问品留下，由法院转交给“七君子”。

狱卒把慰问信和慰问品送到餐厅，他们六个人十分激动。事务助理邹韬奋宣读了慰问代表团的慰问信，读完信之后，李公朴和韬奋把慰问代表团送来的慰问品分发给大家，都是上海的高级食品。

章乃器拿起食品盒，食品盒的底面还写有文字，他的食品盒上写的是：“请你们多保重身体！”王造时赶紧看自己的食品盒，他的盒子底面写的是：“盼望你们早日恢复自由！”沙千里的食品盒底写的是：“救国会的组织越来越壮大，我们会进行不懈的斗争！”

大家看着这些简短的语言，捧着送来的慰问品，心里百感交集。

韬奋的心情十分激动，他情绪高涨地开始写他《经历》的最后一篇文章，他写道：

> 我在二十年前想要做一个新闻记者，在今日要做的还是新闻记者——不过意识要比十年前明确些，要在“新闻记者”这个名词上面加上“永远立于大众立场”这一个形容词。我所仅有的一点微薄的能力，只是提着这支秃笔和黑暗势力作艰苦的抗斗，为民族和大众的光明前途尽一部分的推动工作。我要拿着这支秃笔，

挥洒我的热血，倾献我的精诚，追随为民族解放和大众自由而冲锋陷阵的战士们，“冒着敌人的炮火前进”！

我写到这里，要写几句结束这《二十来年的经历》的话了。这篇文共有五十一节，第六节之前是曾在《生活星期刊》上发表过的，第七节以后是在江苏高等法院看守所里写的。自二十五年（1936）十二月十四日起动笔，至二十六年（1937）一月二十二日写完。写这一节的时候，正是一月二十二日这天的下午，很静寂地坐在看守所餐室里一个方桌的一旁，在这方桌的右边坐着章先生，对面坐着沙先生，都在和我一样地拿着笔很快地写着，右边坐着王先生，很静默地看着他的书。

我们几时能离开这个监狱生活，或竟要再关下去，在我写的时候都还是不得而知。但这本书，我这时却想先把它结束一下付排，关于我们的消息，让我在最后付排的《弁言》里报告吧。

8

这几天中，他们六个人连韬奋也放下了自己手里的事情，他们在认真筹备着一件事。

事情是沈钧儒提出来的。眼看就要到 1 月 28 日，沈钧儒说：“这个日子是‘一·二八’淞沪抗战五周年祭，咱们六个人身陷囹圄，无法按咱们的心愿纪念这个难忘的日子。但是，条件再差，事情再艰难，我们也要以咱们的方式纪念这个值得纪念的日子，表达我们对抗日救国的决心和意志，祭奠为国牺牲的优秀将士们。”

“家长”一开口，其余五个都积极响应，都说不管用什么形式，必须纪念，不在乎形式隆重与否，而在于内心真实的情感。

意见统一后，大家就开始做纪念活动的筹备。首先是纪念会的会场，大家觉得在餐厅里举行仪式不够严肃，最好能在会客室里举行；仪式的会场应该有所布置，应该有这种祭奠仪式所需要的氛围。

经过分工，由事务部主任李公朴和助理邹韬奋负责与看守所联系，借用看守所会客室举行“一·二八”五周年纪念活动。第二件是会场布置，大家认为条件再差，会场必须做一个纪念活动的会标，应该做一个花圈；文书部主任王造时负责联系制作会标，沈钧儒自己承担会标和挽联字句的斟酌与书写；财务部主任章乃器负责联系购买做花圈的材料，不管会不会做，大家一起参加花圈的制作；卫生部主任沙千里负责搞好会场的清理与布置。没有音乐，就自己唱。

分工明确后，大家各负其责，分头行动。李公朴和韬奋通过狱卒，请来了看守所所长朱材因。他们两个把要举行“一·二八”五周年纪念活动的打算向他做了汇报，向他借用会客室，并请看守所工作人员协助，把会客室布置成举行“一·二八”纪念活动的会场。朱所长当场同意他们用会客室举行纪念活动，也同意抽人力协助他们布置会场，但是他要求他们绝对不要向外张扬宣传，悄悄地内部进行，以表达心意。李公朴和韬奋觉得这已经很不错，无法再提更多的要求。

王造时和章乃器分别找了狱卒，请他帮助联系购买做花圈所需要的材料。狱卒自然做不了主，也是要请示所长同意。所长干脆抽了三个人专门负责这件事，协助他们搞“一·二八”纪念活动。他们到苏州市里买了制作会标所需要的红布和写会标、挽联的纸，还买了花圈骨架和各种彩纸。

一切准备好之后，六个人在沙千里的指挥下，开始清扫整理会客室。为了营造庄严肃穆的氛围，他们决定那天会客室拉紧窗帘，打开室内电灯。

沈钧儒亲自写了纪念会的会标，另外还写了两条挽联，一条是“誓死保国献忠诚赴汤蹈火显神威，参加‘一·二八’淞沪抗战的全体将士万岁！”，另一条是“生当是人杰死亦为鬼雄，‘一·二八’淞沪抗战中英勇牺牲的烈士永垂不朽！”。

布置好会场后，他们就一起做纸花、扎花圈。他们都没有做过纸花，大家一边讨论一边研究学做纸花，花虽然做得不是太好看，但每朵花都凝结着他们六个人的真挚情感。

一个简单而庄严的仪式在看守所会客室里举行。六个人在警察与侦探的监视下，李公朴和韬奋两个抬着花圈，沈钧儒、章乃器、王造时、沙千里随后，迈着沉重的步伐走进会场。“纪念‘一·二八’五周年”的会标十分醒目，两边的标语衬托出肃穆的气氛。李公朴和韬奋将花圈置放在会标下的中央，然后六个人面对花圈站成一排。

纪念会由韬奋主持，他宣布“一·二八”五周年纪念仪式开始，先由李公朴领唱《义勇军进行曲》，然后六个人一起合唱《义勇军进行曲》。韬奋宣布，向“一·二八事变”遇难将士、民众及历年因抗日救国而牺牲的同胞默哀五分钟。默哀毕，韬奋宣布请沈钧儒先生致辞。

沈钧儒以沉重的语调说：“‘一·二八’抗战过去五年了，这场抗战最终虽然没能阻止日本帝国主义的侵略，但是，它是中国军队和中国人民的骄傲！

“鸦片战争以来，中国所有的对外战争几乎逢战必败，而且几乎每次都以割地赔款告终。‘一·二八’淞沪抗战，国军的武器装备虽然远不如敌军，但19路军和第五军的广大爱国官兵表现出了高度的爱国热情和抗日救国的英勇牺牲精神，屡挫强敌，迫使日军三易主帅，而最后签订的停战协议中，既无割地内容，又无赔款条款，实为百年来所罕见。

"'一・二八'抗战中，表明了为民族生存而战的中国军队所进行的战争是正义的，国军将士是无畏的。广大人民的支援，使中国军队发挥出强大的战斗力，在国际上重新树立起中国军队的形象，改变了西方世界对中国军队的看法，在中国的抗日战争史上写下了光荣的一页。

"今天在纪念'一・二八'抗战五周年之际，我要说的只有两句话：一定要把日本帝国主义打倒！对于救国运动决不退缩！"

其余五个人一起高呼："一定要把日本帝国主义打倒！对于救国运动决不退缩！"

9

六位难友如同上班一样准时来到餐厅，整天在一起相互也用不着打招呼，在各自的位置上开始做自己想做的事。

韬奋已进入另一部书的写作。他在外国流亡期间，边学习观察边写作，并往国内自己的刊物发稿，已经完成了《萍踪寄语》的写作，并于 1934 年出版，被称为 20 世纪 30 年代新闻性散文中少有的佳作。另一部同样记叙外国流亡生活的《萍踪忆语》此时也已完成大部分内容的写作，现在他要补写一些未写完的见闻。似乎早就有了腹稿，韬奋一坐下来就奋笔疾书。

章乃器与韬奋同桌，他也仍在写作，他一直在关注中国的金融与货币，别的人都是外行，所以这方面他们没法交流，韬奋也没关注他在写什么，但知道他写的仍是关于中国货币金融问题的研究与探讨。

沙千里也完成了他的随笔《七人之狱》——关于七个人的羁押感想的写作——在做最后的修订。

沈钧儒与李公朴没写书，他们除了看书和写书法之外，就是围着棋盘对弈，进行着无声的厮杀。王造时则专心致志地继续温习他的日文。

六位难友就在这种状态下过着这种监禁的特殊生活。说特殊，他们失去了正常公民应享受的人身自由，他们又享受着一般罪犯所享受不到的监狱里被监禁中的另一种自由——他们可以在规定的空间中按照个人的意愿聚精会神地做自己的事。

餐厅里依然格外的安静，狱卒的开门声打断了他们各自的行为。狱卒拿着个大信封走进餐厅，他把大信封交给了沈钧儒先生。沈老先生撕开信封，原来是上海各界救国会寄来的会刊。翻开会刊，有消息说美国著名学者杜威、爱因斯坦等，为营救“七君子”致电南京政府蒋介石、孔祥熙、冯玉祥，称“当美国人士中有人发起救援运动时，美国有名的教授、学者及其社会人士纷纷起而响应，或为学术界泰斗，或为社会要人，至为难得”。电文中写道：“我们以中国朋友的资格，同情中国联合及言论结社自由，对于上海全国各界救国联合会七位学者被捕的消息传到美国，闻者至感不安，同人尤严重关怀。”

六位难友正倾听美国友人同情他们的消息，检察官突然来到他们的餐厅，他们的欣慰之情当即被打断、被驱散。检察官对他们来说几乎是灾星的代名词。果不其然，检察官拿着在法庭上的表情，当他们面宣布了两件事：第一件是，经江苏高等法院裁定，沈钧儒等七人羁押时间自1937年2月4日起；第二件是，临近春节，为照顾六位，允许家属来看守所探视，但不能公开，暂不必向外宣布。

看守所里的过年气氛是李公朴的岳父张小廔“送”来的。他是名重沪上的花鸟画家，他带来一幅墨竹画，是他刻意绘制的新作，特意前来赠送给他们，以示春节慰问。画中是一枝新竹，坚劲挺拔，叶似利箭，直指苍天，画上题名《新篁解箨》。“篁”即是竹，“箨”是竹笋的外壳，“解箨”暗喻“七君子”早日脱离牢狱羁绊，同时也有勉励“七君子”像竹子一样坚贞高洁，宁折不屈，坚守节操。画作构图简单，意境却深远。大家欣赏作品是一个方面，更重要的是在这不知天日的小天地里，他们知道又要过年了。过年对中国人来说是一年中最重要的事，要祭祖，要走亲访友，一家人辛苦一年要团聚欢度。这一幅画给他们六个人寂寞的心里增添了许多人间温暖。

李公朴岳父离开后，沈钧儒由画想到过年，想到年节拜年送礼，他感觉他们六个虽身陷监牢，但在这看守所里并没有受到过分的虐待，他们相对还比较自由，还能在这里看书写字、写作聊天，商谈一切事情，全仗着所长的宽厚与照顾。因此，他建议，把这一幅《新篁解箨》墨竹画送给朱材因所长，一是正逢过年，二是感谢他的关心照顾。大家一致同意。这事就交给事务部主任李公朴办。

李公朴当即就央狱卒陪他去见所长。所长接到这幅画，十分欣喜，不只是画，更重要的是这七位领袖的身份非同一般。所长还是个有文化意识的人，他觉得光这一幅画告诉不了历史更多的内涵，于是他生出一个主意。朱所长拿着画随李公朴回到他们的餐厅，除了感谢之外，他提出一个请求，要“七君子”都在这幅画上以墨竹为题题词。

恰巧此画留有大片的空白，正好题词。沈钧儒欣然应允，他带头挥笔题词明志，写下了“只是几竿竹，可以横扫千军，直干霄汉”。接着王造时写了“澹泊以明志”，沙千里写了“凭君传语报平安”，章乃器写了“直节虚怀”，邹韬奋写了“成竹在胸”。李公朴自然要让到最后，但他写了最长的题字：“万物都是在流转，在不绝地变化，在生存和消灭的过程中。适看书，有此语，颇合新篁解箨之旨。”

朱所长的愿望得以满足，六位君子也借题词明志，皆大欢喜。朱所长说他还要拿此画到女看守所请史良先生也给题词，“七君子”不能落下她。史良也题了词，她写的是“揭竿而起”。

日子平静地一天接着一天度过。尽管检察官曾经来宣布羁押时间要延长两个月，他们六位既没有在意地去计算这日子的具体长短，也没有把期限当作什么企望来等盼期待，他们依旧平静地按照自己的意愿做着各人想做和该做的事，一切都听天由命了。

沙千里校订完他的《七人之狱》一书，受朱所长邀“七君子”为其赠画题词的启发，他也邀诸位同难朋友为他这本书分别题写每个人的羁押感想，收入书中，一起出版，作为纪念。大家接受了他的邀请，分头写自己的感想。韬奋略做思考，率先写道：“自从和几位朋友同过羁押生活以来，对于同舟共济的意义，愈有深切的感觉。一人的安危，就是七人的安危；六人的安危，也就是其他任何一人的安危。同患难，共甘苦，这种同舟共济的意义，推之于民族，与全国同胞，便是团结御侮的精神。朋友相处日久，对于彼此个性的认识，也愈益深刻。这种深刻的认识，倒不在乎什么大处，却在平日造次，一语一动之微。这也是在这时期内所得到的一种感想。”其他几位也都写了自己的羁押感想，一一交给了沙千里，他非常满意地将各位朋友的感想收编到他的书中。捧着这一摞书稿，他十分兴奋，他觉得将诸位难友的亲笔感想收入他的书中，给他这部书增加了许多分量，让它更有历史价值。

也许是早就构思好了，韬奋今天的文章写得特别快，可说是一气呵成，没用多少时间，他就写完了那篇《美国的殖民地——夏威夷》。这是他想给《萍踪忆语》补充的第37篇文章。写完文章，韬奋没有接着对文章进行校阅修订，他把写好的稿子归整一下，忽然向沙千里发问："千里兄，你是律师，咱们羁押后的侦查时间法定是两个月，后来高院裁定延长两个月，延长的理由是案件还需要进一步侦查，现在延长时间也快到了，假如延长时间期限内他们侦查仍没有结果的话，他们还能再找理由延长吗？"

沙千里放下他的书稿，开始给韬奋补习法律知识。他说："法律规定，被告羁押期为两个月，若案情复杂、取证不足，检察官可以提出延期申请，由高等法院裁定，羁押时间可以延长两个月；重大案件，若延长期内仍未调查完备，检察官认为仍需羁押，可再次提出申请，高等法院可依据现行法律的规定裁定，将被告的羁押时间再延长两个月。"

他们的对话，让其余几位也都投以关心，都放下了手中的事情，参与进来。

章乃器听了，也产生一个疑问，他问：那咱们的案件算重大案件吗？

沈钧儒回过头来说："权力在他们手里，还不是他们说了算。欲加之罪，何患无辞，历来如此。"

餐厅的门被推开，警察说有客人来访，请接见。大家一齐朝门口看，来客是黄炎培先生。六个人一齐起来迎接。

沈钧儒拉着黄炎培的手十分感激，他们一起进了会客室。

沈钧儒说："任之兄，你专程赶来探望，深表感谢。"

黄炎培说："早就想来看望你们，开始是你们关押地方不定，后来移到苏州之后，听说又不让探访，所以一直拖至今日，已经拖久了，很是惭愧。你们为了爱国，受这么大苦，实在敬佩。"

沈钧儒说："任之兄过谦了，知道你们为营救释放我们，都在各尽其力，四处奔波，今日又前来看望，我们深为感激，哪有惭愧之理呢！"

黄炎培话入正题："羁押时间延长两个月，明天就是最后期限了，我打探到，江苏高等法院检察处将会以《危害民国紧急治罪法》第六条对你们正式提起公诉。据说他们给你们罗列了十大罪状，具体是什么，我没能打听出来，我特意赶来看看你们，你们好有准备。"

沈钧儒只觉好笑，他说："要这么说，他们在羁押期满的最后一天提起公诉，说明他们想给我们加的罪名没有找到有力的证据，他们一直在设置罪名，设置证据。"

黄炎培十分赞同，他说："你们爱国救国能有什么罪可言呢？他们只能搞莫须有。你们放心，顺民意者昌，逆民意者亡，他们这么做必将引起全国人民的愤怒与反抗。"

第六章　开　庭

1

果然如此，在“七君子”被羁押侦查延长期的最后一天，江苏高等法院检察处以《危害民国紧急治罪法》第六条对沈钧儒、邹韬奋等七人正式提起公诉。4 月 4 日晚 8 时，江苏高等法院的检察官给他们送来了起诉书。

沈钧儒将起诉书给了沙千里，沙千里先看了一遍，然后向大家宣读起诉书。

沙千里没读起诉书前先笑了，他的笑不是会心的微笑，也不是讥笑，而是一种无奈的笑。他说：“大家听一听，他们给咱们罗列的是什么样的罪名：1. 有意阻挠中央根绝赤祸之国策；2. 不承认现政府有统治权，并欲于现政府外更行组织政府；3. 蔑视现政府，故为有利于共产党之宣传；4. 妄倡人民阵线，有国际背景和政治野心；5. 抨击宪法；6. 煽惑工潮；7. 宣传与三民主义不相容的主义；8. 人民阵线与救国阵线为同一名词，系第三国际之口号；9. 勾结军人，谋为轨外行动；10. 参加以危害民国为目的之团体等。共犯《危害民国紧急治罪法》第六条之罪，即以危害民国为目的而组织团体，并宣传与三民主义不相容之主义，提起公诉。”

沙千里放下起诉书，失望地说：“我万没料到，他们侦查了四个月之久，起诉书理由竟然如此空洞、歪曲，真是污辱了国家，污辱了神圣的职务。”

六位难友听了，一个个竟无话可说，这些检察官竟无能无耻到这种地步，完全在捕风捉影，捏造罪名，颠倒是非，混淆黑白。所列罪名已经在“讯问”中反复地争辩澄清过了，他们竟仍在装聋作哑地搞这种莫须有的罪名，简直太可笑了，六人都觉得不值得跟他们争辩，也不值得跟他们生气，所以一个个都懒得开口了。

全国各大报纸都在头版头条位置刊登了江苏高等法院检察处对沈钧儒、邹韬奋等“七君子”以“危害民国罪”起诉的消息。

宋庆龄、蔡元培召集上海各界救国会执行委员紧急磋商，回应起诉书。

延安的中共中央领导人也都看到了起诉书，毛泽东当即致电潘汉年：“闻法院对沈钧儒等起诉将判罪，南京又有通缉陶行知事，爱国刊物时遭封禁，我方从上海所购之书被西安政训处扣留，南京令华北特务机关密捕我党党员。以上各事完全违背民意，违反两党团结对外主旨。望即入京向陈（陈立夫）张（张冲）诸君提出严正抗议，并要求迅即具体解决。”

中共中央发表了《中国共产党中央委员会对沈章诸氏被起诉宣言》，指出：“日本帝国主义的疯狂侵略，国民党的不抵抗政策，造成了数年来沉重的国难，大好版图，沦为异域，民族生命危若累卵。

“于是稍有热血之人，莫不奔走呼号，以解除国难、解放民族为已任。沈、邹、章、李、王、沙、史诸先生，则为此种救国运动之民众爱戴之领袖。诸先生以坦白之襟怀，热烈之情感，光明磊落之态度，提倡全国团结，共赴国难，停止内战，一致抗日，此实为我中华男女之应尽责任与光荣模范，而为中国及全世界人民所敬仰。

“吾人对此爱国有罪之冤狱，不能不与全国人民一起反对，并期望国民党中有识领袖之切实反省。

“吾人为中华民族之解放与进步计，自当要求国民党之彻底放弃其过去之错误政策，而此种彻底转变之表示，应由释放沈、邹、章、李、王、沙、史诸爱国领袖，及全体政治犯，并彻底修改《危害民国紧急治罪法》。”

周恩来放下《每日译报》，气愤地仰靠到椅子上，沉思了片刻。他决断地拿过稿纸，拿起笔，在稿纸上写了起来：

蒋先生赐鉴：

前电计达。阅报见上海被捕之爱国分子沈钧儒、章乃器、邹韬奋等七人，竟以救国罪名为苏州法院提起公诉，并通缉陶行知等五人，此举已引起全国不安。良以三中全会后，先生即以释放政治犯、容许言论自由晓谕全国，会今沈、章、邹诸人，政治犯也，其行容或激越，其心纯在救国，其拥护统一尤具真诚，锒铛入狱已极冤，抑乃苏州法院竟违背先生意旨诉以危害民国之罪，不特群情难平，抑大有碍于政府开放民主之旨。先生洞照四方，想能平反此狱，释沈等七人并取消陶等通缉，以一新天下耳目，是则举国民众所引颈仰望者也。谨电陈辞，敬祈鉴察。周恩来叩。[①]

① 周恩来《释放七君子以一新天下耳目——致蒋介石》，收入《周恩来书信选集》131页。邹嘉骊编著《韬奋年谱》中卷1933—1937，742页，上海文艺出版社出版，2005年10月第一版。

周恩来写完给蒋介石的信，再阅校了一遍，满意后将信装进了信封，写好信封。周恩来似乎意犹未尽，又拿过信笺，提笔给中共中央致函，他打算赴庐山见蒋介石，直接面商共同纲领、联盟或改组国民党、释放“七君子”及全部政治犯等问题。写完两封信，周恩来才如释重负地靠到椅背上喘了口气。

尽管是政府，尽管是江苏高等法院，但起诉书的可笑与荒唐反让六位被羁押者漠然，他们觉得这种可笑的把戏不值得一顾，他们仍旧安静地在这个与世隔绝的空间里，做着自己想做的事情。

韬奋始终保持着记者敏锐的思维、旺盛的精力和极高的写作效率。他已经完成了《经历》《萍踪忆语》《展望》三部书的写作、编选、编辑工作。他分别给这三部书写了《〈经历〉开头的话》《〈萍踪忆语〉弁言》《〈展望〉弁言》。

他在《〈经历〉开头的话》中写道：“时间过得真快！在我提笔写这篇《开头的话》的时候，离开这本书的脱稿又有两个月了。在这两个多月里面，我和几位朋友在羁押中的生活和以前差不多。关于我自己在这时期内的‘工作’，完成了两本书，除这本《经历》外，还有一本《萍踪忆语》；随后把我从香港回上海后所发表的文章略加整理，编成一书，名叫《展望》；同时看了十几本书。

“这本书的写成，也许还靠我的被捕，因为在外面也许有更重要的文字要写，没有时间来写这样的书；而且在羁押中写别的著作，参考材料不易带，只有写这样回想的东西，比较地便当些，所以无意中居然把它写完了。

“我们在羁押中，除看书、写作和运动外，大家对各种问题也时有讨论。关于讨论问题，我们的‘家长’常说起两句话，那就是‘主张坚决，态度和平’。这里所谓的主张，当然是指合理的现实的主张；如果现实变化了，主张需要修正，或甚至更换，那又是另一回事了。所谓和平是指在讨论或说服的时候，用不着面红耳赤，大声咆哮，因为这并不能丝毫增加你的理由。”

“七君子”在狱中，消息还是闭塞，无法了解外面的全面情况。其实，从江苏高等法院公布对“七君子”的起诉书开始，一场劝降迫降和坚持救国无罪的斗争已经在法庭外激烈地展开。

2

徐恩曾效劳党国也是竭尽全力的。起诉书公开之后，政府和法院反都为开庭而头痛。他们心里非常清楚，这十条罪状是怎么确定的，真要开庭，在法庭辩论中，法官和检察官会碰上许多尴尬。“七君子”爱国救国无罪是全国公认的，现在硬要把这缺乏证据的十大罪状加到他们头上，不是那么简单，何况他们七位都非等闲之辈。假若能有别的办法可施，自然是更好的事情。鉴于此，这便有了叶楚伧给杜月笙和钱新之的信。

这也许是徐恩曾那灵活脑瓜想出的主意，这个时候让叶楚伧出面比较合适。叶楚伧时任国民党中央常委，兼任立法院副院长，是对口主管领导；身份也合适，说起来他是南社诗人，又搞过新闻，当过《太平洋报》《民立报》《生活日报》的编辑和总编。他又当过国民党宣传部长、中央政治委员会秘书长等要职，除了中央和政府官员，他还有文人的头衔做标签。

徐恩曾和叶楚伧也知道“七君子”入狱后，救国会之外的杜重远、王任之、杜月笙、钱新之都曾为营救释放“七君子”而四处奔走，于是就设计了叶楚伧的这封信。信中的话是要说给“七君子”听的，但不直接给“七君子”写信，却写给杜月笙与钱新之，信的内容谈的全是“七君子”的事，与杜月笙和钱新之没有半毛钱关系。他们知道，这信到了杜月笙和钱新之手里，两人自然会想法转交给“七君子”。

叶楚伧的信中称：“沈事宣判之日，自当同时谕交反省院，以便一气呵成。至就近交反省院一节，弟意不如在京，因在京出院以后，出国以前，更可多得谈话机会。中央同人颇愿与倾心互谈，一扫过去隔阂，而于其出国之时，归国之时，均可于此时日中重开坦白光明之前途，于公于私，均为有益。若虑及途中引起注意，自可设法避免一般递解之形式，毫无形迹可寻也。”

果然，沈钧儒的大儿子沈谦去杜月笙那里送信，杜月笙便顺手把叶楚伧给自己和钱新之的信交给了沈谦，让其转送他父亲。沈谦来监狱探望，此信便自然而顺利地到了沈钧儒手里。沈钧儒接过信扫了一眼，他没把信看完，而把信给了韬奋，为了节省时间，韬奋干脆把信念给大家听。

韬奋念完信，他先发了疑问：“进反省院，然后出国？这里面定有阴谋！”

沙千里说：“说起来挺好听，似乎一切都在为咱们着想，政府有意想扫除隔阂，不再宣判，却又要我们进反省院，还说于公于私均有好处，好处还是要我们认罪。”

六位难友讨论十分热烈，情绪也相当激动。

韬奋说：“既然想扫除隔阂，可以撤回公诉，无罪释放啊！”

章乃器也冲动地说：“进反省院？这是耍花招，还是表明我们救国有罪？没有罪，进反省院干什么？”

李公朴说：“既然政府有诚意解决此事，可在这里保释啊，为何要进反省院呢？”

沈钧儒直到这时才开了口，他说：“尽管叶楚伧拐着弯说话，说到底他们还是想要判我等有罪，说从法院出来进反省院，反省院出来再出国，反省院怎么出来？还不是要我等写悔过书。写悔过书不等于是判我等有罪嘛！无论如何，救国无罪，我们非力争不可！我看大家意见完全一致，我也不同意进反省院，然后出国把事情小事化了。我们若考虑个人安危，还成立救国会，还发表团结御侮的宣言做什么呢？我们是救国救亡，我们无罪，不需要做任何妥协！造时你执笔，立即给杜月笙和钱新之回信。”

沈谦回上海就把“七君子”的回信送给了杜月笙，杜月笙看信后给钱新之打了电话。

杜月笙在电话里说：“新之啊，‘七君子’他们来信了，咱们算是白费心了。他们的意思是，政府既有意扫除隔阂，何妨再示宽大。就法律方面言，目前尚可撤回公诉，或宣判无罪，此不但无损于政府之威信，反可表示政府之德意，似不必坚持判罪。就政治救济方面言，判罪后尚可特赦，似亦不必坚持进反省院。他们还有个意思，倘仅为谈话方便起见，不论撤回公诉，或宣判无罪，或在苏州保释，都可以即日赴南京面谈以取得完全谅解。”

钱新之一听事情不好办，他说：“那得赶紧反馈给叶副院长才行。”

杜月笙揽下了这事：“我来跟叶副院长联系吧。”

沈谦拿走信之后，因为仓促，沈钧儒觉得还有意思没有完全表达，于是又再一次补充致函杜月笙与钱新之。信写好后，六个人都亲笔签名，以示意见一致。

信上再一次表明他们的态度："自问无罪，天下亦知其无罪，为国家民族前途计，亦终认'救国无罪'四字应令其永留史册。

"复思通常反省人出院以后，行动须受监视，仍为不自由之人。钧儒等如遭同样待遇，则反不如在监静待执行期满之取得完全自由。

"当庭声明不服上诉与抗议送反省院，于情于理于法，均难缄默。"

3

自"七君子"被捕入狱后，营救"七君子"成为上海全国各界救国会的中心任务。起诉书一经公布，上海全国各界救国会也立即投入到应对开庭的准备工作中。有了起诉书，江苏高等法院肯定要开庭审判，要开庭就必须找律师为他们辩护。宋庆龄把这任务委托给了胡愈之、潘震亚和钱俊瑞这三个救国会负责人。根据当时的规定，一位被告可以安排三位律师为其在法庭做辩护，那么"七君子"开庭可以有21位律师上法庭为其辩护。令人欣慰的是，江苏高等法院关于"七君子"的起诉书一公布，上海甚至外地的律师们纷纷自告奋勇申请为"七君子"辩护。

6月6日，胡愈之、潘震亚、钱俊瑞等救国会的负责人召开了辩护律师会议，商讨案情及出庭辩护策略和要旨。各界知名人士及家属亦参加了会议。会上除揭露国民党消极抗日积极反共外，同时扩大宣传救国会的正义主张。会上明确了辩护律师的分工，分工刘崇佑、陈霆锐、孙祖基三位律师为韬奋辩护。

那一天上午，沈钧儒等六位正在餐厅里做着自己的事情，看守所的大门外传来了争吵声，警察与仗义前来为“七君子”义务辩护的律师团在看守所大门前发生了争执。

警察说：“对不起，今天不是接见时间，任何人不得进入。”

律师们一听义愤填膺。

“我们是他们的辩护律师，凭什么不让我们见当事人？”

“你们无故羁押救国领袖，我们要见当事人！”

“爱国无罪！救国无罪！”

律师张耀曾举手示意大家息怒，他说由他一人与警察交涉。

张耀曾耐心地跟警察说：“我们这些人都是律师，大家看到法院对‘七君子’的起诉书之后，自发地要仗义为‘七君子’辩护，我们特意从上海赶来见当事人，请你叫你们的负责人来见我们。”朱材因所长已经闻讯来到现场，他跟张耀曾接上了头。

朱材因说：“我知道你们都是名律师，有事好好商量，我们也是执行公务。按规定，律师见当事人，也应该由法院通知我们。现在我们没有接到法院通知，值勤的警察拒绝是他的职责。大家好不容易从上海赶来，我们非常理解大家的心情，既然来了，我们尽力提供方便。请你们派代表，收齐你们的律师证件，我们验证后，会为你们提供方便的。”

于是，张耀曾就请各位律师拿出自己的律师证件，跟朱所长一一检验证件，然后，朱所长让警察请各位律师进入看守所。

会客室成了他们的会议室，沈钧儒他们六位非常感动地迎接了律师团，会议室里气氛热烈。张耀曾向六位当事人一一介绍了律师团的全体人员。

张耀曾说：“我们21位律师，看了高等法院发布的对你们的起诉状，义愤填膺，大家一致要仗义为你们义务辩护，每人三位辩护律师。我张耀曾、李肇甫、秦联奎三位，为沈大律师沈钧儒先生辩护。"

沈钧儒与他们一一握手致谢。

张耀曾继续介绍："刘崇佑、陈霆锐、孙祖基三位律师为韬奋先生辩护。"

韬奋与他们一一握手致谢。

张耀曾问："哎，史良大律师呢？"

沈钧儒说："她在女看守所关押。"

张耀曾说："今天我们来，主要是要商量答辩状的起草问题，最好能把她一起叫来商量。"

沙千里说："这恐怕很麻烦，要经过法院申请批准。"

沈钧儒说："咱们先商量，然后再把想法转达给她。"

张耀曾想了想说："这样也行。我想，答辩状主要是针对起诉书罗列的所谓'十大罪状'进行辩护，这个答辩状是本案统一的答辩状，是七位君子开庭时统一的基本立场与观点，当事人与律师都要用这个答辩状的基本精神来统一答辩的口径，具体到哪个人的事，再由当事人与律师根据个人的实际情况进行有针对性的辩护。我想，这十条所谓的罪状，你们这些当事人比我们律师熟悉，建议由你们起草，然后我们一起参加讨论，最后形成文字，可以公开发表。"

沈钧儒说："这样很好，答辩状我们负责起草。我看这事就由韬奋、章乃器、王造时你们三个起草，我们七个人先讨论，修改确定之后，再交张律师你们修改。"

张耀曾完全赞同，这事确定之后，接下来律师们分别与自己的当事人进一步认识交谈。

韬奋、章乃器、王造时三个第二天就研究答辩状的起草。韬奋是遇事爱操心的人，昨天“家长”分配了任务，晚上他已经开始琢磨这事了。为了节省时间，韬奋他先把自己的想法说出来，征求章乃器和王造时的意见。他想，为了加快起草的速度，他建议把十条罪状分解给三个人，根据各人掌握的情况和自身的所长，先分头准备，然后再一起研究，统一文字风格。他提出章乃器负责起草“抨击宪法”“煽惑工潮”“宣传与三民主义不相容的主义”三条罪状的答辩。王造时负责起草“人民阵线与救国阵线为同一名词，系第三国际之口号”“勾结军人，谋为轨外行动”“参加以危害民国为目的之团体”这三条罪状的答辩。韬奋自己负责起草“有意阻挠中央根绝赤祸之国策”“不承认现政府有统治权，并欲于现政府外另行组织政府”“蔑视现政府，故为有利于共产党之宣传”“妄倡人民阵线，有国际背景和政治野心”这四条罪状的答辩，尤其是后两条他比较熟悉，《团结御侮的基本条件和最低要求》是他一手办理的，关于人民阵线，他专门写过文章。

章乃器和王造时完全赞同韬奋的意见，三个人便分头开始起草答辩状。

韬奋仍然在餐厅他写书的位置上起草答辩状。他重新拿出江苏高等法院的起诉书，逐条看了一遍，把他要写的四条罪状列到稿纸上，开始逐条思考。已经做过的事情，在记忆中重新打开，一切就像发生在昨天……

那次拒绝杜月笙之邀，没随他一起去南京见蒋介石之后，正如那位银行家所说，“这么不给蒋介石面子，那你就别想再在国内待下去”，救国会的朋友们也都这么认为。避一避，可上哪儿去避呢？在欧美流亡两年刚回国不久，再出国经济也承担不起；可现实他没法再在上海甚至在内地待下去，最后商定去香港，也只能去那里了。那里有救国会的组织，共产党在那里也有办事处，另外还有一些文友在那里。韬奋一直想办一份《生活日报》，上海不方便，干脆到香港去办，还可办杂志；另一方面，在香港可以继续直接做抗日救国的舆论宣传工作。于是毕云程、金仲华随韬奋赴香港筹办《生活日报》。韬奋也带上了柯益民，他需要个年轻人做些琐事。他们首先要租一间屋子做办公室，经费比较困难，自然要租房租便宜的。

韬奋带着柯益民在香港利源东街挨着门牌一家一家寻找询问。这里是贫民区，房子普遍都比较破旧，好处是房租低，以他们的经济状况只能在这儿找房子。他们一直找到利源东街20号，这是一间空屋子，屋子里乱七八糟，脏得不堪入目。屋子里没有人，他们跟邻居打听，邻居告诉了他们房主的地址。原来这房子确实是租给贫民住的，贫民离开后，再没人租，房租相对是最便宜的。韬奋当场就跟房主签了租房协议。请来泥瓦工把房子简单修葺一下，泥瓦工一看屋子脏乱成这个样，不愿意干，没办法，韬奋只好多加小费。

房子租下了，还是缺人，韬奋想到了和潘汉年在俄罗斯的胡愈之。韬奋当即到邮局给胡愈之拍了电报，邀请他回国到香港跟自己一起办《生活日报》。胡愈之接到韬奋的电报，与潘汉年商量，潘汉年认为，报纸不能再搞反蒋宣传，应该由“反蒋抗日”向“联蒋抗日”转变。胡愈之即复电韬奋：等我回香港后再“择吉开张”。

潘汉年和胡愈之一起回到香港，潘汉年的任务是受共产国际的委托，要与国民党谈判停止内战，共同抗日。他在香港等陈果夫来港谈判期间，会见了在香港的救国会成员邹韬奋、陶行知，19路军的陈铭枢、蒋光鼐等，郑重讲了共产国际关于建立国际反法西斯统一战线的方针，同时他建议报纸的宣传也应该与之相一致，由“反蒋抗日”向“联蒋抗日”转变。

他们分工，邹韬奋任社长兼主笔，毕云程任经理，金仲华任总编辑，新闻编辑兼外电翻译由恽逸群负责，副刊编辑柳湜、林默涵，甘伯林任营业部主任。胡愈之协助邹韬奋主持社务。他们按分工，跑登记的跑登记，写稿的写稿，组稿的组稿，联系印刷厂、邮局发行的联系印刷厂与邮局，负责设计、排版、编校的忙着设计、排版和编校，几个人忙了个不亦乐乎，终于把《生活日报》第一期的最后定稿送进了印刷厂。韬奋和柯益民守在印刷厂的机器旁，等待着第一期《生活日报》问世。听着机器的轰鸣，他是那样激动，第一份《生活日报》刚从印刷机上溜下来，韬奋就迫不及待地跑过去拿了起来。他看着这张《生活日报》，说不出心里有多痛快，这是他和几位朋友的心血啊！在如此艰苦困难的环境下终于把梦想变成现实，他忍不住流下激动的喜泪。

6月7日，《生活日报》在香港创刊，共12个版面，第一版是要闻，第二版是国内新闻，第三版是粤闻侨讯，第四版国际新闻，第五版特约通讯，第六版特载，第七版副刊《前进》，第八版读者信箱，第九、十版本港新闻，第十一、十二版体育新闻。《生活日报星期增刊》也同时出版，第一卷第一号就刊登了韬奋撰写的《艰苦奋斗》补题《〈生活日报星期增刊〉创刊词》、署名“因公”的《评两个主义》、署名“落霞”的《社会科学研究法》、署名“编者”的《真理》《民族解放与人民阵线》。报纸当日销售就达到两万份左右，比当地报纸的销量多三倍。

柯益民背着一捆报纸，疲惫地走进利源东街20号这间办公室。韬奋和胡愈之正在忙着写稿，柯益民进来，他们都没顾得看他。柯益民把最新的《生活日报》一份给胡愈之，一份给韬奋。韬奋这才抬起头来，看着柯益民疲惫的样子，知道他又是一夜没睡，让他就在屋子的椅子上打个盹。柯益民却还有事，他有点无奈地告诉韬奋："这家印刷厂不行，做事像头老牛，鞭子抽都不带动的，改校样不按咱的校样改，今天的报又有好几处错误。"韬奋早就领教过他们的拖拉，没办法，香港人做事就这么不紧不慢，而且不到上午 10 点开不了工。印刷厂的活是分段包工，跟他们老板说几次了，还是这个样。柯益民继续牢骚："活儿赶不上趟，钱催得倒急。今天又催了，说这周再不给，他们就停印了。"胡愈之听了抬起头来，他还没问韬奋办报的经费问题，原来在上海筹办的时候，好像集资到了 15 万元，钱应该不是大问题。

一说到钱，韬奋确实犯了难。韬奋告诉胡愈之，原来在上海筹集到的 15 万元，是两个商家给的捐助。他想，既然是要为大众办日报，就得要保持大众的立场，不能由一两个老板投资，或一党一派出钱，由着老板或党派确定报纸的立场，这就不是他韬奋能接受的，受制于人的事他不干，必须是他自己说了算才行。为了这，韬奋把那 15 万元的投资全退给了他们。胡愈之说："办一份报纸，没资金怎么能行呢？"韬奋跟他交底，现在《生活日报》的筹办费都是由生活书店在出资，资金确实很拮据，也不能给生活书店太重的负担。

或许是受韬奋的影响，或许是报纸的内容吸引读者，《生活日报》创办以来，发行量很快就突破了两万份，那时香港一般的报纸都不过发行五六千份。只是《生活日报》更多的读者在内地，要通过邮局往内地邮寄，成本太大，每期都亏损。

柯益民跟胡愈之说："邹先生出国自己还背着债，几本书的稿费都支出去了，在这里工资也开不了。"

韬奋风趣乐观地说："所以我说咱是贫民窟里的报馆。"

胡愈之感觉经费是个问题，必须面对现实，他跟韬奋说：“经费还真是个问题，这么凑合不是个办法。”

韬奋对事业总是充满信心，他说：“这里最大的便利是，只要不触犯英国人的利益，宣传抗日救国自由得很。”

胡愈之对此没异议：“是啊，咱《生活日报》在缓和中央与西南的局势，建立统一战线，团结御侮，一致抗日，已经发挥作用了。”

的确，八路军香港办事处的廖承志主任，还有潘汉年先生已经多次夸了《生活日报》。

胡愈之还是提醒韬奋，资金问题还是让伯昕他们再想想其他办法，光靠咱们生活书店出资，负担太重。

韬奋接受胡愈之的意见，他也知道：资金对报纸的生存是至关重要的。

说曹操曹操就到，刚念到潘汉年，潘汉年就到了《生活日报》的办公地点。潘汉年看着他们简陋的办公条件，感触良多：韬奋和胡愈之就在这样艰苦的条件下，为抗日救国事业尽心尽力；在这样一个角落里，向全中国人民和各界呼喊出民族最强的声音。潘汉年勉励一番之后，他们坐了下来。他这次来，不只看望他们、鼓励他们，是有重要的想法要与他们沟通。

潘汉年拿着《生活日报》对韬奋和胡愈之说：“《前进思想与救国阵线》《召集国防会议的先决条件》《人民阵线的危机》《团结御侮》《关于救国联合阵线的几个疑问》，这些文章都很好，宣传效果很不错。但现在看，光靠《生活日报》发文章宣传，对政府的推动似乎不大，还是要发挥救国会的作用。我想若能找几位在全国影响大的民主人士，联名发宣言，呼吁政府与民众，对建立民族阵线的推动力会更大一些。”

胡愈之一边听一边思考，他觉得这种方式，比办报纸写文章的作用自然要大得多。

潘汉年是有准备而来，他说：“这个宣言的基调，不是批评政府，而是在日本帝国主义侵略中国的现实面前，以国家和民族利益的最低保障要求来劝说政府，劝说各党各派，劝说民众。”

韬奋有点茅塞顿开的感觉，他进一步问：“主题就是‘团结御侮，一致抗日’，是不是？”

潘汉年点头：“你们可以看一看中共的《八一宣言》，基本精神是一致的，但是这个宣言是几个民主人士发起，角度要调整，要更接近于民族利益与人民大众的利益。”

胡愈之已经完全明白，他建议：“是不是这样，我先起草个初稿，然后咱们再研究修改。”

韬奋和潘汉年都赞成。

宣言经潘汉年、韬奋和胡愈之几次斟酌已经完稿，暂时定名为《抗日救亡告全国同胞书》。可是找哪几个人来共同签名发表呢？这时正好陶行知来到香港。他是著名的教育家，任过南京高等师范学校、国立东南大学教授、教务主任，国立武汉大学校长，金陵大学校长等职，专事中华教育改进社工作及促进平民教育运动。他们觉得他可以算一个，于是两个人带着文稿，专程到宾馆拜望陶行知先生。

陶行知看了文稿后慨然答应，说这个宣言自己完全赞同，可以签名。胡愈之跟陶行知先生解释：“这个宣言不代表任何党派发声，以民主人士发出纯粹民间的声音，我已经是在党的人了，不宜签字。”韬奋也说了他的打算，他自己算一个，他再回上海，找救国会的沈钧儒先生等人看，如果他们没有异议，一起签字发表，有四五个人足矣。

韬奋打算回一趟上海，除了搞这个宣言，另一个原因是《生活日报》没有经济支撑。正如胡愈之所言，没有强大的资金保障，凑合解决不了问题。他想把《生活日报》和《生活日报星期刊》转移到上海继续办。

韬奋从香港回到上海，约章乃器一起去了沈钧儒家，三个人共同商量宣言的签名事宜。

沈钧儒看了宣言后表态，他认为内容可以，宣言基调也不错，就是敦促政府与各界各派，团结御侮，一致抗日，救国救亡。他同意签字，联名发起。章乃器也同意签字，但他觉得题目需要斟酌修改，《抗日救亡告全国同胞书》这样的题目太多，不新颖，实际内容就是代表民众呼喊出我们团结御侮的基本条件，也是全中国人民一致抗日的最低要求。他建议叫《团结御侮的基本条件和最低要求》。

沈钧儒觉得这个题目改得好，既朴素又实在。韬奋也觉得很不错，于是就确定叫《团结御侮的基本条件和最低要求》。韬奋说可以在他们的《生活日报》发表，同时发给其他各大报刊，他们生活书店再印成小册子，发行全国。

他们三个意见一致，分别签了名，这样《团结御侮的基本条件和最低要求》就以沈钧儒、陶行知、章乃器、邹韬奋四人签名联合发起。韬奋随即赶回香港。7 月 31 日，《团结御侮的基本条件和最低要求》以沈钧儒、陶行知、章乃器、邹韬奋联合署名，发表在《生活日报》第 55 期上，这也是《生活日报》在香港出版的最后一期。报纸同期登载了《韬奋为〈生活日报〉招股启事》《五十五天的工作经历》和《〈生活日报〉的创办经过和发展计划》。8 月 1 日《生活日报》停刊，8 月

16 日《生活日报星期刊》也改为《生活星期刊》，迁移至上海出版。

韬奋、章乃器和王造时起草的“七君子”的答辩状，经讨论修改后，又请看守转给史良，请她再阅改，最后“七君子”一致同意，然后将答辩状交给了律师团。答辩状一经公布，成为国内头号新闻，上海各家报纸纷纷全文刊登，除刊登“七君子”的答辩状之外，有的报纸还用大量事实驳斥了起诉书中罗列的所谓“十大罪状”。

“七君子”无法直接与南京政府沟通，国民政府既然已请杜月笙和钱新之二位出面调停，那么“七君子”也就认杜月笙和钱新之是他们与政府沟通的桥梁与纽带。为避免法院草率宣判，沈钧儒又召集大家庭成员一起商量，又给杜月笙与钱新之联名写了一封信。

这封信中特别强调：“钧等对本案态度，始终坚守不妨碍救国运动及不侮辱个人人格之原则，为救国无罪而努力，诚以个人受屈事小，国家前途及民族气节事大也。

“现开庭之时期已迫，深恐法院匆促宣判，我方依法力争，同时进行上诉，不但有损司法尊严，且使本案之解决，愈感困难。故切盼先生等立即设法延迟判决，一面再为筹更妥之解决。弟等辩诉状发表后，深信各方当能愈加谅解。”

4

6 月 11 日上午 11 时 30 分，沈钧儒、邹韬奋等七位爱国领袖，在武装警察的押解下，由吴县横街看守所乘车前往法院。来到法院大门外，告示栏前围着许多人，有的已经在跟警察争吵。原来告示栏里贴了一则启事：“危害民国罪案，决议停止公开审理”，“所有已发出之旁听券一律无效。”

法院门口挤满了人，沈粹缜等“七君子”的亲属也在其内，还有许多新闻记者，有许多人拿着旁听券在向警察抗议，发了旁听券为什么又不让进入法庭。警察们如临大敌，加岗加哨。家属们在门外喊着“为什么不公开？”“这就是司法吗？”。天下起雨来，千余人在雨中挨淋。

规定的开庭时间到了，韬奋他们得知这一情况，一致表示此案没有秘密审理的必要，要是不公开审理，他们决定拒绝答话。律师向法院转达了被告们的抗议和态度。

法院走出一负责人，站在法院大门前的台阶上，用喇叭高声宣布：“经过协商研究，因为法庭场地所限，为了保证庭审秩序，使庭审顺利进行，只能让家属及新闻记者参加旁听，其他人员不得入内，请大家配合。”

这决定一宣布，遭来一片反对抗议声。

徐伯昕陪着沈粹缜和其他当事人的家属坐在旁听位置的前几排，后面是众多新闻记者。柯益民、贺众秀被拦在法庭外面没能进来。

律师团21位律师全部穿着正规的律师服列队进场，气势可观，引得记者们纷纷抢拍照片。然后，检察官、审判长、审判员、书记员依次到位。人员坐定后，审判长宣布开庭。“七君子”被法警带进法庭，引起家属、记者的关注，他们被带到被告席上就座。

审判长宣布宣读起诉书。检察官念起诉书的过程中，不断遭到“七君子”的耻笑，旁听席上的家属和记者们也不时发出不屑的嘘声。

法庭内已经开庭，法院外仍然围着许多爱国青年与群众，他们继续在向法院抗议，柯益民和贺众秀也跟大家一起呼喊“救国无罪！”“释放救国领袖！”等口号。

沈钧儒头一个受审。

审判长问：“你赞成共产主义吗？”

沈钧儒答：“赞成不赞成共产主义？这是很滑稽的问题。我请审判长注意这一点，我们从来不谈什么主义。如果一定说我们宣传什么主义的话，那么，我们的主义就是抗日主义，就是救国主义！”

记者和亲属们热烈鼓掌，审判长敲槌制止。

审判长问：“抗日救国不是共产党的口号吗？”

沈钧儒回答：“共产党吃饭，我们也吃饭，难道共产党抗日，我们就不能抗日吗？审判长的话我不明白。”

审判长只当是履行公事一样，不管沈钧儒反问什么，他一概不答，继续照本宣科地问下去：“那么，你是同意共产党抗日统一的口号了？”

沈钧儒回答：“我想，抗日求统一当然是人人同意的，难道你不同意吗？”

审判长问：“你知道你们被共产党利用了吗？”

沈钧儒回答：“假使共产党利用我们抗日，我们甘愿被他们利用！”

审判长问：“组织救国会是共产党指使的吗？”

沈钧儒回答：“刚好相反，我们组织救国会，正是因为国内不安，要大家停止内战，停止党派之间的冲突，团结一致抗日，你这样的问话，是错误的。”

审判长问：“你们致电张学良将军，一起策划西安事变谋反是不是事实？”

沈钧儒义正词严地说："我们发电报给张学良将军，是为绥远事件共同抗日，不只发给他一人，同电还给国民政府和傅作义、宋哲元，希望他们一起督促中央抗日。拿西安事变的责任加到我们身上，我本人很奇怪，审判长应该请张学良将军出庭作证才能真相大白。"

韬奋接过话驳斥："这个电报内容明明说希望张学良'请命中央援绥抗日'，并非叫他进行'兵谏'，并同时将同样内容的电报发给了国民政府和傅作义，为什么不说我们勾结国民政府？为什么不说我们勾结傅作义将军，而单问张学良呢？"

下面亲属与记者又忍不住热烈鼓掌，审判长又敲槌制止。

检察官看到审判长被沈钧儒和韬奋反驳得尴尬窘迫，下不了台，急忙扭转局面向史良发问："你们的抗日救国组织未经登记，那么你们的活动自然也是非法的，你知道吗，史良先生？"

史良仗义执言："抗日二字，人同此心，心同此理，除非检察官是日本帝国主义者，或是他们的走狗汉奸，才会判救国者有罪！"

亲属与记者又是鼓掌，审判长十分恼火地制止。

韬奋接着补充说："我们的救国会是公开的组织，成立之初，上海市吴铁城市长就在国际饭店请我们吃过饭，希望与当局合作；我们也去南京请愿过，政府正式接待了我们，蒋委员长也请我们吃过饭。请问检察官，吴市长与蒋委员长为何要请非法组织吃饭合作？是不是也请审判长传吴市长和蒋委员长出庭作证解释清楚呢？"

亲属与记者发出爽朗的笑声。

张志让辩护律师接着说："起诉书中所谓'勾结'，所谓'互相联络'，是什么意思？这是双方的事，现在只问单方，怎可判罪？所以无论如何，非向张学良、吴市长和蒋委员长调查不可。"

审判长与检察官十分尴尬。

韬奋作为第五个被告受审。也可能是前面审问沈钧儒时因问话不准确而导致了许多尴尬，审判长在审问韬奋时，似乎改变了问话的口气。

审判长问："你加入过国民党吗？"

韬奋回答："没有。"

审判长又问："你属于哪个救国会？"

韬奋回答："上海文化界救国会和全国各界救国联合会。"

审判长又问："担任什么职务？"

韬奋回答："执行委员。"

审判长又问："有多少委员？"

韬奋回答："我担任的是另外的工作，有多少委员我不大清楚。"

审判长又问："全救大会你参加了吗？"

韬奋回答："当时在香港，并未参加。7月底回到上海后接到通知，才知道被选为执委。"

审判长又问："全救会宣言和政治纲领你同意吗？"

韬奋回答："我赞成。"

审判长又问："宣言里的大意是什么？"

韬奋回答："主要的是抗日救国。"

审判长又问："联合各党各派是怎样联合呢？"

韬奋回答："主要是由国民党出来，用和平的方法联合各党各派，集中国力抗日。我们站在民众的立场上，希望全国各党各派，团结抗日，非常殷切。"

审判长又问："联合各党各派是指共产党吗？"

韬奋回答："宣言中说的是联合各党各派，没有单独提出联合共产党的话。"

审判长又问："政治纲领中，各党各派联合起来建立统一政权，是什么意思？"

韬奋回答："是指国民党领导各党各派。"

审判长又问："纲领中说，召集救亡会议，是何意思？"

韬奋回答："集中全国人才，抗日救国。"

审判长又问："对于一党专政有什么意见吗？"

韬奋回答："中山先生也提倡宪政，不主张永远专政。"

审判长又问："那么，你为什么要反对宪法和国民大会呢？"

韬奋回答："批评是有的，但没有说过不要宪法和国民大会。"

审判长又问："救国会是公开的还是秘密的？"

韬奋回答："是公开的，上海军政当局都知道。并且吴市长还为此事请我们在国际饭店吃过饭，希望救国会与当局合作，上海各界救国联合会代表到南京请愿的时候，承国民政府正式派员接见。由此可知救国会是完全公开的。不过因为外交上的原因，手续上没有正式立案。"

审判长又问："你们发表小册子，是什么意思？"

韬奋回答："是在说明我们抗日救国的主张。"

审判长又问："联合各党各派有条件吗？"

韬奋回答："以抗日救国为前提，凡是主张抗日救国的各党各派都要联合起来。"

审判长又问："人民阵线与救国阵线有什么区别？"

韬奋回答："外国的人民阵线含有对内意味；救国阵线是抗日。收回东北五省，恢复华北主权，完全对付日本。”

审判长又问：“毛泽东给你们的油印信，说的是什么？”

韬奋回答：“他发表抗日的主张。”

审判长又问：“事前跟他有没有来往？”

韬奋回答：“没有。”

审判长又问：“西安事变你知道吗？”

韬奋回答：“被押在看守所里，不知道。”

审判长又问：“给张学良的电报说些什么话？”

韬奋回答：“是请他出兵援绥。”

审判长又问：“什么时候发出的？”

韬奋回答：“记不清楚具体哪一天。”

审判长又问：“上海日纱厂罢工后援助的事你知道吗？”

韬奋回答：“不知道它的内容。为了援助工人，我曾捐了一天的薪水。”

审判长最后问：“还有话要说吗？”

韬奋说：“我们为了完成救国的任务，希望在政府领导之下，以全国团结抗日为最大目标。”

七位被告被审问完之后，律师张志让针对起诉书做总结性辩护，他义正词严地说：“起诉书洋洋万言，指控七位救国领袖十大罪状。仔细分析，指控全是莫须有的。以被告等爱国之行动，而诬为害国；以救亡之呼吁，而指为宣传违反三民主义之主义，实属颠倒是非，混淆黑白，摧残法律之尊严，妄断历史之功罪……”

亲属与记者情不自禁地鼓掌，检察人员和审判人员十分尴尬。

张志让继续说：“审判长，七位被告羁押已经超过法定侦查期，延长两个月之后起诉书仍然没有提供任何确凿证据，我代表律师团和所有当事人要求重新调查，提供证据。”

审判长无理地宣布：“驳回要求。明天下午 3 时 25 分继续开庭，休庭！”

下面响起一片嘘声。

5

当天庭审结束后，律师团的张耀曾律师跟沈钧儒说：“需要开个碰头会，律师们不能走，六位先生也辛苦一下，咱们得坐一起研究一下明天和下一步该怎么办。”

沈钧儒说：“哪有辛苦这一说，大家都是为抗日救国。”

律师们和六位当事人一起乘车回吴县横街看守所。回到看守所，他们当即向看守所申请了会客室做会议室，六位当事人和律师团 21 位律师聚集在会客室里，一起分析明天开庭的情况。

张耀曾先说了他的想法，他说：“没有开庭前，光看那十大罪状，觉得这官司用不着打，案子一开庭就得撤销，因为所列罪状毫无证据。但开庭之后，我反感觉到有点担心，事情并不这么简单。从审判长今天在法庭上无视法律的行为看，他们对本案实际上早已有了判决结果，开庭不过是遮人耳目走过场，开不开庭、审判不审判，没什么实际意义，无论他问什么，也无论咱们辩论什么，都不影响他们对本案的判决。我想，按他们的打算，明天下午就有可能按照他们预先设定的结果草草结案，把你们送进南京反省院了事。对此，我们必须针锋相对进行抵制，不能让他们的阴谋得逞。”

张律师这一番分析，切中要害，十分中肯，他看透了当局和法院的意图。回想今天庭审经过，六位当事人十分气愤。韬奋义愤地表示，必须跟他们斗，绝不能让他们的阴谋得逞。章乃器更是直截了当地说："咱们干脆罢席拒审。"

沈钧儒毕竟是"家长"，经历和阅历磨得他养成凡事审慎、多思、冷静以对的习惯。他心里非常清楚，他们这案子非同一般，已经惊动了全国，上至国民党中央政府，下到平民百姓，可说已到了无人不知无人不晓的程度。这更让他无法急躁，更不能草率从事。他一边细心听着张律师的分析，一边在琢磨。他们已经在看守所关押了几个月，全国民众都清楚，他们无罪，其实连审判长和检察官心里也知道他们无罪。爱国救国，怎么会有罪呢？但是今天法庭上审判长和检察官无视法律，无中生有，搞莫须有，让大家十分气愤。但是，在大家情绪冲动的时候，稍有不慎可能会酿成祸患。这时他感到，他有责任把握事态的发展。沈钧儒沉着而又郑重地说了他要说的话。

沈钧儒说："不管当局与法院有怎样的预谋，咱们还是要按法律规定的程序进行。今天审判长在法庭上与检察官串通一气，捏造罪名罪状，拒不重视、采用有利被告的证据，我们可以以此为由，请律师团提交申请审判长回避并推延审判时间的申请书。如果他们不及时给予答复，那么咱们再罢席拒审，这样做我们先礼后兵，于情于理我们没有错。"

大家觉得沈老先生说得非常在理。

沈钧儒继续说："另一方面，南京政府既然请杜月笙和钱新之出面传信协调，这说明政府方面有调停的意思，那么咱们就利用这个便利，再请杜月笙、钱新之为咱们转信，我们再一次上书国民党中央直至委员长，进一步表明我们的立场与主张，坚持爱国无罪、救国无罪的原则。”

大家纷纷表示赞成“家长”的意见，不管申请审判长回避和上书国民政府的效果如何，一定按照程序做，不授人以柄。做好这两件事的同时，认真做好罢席拒审的准备，既然爱国救国无罪，必须有比较强硬的实际行动。最后分工，六位当事人负责起草上书与传信，张耀曾律师负责牵头申请审判长回避和推延审判时间，假如没有回应，明天下午开庭组织罢席拒审。

第二天下午，江苏高等法院大门外，警察林立，严阵以待。法院最不怕群众，又最怕群众。法院是以法治人，以法管人，人的脾气再大，大不过法；但以法管人，人只有违了法犯了法法院才管得着，只要不触犯法律，他爱干什么干什么，爱怎么干就怎么干，法院拿他没一点办法。

当事人家属、朋友，记者到法庭旁听庭审，是正当的，警察用强制手段阻止是不恰当的，他们与警察对抗也不犯法。法院吸取了前一天的教训，今天增加了警力。警察们一个个精神百倍，荷枪的荷枪，操警棍的操警棍。警察们一鼓作气上了岗站好了阵，但这股气慢慢地泄了。阵只有在双方形成对峙时才能产生对抗力，警察们精神抖擞上了阵，但对手没有出现。他们紧张了，警惕了，精神抖擞了，结果这股劲没处使，弄半天是自己吓唬自己。昨天审判长宣布的是今天下午3点25分继续开庭，法院大门外的告示栏里昨天贴出的公告也是3点25分开庭。现在3点的钟声敲过好一阵了，即便不到3点25分，也有3点20分了，竟没有来一个群众，连一个亲族、一个记者都没有出现。警察们鼓足的气，自然就衰竭了，浑身上下慢慢松懈下来。

警察们很觉奇怪，可他们没法探问，只能面面相觑；他们觉得这事滑稽得可笑，可他们不敢笑，只能把笑憋着藏在心里。他们觉得很亏，让人耍了一把。有了前一天与群众的冲突，上司给他们布置了任务，他们专门开了会，做好了充分的部署。他们认真做了，研究确定了方案，准备了几手应付办法，加了岗，加了哨，添了警力，严阵以待，结果让人耍了，他们有点哭笑不得。白忙活一阵，白用了心思，白费了精神，让他们心里很不舒服，但他们还不敢有半点马虎。

出现这种反常现象，准有人在策划在组织，要不亲属、群众和记者们怎么会有这么统一的行动呢？人家策划了，组织了，可他们一点都不知道别人的计划是什么，将采取什么行动也不清楚。现在群众不来，不等于今天一天不来；群众现在不来闹事，不等于他们再不关心这事，放弃了与警察对抗。警察们尽管不再那么警惕，不再那么精神抖擞，但他们也不敢离开，依然守在各自的岗位上，但也只是人在，心不知跑哪儿去了。

法庭里像在排戏一样按程序进行着，先是检察官庄严地步入法庭，接着是审判长、审判员、书记员等一应人员进入法庭。他们在各自的位置上坐定之后，所有人的目光一齐聚焦到审判长的脸上。法庭内除了他们再没有其他任何人，被告律师团的律师一个没到场，法警也没有带来任何一个被告，他们觉得奇怪，却又不好说什么，只能把疑问的目光投到审判长脸上。

审判长在一双双疑问的目光询问下尴尬地宣布，今天下午的审判临时决定取消。

七位当事的先生没出庭，但他们并没有闲着。先是对付前来押解他们去法庭的法警们，法警还是按时随着汽车来到看守所，他们要以一致的行动、一致的口径、一致的态度让法警们明白，他们要罢席拒审。

七位当事的先生按计划做了他们该做的事，说了他们该说的话，表明了他们该表明的态度。法警们是来执行任务的，自然无法决定接受不接受七位被告的拒审，他们便成了七位被告与法院之间的传声筒。不只传话，还要来回奔忙，奔忙到最后，法警们自然也跟法庭里的那一伙人一样，像完成了一场演出前的排练一样，无奈地空手而返。

七位当事先生不欢呼他们的胜利，他们只能用微笑相互祝贺他们罢席拒审的胜利。

6

中国人的节日，大都与吃有直接关系。比如正月十五元宵节，一定是要吃元宵、汤圆、糯米团子；五月初五端午节，一定要裹粽子吃粽子；八月十五中秋节，一定是要吃月饼的；九月初九重阳节，要吃桂花糕。其实过节吃好吃的仅是一个方面，主要还是图热闹。每逢节日，一家人团聚在一起，忙忙碌碌地做这些食品，既开心又热闹，给生活增添许多实实在在的内容与乐趣。久而久之，这便成了中国人的传统风俗习惯。每临节日人们就惦记着节日的庆祝，惦记节日的同时也惦记着家人，于是就有了“每逢佳节倍思亲”这句话。每逢节日，全家人要是不齐，父母就会思念不在家的儿女，儿女也会思念不在一起的父母。

又是端午节了。韬奋几天之前就想到了这个节日，但他发现其余难友似乎都故意在回避提起这节日。他们心情都是一样的，身陷囹圄，数月不能与家人团聚，心里有一种难言的孤独与寂寞。端午节是中国人的重要节日，思念亲人就更甚，只是不愿意说出来。

有人敲门，韬奋打开餐厅兼书房的门，意外的是，警察领着黄炎培、杜月笙和钱新之来看他们。

黄炎培说："今天是端午节，我们给你们带来了粽子，大家一起过个节。"

过节有人来看望自然高兴，六位难友一起热情迎接他们一行三人。黄炎培拿出粽子分给大家，他们一起开心地吃起粽子来。

沈钧儒吃着粽子，感慨地说："自古文人受轻薄啊！今天我们身陷囹圄，缅怀屈原三闾大夫更觉悲愤哪！"

"家长"这话触发了大家的情绪，韬奋不无愤慨地说："古代屈原爱国有罪，今天我们救国有罪，独裁者为何总是是非颠倒，黑白混淆？"

杜月笙接过了话头，他说："我与新之为此事四处奔波，上次沟通又有新的转机，我们带来了叶副院长的电文。"钱新之将电文交与沈钧儒。沈钧儒阅后给了韬奋，让大家传阅。韬奋看了电文，却已按捺不住，他说："要我们写悔过书，这不还是认为我们有罪，要我们认罪嘛！我们究竟有何罪，要我们悔什么过？我们没有过，用不着悔。"

李公朴、章乃器等几个也跟着表示，绝不会写这种悔过书，要他们做违背自己人格的事，办不到。

沈钧儒不想在这里与杜月笙和钱新之展开论争，他婉转地跟杜月笙和钱新之说："对于进反省院悔过这一点，我等认为于国家前途无益，于个人人格有损，万难接受，不得不誓死力争，唯有尽其在我，依法应诉而已。有一点，我们绝无反对政府之用心，可质天日。二位先生来探视，深感政府关怀宽大之意，我等坦诚之意向被误会，为国效力，是我大愿，为扫隔阂，深愿面谈。这是我们六人签了名的信，因史良律师在女所看守，不便交流，有劳二位转呈并解释。”沈钧儒将早已经准备好的信交与杜月笙。

杜月笙接过了沈钧儒的信函，他爽快地说：“理当效劳。请诸位珍重，来日方长。”

杜月笙、钱新之把他们六位的信带走了。如何与国民党政府沟通他们不得而知，他们也无法预料国民党政府能做出什么样的决定，不过是表明他们的立场、态度而已，对国民党政府他们既不能要求什么，也无法指望什么。除此之外，他们能做的事只有依赖律师团，由律师团与法院按法律进行交涉。

研究商量后大家一致认为，与法院交涉，除了请审判长回避之外，还应该要求法院在再次开庭之前，调查核实上次法庭上他们提出的20多个问题，再加他们添加的十个新问题，一共30多个问题，一并形成《申请调查证据状》，由律师团直接交给了法院并提出要求。

法院以告示对他们的努力做出了回答。告示仍贴在大门外的告示栏里，告示说：“危害民国罪案，延期至6月25日开庭，改由江苏高等法院刑事第二法庭审理。”无法确定是与国民党政府沟通起的作用，还是律师团与法院交涉起的作用，再次开庭不只改由刑事第二法庭审判，除检察官仍为翁赞年之外，其他审讯人员全部换人。

终于迎来了第二次开庭。21位律师更加精神抖擞，沈粹缜等被告家属得以入法庭旁听，沈粹缜两眼一直盯着韬奋，他们有半年没能在一起了。

江苏高等法院的大门外再一次挤了一堆人，除被告亲属外，其余人员仍不得进入法庭旁听。柯益民与贺众秀和其他的爱国青年、群众一起在法院大门外等候审判结果。

贺众秀挨着柯益民，随着庭审时间的延长，她越来越担心。她跟柯益民说："都快七个小时了，怎么还没有审完呢？"柯益民拉起贺众秀的手，安慰她："别紧张。第一，相信先生们救国无罪；第二，相信律师们，他们都是全国大名鼎鼎的大律师，他们肯定会据实据理驳倒审判长与检察官。"柯益民的话还是让贺众秀放不下心，她说："法院肯定是跟政府一个鼻孔出气，咱们的杂志又被禁邮了，说明他们就是不想放过邹先生。"柯益民很乐观，他说："还要相信人民群众，他们真要是给先生们判了刑，全国人民能饶了他们？"柯益民这句话给了贺众秀信心，她点着头说："这倒是。"贺众秀似乎要找依靠，她紧紧地搂住了柯益民的一只胳膊。

法庭内辩论进入了高潮。

审判长趾高气扬地说："君子之风，有罪必认，有错必改，有过必悔，你们与政府作对，煽动全国民众，干扰政府大局，这不为罪、不为过吗？"

沈钧儒反驳："救国何罪可言，要我认错悔过，无异杀我。宁可判罪入牢，不可自侮其人格。"

韬奋接着驳斥："你们说的所谓反对政府，说来说去无非是三条：'一、有意阻挠中央根绝赤祸之国策；二、不承认现政府有统治权，并欲于现政府外更行组织一政府；三、蔑视现政府，故为有利于共产党之宣传。'你们扪心自问，这些罪状有证据吗？大敌当前，东北五省沦陷，华北已失去主权，你们置国家存亡于不顾，放着敌人不打，却在一心剿杀共产党，我们呼吁团结御侮，一致抗日，这有何罪？我们主张建立由国民党领导的各党各派参与的抗日政府，这叫不承认现政府统治权吗？又有罪吗？我们呼吁各党各派停止内战，一致对外抗日，这是为共产党宣传吗？这是什么罪呢？作为中国人，我请你们扪心自问，这些罪名成立吗？”

亲属与记者为他鼓掌。

沈钧儒接着说：“我们的确没有反对政府，为什么硬要说我们是反对政府呢？我们的确没有背景，为什么硬要说我们有背景呢？难道多几个人有背景，多几个人反对政府，于政府、于国民党有什么好处吗？”

亲属与记者再次鼓掌。

审判长再一次以“人民阵线”这事责难韬奋，韬奋拿出发在香港《生活日报》上的文章为证，他厉声指出：“这是检察官断章取义，罗织罪名。”

检察官气急败坏地说：“你们给张学良发电报，叫他出兵抗日，他没有得到中央命令怎能抗日？并且他离绥远很远，事实上也不能抗日。本检察官代表国家行使职权，被告不能随意指责！”

韬奋也被激怒，他愤慨地回击：“我刚才说检察官断章取义，罗织罪名，是指关于‘人民阵线’的证物而言，检察官却又移花接木扯到给张学良发电文的事上，这是牛头不对马嘴的两件事！”

审判长竟挥手制止韬奋说话。

韬奋更加愤怒。他说：“我不能侵害检察官发表起诉意见的权利，那么检察官也没有无理禁止我发表意见的权利！假如审判长认为检察官的话是对的，那么请不必再审下去了！”

审判长把救国会给张学良的电文给韬奋看。韬奋看后大声对审判长说："检察官指控我们'勾结张学良叛变'，电文明明说希望张学良请命中央出兵援绥抗日，并非叫他举行'兵谏'。而且同时打同样内容的电报给了国民政府和宋哲元、韩复榘、傅作义，为什么不说勾结国民政府？请检察官说明救国会的电报与西安事变究竟有什么因果关系？"

检察官被问得哑口无言，亲属和记者们报以热烈掌声。

庭审持续到下午5点35分，正当"七君子"和律师们的答辩让审判长和检察官十分尴尬的时候，一位不知身份的人走进法庭审判台，跟审判长耳语了几句，然后离开。审判长装模作样地镇定了一番，在场的以为他在考虑如何把审讯继续进行，但没见他说话，他突然举起法锤，使劲敲了下去，他宣布：此案审判暂时休庭，继续调查，退庭！

7

在第二次开庭庭审中间，江苏高等法院接到一份重要的诉状。诉状由宋庆龄、何香凝、诸青来、彭文应、张定夫、胡愈之、汪馥炎、张宗麟、潘大逵、王统照、张天翼、沈兹九、刘良模、胡子婴、陈波儿、潘白山等16人联名签字呈送，具状人或是救国会会员，或为救国会理事，或虽未参加救国会而过去与"七君子"共同从事过救国工作。诉状称："爱国如竟有罪，则具状人等皆在，应与沈钧儒等同受制裁之列。具状人不忍独听沈钧儒等领罪，而愿与沈钧儒等同负因奔走救国而发生之责任。"

或许审判长宣布暂时休庭，继续调查，这也是因素之一。

6月26日，即第二次开庭的第二天，宋庆龄、何香凝等16人发起了“救国入狱运动”，向新闻界发表书面谈话，发布了《救国入狱运动宣言》。《宣言》称：“我们准备好去进监狱了！我们自愿为救国入狱，我们相信这是我们的光荣，也是我们的责任。沈钧儒等七位先生，关在牢里已经七个月了。现在已经第二次开庭，听说还要判罪。沈先生等犯了什么罪？就只是犯了救国罪，救国如有罪，不知谁才没有罪？我们都是中国人，我们都要抢救这危亡的中国。我们不能畏罪，就不爱国，不救国。所以我们要求我们所拥护信任的政府和法院，立即把沈钧儒等七位先生释放。沈先生等先生一天不释放，我们受良心驱使，愿意永远陪沈先生等坐牢。我们准备入狱，不是专为了营救沈先生等。我们要全世界知道中国人决不是贪生怕死的懦夫，爱国的中国人决不只是沈先生等七个人，而是千千万万个。中国人心不死，中国永不会亡！我们都为救国而入狱罢！中国人都有为救国而入狱的勇气，再不能害怕敌人，再不用害怕日本帝国主义的侵略！”

7 月 5 日，12 辆黄包车成一字长蛇阵朝法院开来，老百姓不知发生了什么事，纷纷过来围观。黄包车来到法院大门外，头一辆车上下来的竟是宋庆龄，后面是胡愈之、诸青来、彭文应、张天翼、胡子婴等 12 个人（何香凝、潘大逵、刘良模、王统照因行程或因病未能同往），他们为抗议当局无故逮捕“七君子”，相约从上海乘火车一起来苏州。他们下车后，一起朝法院大门走来。群众看到宋庆龄来到，非常激动，一齐围过去喊孙夫人。

法院的警察们一看这阵势就慌了神，宋庆龄突然出现，让他们有点不知所措。有个警察急忙进去报告上司。

宋庆龄自己提着衣箱，撑着纸伞，顶着烈日来到法院大门前，她非常严肃地对警戒的警察说：“你去告诉你们院长，我们 12 个人代表救国会和各界爱国人士前来自请入狱。”

警察们慌忙迎宋庆龄一行12人进法院。警察们把宋庆龄一行迎进会议室，请坐的请坐，倒水的倒水。宋庆龄让他们别忙活，赶紧叫院长过来。警察们十分尴尬，只留下一个警察侍候，其他的人借机退出会议室。

会客室里闷热、幽暗、潮湿，寂寞的蚊子们发现突然来这么多人跟它们做伴，给了它们一个饱餐之机，它们高兴得展翅舞蹈起来。宋庆龄、胡愈之等12人在会议室坐等检察官和法院院长，十分钟过去了，没见人来，20分钟过去了，仍不见人来，30分钟过去了，还是不见人来。胡愈之十分着急：宋庆龄是抱病而来，他们不来怎么办?

宋庆龄对那个警察说：“你去告诉你们院长，他一天不来，我们就在这里等一天；他两天不来，我们就等两天，等到他来为止。”

过了一会儿，首席检察官才姗姗赶来。进了会议室，见了宋庆龄，他居然态度傲慢地说：“我现在是以私人身份来见你们，不然我们也不能在此相见，我现在开导你们，希望你们还是马上回去，现在时候已经不早了，至于‘七君子’案的有罪无罪，现在也不得而知，诸位一定要请求收押，我的开导无效，我也没有办法。”

正说着，沈粹缜、沈钧儒女儿沈谱、李公朴妻子张曼筠买了水果、饼干和蚊香赶来。大家在这儿见面，真是另有一番滋味。那位检察官看这情景，自己悄悄地走了。沈粹缜拉着宋庆龄的手说：“他们七位听说您来了，让我们来看望您，听说您身体还不舒服。”

就在这时，法院的书记官又领着一位姓夏的检察官来到会议室，夏检察官似乎比首席检察官谦逊一些，他说是首席检察官指派他来办理这个案件的。

宋庆龄说："我是救国会的会长，与他们七位在工作上做的是同样的事情，在法律上应该也愿意负同样的责任，请你把我也押起来，与他们七位一样受限制自由的处分。夏检察官则解释，逮捕收押人不是法院的事，是公安局的业务，是根据触犯法律的程度确定的。"

宋庆龄问："爱国难道有罪？救国有罪触犯了哪条法律？"

夏检察官说："爱国救国肯定是没有罪的，这个案定的是危害民国罪，七位先生的所作所为是有与政府相悖的。但对此案审议，是很慎重的，在反复地研究调查，已经延期两次了。"

宋庆龄说："我刚才跟那位首席检察官说了，要说有罪，我和七位同罪，我也准备入狱。为了救国，我们不怕坐牢！"

就在这个又热又闷又潮又湿、蚊虫飞舞的会议室里，宋庆龄与法院的夏检察官交谈了三刻钟之久。最后，宋庆龄把具体要求归纳为：一、如爱国无罪，则沈钧儒等应同享自由，立即释放；二、如爱国有罪，则与沈钧儒等同受处罚，要求法院把他们 12 个人也逮捕关押；三、若说爱国有罪，法院必须拿出证据等要求。

夏检察官虽不像那位首席检察官那么傲慢自负，但也一点没有谦和退让之意，也许他清楚上面的底线，他不会因为宋庆龄是孙夫人，或因为她是全国救国会的会长，就不顾自己的饭碗和脑袋。所以，他的所有用心和言辞都必须在这底线以内，不敢越雷池半步，这就是人在江湖、人在官场的操守。因此，他只能用他那三寸不烂之舌，一个劲地劝解宋庆龄。其实，他完全是在敷衍她。

胡愈之和胡子婴是富有经验的文化人，在夏检察官与宋庆龄交谈之时，他们及时地将夏检察官说的话整理成文字材料。他们发现双方要说的话基本说完，便将整理好的文字材料请夏检察官过目。夏检察官看过文字后，认为不错，是他说的话。他之所以能这么说，因为这些话都在那底线以内，他无须担心。他们又将这文字材料通过警察递给法院院长过目，院长不仅表示同意，还允许发表这份谈话材料。院长之所以如此爽快，他更明白，这些言论都在底线以内，没有人会责怪他们。

几经交涉，夏检察官在宋庆龄的强势压力下，表示会尊重她的意见，不管有罪还是无罪，都将进一步调查，都将以证据为依据。他们12个人基本达到了给法院施压的目的，再加上法院无论如何都不可能把宋庆龄收监，这也是他们的底线，再交涉下去只能是浪费时间。于是，宋庆龄决定撤离，但话必须留下：返沪补递证据，随时再听候传押。

宋庆龄不顾自己的身体不适，坚持要去司前街看守所看望史良。到看守所，两人见面热烈拥抱。宋庆龄鼓励她坚持斗争，并说："你们的斗争绝不是孤立的，我们全国一切不愿做亡国奴的人都在支持你们，你们的斗争一定能够取得胜利。"

直到晚上9点多钟，宋庆龄等12人才乘火车回到上海。

宋庆龄抱病前往苏州自请入狱的举动让七位当事人十分感动，就算是自己的亲人，又能如何？尤其孙夫人这种担当、气魄与胸怀，让他们敬佩得五体投地。不错，救国会是她发起组织的，她是会长，但她这种敢做敢当、体恤同人的行为，表明了她对爱国救国的一片真诚。并不仅仅因为"孙夫人"这个称呼，给她套上了什么金箍咒，作为中华儿女、炎黄子孙，她已经把国家与民族的尊严放到了至高无上的地位，她愿意把个人的一切交付给自己的祖国与民族，愿为她而生，愿为她而死，这种境界更鼓舞了七位当事人的斗志。

第二天，他们七位联名致函宋庆龄表示感谢。他们在信中说：

庆龄先生钧鉴：闻昨日扶病率同诸友莅苏投案，正义热情使钧儒等衷心感动，无可言状，但一念及先生之健康，关系民族解放之前途至深且人，则又为忧惶不已。钧儒等深信先生伟大之号召，必能使全国人心为之振奋，司法积弊逐渐澄清，民主权利奠定基础。其在历史上意义之重大，实不可思议也。惟劳顿之后务请善自珍摄，以慰千百人喁喁之望。谨布微忱，专送钧安。

第七章　释　放

1

火山是一个魔鬼，它终是活的，也是死的。这魔鬼外表是一座平静无异的山，但魔鬼的心脏是活的，生命是永远存在的，它毁灭大自然的野心永远不灭。这野心伴着心脏与生命深深地潜伏在地心，魔鬼的血液——岩浆，永远在不息地暗自生长积聚，那颗不安分的心永远在不息地跳动；它的血液生长积聚到一定程度，血液的压力达到足以撕开地层时，魔鬼就会显露原形，就会随时不可避免地突然冲破地层的束缚，疯狂地肆虐大自然，给地球和人类制造灾难。

日本军国主义也是如此。军国主义存在于这个弹丸岛国的政府机构、武装部队以至民族的灵魂之中，当这个国家自身匮乏的资源无法适应整个国家机器和民众生存发展需求，国内矛盾无法解决的时刻，军国主义的幽灵便得以复活，统治者纵容利用这个魔鬼对外扩张，转移矛盾的方向，发动侵略战争便成为解决国内危机和国家民族生存发展问题的唯一出路。日军在军国主义大旗的指挥下由本岛向朝鲜半岛和中国的台湾岛侵蚀，继而占领中国东北，潜在的阴谋便变成侵略行径，死火山就成了活火山。

从1931到1937年这六年间，日本军国主义一直在积聚力量，同时观望世界的反应，寻找全面爆发侵略战争的机会。当日军完成了整体兵力部署，而且逐步蚕食华北之后，他们已经完成了发动全面侵华战争的准备，如同火山口下的岩浆已经积聚起足够喷发的体量和能量，于是1937年7月7日，他们居然借口一个士兵失踪（其实不过是夜训军演时偷偷跑到野地里撒了泡尿就回了连队），无耻地对宛平和卢沟桥同时发起进攻，隆隆炮声跟躁动的活火山突然喷发一样，把惯于沉睡的中国卷入了战争。

睡梦中的中国人，这一会儿真的被日军的炮声惊醒了，整个中华大地都醒了，每一个中国人都闻到了日本侵略军炮火制造出的滚滚硝烟散发的硫黄味。

宋庆龄再也坐不住了。前天她率领12个同人亲赴江苏高等法院，自请入狱，与法院的人交谈了一晚上，直至晚上9点，才乘火车回到上海。

日本侵略军轰击宛平城和卢沟桥的炮声更让宋庆龄肺都要气炸了。日本人已经打到家门口了，国民政府居然还在迫害抗日救国的爱国救国之士！这是一个什么政府？是非黑白颠倒到了何种程度？她觉得解决“七君子”案刻不容缓。她当即分别给国民政府主席林森、行政院院长蒋介石、中央政治会议主席汪精卫和军事委员会副委员长冯玉祥等发了电文。

宋庆龄在电文中说：“前日，同往苏州，于晚间九时，余先谒见法院院长，与首席检察官面陈，首席检察官竟不愿理论，中途离开，欲以不理了之。庆龄等愿牺牲个人全部之自由，以明沈等之忠诚，立愿而来，岂能因长官之充耳高倨而自罢？自惟有留院守候，静待理解处置，时间整个下午，充耳高倨如故。庆龄等本携有入狱用具，当即准备在院守候彻宵，庶冀翌日或可得一合法合理之处置。迨至傍晚，忽由夏检察官出见，接受庆龄等所提之四点，嘱庆龄等一面回沪，自将证据检出呈递，即当从事侦查云云，并通告首席检察官及院长亦均同意。庆龄等始于午后七时余离院回沪。沈钧儒等爱国救亡，不应有罪。迄今被押已逾半载，自应一面从速先予停止羁押。庆龄等及全国救亡运动中人，断不敢坐视沈等受困，而己身独享自由。除一面仍依所立志愿并遵检察官之指示进行外，特亟专电奉达，务祈予主张公道，勿失全国志士之心。”[①]

此时，江苏高等法院给沈钧儒先生送达了一纸裁定书。裁定书原文：“刑事裁定，二十六年度高示一五号，右（指七君子）被告等因危害民国一案，经本院于民国二十六年四月五日羁押，业已届满三月，证据尚未调查完备，尚有继续羁押之必要，合依《刑事诉讼法》第一〇八条第二项之规定，将该被告等羁押期间，自本年七月五日起，延长二月，特为裁定如右。”沈钧儒他们看了只能苦笑。

也是在这一天，冯玉祥读了宋庆龄的电文后，心里十分难过，他按捺不住内心的沉重，直接给蒋介石写了信：

委员长公赐鉴：顷间畅谈，至快至快，关于沈钧儒等七人事，祥意应立即无条件释放，请其来庐居住，以便接受我公训迪指导。此事关系收拾人心至大也。祥信此今日拥护中央与国人当无二致，

① 《救国无罪——“七君子”事件》337—338页；邹嘉骊编著《韬奋年谱》中卷1933—1937，753页，上海文艺出版社出版，2005年10月第一版。

此后如有反动，再为逮捕，国人当无不谅政府者。近读我公笔记，对张学良、杨虎城二人，愿以耶稣爱人精神待之，高怀海量，令人钦佩。愿对沈等亦此宽大待之也！党部工作同志对公此举定能体会，盖党部同志有党部同志责任，中央亦有中央责任也。敬祈我公毅然决然，采取释放办法，党国同利赖之，专此奉陈，敬明刻祺！①

韬奋从报纸上看到卢沟桥事变的消息，他没有惊慌，也没有惊叫，只是沉重地说："日军向卢沟桥和宛平进攻了。"沈钧儒等几位立即围过来，韬奋念了报纸上的消息：

7月7日晚7时30分，日本华北驻屯军第1联队第3大队第8中队由大队长清水节郎率领，荷枪实弹在紧靠卢沟桥中国守军驻地的回龙庙到大瓦窑之间的地区进行军事演习。晚10时40分，日军声称演习地带传来枪声，并有一士兵（志村菊次郎）"失踪"，强行要求进入宛平城搜查，中国第29军37师110旅219团严词拒绝。日军一面部署战斗，一面借口"枪声"和士兵"失踪"，假意与中国方面交涉。日本驻北平特务机关长松井太久郎给冀察当局打电话称，疑放枪者系中国驻卢沟桥的军队，要求立即入城搜查。冀察当局以深夜日兵入城引起地方不安，枪声非中方所发，予以拒绝。日方声称的"失踪"士兵已归队，但隐而不报。

---

①《冯玉祥日记》第四册204—205页；邹嘉骊编著《韬奋年谱》中卷1933—1937，753—754页，上海文艺出版社出版，2005年10月第一版。

7 月 8 日晨 5 时左右，日军突然开始炮击宛平城和卢沟桥，中国第 29 军司令部立即命令前线官兵：确保卢沟桥和宛平城，卢沟桥即尔等之坟墓，应与桥共存亡，不得后退。守卫卢沟桥和宛平城的第 219 团第 3 营在团长吉星文和营长金振中的指挥下奋起抗战。

众人听完消息，心情愤慨又沉重。他们在这看守所里，如虎入牢笼，无能为力。恰逢浙江实业银行的朋友前来探望，交谈起来，愤慨的心情难以平静，沈钧儒主动拿出扇面，他伏案提笔，写下了一首诗："五年回首事犹昨，孤军血战淞沪滨；炮火隐约耳边寻，难慰当年烈士心。"

沙千里接过笔，写下了："爱国思想与救国行为，绝不是用牢狱或判决书所能阻止和消灭的。"

韬奋接着奋笔写下了四个字："努力救国。"

李公朴题写："凡是过去互相猜忌的人，为了抗日共同的目的，都要一致团结起来抗日。"

王造时写了八个字："各尽所能，献与国家。"

章乃器题词："抗战固准备之目标，然同时实为准备之先决条件。"

吃过午饭之后，韬奋提出，应该去史良律师那里一趟，一是有些日子没见她了，看望一下，另外也请她题词。

"家长"觉得应该，于是特将此事向看守所申请，得到许可后，韬奋、章乃器和李公朴三人一起前往女看守所。史良见到他们三位前来看望，非常高兴，她也已经知道了卢沟桥发生的事情，听说大家题词以表达自己的心情，她也在扇面上写下：强盗一天不打出大门，我们就没有一天定心日子过。

2

1937年7月17日，卢沟桥事变发生的第十天，蒋介石在庐山发表了抗战声明。“七君子”仍是从报纸上得知。消息传到看守所，七个人激动异常，争相看报，报纸配有蒋介石的照片，一身戎装，威武无比。七个月来，他们心里对这位国家元首想法多多，对他的感情也非常复杂，但一看到他的抗日声明，心中的块垒顿时化为乌有。看着他的照片，看着他的讲话稿，备感亲切，如临现场。蒋介石说：

中国正在外求和平，内求统一的时候，突然发生了卢沟桥事变，不但我举国民众悲愤不止，世界舆论也都异常震惊。此事发展结果，不仅是中国存亡的问题，而将是世界人类祸福之所系。诸位关心国难，对此事件，当然是特别关切，兹将关于此事件之几点要义，为诸君坦白说明之。

第一，中国民族本是酷爱和平，国民政府的外交政策，向来主张对内求自存，对外求共存。本年二月三中全会宣言，于此更有明确的宣示。近两年来的对日外交，一秉此旨，向前努力，希望把过去各种轨外的乱态，统统纳入外交的正轨，去谋正当解决，这种苦心与事实，国内大都可共见。我常觉得，我们要应付国难，首先要认识自己国家的地位。我们是弱国，对自己国家力量要有忠实估计，国家为进行建设，绝对的需要和平，过去数年中，不惜委曲忍痛，对外保持和平，即是此理。前年五全大会，本人外交报告所谓：“和平未到根本绝望时期，决不放弃和平，牺牲未到最后关头，决不轻言牺牲。”

……

第二，这次卢沟桥事件发生以后，或有人以为是偶然突发的，但一月来对方舆论，或外交上直接间接的表示，都使我们觉到事变发生的征兆。而且在事变发生的前后，还传播著种种的新闻，说是什么要扩大塘沽协定的范围，要扩大冀东伪组织，要驱逐第二十九军，要逼迫宋哲元离开，诸如此类的传闻，不胜枚举。可想见这一次事件，并不是偶然。从这次事变的经过，知道人家处心积虑的谋我之亟，和平已非轻易可以求得；眼前如果要求平安无事，只有让人家军队无限制的出入于我们的国土，而我们本国军队反要忍受限制，不能在本国土地内自由驻在，或是人家向中国军队开枪，而我们不能还枪。换言之，就是人为刀俎，我为鱼肉！我们已快要临到这极人世悲惨之境地。这在世界上稍有人格的民族，都无法忍受的。我们的东四省失陷，已有了6年之久，继之以塘沽协定，现在冲突地点已到了北平门口的卢沟桥。如果卢沟桥可以受人压迫强占，那末我们百年故都，北方政治文化的中心与军事重镇的北平，就要变成沈阳第二！今日的北平若果变成昔日的沈阳，今日的冀察，亦将成为昔日的东四省，北平若可变成沈阳，南京又何尝不可变成北平！所以卢沟桥事变的推演，是关系中国国家整个的问题，此事能否结束，就是最后关头的境界。

第三，万一真到了无可避免的最后关头，我们当然只有牺牲，只有抗战！但我们的态度只是应战，而不是求战；应战，是应付最后关头，逼不得已的办法。我们全国国民必能信任政府已在整个的准备中，因为我们是弱国，又因为拥护和平是我们的国策，所以不可求战；我们固然是一个弱国，但不能不保持我们民族的生命，不能不负起祖宗先民所遗留给我们历史上的责任，所以到了必不得已时，我们不能不应战。

至于战争既开之后，则因为我们是弱国，再没有妥协的机会，如果放弃尺寸土地与主权，便是中华民族的千古罪人！那时便只有拼民族的生命，求我们最后的胜利。

第四，卢沟桥事件能否不扩大为中日战争，全系于日本政府的态度，和平希望绝续之关键，全系于日本军队之行动，在和平根本绝望之前一秒钟，我们还是希望和平的，希望由和平的外交方法，求得卢事的解决。但是我们的立场有极明显的四点：（一）任何解决，不得侵害中国主权与领土之完整；（二）冀察行政组织，不容任何不合法之改变；（三）中央政府所派地方官吏，如冀察政务委员会委员长宋哲元等，不能任人要求撤换；（四）第二十九军现在所驻地区，不能受任何的约束。这四点立场，是弱国外交最低限度，如果对方犹能设身处地为东方民族作一个远大的打算，不想促成两国关系达于最后关头，不愿造成中日两国世代永远的仇恨，对于我们这最低限度之立场，应该不至于漠视。

总之，政府对于卢沟桥事件，已确定始终一贯的方针和立场，且必以全力固守这个立场。我们希望和平，而不求苟安；准备应战，而决不求战。我们知道全国应战以后之局势，就只有牺牲到底，无丝毫侥幸求免之理。如果战端一开，那就是地无分南北，年无分老幼，无论何人，皆有守土抗战之责任，皆应抱定牺牲一切之决心。所以政府必特别谨慎，以临此大事；全国国民亦必须严肃沉着，准备自卫。在此安危绝续之交，唯赖举国一致，服从纪律，严守秩序。希望各位回到各地，将此意转达于社会，俾咸能明了局势，效忠国家，这是兄弟所恳切期待的。

沈钧儒忍不住感慨地发声："战端一开，那就是地无分南北，年无分老幼，无论何人，皆有守土抗战之责任，皆因抱定牺牲一切之决心！讲得好！太好了！四万万同胞要求抵御外侮的呼声终于有了回音！"

青年看守文六被"七君子"赤诚炽热的爱国热情深深感动，他向"七君子"提出了书赠墨宝的请求，他们当即应允了这位有正义感的青年的要求。韬奋、沙千里把两张方桌拼到一起，铺上了一张巨幅宣纸，研墨备笔。韬奋自然要先请"家长"。沈钧儒没有辞让，提笔深思，然后挥笔一气写下诗一首："双眼看园扉，苦笑喊前进。闻之为泪落，神往北几省。矫矫传将军，力遏敌胆进。聊想及青岛，沈子呈夙敬。努力在前途，存亡悬一瞬。国难如此殷，吾侪乃见摒。哀哉勿自饭，驼耳犹知斗。"

韬奋题词："团结御侮。"

李公朴、沙千里、王造时、章乃器也都分别题词。最后又拿到女看守所请史良也题词，她满怀激情地写下："敌人紧逼到这步田地，只有抵抗才能死里求生，才能获得真正的和平。"

韬奋意犹未尽，他又另外题写了自己《坦白集》中的一段话："我们的国家民族的光明地位，是要我们用热血代价去换来的，是要我们肩膀紧接肩膀对着我们民族的最大敌人做殊死战去获得的。"

3

沈粹缜清晨醒来，看了一下钟还不到5点，比往日醒得要早一个多钟头。她笑了，当然是笑她自己，是不是太激动了。俗话说“人逢喜事精神爽”，她睡不着哪！

这七个多月的日子，她睡眠一直不好，半年多的日子让她不敢回首，她自己都不知道是怎么熬过来的。半夜三更，法租界的巡捕和中国的公安砸门，平白无故把丈夫给带走了。她一个人在家带着三个孩子，日子苦点累点无所谓，让人担心的是人。他们抓他去不是要商量什么事，而是逮捕拘禁，还要判刑。本来他就上过蓝衣社的黑名单，为避这不测到国外流亡了两年，现在让他们抓进监狱，他们还不是想做什么就做什么，想怎么害他就怎么害他，一想到这儿，她的手都颤抖，心里一刻都安定不下来。

也许是卢沟桥事变中日本侵略者的炮声让当局真正感到“七君子”这案子滑稽可笑以至荒唐到无法言说的程度，也许是宋庆龄率救国会12人自请入狱的义举在全国引起了强烈的震动，也许是全中国乃至世界国际友人包括国民党中央和政府的冯玉祥、张学良、李宗仁、白崇禧这些政要在内的富有良知的人们的呼吁，国民党政府当局责令江苏高等法院做出准予“七君子”交保释放的裁定。苦日子终于熬出了头。昨天柯益民跑来跟沈粹缜说：“‘七君子’这案子，法院同意交保开释了，说只要找殷实之人或商铺出二百元保证金，准予停止羁押。胡愈之先生和徐老板已经联系好了，由一个叫张一鹏的老板担保邹先生，邹先生明天就从苏州回来了。”

这真是天大的喜事，昨晚沈粹缜跟三个孩子一说，孩子们听说爸爸要回来了，高兴得欢蹦乱跳。

苏州的看守所里昨天就热闹起来了。7 月 31 日，“七君子”被交保释放，243 天的牢狱生活终于结束了。下午 5 时，史良先由司前街看守所保释出狱，她乘车到吴县横街看守所，5 时 20 分，她与韬奋等六人同时离开看守所。出狱时，看守所所长朱材因亲自把他们送至门外，门外已经有 200 多人在等候迎接。闻讯赶来的群众在门前的广场欢迎他们，韬奋他们和群众一起高唱《义勇军进行曲》，大家前呼后拥地把“七君子”送到饭店。晚上 7 时许，苏州各界知名爱国人士李根源、张一麟等在观前国货公司屋顶花园设宴为“七君子”接风庆贺。

在狱中为“七君子”看病的医生陈起云，得知“七君子”获释的消息，喜出望外，赶来迎接他们，并请他们为他题词纪念。“七君子”在一幅宽 119 厘米的扇面上留下了珍贵的手迹。韬奋题写的是：“同心协力，抢救危亡。”

8 月 1 日，上海火车站似乎洋溢着节日的气氛，不是什么节日，但爱国领袖“七君子”要从苏州回来。胡愈之、钱俊瑞、张志让等各界代表和救国会负责人，加“七君子”的亲友共 100 多人都来火车站迎接。沈粹缜带着大宝、二宝和小妹，都换上了新衣，到月台上等候列车的到来。一群爱国青年打着标语：“热烈欢迎七君子胜利归来！”

胡愈之对沈粹缜说：“嫂子，乌云终究遮不住太阳。这半年多时间里，你受苦了。”

沈粹缜流着泪说：“多亏救国会孙夫人和大家号召全国，八方声援营救。”

列车汽笛一声长鸣开进车站，沈钧儒、邹韬奋、章乃器、李公朴等七个人依次走下列车，一一与胡愈之等救国会和各界的代表握手拥抱。沈粹缜再也忍不住了，带着孩子们扑向韬奋，三个孩子齐声叫爸爸，韬奋与三个孩子一番久别的亲热，一家五口在月台上重逢，都高兴得喜泪满脸。

“七君子”其他成员也与亲人亲热成一团。

迎接的人们把七位领袖直接接到位于上海宁波路江西路路口的邓脱摩饭店。中午，胡愈之、胡兰畦（何香凝的代表）、张志让、沈兹九、谢承平、罗叔章、梅龚彬等各界代表和救国会负责人设宴为“七君子”洗尘。宴会厅里坐了数百人，厅里拉了横标，横标上写：“七君子出狱欢迎会。”

欢迎会由胡愈之主持。

胡愈之说：“今天是 8 月 1 日，是个值得庆贺纪念的日子，我们救国会的七位执行委员或常务委员，为了抗日救亡，被当局在监狱羁押了 243 天，今天终于释放归来，这是七位救国救亡领袖的胜利，也是我们救国会的胜利！也是全国人民的胜利！”

胡愈之说话时，宴会厅门口出现了嘈杂声，沈粹缜扭头看，外面涌进来 100 多位青年学生。看来他们是闻讯赶来的，他们高呼着欢迎“七君子”归来的口号走进会场，要求“七君子”跟他们讲话。

胡愈之招呼大家安静下来，他说：“请大家安静，学生们的要求一定会满足，七位救国救亡领袖会跟大家见面讲话，下面先请韬奋先生代表‘七君子’讲话。”宴会厅内爆发热烈的掌声，沈粹缜和孩子们一边鼓掌，一边看着大家对丈夫的热情，心里好激动，她忍不住又流下了热泪。

韬奋走上讲台，向大家鞠躬。沈粹缜和三个孩子都注视着韬奋。

韬奋说：“诸位朋友，女士们，先生们。下面还有几位先生要报告，兄弟的意思不过说一说自己所要说的话。我们七位难友在监狱被羁押了243天，其间承蒙诸多朋友探望，他们常常问我两句话：一、在看守所内有什么感想？二、今后态度如何？兄弟对这两句话的答复是：一、我在看守所内心安理得；二、兄弟有坚定的信仰。这个信仰就是各人能努力于大众所要求的事情，无论力之大小，最后一定能取得胜利！”

热烈的掌声打断了韬奋的话，他略作停顿，向大家点头致意。

韬奋继续说：“兄弟每日反省，自己好不好？所做皆大众所要做的事吗？自问无错，所以心安理得。兄弟常想，个人可受委屈，但大众的事，应顾到大众方面，非如个人可以随便。所以在看守所内感想是什么？个人都不要紧，可牺牲，可抛弃一切，但不能出卖大众，违反良心做事。个人尽可以可杀即杀，可打即打，心中满不在乎。而兄弟又很想早些出来，和大众做一些事。一切不求个人胜利，也没恨人的心。个人心目中，唯大众的事，务须和大众有益，以前一切皆可不管，但愿今后能合作。今天看到诸位，知道救国工作，并未因七人被捕而受到影响。简言之，就是七人死了，诸位对于救国工作亦必会更加努力。”

韬奋的话再一次被掌声打断，他谦卑地向大家点头致谢。

韬奋继续说：“兄弟是心安理得，生一日，努力一日，和诸位做到民族解放的一步。个人没有胜利，只有民族解放才是真正的胜利！让我们同心协力抢救危亡！”

下面响起一片经久不息的掌声。沈粹缜也感动地和孩子们一起为他鼓掌。

夜已深，韬奋与沈粹缜相拥着躺在床上，久别后的甜蜜胜过新婚。

沈粹缜深情地看着韬奋。她摇着头说："真跟做梦似的，这半年多我自己都不知道是怎么过来的。"韬奋充满爱意地搂着沈粹缜，内疚地说："不用你说，我完全能想象得出。你要为我担心，还要照顾好三个孩子；家里也没钱，我还欠着一屁股债，你受苦了，我能说的只有一句话，粹缜，对不起，我这一辈子都对不起你。"韬奋把沈粹缜紧紧地抱在怀里。

沈粹缜抬起头来，心疼地说："受苦的还是你。那里不是饭店，不是宾馆，是监狱。"韬奋又乐观风趣起来，他说："那里除了不能自由行动之外，我倒觉得很好，给了我非常充分的写作时间。你知道我在那里面写了多少书吗？"沈粹缜说："你不是一直不停地在给自己书店的杂志写稿嘛！"韬奋说："这仅是一个方面，我还写了四本书。"沈粹缜十分惊讶，她都有点不相信，他在那里写了这么多书！韬奋一一跟她说："我写了一部本来就要写却没时间写的《经历》，还有一部《展望》，补充了《萍踪忆语》，还写了一部《读书偶译》，四部书出版后，稿费可以还清债了，可以维持家里的生活。"

沈粹缜忍不住抱着韬奋哭了。韬奋抬手轻轻地拍着沈粹缜后背给她安慰。韬奋岔开话头，他说："我们已经接到了南京政府的邀请，请我们七位去南京一趟。"沈粹缜惊得坐了起来："还要去南京！不会是骗局吧？"韬奋拉沈粹缜躺下，他轻轻地说："蒋介石现在抗战了，没问题了。"沈粹缜问："要去多久？"韬奋说："估计十来天吧。"

4

晚饭后，韬奋在洗漱间洗了把脸，回到房间在写字台前坐定。他拿出笔记本，再拿出一叠稿纸，他打开笔记本，看了下，拿起笔在稿纸上写下："南京会谈记录。参加人员，政府方面：陈立夫、邵力子、叶楚伧……"

有人敲门。韬奋合上笔记本，走过去打开门，门外是杜月笙和钱新之。韬奋有些意外，他不解地问："二位老板，你们也在南京？"一边问一边请他俩进屋。

杜月笙一边进屋一边说："这叫好事做到头，送佛送西天。"

韬奋让杜月笙和钱新之坐沙发，他自己坐椅子。

三人坐下后，钱新之不解地问："好不容易疏通好，政府好心好意把你们请来面谈，消除误会，谈了三天，怎么硬谈僵了呢？"

韬奋也遗憾地摇摇头，他说："一言难尽啊，我们是抱着一肚子希望而来，在火车上，沈钧儒还一再强调，政府主动请我们，我们要积极配合，为救国运动贡献一些好的意见，让政府对我们消除误会。没想到，他们根本不是要我们来贡献意见，也不是为了救国运动，而是要我们解散救国会。"

杜月笙一看韬奋情绪很激动，他摆了摆手说："可能还是出发点的问题，一伙人在一起谈话，也许人多嘴杂，说的会把话说岔开，听的会把话听反。我想，咱们是不是一起见见沈老先生，咱们几个私下里好好聊聊。沈先生不会这么早就休息吧？"

韬奋说："不会。"说着他就拨了沈钧儒房间的电话。接通后，韬奋把杜月笙和钱新之想见面聊聊的意思说了，沈钧儒让他们去他的房间。

几个人进房间寒暄之后，落座就直奔主题说起与政府谈判的事，杜月笙一开口，沈钧儒就明白了他们两个的来意。老先生做事向来周全，但原则与立场问题他却绝不会含糊。他明白二位的来意后，十分坦率地说："二位为我们的事费心斡旋，十分感激。但政府代表提出的这件事，实在抱歉，不是我不想给二位面子，这件事本身没有商量的余地。"

杜月笙却显得一点都不急躁，他很耐心地说道："你们救国会的宗旨、使命，不就是敦促政府团结御侮、建立统一战线、一致抗日吗？现政府抗日了，国共将实现第二次合作，各派也都协调一致全力抗战，救国会的使命业已完成，使命都完成了，还要把组织留着做什么呢？"

韬奋接过话说："杜老板可能对我们救国会的宗旨没能全面了解，我们救国会不是哪个派、哪个党的组织，我们是大众的组织；我们不代表哪个派，也不代表哪个党，我们代表大众；现在各党、各派都有代表参与统一阵线，代表一方组织说话；那大众怎么办？谁代表大众说话呢？只有我们救国会代表大众说话。"

钱新之针对韬奋这一番话，立即进行劝解。他说："大众是谁啊？大众就是国民。国民由国民政府代表，政府就是代表大众。政府代表了大众，你们救国会再代表大众，两个组织机构代表一个主体，客观要求这两个机构组织要保持一个声音，你们要是跟政府不是一个声音，这不是又要出误会，又要产生隔阂吗？要我说还是解散了好，各界直接统一听政府领导不就行了，政府省心，你们也省心，何必去受这个累呢！"

沈钧儒笑了笑说："钱老板的意思，在会谈中，政府代表都说了。现实是，世上的事情并不像说的这么简单。救国会是为大众代言，代言是对谁而言？是对政府而言。救国会是代表大众向政府反映大众的要求，反映大众的心声；同时又替政府向大众宣传政府策略，知道自己的愿望实现了没有，实现了多少，这有何不好呢？”

杜月笙笑了笑，反正是说客，听与不听他都得说，说不说是他对国民政府尽不尽责任的事，听不听不是他的事，是你们“七君子”的事。于是他显得没脾气也没有火气地说：“你们的救国会应该叫‘全救会’吧，下面挂着的救国会遍布全国各界，实际上形成了一个与政府上下机构差不多的系统机构，这样等于与政府从上到下的地方政府机构是一个重叠。全国这么多机构，这么多人，就一个人而言，今天说的跟明天说的还会自相矛盾呢，何况是两层平行的机构，这么多分支，搞来搞去不冲突那才怪了。”

韬奋也笑了，他说：“这个问题很好解决，那就是只要统一一个目标，什么问题都解决了。这目标是什么呢？就是抗日救国！只要政府坚定抗日的立场，坚持团结御侮，一致抗日，目标一致就不会出现任何冲突。过去的冲突，都是政府不抗日、不团结御侮造成的。救国会要抗日，政府要安内，怎么会不冲突呢？”

杜月笙有些无奈，他不停地摇头，最后说：“看来，我们是说不通你们，肚里没有墨水不行，我看墨水太多了也不行。我是替你们操心啊！看来这心是白操了，那就只好听其自然了。”

杜月笙说出这种无奈的话，沈钧儒和韬奋就只好送客，杜、钱二人的斡旋也就无果而终。

谈判没有结果，沈钧儒提出一起看看马相伯，他既是全国各界救国会的领袖，又是98岁的高龄长者，他们经历了牢狱之灾，自然要见见领袖老人。杜重远听说他们要去看马老，他也一道前往。

马老精神很好，身体也还很健康。沈钧儒简略地向马老汇报了“危害民国罪”案的情况，也略谈了这次南京政府约谈的情况。马老非常赞赏他们的作为，认为他们为国家为民族所做的努力会记入史册。

韬奋是个有心人，他特意带来马相伯老人过去写的一幅手迹，字是1935年12月马老写了赠予韬奋的。“耻莫大于亡国，战虽死亦犹生。”12个字表达了马老抗击日寇、救国救亡的决心。

赏完马老的字，大家一致表示，不管国民党军政要人对他们如何软硬兼施，他们必定坚持抗战，血战到底。

马老高兴地询问韬奋最近有什么打算。韬奋说：“原来的刊物《生活》周刊虽被查禁封杀了，后面接着创办的《新生》《生活星期刊》也依次遭禁邮封杀。我出来后，想重新办一个刊物。我认为抗战最重要的意义，是在事实上表现中国的确能够坚持抵抗到底！所以，我想这个刊物的名称应该叫《抗战》。”

韬奋说出这个计划，大家都非常兴奋，说这个刊名亮出了全民族抗战的旗帜，表达了我们破釜沉舟的决心。看望马老，竟把看望变成了一次出狱后的工作会。

5

韬奋做事向来不惜力，决定要做的事做不成他决不回头，无论有多艰难、有多大风险、有多大阻力，他绝对是不到长城非好汉，是出版界的“拼命三郎”。

在南京谈判时，日军已经开始进攻上海，淞沪会战爆发，中国调集了70万部队，日军也先后投入30万部队，在虹口到浦东一线展开了一场殊死血战。

战况和信仰都催促着韬奋行动，他在马相伯老人家说出自己的设想后，一回到上海，立即与胡愈之商量创办《抗战》刊物的事，确定刊物的宗旨、刊期，决定约上海文化界的相关人士举行一次会议，帮助他们一起论证刊物，同时也是组织作者队伍。

“七君子”因爱国救国受牢狱之灾在文化界影响巨大，见韬奋约请开会，大家纷纷如约而至，茅盾和冯雪峰两个也相约一同前来。会上大家看到韬奋精神抖擞地又一心投入抗日救亡工作，十分兴奋。抗日救亡一下成了会议的中心主题。大家纷纷表示，神圣的抗日战争已经全面爆发，中华民族已经到了生死决战的时刻，亲日派再也拖不住历史车轮，也不能再对他们客气，必须团结一致，同仇敌忾，连敌人和汉奸一块打。大家认为当前的抗日救亡工作到了百废待兴的时候，这不能单指望国民党政府的官办衙门，必须立即动员群众，组织自己的队伍来干。文化宣传工作更是这样，但这一切又必须首先从政府那里获得公开合法的地位。大家认为国民党政府这种一面不关闭和谈大门，一面妄图包办救亡运动的“国策”是迟早要破产的。

大家对抗日救亡发完心中的义愤和己见之后，具体商谈了抗日救亡与出版物的关系，有人主张应该加强《文学》《中流》《译文》等几个大型刊物的出版发行工作。

胡愈之介绍了他们的具体设想。他说：“上海的抗日战争已经打起来了，这些大型刊物恐怕都要停办，‘一·二八’时就是如此，生活一旦进入战争状态，一切都必须随之而改变，战时用和平时期的方式来办刊物是办不好的，这是以往的经验。”

韬奋接着介绍：“这些大型刊物内容多，文章长，部头大，已经不能适应目前这非常时期读者的阅读需求，读者没安定的环境和时间来读大型刊物，需要另外办一些能及时反映这沸腾时代的小型报刊，如日报、周刊、三日刊等。我打算以《生活星期刊》换名称重新复刊。”

经过讨论，大家认为韬奋的意见很正确，决定分头去酝酿准备，并认为既要有文艺性刊物，更要有综合性的期刊和报纸。

隔日，茅盾到郑振铎那里为自己主编的《呐喊》杂志约稿，正好碰上韬奋也在那里征求他对新刊物的意见。茅盾请韬奋义务为《呐喊》写稿，韬奋一口答应，但他同时也开口约茅盾为他们的新刊物写稿。他说：“我们也正要请你和文化界的朋友写不拿稿费的文章哩！我们复刊的杂志刊名已经确定，叫《抗战》三日刊，同时还在筹办一张小型日报《救亡日报》。”韬奋跟茅盾说：“上海的民间救亡团体这两天风起云涌地成立起来了，但是他们的活动没有统一的组织和领导，这样，这些团体很可能走入歧途，自生自灭，或者被官方利用接管了去。所以我们打算依照原来文化界救国会模式，成立上海文化界救亡协会，把各方面的群众救亡团体和爱国力量都吸收进来。这件事要马上办，我们已经把你的名字列在发起人名单上了，想来你是会同意的。《救亡日报》就是文化界救亡协会的机关报，社长由郭沫若担任，主编请夏衍担任，你是编委之一。《抗战》三日刊仍是我来主编。这两份东西最迟一个星期就要出版。现在你们文化界要出《呐喊》，正好三方面配合起来。”

茅盾听了韬奋的全盘计划，很是振奋。他说：“我们的《呐喊》也要争取在一个星期内创刊。”茅盾觉得大型刊物《文学》停刊实在太遗憾了，他问韬奋究竟是什么原因。

韬奋说：“我认为，这次战争是长期的战争，我预感上海不可能久守，我们的生活书店和刊物发行现在都在上海租界，受到多方制约，不如及早往内地搬迁，因此《文学》不得不停刊。”

茅盾对韬奋这一判断十分震惊，战争才爆发几天，他就能有这样的远见与决策，实在是令人钦佩。茅盾认为，后来抗战中生活书店在国统区有这么大的发展，以及它为中国进步文化事业做出如此非凡贡献，都源于韬奋这一英明的决策。这是后话。

韬奋与同人们经过五昼夜的奋战，《抗战》三日刊创刊出版。《上海抗战的重要意义》《政治准备的补救》《谁的责任》《战的反面》《中日空军的异点》等文章在读者中引起强烈反响。创刊号第 7 页，以编辑室名义宣布："在这民族抗战的紧急时期，本刊的任务，一方面是要对直接间接和抗战有关的国内和国际的形势，作有系统的分析与报道，显现其重要意义和相互间的关系；另一方面，是要反映大众在抗战期间的迫切要求，并贡献我们观察讨论所得的结果，以供国人参考。"

创刊号版权页上登载：编辑人邹韬奋，胡愈之、金仲华、张仲实、钱俊瑞、沈志远、柳湜、胡绳、艾思奇等为主要撰稿人。

8 月 19 日《抗战》三日刊创刊。接着，8 月 24 日《救亡日报》面世，《呐喊》周报也于 25 日创刊并投放市场，上海街头出现群众争相购买新报新刊的热闹景象。

然而，到 8 月 29 日《呐喊》周报第二期出版时，传来了《呐喊》周报、《抗战》三日刊、《救亡日报》等数种报刊被工部局扣留、报童被打的消息。韬奋和茅盾等得到消息，相约一起跑到公共租界工部局去抗议，工部局却拿出了上海新闻检查所的一纸公函，说明他们是遵照这公函上面开列的名单查禁的。他们几个人真气死了，原来国民党政府允许民众进行抗日救亡活动是一通骗人的鬼话！当时有人立即指出就此事大张旗鼓地把国民党政府这一卑劣行径揭露出来，公之于世；也有人分析这可能是市政府的某些顽固分子在继续作祟，还是先向上面告状。

商量决定后，由邹韬奋、胡愈之、郑振铎和茅盾四人联名给国民党中央宣传部部长邵力子发一封电报，抗议这种破坏抗战、有损政府名誉的做法，要求立即查办此事。

电报8月31日发出，9月3日就从上海市社会局局长潘公展那里转来了邵力子1日的回电和2日的回信。邵力子的电报说："已电询新检所饬复，最好办法为速办登记。"他的回信附了一份上海新闻检查所复电的抄件，抄件辩解道：这是一个"误会"，他们没有公文致捕房查禁《抗战》等报刊，他们只是送去了已登记和已送检查的报刊名单，通知捕房凡经登记及已送检查的报刊嘱其务必保障，勿予摧残，而捕房却查禁了所开名单以外的报刊。

看回电和抄件，韬奋和茅盾他们不禁好笑：这不是此地无银三百两嘛！明明是他们要捕房查禁报刊，却又推到捕房身上，太卑鄙了！邵力子当然看出了他们耍的把戏被韬奋他们看穿了，故在回信中只好说："已得该所复电，核阅所陈辩理尚无谬误，还是速办登记，关于登记本部当特予通融从速也。"

看完信，韬奋笑了，可以看出邵力子也有他的难处，能做到这样也算是够老朋友了。

他们四个研究决定让一步，按照邵力子的意思办，走个形式，立即到社会局补办登记手续。

6

8月13日，日军以租界和黄浦江中的军舰为作战基地，炮击闸北一带，向上海发起了大规模进攻。国民党政府第二天发表了《自卫抗战声明书》，宣告“中国决不放弃领土之任何部分，遇有侵略，惟有实行天赋之自卫权以应之”。

国民党中央军事委员会把京沪警备部队改编为第九集团军，张治中任总司令，辖三个师、一个旅及上海警察总队、江苏保安团等部，担负反击虹口及杨树浦之敌任务；苏浙边区部队改编为第八集团军，张发奎任总司令，守备杭州湾北岸，并扫荡浦东之敌。1937年8月14日，日守军开始总攻，空军也到上海协同作战；15日，日本正式组织上海派遣军，以松井石根大将为司令官，率领两个师团的兵力开往上海，进一步扩大对中国的侵略战争。张治中决心扩大战果，对日本侵略军发起全线反击，中国空军参战，轰炸虹口日军司令部，双方展开激烈战斗。

中国各路军队在上海与日军展开了血战，日军迟迟不能取得进展，会战规模不断升级。日军为争取军事上的优势，不断从本岛及华北、台湾抽调大量部队增援，进行登陆作战，同时扩大日军级别，由上海派遣军发展为华中派遣军。日本侵华的战略重心从华北发展到华中，形成华北、华中两个战场。日本国内的战时体制也迅速加强，成立了由天皇直属的大本营，战略上也将卢沟桥事变以来的侵华战争由“华北事变”改称为“中国事变”，最后揭去虚伪的“不扩大战争”的面纱，正式承认了全面侵华战争。

蒋介石发了怒，中国军队投入最精锐的部队，先后有八个集团军、48个师、15个独立旅、九个暂编旅、中央军校教导总队、炮兵七个团、财政部税警总团、宪兵一个团、上海市保安总团、上海市警察总队、江苏省保安团四个团，三队海军舰队，兵力总数在60万人以上。日军投入五个师团、一个旅团达 13 万人。鏖战两个月后，日军依靠强大的火力突破中国军队防线。中国军队增至 148 个师和 62 个旅，调集兵力近 80 万人，投入会战，遏制日军。上海到处炮声隆隆，硝烟弥漫。街头一片慌乱，人们来去匆匆。

虹口、闸北的炮声如同号角，时时吹响在韬奋耳边，看着日本侵略者穷凶极恶烧杀淫掠的病态疯狂，看着灾难深重的中华民族遭受惨无人道的蹂躏与侮辱，看着大众失去家园背井离乡到处流浪，看着国家山河破碎人心涣散，韬奋心里一刻都不得安宁。自己一个文弱的书生，不能扛枪冲杀在抗战的前沿阵地，自己只有靠手中的这支笔。他决心以自己的书店和刊物为阵地，以笔做刀枪，竭尽个人的一切能力为抗战救亡鼓与呼，用自己的文章和声音，唤起民众万众一心，召唤更多的中华儿女奔赴抗日战场。同时，他也努力以自己的责任敦促政府和各界人士，团结一心，共同御侮，努力把自己管的这块阵地变成全国的舆论中心。

韬奋严密关注着战事和战争对中国社会所引发的一切，关注着上海乃至全国发生的一切。他不是从刊物和报纸的需要来安排采访和刊发稿件，而是从抗日救亡的大局出发，从抗战救亡的需要出发，抗战救亡需要国人做什么思考什么他就采写什么，一切为了前线，一切为抗日救亡服务。

韬奋不断地深入前线、街头，掌握陷在战火中的上海的第一手资料。那天，他正在去闸北的路上，街上的路堵住了，来自闸北的难民挤满了上海街头，看着这些失去家园的民众，他心里一阵阵酸痛。这数十万市民成为“难民”涌进市区，涌向车站、码头，他们到哪里去找生存之地，政府和社会对此都没有准备。怎么办？韬奋立即回到办公室，挥笔撰写了《救济难民与国防经济》。

他提出："巨量的'难民'都是抗战期中的国防经济建设的可贵的劳动力，倘只有消极的处置，仍不免消耗物力和人力，于抗战仍然是很大的损伤。根本的办法应该和后方各区域（如云南、四川、贵州、两湖、两广等）的国防经济建设联系起来，在'战时状态'的加速度的国防经济建设的整个计划之下，把这巨量的劳动力运用起来，分配于重工业、轻工业，以及农业生产等等部门。这样由消极的救济而一变为积极的生产，便由消耗物力人力而一变为增长物力人力，便由妨碍长期抗战而一变为辅助长期抗战，这许多被人认为'无业游民'也一变而成为卫护国家的干城了！……希望政府对这件事加以深切的注意，集中各方可资利用的力量，急谋迅速地进行。"

战争爆发后，上海市政府也陷入战时的混乱，但市政府仍然是上海全体民众的管理者，仍然代表着国家行使着管理内政的权力。这是一级政府，韬奋时常要与市政府保持联系，掌握来自政府方面的动向。

那天，韬奋来到市政府，政府秘书长正在犯难。原来，英租界向上海市政府提出设停战区的要求。这是自 1840 年清朝政府的腐败无能给上海造成的可悲局面，中国的上海被国外列强瓜分，除了英租界、法租界，还有公共租界，这些租界都是中国的国土，但中国和中国人无权在这里"说话"，说了也不算。日军就是把公共租界当作他们侵略中国的基地，上海的战事就是从这里发起的。

韬奋明白，英国之所以提出设立停战区要求，完全是为了保护他们在中国的利益。在战争已经打响的上海设立停战区，这明明是对中国国民党政府《自卫抗战声明书》的抵触与反对，完全与"中国决不放弃领土之任何部分"的宣言相悖。韬奋立即撰写了《上海停战区问题》，迅速做出反应。

他在文章中指出：“英国为着他们有在华二万五千镑的投资利益，当然有他们的立场。但是他们对于这个问题的看法，却须根据我们的全国抗战整个局面。有益于我们抗战的整个局面的，我们当然可加以考虑，有害于我们抗战的整个局面的，我们应该毅然拒绝。我们所注意的不仅是上海一隅的问题，是整个中国抗战救亡的问题。日本帝国主义的主力战，始终在华北，现在它在上海力蹙，屡吃败仗，我们已分散了它的兵力；在实际上也就等于协助我军在华北的抗战和反攻。在华北敌军未驱出之前，我们在南口的抗战是不应该放松的。我们在当前所集中火力摧毁的是日本帝国主义的侵略，对租界的安全是无意损害的；但是我们不能纵任敌军增强华北的侵略，我们不能放弃浴血抗战所占领的区域。只须日军退出上海，上海的安全就不成问题。”

东京传来消息，日本内阁会议决定准备长期战争，将于9月向议会提出新法案，使日本整个经济组织变成战时状态，这对被侵略的中国来说，事关整个国家的经济建设计划，韬奋迅速写出了《抗战与建国》的文章。文章指出：“平常所谓国防经济建设，也许因环境的松懈，不免有踱方步的姿态；在这万分紧张的抗战时期，应该出于跑快步的姿态。苏联的建设，天天以帝国主义的进攻警惕国人，力促五年计划在四年中完成（实际是四年零三个月），我们当前的拼命时代，比当时的苏联更紧张万倍，更应该把抗战做发动机，在几个比较处于后方的省份，加紧国防经济的建设。在整个计划之下，动员四万万五千万的国民，努力于重工业及农产品的紧急生产，大规模地建设交通，同时用教育方法、宣传工具，使努力于这些事业的人们，深切地了解多用一分力，即多为抗战增长一分力量，他们的艰苦努力，其劳绩即等于前线冲锋陷阵的战士。这才是真正的动员全国，大量的动员全国。我们不要把抗战看作完全破坏的性质。我们要注意在抗战过程中同时把艰苦的建国事业担负起来！”

8月15日，日军飞机空袭南京，标志着战争进入了新的阶段。南京当时是中国的首都，是全国的政治、军事、经济、文化中心，韬奋的目光被牵到了南京，他始终以一个记者的目光关注南京的一切动向，记录着日军所有的侵略行径。

日本空军首次轰炸南京，中国空军就奋起迎战，高射炮也猛烈开火。日机一边还击，一边强行冲入南京市区上空，扫射和轰炸了明故宫机场、大校场机场、八府塘、第一公园、大行宫、新街口等军事设施和人口密集处，造成南京一批建筑物受损，军民伤亡数十人。在当天的空袭中，午朝门落一枚炸弹，未炸；城南郊外落六枚炸弹；马路街一电线杆被炸毁，幸已停电；马府街亦落一枚炸弹，未炸。止马营4号被击中一弹，房屋被炸一窟窿；泰仓街4号一女佣、七里街21号住户祖义良被日机机关枪射伤；火瓦巷47号一年约15岁的女孩周阿罗脑后被日军机关枪击中受伤；下关宝塔桥有两人被击伤；东石坝街被日机机关枪扫射两次，房屋受损。

8月19日，日军飞机两度袭击南京。第一次，七架飞机轰炸了南京兵工厂（现晨光机械厂）、火药厂等处，中国空军狙击，击落敌机一架。第二次，14架敌机袭击参谋本部、陆军军官学校、大校场机场等处，中央大学（现南京大学）遭到轰炸，图书馆、礼堂及化学实验室毁坏严重。有的炸弹落在机场附近村庄，炸伤、炸死中国村民多人。

8月27日凌晨，八架敌机分两批袭击南京。4时许，六架日机再次袭击南京兵工厂等处，国民政府卫生署、中央大学实验中学、省立第三医院、市南的居民区、宪兵团驻地、东郊卫岗的学校被炸，燃起多处大火。全市房屋被炸毁500余间。《申报》报道："无辜平民被炸毙、焚毙者数百人。"

9月19日，日本海军第三舰队长官清川中将在上海向各国驻沪领事发出通告，宣称将于9月21日中午以后对南京城内及附近的中国军队，一切属于军事工作及活动之建筑采取轰炸或其他手段，要求各国驻宁使馆人员、侨民移往"安全区域"，各国舰船撤离南京江面。

当天，日军即提前行动。日机两次突袭南京。第一次，日机袭击了大校场机场和南京兵工厂，中国空军40余架飞机起飞迎战，在南京和句容上空击落敌机四架。第二次，日机轰炸了南京警备司令部、宪兵司令部等处，并同中国飞机发生了激战，不仅摧毁了一些军事设施，而且炸毁了许多民房，引起了平民居住区的大火，市民伤亡百余人。空战中，中国飞行员黄居谷、刘炽徽、刘兰清、戴广进不幸阵亡。

9月20日，日机再一次轰炸南京，炸弹多落在城南及城中居民密集区，城内外被炸七处，炸死平民15人，炸伤16人，房屋被毁50余间。在当天的空袭中，国民政府、无线电台、大校场机场和沿江炮台等处也遭到袭击。

9月22日，日机连续三次轰炸南京。第一次，日军出动战斗机四架、轰炸机12架、侦察机七架，袭击了航空委员会和南京市防空机构。第二次，日军出动战斗机四架、轰炸机14架，轰炸了南京市政府、国民党中央总部。第三次，日军出动战斗机三架、轰炸机四架、攻击机六架、侦察机七架，攻击了下关火车站地区。下关难民收容所燃起大火，浓烟直冲云霄。次日的报道说"致死难民在百人以上""血肉四飞，景象奇惨"。

9月25日，日机接连四次轰炸南京。第一次，袭击了南京电灯厂、市政府、市党部等处。中国高射炮奋起反击，击落两架日机。第二次，攻击了南京无线电台、国民政府财政部。第三次，日军出动侦察机，在没有战斗机的掩护下，独立袭击了南京兵工厂。第四次，轰炸了下关火车站、国民政府军政部、南京防空指挥所。这一天是日军空袭南京行动中动用飞机最多的一天，多达94架次。被炸的还有自来水厂、中央大学文学院、广东医院及哈瓦斯、海通、合众三个外国通讯社的办事处等处。在当天的轰炸中，下关电厂破坏严重，一个妇女和一个孩子被炸死在厂门口。中央广播电台中了10枚炸弹，附近的房屋及政治犯监狱围墙被炸毁。中山路德国黑姆佩尔饭店附近，12所房屋被炸毁，一个防空洞被击中，炸死30人，仅一人逃生。中央医院里落下15枚炸弹，实物损失巨大，两人死亡。

韬奋忍无可忍，愤怒地写了《轰炸南京》，发表在当时已更名为《抵抗》三日刊的第11号上。文章指出："日本帝国主义的进攻中国，目的要打到中国屈膝，也就是要打到中国跪下来。大举轰炸首都的恫吓，也无非要想吓得中国跪下来。但是，我们却是'置之死地而后生'，日本帝国主义置中国于死地，中国人随时随地都可死，对于死的恫吓，已司空见惯，不觉得可怕，反而要以不怕死的决心，全国愈益精诚团结起来，和我们的公敌、我们的公共刽子手，作生死的猛烈斗争。我们愈益深信，只有这样才能保全我们的民族，才能避免我们千万世子孙的惨境。在抢救我们整个民族的伟大生命和保护千万世子孙安全的目标之下，我们任何个人的生命都是可以在这大斗争中供牺牲，至于身外物的财产，那更不消说了。所以日本帝国主义把死来恫吓我们，以为这样可以使我们下跪，所得到的结果适得其反，反而使我们不怕死，反而使我们更团结，更沉着英勇地抗战！”

1937 年 9 月 22 日，国民党中央通讯社发布了《中国共产党为公布国共合作宣言》。这个宣言早在 7 月 15 日由周恩来、秦邦宪、林伯渠等所组成的中共代表团赴庐山与国民党代表蒋介石、张冲、邵力子等进行国共合作谈判时就送交了，并希望国民党方面新闻机关早日向全国各界发布。宣言郑重宣布：“(一) 孙中山先生的三民主义为中国今日之必需，本党愿为其彻底的实现而奋斗；(二) 取消一切推翻国民党政权的暴动政策及赤化运动，停止以暴力没收地主土地的政策；(三) 取消现在的苏维埃政府，实行民权政治，以期全国政权之统一；(四) 取消红军名义及番号，改编为国民革命军，受国民政府军事委员会之统辖，并待命出动，担任抗日前线之职责。”

23 日，蒋介石就公布《中国共产党为公布国共合作宣言》发表谈话，承认《中国共产党为公布国共合作宣言》是“摒弃成见，确认国家独立与民族利益之重要”“中国民族既已致觉醒，绝对团结，自必坚守不偏不倚之国策，集中整个民族之力量，自己自助，以抵抗暴敌，挽救危亡”。谈话也承认了中国共产党在全国的合法地位。国共两党的第二次合作，遂在抗日救亡的基础上得以实现。至此，以国共两党合作为基础的抗日民族统一战线正式形成。

面对日本帝国主义的疯狂侵略，国共第二次合作，不仅是令全中国人民欢欣鼓舞的大事，也是对国际反法西斯战争产生重大影响的事情。韬奋为此撰写了《全国团结的重要表现》，这篇文章发表在《抵抗》三日刊第 12 号上。文章称赞：“这次中共的光明磊落大公无私的宣言和蒋委员长的‘集中力量救亡御侮’的谈话，无疑是全国爱国同胞们所热烈欢迎的。中共这次宣言所表示的宗旨是要‘挽救祖国的危亡'，是要巩固'和平统一团结御侮的基础'，是要'决心共赴国难'，是要造成'民族内部的团结'来'战胜日本帝国主义的侵略'，是'要把这个民族的光辉前途变为现实的独立自由幸福的新中国'。这个宗旨是全国爱国同胞们所一致拥护的。要达到这个宗旨，'仍需要全国同胞每一个热血的黄帝子孙坚忍不拔的努力奋斗'，该宣言因此特向全国同胞提出三个奋斗的鹄的：第一是为争取中华民族的独立自由而抗战；第二是实现民权政治；第三是发展国防经济，解除人民痛苦与改善人民生活。这三个鹄的，也是全国爱国同胞们每所一致赞助的。蒋委员长发表谈话，申述'集中整个民族之力量，自卫自助，以抗暴敌，挽救危亡'，这种集中整个民族力量的主张，确是全国人民急迫要求的反映。这样的全国团结，是保障抗战胜利最重要的一个条件，是对日本帝国主义的一个重大的打击。"

韬奋就是这样，始终站在全国全局的高度，以对祖国、对民族、对人民的一片赤诚的爱，时刻关注着一切动向，密切注视着时局态势的变化，不失时机地将所见所闻、所思所虑写成文章，发表在《抗战》三日刊上，碰上时效特别强的文章就发表在《救亡日报》上。他像一架写字的机器一样工作着，每期刊物上都有他数篇文章，有时候他署名的文章太多，就用编者的名义发表。在这一刊一报创刊两个多月时间里，中间因受英租界外人的压力，《抗战》三日刊自第 7 号开始，临时更名为《抵抗》三日刊，直至 11 月 16 日出第 27 号才将《抵抗》三日刊恢复《抗战》三日刊。

这期间，韬奋从牵动全国全局的《国防建设与总动员》《中国人的责任》《中国的抗战能力》《华北的紧张形势》《美国人民对中国抗战的同情》，到关注前线和民众小事的《一串串的问题》《前线急需机器脚踏车……》《一个八岁小弟弟献银救国》《为国家废寝忘食的两个女青年》；从军事战略研究的《求胜和坚持》《持久战的重要条件》《后方的防御工事》，到反映各界各条战线工作的《青年和民众的工作》《战争时期的文化工作》《失业工人和人力》《平民工厂》《怎样使有财者输财》；从揭露侵略者的《敌人的分化》《惨痛的牺牲》《敌人恐慌》，到抨击贪污分子与汉奸的《防家贼与民众运动》《狼心狗肺的行为》《特种汉奸》等，真可谓无所不及、无一遗漏。国情、军情、民情、国计民生，方方面面韬奋都用自己的笔发出了声音。

功夫不负有心人，生活书店的《抗战》三日刊和《救亡日报》很快成为全国抗战的风向标和舆论中心。连副委员长冯玉祥都称赞："贵刊内容丰富切实，而眼光犹为正确远大，诚为今日抗战中之指针，若能努力推行内地，以获取更广大之读者，必收更多更佳之收益也。"冯玉祥不只用文字赞赏韬奋主编的刊物，他还数次给刊物寄来他的诗作，请韬奋斧正，在《抗战》三日刊上发表。韬奋如此倾心热爱自己的祖国，热爱自己的民族，热爱自己的人民，民众反过来也热爱他。他的刊物发行量在战乱年代交通不便的情况下，竟达到了 20 万份之多。这对韬奋来说，是他期待的最好的回报，他所关注的不只是刊物的盈亏，更重要的是他要尽自己所能，让全国更多的读者读到他主编的刊物，读到他所写的文章，听到他发出的声音。

7

战争搅乱了上海的一切，工厂停产、商店关门、学校停课，人们不只无法正常地生活，终日还提心吊胆担心着性命，说不定哪一刻，灭顶之灾就会从天而降。工厂在转移，商行商埠在转移，有钱的人家也都像逃避灾难一样离开上海逃往内地，穷人们没有办法，只能在上海听天由命。

上海福州路生活书店的店堂内一片繁忙。柯益民、贺众秀和书店里的店员都在打包，书架上的书已经空了一大半，地上也堆满了书。书店的老总也在现场指挥。韬奋一边看整理出来的书籍，一边问徐伯昕，这些年他们一共出版了多少种书。徐伯昕告诉他，他们已经出版了400多种图书。徐伯昕说，他想把现存图书整理成两批货，一批图书发去武汉书店，每种留出三到五本作为版本存档，其余放到书店门市销售；剩下一批留在上海，也整理出版本样书存档，剩余的继续在上海销售。韬奋说："经营的事全都交给你了，一切由你安排。"

事情是潘汉年出面开的协调会，沙千里、胡子婴等几个救国会的人参加了会议。潘汉年报告了抗战的形势，根据战争的发展，日军的装备远远地好于我们，第九集团军和第八集团军很难遏制日军的进攻，上海很快可能要沦陷。从安全和工作两个方面出发，救国会的领导人沈钧儒、邹韬奋等必须撤离去香港。

韬奋没有参加会议，救国会的同志将会议精神转达给他之后，韬奋立即跟书店的几个负责人一起开会做了研究，决定将生活书店的工作重心也向汉口转移，上海留少部分人坚守，韬奋、徐伯昕率大批同事分赴武汉、广州等地，筹办生活书店分店，积极扩展书店的业务。

韬奋回头问正在打包的柯益民："益民，你真的不跟我们走？"

柯益民点点头说："我和小贺商量好了，我们俩都不走，我们在这里坚守，只要我们在，生活书店就在。真到了扛不住的时候，我们再去找你们，我们一定要把书店保住。"

韬奋很想把这年轻人带在身边，看着远处也在包书的贺众秀，韬奋忽然想到了一件事。他悄悄地跟徐伯昕说："我看他们两个该结婚了，咱们走之前，是不是把他俩的婚事给办了？"徐伯昕非常赞成，说这战乱年代，也用不着大办，咱们陪他们俩吃顿饭、喝杯喜酒就成了。店员们听到两位老总的话，都朝柯益民和贺众秀做鬼脸，贺众秀害羞地低下了头。

吃完晚饭，沈粹缜在厨房洗碗收拾，韬奋少见地走进厨房，他默默地陪在沈粹缜一边。沈粹缜扭头看了韬奋一眼，她一眼就看穿了，他准有重要的事情要跟她商量。

沈粹缜说："有什么事说吧，有啥为难的呢？"

韬奋难以启齿地开口说："粹缜，苦战三个月，政府已经与日本签署了停战协议，上海沦陷，南京就保不住，政府机关转移到武汉、重庆。上海一沦陷，我们的报纸杂志在这里难以发挥作用。"

沈粹缜忧虑地问："你又要走？"

韬奋不好意思地说："我们打算把书店总管理处转移到武汉，上海留少量人员仍以'远东图书杂志公司'名义开门营业，保持同外界的联系，编辑、出版、印制全都转移到武汉。另外抽出一部分到各地去扩建生活书店分店。"

沈粹缜犯了愁："一点准备都没有，咱们走这家怎么办？"

沈粹缜这么一说，韬奋更加为难，他没打算让全家都跟他一起走，也不便一起走。他只好说："我也是这么想，要走，全家一起走，三个孩子，你一个人带着，在这兵荒马乱的年代，太难了。可是，实际情况不允许咱们全家一起走。日军已经轰炸了南京、广州，上海到武汉的水路交通已经中断，只能坐船先去香港，再从香港转到广州、广西，再绕道去武汉，一家人一起走太危险。再说，武汉那里还不知道是什么情况，也还没安排好。”

沈粹缜着了急：“你们都走了，剩我带三个孩子怎么办？”

韬奋只能安慰她，他说：“生活书店还照常营业，小柯、小贺都不走。昨天，我们已经给他们办了婚事，有事可以跟小柯、小贺联系，我也跟他们交代了，他们时常会过来看你们的，有什么事就跟他们说。另外，潘汉年仍在上海，他已经跟我说了，共产党会保护你们的。再说这次跟上两次流亡不同，那两次是被迫，是躲避逃命，这次是大队人马浩浩荡荡公开转移，没什么大危险，在上海走的时候躲过日本人就行。”

沈粹缜不再说话，心事重重地继续收拾厨房。

韬奋完全理解沈粹缜此时的心情，他发自内心觉得对不起老婆孩子。这几年已经流亡两次，光在国外就两年，回来又被抓进监狱关押了七个月，刚出来没几个月，又要抛下妻子和孩子去奔波，可除了安慰，他再想不出别的办法。

韬奋跟沈粹缜说：“我先去，把住的地方安排好了，马上接你们过去。”

沈粹缜自言自语：“不知道又要等到哪天。”

沈粹缜的话让韬奋难以回答，他不能信口编瞎话，他只好说：“这还真说不准，我只能尽我所能，自然是越快越好，我也不想离开你们，也想一家人待在一起哪！”

韬奋再没有啥好说，他只好跟大儿子说：“大宝，你是大孩子了，爸爸要先去武汉，安排好了再接妈妈和你们过去。你要帮妈妈照顾好弟弟妹妹，帮妈妈做事。”

邹嘉骅认真地听着，像要对父亲做出承诺一样认真地点了头，他说："爸爸，我知道了。"

韬奋再交代："现在上海非常乱，日本鬼子还在跟咱们打仗，学也没法上了，你们在家里要好好读书，不会的就问妈妈。"

邹嘉骅、邹嘉骝一起点头，一起说："知道了，爸爸。"

离开上海前，潘汉年再一次找韬奋他们碰头，确定行动的方案与时间。他跟韬奋说："在这种战乱状态下，一切还是要谨慎小心。这次行动只能乘船先去香港，出门以知识分子身份出现，但要化装成普通老百姓。"

沈粹缜帮韬奋在家里换了装，装扮成战乱逃荒的老百姓。沈粹缜不放心他一个人去码头，她陪着他，把他送到码头。到了码头，他们发现，客轮不能直接靠码头，要用自渡船摆渡上客轮。日军的小汽艇在水上不停地穿梭，检查上客轮的乘客。

沈粹缜把韬奋送上自渡船，两个人招手离别。韬奋上船后，沈粹缜没有立即离开，她站在码头上一直看着离岸的自渡船。沈粹缜看到日军小汽艇朝自渡船开来，沈粹缜紧张得不敢喘气，担心地看着自渡船那边的情况。她看到日军小汽艇靠近了自渡船，还好，日本鬼子只是站在小汽艇上看了看，没有上自渡船上挨个检查。日军小艇离开，自渡船继续驶向大轮船，沈粹缜这才松了一口气。

第八章 流 亡

1

韬奋和何香凝、郭沫若、金仲华等一批文化界的友人，乘坐法国邮轮“阿拉密斯号”乘风破浪由东海驶入南海，那是1937年11月27日。这次是韬奋第三次流亡，行程是由国民革命军第18路集团军驻沪办事处主任潘汉年安排的。潘汉年来上海的几个月中，倾力支持救国会所组织的一切义举，交往中他跟宋庆龄、马相伯、沈钧儒、邹韬奋、史良、沙千里等一批爱国民主人士成了真诚的朋友。

韬奋和郭沫若早就熟悉，但在这动荡的岁月中平时都忙于做事，虽常见面，但也多是在会上或活动中，几乎没时间聊天。这一次他们在船上无事可做，可逮着了机会。他们聊得特别投机，从上海抗战聊到全国战场，又从中国抗日战争聊到世界反法西斯战争，再回过头来从内地聊到边疆。韬奋对桂林和新疆方面的工作也抱有很大的希望，他跟郭沫若讨论了现代中国的全面化和神圣抗战的全民化，很有收获。

韬奋一行到达香港，钱俊瑞、张仲实、沈兹九等人到码头迎接，他们已先期到达，香港成了上海文化界人士辗转武汉的中转站。韬奋在香港只做中转停留，12月2日，韬奋就告别何香凝、郭沫若，与金仲华、钱俊瑞、张仲实等十几个文化界的友人一起转道赴武汉，他们由香港乘轮船起程先去广西，于12月4日到达广西梧州。

也许是受李宗仁和白崇禧的影响，他们一踏上广西的土地就感受到这里自上到下抗战热情十分高涨。韬奋他们下船，李宗仁和白崇禧在前线指挥部队作战，特派参谋长出面接待他们。这位参谋长完全是军人作风，他不因这些文化名人的到来搞什么接见、宴请，却组织了特别的欢迎仪式。韬奋他们一到，也没客气让他们休息，直接请他们参加欢迎仪式。韬奋他们随他来到欢迎仪式现场，好家伙，党政军上千名公务人员，无论是男是女，也无论是长官还是办事员，一个个精神抖擞、整齐严肃地全部站立在大礼堂里。没有什么欢迎致辞，而是直接请他们演讲。

连招呼都没打，他们也没一点准备，但宣传抗日，义不容辞。他们几个没有推辞，也没有客套，说干就干。韬奋率先讲了关于东线战场的形势，金仲华讲了国际形势，钱俊瑞讲了民众运动。

他们演讲结束，离开会场刚进旅馆，一群青年男女跟着涌进了旅馆，而且后面的来人络绎不绝。韬奋一问，来的青年许多是广西大学理工学院的学生，还有一些是当地的中学生。这些学生的爱国热情令人兴奋，学生们一点没有顾忌也没有疑惑地不断向他们这帮文人提出自己思想上困惑的各种问题，向他们求教——国际问题、抗战问题、战时教育问题、个人思想问题、妇女问题等，五花八门，应有尽有。韬奋想，假如要这么一一接受询问，再分别一一解答下去，只怕一夜都谈不完。韬奋想了个办法，他们几个以各人所长，分专题集体回答学生的问题。邹韬奋讲团结抗战问题，金仲华谈国际问题，张仲实谈思想问题，钱俊瑞讲农村经济问题，杨东莼讲战时教育问题，沈兹九讲妇女问题，就这样他们一直讲到午夜才勉强算告一段落。

韬奋他们在梧州只待了两天，但这两天他们十几个人几乎随时都会被一批又一批可敬可爱的青年朋友所包围，气氛异常热烈，情绪特别高涨。他们每次做大规模的演讲，听的人都是数以千计；大会之外，从一早起床脸还没洗牙还没刷就有青年朋友来访问。晚上继续不断有青年朋友来访，不到午夜之后别想上床睡觉。

12 月 6 日清晨，当地为他们特备了公共汽车，送他们离开梧州。赶到玉林，坐汽车颠簸了一天，大家疲倦得浑身酸痛，打算在旅店附近找地方吃点东西，早点回旅店睡觉，第二天还要起早赶路。在外面吃完晚饭，他们正回旅店，迎面来了一群男女青年，把他们团团围住。互通姓名后，这帮青年再不走了，坚持要请他们一起到照相馆照相留念，还要请他们去学校，说同学们都在等他们。面对这些热血青年，他们无法推却，他们同青年一起进照相馆照了合影，再跟他们去了学校。学校操场上已经聚集了 700 多个学生，耐心地在等待他们的到来。没办法，怎么能不满足这些学生们的要求呢！他们只能一边演讲，一边与学生们进行交流。

演讲交流结束正要回旅店时，防空演习的警报响了，没有路灯，同学们派代表打着手电送他们回的旅店。第二天，凌晨 3 点，同学们就早早起床赶来为他们送行。他们高唱着《义勇军进行曲》和《抗战歌》送别他们，那雄壮激昂的歌声，给韬奋他们留下了难忘的印象。

韬奋他们赶到桂林时，桂林青年学生在举行“一二・九”学生运动两周年纪念大会。学生们听说邹韬奋等文化名人来到桂林，广西大学立即把他和金仲华请去做演讲。他们本来打算每个人讲一个小时到一个半小时，但是会场里 1000 多名男女学生非常热烈，学生们不只是用心听他们演讲，而且还不断地提出各种问题进行商讨和询问。他们两个无法回避，更无法拒绝，于是他们从下午 1 点开始演讲，一直讲到晚上 6 点钟，会场里的学生兴趣依然深厚，气氛依然热烈。韬奋和金仲华两个轮流回答着学生的问题，一点儿没感觉疲倦，连时间都忘了。

12 月中旬，韬奋一行终于到达汉口，潘汉年通过八路军系统已经做好了安排，他们这一批文人都住在文化街金城文具公司楼上。

徐伯昕、张仲实等已先期来到汉口，《抗战》三日刊的编辑、印制、发行转到汉口，一切事宜都已落到实处，工作已全面展开，韬奋如同只换了一处新办公室一样，到汉口就投入了主编工作。

韬奋亲自撰写了《怎样拥护蒋委员长抗战到底》，作为《抗战》三日刊转移到汉口的第 30 号的重头文章。他在文章中指出："对蒋委员长抗战到底的主张，我们愿提醒国人，仅仅拥护还不够，必须注意怎样拥护，换句话说，必须注意怎样拥护才能收到拥护的实际效果。第一点首先要努力巩固全国的团结。"他提醒，至今还有人在疑虑要不要打倒国民党和推翻国民党政府，甚至由此引起不必要的内部摩擦。"第二点是要努力充实政府的力量。只有抗战到底的决心还不够，必须有实际上的办法，要以争取抗战胜利为中心目标来考虑政府部门的调整和补救，尤其重要的是人选。要使抗战的军事力量和民众力量团结起来，共赴国难。"

韬奋在汉口做的很重要的一项工作是加强并发挥生活书店总管理处的职能，巩固发展生活书店的阵地。除了《抗战》三日刊没受影响地继续编辑出版外，一个更重要的任务是在各地创建生活书店分店，让"生活"精神在全国各地开花结果。12 月 19 日，首先传来了生活书店重庆分店在重庆武库街正式开业的喜讯。自此，生活书店建设进入了一个新的阶段。

2

武汉很快成为中国的政治文化中心，沈钧儒、柳湜、金仲华、王昆仑、张仲实、沈兹九、张志让、钱俊瑞等一大批文人都汇聚到武汉，他们大都成为《抗战》三日刊的编委。到了武汉后，张仲实跟韬奋接触最多。

韬奋知道张仲实是中国共产党党员。张仲实是1925年加入中国共产党的，1935年担任了生活书店的总编辑，后来还兼任理事会主席，除了主编《世界知识》期刊，他自己还翻译苏联的进步书刊，团结周围许多进步译者，编辑出版“青年自学丛书”“黑白丛书”“救亡丛书”“世界学术名著译丛”等，很受读者欢迎。张仲实对韬奋的工作给予了很大支持，对韬奋的思想也产生了影响。

这个时期，韬奋在《抗战》三日刊上又发表了两篇举足轻重的文章。第一篇是《当前的急务》，文章明确提出：“当前的急务是要怎样挡得住日本帝国主义的继续不断的侵占我们的国土，使我们在空间和时间上得到迅速培植新的战斗力以及和军事相配合的种种后方的工作。……我国的抗战到了现今的阶段，有正确认识的人们看到国际的大势，日本自身的矛盾，及中国民族解放的光明前途，并不因为目前所近观到的挫折而动摇他们对于抗战必获最后胜利的信心，但是在日本帝国主义继续疯狂侵略到了今日的状况，我们全国上下应努力挡得住它的再占我们的国土，渡过这个难关，使我们的新的生力军（包括军事和民众的力量）在空间和时间上有重振旗鼓力谋反攻的机会，这实在是振作全国人心增高全国斗志的急务。”另一篇是《保卫大武汉的先决条件》，为配合保卫武汉的军事行动，他们组织了保卫大武汉问题的专题座谈会，决定组织《保卫大武汉专号》，成立专门的编委会，由柳湜担任召集人，邹韬奋、金仲华、沈钧儒、张仲实、王昆仑、钱俊瑞等十四位文化名人当编委。韬奋在《保卫大武汉的先决条件》中指出：“所以我们提及‘保卫大武汉’，首先要注意‘保卫大武汉’的先决条件。也许有人觉得讲到‘保卫大武汉’，当然军事高于一切，并不要多所研究的。记者以为，倘若所谓军事高于一切，是说一切要以保障军事胜利为中心，那末政治动员、民众动员也都是以争取军事胜利为前提，这句话我们是可以接受的。倘若所谓军事高于一切，是说除了单纯的军事以外，一切都不必做功夫，那末这句话我们是不敢苟同的。铁一般的事实所表示，北战场的失败，西战场的失败，以及后来东战场的失败，都不是完全由于军事上单纯的失败，大部分却是由于政治的失败。……关于军事的区域，要保卫大武汉，我们的眼光不应该仅仅的拘限于武汉的本身，因为真要保卫武汉，一方面要在徐州、郑州支撑得住，另一方面要在合肥、信阳支撑得住，但是真要支撑得住，一方面固然需要正规军做正面的抵挡，同时也需要大规模的游击队在敌人后方拉后腿。这样前挡后拉，才能达到支撑的目的。”

沈粹缜和孩子还在上海，韬奋只身在武汉，这么没日没夜地玩命工作，身体透支太多，韬奋病倒了，风寒加上累。1938 年 1 月 18 日刚到汉口的冯玉祥副委员长获悉韬奋生病的消息，特意送来了一个花篮给予慰问。韬奋病倒卧床也没有放下手中的笔，在病中又写了《暴日的荒谬宣言与中国的根本觉悟》《训练青年的领导人选》《士兵精神生活的改善》《桂游回忆（八）立在时代前线的青年》等文章，全部发表在《抗战》三日刊的第 38 号上。第 39 号他又写了《整饬军纪》《同胞的惨遇》《被关在门外的教职员》《桂游回忆（九）广西青年与广西》。每期，他至少亲笔撰写四篇以上文章。

韬奋卧床一周了，生病期间他一直在想，战争把他们生活书店打散了，人员分散，经营也分散了，在这种分散的状态下，召集大家开会很难，一个一个用书信方式联系也不便于大家交流，那么书店的业务管理如何加强？书店领导层之间和同人之间的各种思想交流如何进行？他想到了一个办法，创办《店务通讯》。这个通讯作为店内业务刊物，自己油印出版，主要用于指导工作，加强店内的业务交流，供本店同人阅读，由生活书店总店编印，暂定为周刊。韬奋决定每期发表一篇《每周谈话》，就书店工作中的重大问题与全店同志谈话。书店没有强制要求本店店员都必须看《店务通讯》，但书店全体工作人员没有一个人不看，而且是每期人人必看。

韬奋去重庆实地考察，不只是因为政府已经迁都重庆，也不只是生活书店重庆分店已经成立，他从全国抗战的实际形势看，感觉到武汉肯定是日本侵略者全力攻占的目标，武汉也不是久留之地。做事必须从实际出发，没有远虑，必有近忧。就在这时，重庆传来一个重要消息，说韬奋的《坦白集》遭到当局的查禁；另外，韬奋主编的《抗战》三日刊的书稿，寄往贵阳时，被国民党邮政检查所查扣。鉴于这些，韬奋觉得应该去重庆实地考察一下。

2 月 7 日，韬奋买好了去重庆的机票，决定亲赴重庆考察。就在那天，茅盾从长沙来到汉口，他特意赶来研究编辑出版《文艺阵地》的事，韬奋只能让茅盾跟徐伯昕谈，徐伯昕是出版经营行家里手，韬奋没忘约茅盾先生为《抗战》三日刊写稿，茅盾欣然答应。

生活书店重庆分店接待了韬奋，安排他住在重庆沙利文旅馆。重庆之行，他主要是想跟重庆分店的经理商讨生活书店总店管理处和《抗战》三日刊转移到重庆办公出版的事。

韬奋一到重庆，文化界很快都知道了他的到来。第二天上午，有一位叫杨超伦的读者慕名找来，读者在韬奋心中一直是至高无上的，他再忙也从不冷落读者，韬奋热情地见了这位杨姓读者。杨姓读者毫无顾忌地向韬奋倾诉，看着祖国的国土一片片被日本侵略者占领，东北、华北、上海、南京的民众惨遭日军的涂炭，自己身为中华儿女，面对政府的消极抗战，为国家与民族的前途深为担忧，为自己没有作为而苦闷与烦恼。

韬奋静静地听完杨姓读者的倾诉后非常同情他的处境，很赞赏他决心为抗战、为将来改变整个社会制度而努力奋斗的精神。韬奋勉励他，为劳苦大众求解放，为争取抗战胜利而努力，我们要乐观奋斗。这个斗争是长期的，苏联十月革命的胜利也不是轻而易举取得的，是苏联共产党领导广大劳苦大众经过长期艰苦奋斗才取得的。劝他要有耐心，要有忍耐精神。

杨姓读者提出想同几个青年去延安参加革命，想请他帮助介绍。韬奋当即答应回汉口后找中共中央的负责人，代他们向中共提出这个愿望，有了结果他再写信通知他。杨姓读者请韬奋为他题词，韬奋在他的日记本上题写："积极努力中不忘伟大的忍耐精神。"

韬奋在重庆分店刚送走杨姓读者，《新蜀报》记者赶来采访他，记者问他此行的任务和对目前抗战与文化的意见，韬奋告诉记者，他来重庆主要是考察一下出版界的情形。全面抗战展开以后，沪上文化界都想往内地迁移，但各方面的情形不熟悉。想重点了解这里的印刷能力、纸张材料的供给以及书报刊的出版情形。对抗战，韬奋始终抱着乐观的态度，他说："战局是决不悲观的，经过七个多月的英勇抗战，日军对华的军事侵略已经一天天愈来愈感到困难重重，军力分配的不够，财政上负担困难，日本民众的反战情绪在增高，这些已使企图速战速决的日本军国主义者极度恐慌。只要我们坚决巩固团结，集中力量，抗战到底，在政治上使军民打成一片，使政府与民众的合作增强，在军事上使游击战更广泛地展开，使游击队与正规军能密切地配合。这样，我们抗战一天，日本就更加困难一天，最后的胜利属于我们。"

《新蜀报》记者刚采访完，《国民公报》记者就赶到，接着重庆各报的记者争先恐后接连而来。韬奋热情地接受了各报记者的采访，除了介绍本人生平、来渝的目的，对记者关心的抗战时局、抗战文化、武汉的近况都一一做了回答。

2 月 9 日，重庆报界在永年春餐馆宴请韬奋，正赶上空袭警报，街上异常混乱，但各报记者、文化团体代表、抗敌后援会文化界支会、怒吼剧社、《春云》月刊、书店代表 40 余人均届时来到。重庆《新蜀报》的周钦岳经理代表文化新闻界致欢迎词，韬奋也发了言，指出了抗战时期文化运动的重要性，介绍了武汉文化运动的近况。

2 月 10 日中午 12 时，著名剧作家曹禺、宋之的、陈白尘，文化新闻界的谢冰莹、萧崇素、周钦岳、陈鲤庭等 21 位文友，在鸡街口生生食堂宴请韬奋和叶圣陶。下午 4 时，应中央大学校长罗家伦邀请，韬奋到沙坪坝中央大学演讲，其他学校的师生也闻讯赶来，听众达 2000 余人。与此同时，重庆抗敌后援会亦组织了党政军工商学各界代表 200 余人集中在公园路党政军俱乐部，等候韬奋去演讲，因时间冲突，韬奋分不了身，只好派人去解释。

2月12日，韬奋回到汉口，他约茅盾先生写的文章《“抗战文艺展望”之发端》如约寄到，《抗战》三日刊将其发表在2月13日的第45号上。同期，韬奋又撰写了《伟大的世界反侵略力量》《保护国防资源》《桂游回忆（十五）民团的编组》。这批稿件都是他在重庆考察期间完成，他的这种工作状态不难想象。

韬奋做事特别守信，他始终把杨姓读者的事惦记在心。回到汉口后，韬奋把杨姓读者的意向向中共中央的负责人做了反映，3月初就得到答复。韬奋给杨姓读者写了信，告诉他，他托付的事已经谈妥，欢迎他们几位青年到延安“抗大”学习，名单已寄西安八路军办事处，请他们直接到该办事处办理手续即可。4月初，杨姓读者一行六人顺利到达延安，成为“抗大”的学生。

3

1938年2月18日，这是个震动武汉、全国惊心的日子，武汉发生了大空战。

那天12时许，日军12架轰炸机在26架驱逐机的掩护下突然向武汉发动袭击。中国空军驻汉口、孝感的第四驱逐机大队所属三个中队，在大队长李桂丹率领下先后驾驶伊-15、伊-16型驱逐机共29架迎战。12时45分，第21中队10架伊-16型驱逐机从汉口机场起飞，在机场西北2000米高度与日军12架轰炸机、十余架驱逐机遭遇，发生了激烈的空战，几番较量，日机向东逃窜。我空军飞行员奋勇追击，击落日机三架，击伤两架。同时，第22、23中队亦与日机展开激战，击落日军飞机10架，击伤两架。但大队长李桂丹、23中队中队长吕基淳和另三位飞行员英勇牺牲，以身殉国，我空军损失飞机五架，伤五架。这一空战的胜利，创建了抗战史上的奇功，也是我国空军史上最辉煌的一页。捷报传来，万民欢呼，大快人心，鼓舞了我军的抗日斗志。在欢庆胜利之时，人们没有忘记李桂丹和吕基淳等五位英雄，他们在空战中壮烈牺牲。

韬奋立即撰写了《鼓舞士气与民气》的文章，报道了这一胜利，文章发表在《抗战》三日刊第48号上。

张仲实是共产党派到生活书店工作的，他常去八路军办事处汇报生活书店和刊物的编辑出版情况，听取负责同志介绍党中央的方针、政策和对形势的分析，并且请他们为生活书店出版的刊物做指示和撰文。张仲实每次去八路军办事处回来，都要跟韬奋做一次较长时间的交谈，把中共中央对书店和刊物的指示精神转达给韬奋。韬奋总是全神贯注地听张仲实介绍，而且每次他都完全赞同中共中央的政策和意见，他曾多次流露出希望能直接面见中共中央负责同志。张仲实已经为他引见了董必武同志。董必武同志向韬奋介绍了八路军办事处在周恩来同志领导下，按照党中央抗日民族统一战线政策，与国民党进行有理、有利、有节的斗争的策略以及抗日救亡宣传工作的方针等。韬奋感觉思路大开，十分兴奋，他曾表示想尽早见到周恩来同志。

那天，张仲实从八路军办事处回来，没想到与他一起来的还有潘汉年。韬奋十分高兴，他不知道潘汉年也来了武汉。潘汉年说他经常往来于上海与武汉之间。潘汉年在上海就一直介入刊物的主题策划工作，潘汉年见面就称赞韬奋主编的《抗战》三日刊方向正，主导思想明确，信息量大，紧跟时局，文章力度大，真正发挥了抗战舆论阵地的作用。韬奋也向他介绍了近期刊物内容的安排与打算。潘汉年十分赞同，并给韬奋带来了一个让他兴奋的消息——周恩来同志要见他，希望他近期去八路军办事处去做客。这消息让韬奋异常激动。

周恩来穿一身军装，早早立在八路军武汉办事处的门厅内。一旁的秘书劝他："周副主席，离约定的时间还有20分钟呢，你凌晨1点才睡，你到办公室休息一会儿，待会儿韬奋到了，我再叫你。"

周恩来微笑着抬了一下手说："韬奋先生是救国救亡的领袖，是文人，不一定像军人一样完全按既定的时间行事，他要是提前到了，咱们就失礼了。"

正说着，外面响起了黄包车的铃声。真让周恩来估计到了，韬奋真的提前到了，张仲实陪同。

周恩来朝秘书笑了笑说："你看，怎么样？"

周恩来看韬奋和张仲实脚步急促地朝八路军办事处走来，他立即迎出门去。

韬奋十分敬仰周恩来，他们七个人被国民党拘捕后，中共中央和周恩来一直密切关注着事态的发展。1937年7月3日，获悉国民党政府准备重新审查"七君子"案后，毛泽东、周恩来致电在上海的中共秘密党员潘汉年，要潘汉年立即通过"七君子"家属和律师同"七君子"磋商，与有关方面出面调解的人谈判，以不判罪只到庐山谈话为上策，以判轻罪而宣告期满释放为中策，以释放后请到南京做事或出洋为下策。由于"七君子"的坚决斗争和各界强烈的声援，7月底，国民党政府不得不将"七君子"交保释放。西安事变的谈判，国共合作的谈判，周恩来都是中国共产党的首席代表，都说他是个智慧过人的领袖人物，韬奋早就想拜见他。

两人虽是初次见面，但像是老熟人一样伸出双手紧紧相握。周恩来高兴地说："欢迎你，韬奋先生。"

韬奋目不转睛地看着周恩来，他发自内心地说："周先生，久仰久仰，今天终于见到了你。"

韬奋握着周恩来的手，一股暖流涌入心田，他们好似久别的老朋友重逢。

周恩来引韬奋和张仲实走进会客室，落座后，周恩来真诚地对韬奋说："我们见面就是朋友了，当然，我们还没见面的时候已经是朋友了。救国会的抗日主张和我们是一致的，'七君子'的气节我是很钦佩的。今天我们可以无拘无束地畅谈一番。"

韬奋兴奋地说："我早就想和周先生好好聊一聊了。"

周恩来关切地询问："出狱后，身体和家人都好吧？"

韬奋感激地说："我的身体没问题，家里也挺好，我刚来武汉，待安排停当后，再接妻子和孩子们来这里。"

周恩来频频点头，他说："我早听潘汉年说了，韬奋先生为了救国，几次抛家离子，饱受颠沛流离之苦啊！现在我们一起奋斗，彻底打败日本帝国主义。将来，我们还要共同努力，建设繁荣富强的新中国，让全国人民过上幸福安定的日子。你爱人和孩子迁移武汉的事，汉年他们可以给予帮助。"

韬奋深深地点头致谢。

周恩来又询问："沈钧儒先生和其他几位先生都好吗？"

韬奋说："都很好，来武汉前我跟沈先生和乃器先生见了面，茅盾、范长江他们也都到武汉来了，我们正商量着合作办刊办报出书呢。"

周恩来语重心长地说："爱国知识分子是国家的宝贵财富，无论什么时候都需要。抗日救国少不了爱国知识分子，将来建设新中国更少不了爱国知识分子。"

周恩来的话让韬奋十分激动，他说："周先生，我会记住你说的话，我会努力去做的。"

周恩来又问："你的书店和报刊搬到这里有什么困难吗？"

韬奋如实地汇报："当时接手《生活》周刊时是很困难，只有三个人，发行量才 2800 份。现在好了，现在的《抗战》三日刊发行 20 多万份，生活书店正在全国建分店，武汉、重庆、广州、西安的分店都已经正式开业，我们打算在全国大中城市都建分店。"

周恩来大加赞赏："你的创业精神真了不起，爱国精神更可嘉，你们的报刊尤其在团结御侮、建立抗日民族统一战线中建立了不朽的功绩。我们有许多同志在你的生活书店工作呢！咱们为抗日共同努力奋斗。"

韬奋十分欣慰，他说："我们希望能在陕甘宁边区和敌后也建生活书店分店。"

周恩来非常支持，他说："这很好啊，现在我们为了抗日，建立了统一战线，国共再一次合作，我们特别珍惜全国的统一团结。为了避免国民政府产生误会和嫌疑，陕甘宁边区和敌后，可以不用生活书店的店名，陕甘宁根据地可以叫华北书店，新四军根据地叫大众书店。"

韬奋激动起来："这太好了！周先生，你真是个胸怀宽阔的人，真有远见。"

周恩来诚恳地说："韬奋先生，你有什么要求，请随时提出来，我们共产党一定会尽一切可能帮助解决。"

韬奋十分感激，他说："好，请周先生方便时，到我们生活书店来指导工作。"

周恩来一口答应："我一定会去。"

韬奋思忖了一下，有些顾虑地问："周先生，可能有些冒昧，我想问一个问题，这对我来说，是个十分重大的问题。"

周恩来不解地问："什么问题，你尽管说，只要我能帮上忙的一定帮你解决。"

韬奋有点羞赧地说："周先生，我可以加入中国共产党吗？"

韬奋的这个问题让周恩来有些意外，他沉思了一下，诚恳地说："韬奋先生，你是中华民族优秀的儿女，你志愿加入中国共产党，应该是我们党的骄傲。但是，我觉得，对我们国家，对我们民族，对抗日救亡运动来说，你现在的党外民主人士的身份，要比共产党员的身份更能发挥作用，党非常需要你这样的党外朋友。"

韬奋点着头品味着周恩来的话。

4

韬奋来武汉已经三个月，生活书店和刊物的工作按照他们战时出版经营的思路，慢慢上了轨道。

生活书店武汉分店开在汉口的交通路，楼下是书店店堂，二楼是书店领导和书店编辑部、刊物编辑部的办公室。韬奋和徐伯昕要求分店继承生活书店的传统，读者至上，楼下书店的门市跟上海一样，开架让读者阅览选购。开业以来，吸引许多读者，他们在这里感受到生活书店的与众不同。书店门市已经有了许多读者，他们有的似乎是带着明确的购书目标而来，进了书店，找到要买的书，买了就走；有一部分读者是来逛的，没有明确的购书目标，在书架间浏览着，翻看着；有的是来看书的，找到一本想看的书，在那里静静地阅读着。

韬奋有个习惯，每天到书店，他总要先在门市的店堂里转一遭。说不上他一边转一边在看什么。也许他在看店堂的布置理想不理想；也许他在看书架的摆放和架上的图书放置得恰当不恰当、美观不美观；也许他在看进书店的读者是些什么阶层的人，他们都喜欢看些什么样的书；也许他在看自己的店员工作敬业不敬业，对读者热情不热情。

韬奋在店堂转完后上了楼，他进办公室发现徐伯昕经理已经在那里埋头做事了。韬奋没有打扰他，他坐下后给自己泡了一杯茶。韬奋坐下后，没有像往常一样立即铺开稿纸写他要写的稿件。或许他在打腹稿，或许他在想什么事，或许刚才他在门市发现了引他注意的事，他坐下后，一边喝着茶，一边在思考着什么。

不一会儿，韬奋端起茶杯，喝口茶，开口跟徐伯昕说话。徐伯昕放下手里的活，立即来到韬奋的办公桌前。

韬奋跟徐伯昕说："现在看，武汉的局势相对稳定下来，咱们的书店也开始上了轨道，工作在有序地展开。来武汉时，大家都是打起背包就出发地匆匆赶来武汉，家属都没带来，家里的事也许没能好好安排。是不是可以考虑，让店员们分批回老家探亲。有老人的安排一下老人的生活，有妻子儿女没人照顾的，要是愿意来武汉，可以考虑把家人一起带到武汉来。要回去的，给一个月假，路费是不是由咱书店给报销可以考虑一下，工资我看就不要扣了。"

韬奋的话触动了徐伯昕内心的一根神经，他由衷地感到能和这样一位品行操守高洁、心地善良、体恤员工的智者共同做自己喜爱的事业，是自己一生最大的幸运。他感动地说："韬奋先生，你真把书店的员工当自己的家人，想得真周全，你自己都只身一人在这里，心里却惦着大家，我想大家都会感到很温暖的。我这就去安排个计划。"

事情还真凑巧，徐伯昕下楼去安排他的计划，韬奋翻看当天的报纸，其中夹有一封上海来的信，他立即打开信看。信是柯益民写来的，他告诉韬奋，他见到了潘汉年先生，潘汉年先生正在安排人护送沈师母和三个孩子去武汉，说行动路线也是按照他们去武汉时的路线走，为了安全，潘汉年将安排专人陪同护送。他让邹先生放心，他们会帮沈师母准备行李，到时会送师母一行人上船。行程已经安排好，还有文化界的一些人同行，近期就可能出发。

韬奋得到这个消息后，内心十分感激，他真切地感受到共产党方面的人做事特讲人情，也诚实可信，一是一,二是二，扎实可靠；不像国民党这边，要不拉你，要不压你，要不就以高官厚禄诱你，要不就害你。让家人迁移来武汉，尽管他一直有这个心念，但自己到武汉不久，书店和刊物的工作刚展开，一切都还在摸索适应之中，所以家人迁移的事，他还没顾上想，更别说安排。但人家替他想到了，而且计划得这么细，除了感激，他真不知道该说什么。

那一天，韬奋正埋头写稿，有人敲了办公室的门。韬奋也没抬头，因为经常有人来敲门，他习惯地说："门开着呢，进来吧。"来人又敲了一下门，韬奋这才抬起头来。他没想到，来人竟会是范长江，他背着个书包站在门口。韬奋立即放下笔，起身迎了过来。"哎哟！长江先生，你可来了。"韬奋拉着范长江的手，在屋里坐下，为他倒水。韬奋一边倒水一边就直奔主题。

韬奋跟范长江说："范先生，我们生活书店的业务正在扩大，尽最大努力多出书多出刊，多给社会各界人士提供精神食粮。我们准备成立编审委员会，聘你为委员之一，还有杜重远、茅盾、张仲实等，想请你负责主编一套战地通讯报告集，叫‘抗战中的中国’丛刊。”

范长江也没有客套，非常爽快地答应了。他说：“我完全赞同，文章都是现成的，再约名家写一些新的，可以立即着手干。”

韬奋兴奋起来：“有好的选题你就提出来，咱们商量好了就动手干。”

两人正说着，徐伯昕在楼下喊韬奋，说他夫人和孩子们来了。韬奋十分意外，也有点尴尬，好不容易约来范长江，两个人要说的话还没说完，夫人就来到了，他只好中断与范长江的交谈，好在要说的事的主要意思都说了，也清楚了。范长江也催他快下楼，两个人一起匆匆下了楼。

沈粹缜牵着邹嘉骊的手，和邹嘉骅、邹嘉骝一起朝书店走来，他们每个人都背着行李，沈粹缜和邹嘉骅更是身负重荷。徐伯昕和一个店员已经在接他们的行李。韬奋见状只好怠慢范长江了，赶紧迎过去，一边说辛苦，一边接沈粹缜手里的包！他让他们掉头，东西不往这边拿，韬奋他们一家住对面金城文具公司的楼上。

韬奋赶忙给沈粹缜介绍范长江，说他是大名鼎鼎的记者。沈粹缜尽管疲惫不堪，还是热情礼貌地与范长江招呼相识。范长江让他们赶紧先安家，他改日再来拜访。韬奋有点顾此失彼，只能匆忙地跟范长江握手告别。

徐伯昕和店员们帮忙拿着行李往对面文具公司送。

韬奋抱着女儿，领着沈粹缜和大宝、二宝去住处。他悄悄地问沈粹缜：“怎么来这么快？”沈粹缜告诉他，都是潘汉年先生安排的，确定日子后，是柯益民和贺众秀帮忙收拾的行李，送他们到租界码头上的船。上海的房子就让柯、贺两个住了。韬奋觉得很好，既解决了他们小两口住的问题，又帮自己看了家。

韬奋很抱歉地跟沈粹缜解释，本来想亲自回去接他们，可这里的事情太多，临时搬迁到这里，书店、刊物的工作一切都是重新开张，实在走不开。

沈粹缜笑笑说，早就习惯了，家里的事指望不上他。

金城文具公司在汉口文化街，跟交通路对着，离书店很近。韬奋家安在文具公司的楼上，两间小屋，十分简陋，也没什么家具。但是，在这战乱的年代，一家人能聚在一起，那就是最大的幸福。清晨，沈粹缜早早起来熬了粥，韬奋到街上烧饼油条店买了油条，一家人围着四方桌吃早饭，韬奋找回了家的感觉，心里踏实了许多。

韬奋心里甜蜜蜜地跟沈粹缜说："一家人团聚在一起真开心。"

沈粹缜自然也开心，丈夫不在身边心里总是没着没落的，就像天上没了太阳，房子的大梁被抽掉了，一刻都安宁不下来。跟丈夫在一起，立即浑身舒坦放松下来，这种舒坦和放松来自有了依靠。中国的女人大多都是这样，无论丈夫长什么样，无论他是知识分子、工人，还是农民，无论他穷还是富，丈夫对妻子来说都是终生的依靠，和丈夫在一起，就有了底气，心里就踏实，天塌下来都不怕，能无忧无虑、轻松快乐地过日子，要不，日子就过得没一点滋味。

韬奋急急地喝着白粥。沈粹缜让他喝慢一点，粥烫，喝快了对胃不好。韬奋说："得快点，今天上午周恩来先生要来书店，他很关心书店，这是他第二次来了，我得早一点到书店等候迎接。"

5

人与人能不能走近，能不能结为朋友，能不能成为人生的同路人，志向、信仰相同是前提。常言道："志同道合。"志向、信仰相同，才能走上同一条道路；志向和信仰不同，只能是陌路人。犹如孔子所言："道不同，不相与谋。"

国民党方面的人，韬奋也接触过许多。蒋介石派胡宗南去劝说过韬奋，又让徐恩曾和刘健群、张道藩诱劝过韬奋，还让杜月笙请过韬奋。这些人的身份都相当显赫，权力、势力与影响也都不小。但是，韬奋却对他们一而再再而三地回避、婉拒、不赏脸；而周恩来，韬奋未曾谋面就敬仰他，见面则相见恨晚，周恩来这么忙，反复来生活书店，根由也在于此。

韬奋来到书店，徐伯昕已经在书店忙碌了，他比韬奋来得还早。书店已经开门，门市店堂里已经有不少读者在翻书看书。

韬奋问徐伯昕："店员探亲的事安排得怎么样了？"

徐伯昕说："已经安排好了，全店员工都很受感动，只是，仅有两名店员申请回老家探亲，今天就启程。"

韬奋很高兴，他说："有的可能考虑工作暂时离不开，想法调整一下，过一段时间再动员他们回去探亲。"

韬奋和徐伯昕一边说一边到书店门外去迎候周恩来。

徐伯昕说："据说国民政府一些部门这几日也要迁到武汉，说蒋介石也在武昌住下了。"

话音未落，周恩来的车就到了。韬奋和徐伯昕把周恩来迎进书店，书店的店员和在门市的读者听到周恩来的名字，都纷纷围过来想认识周恩来，书店里挤满了人。韬奋借机向大家招呼，说周副主席在百忙中又来书店看望大家，大家欢迎周副主席给咱们讲话。

周恩来向大家招手致意，说："只是来看看，没有准备讲话。常言道：'一国之辱，莫过于亡国；一人之辱，莫过于丧失尊严。'现在咱们是国难当头，摆在咱们中国人面前的头等大事是团结御侮，抗击日寇。生活书店和《抗战》三日刊，在抗日工作上功不可没，你们的报纸、杂志和书籍受到了人民大众的喜爱……"

韬奋带头鼓掌感谢周恩来的鼓励。接着周恩来参观生活书店，然后在韬奋的陪同下到书店会议室，给大家做《关于当前抗战形势与青年的任务》的演讲。

事情有点巧，就在周恩来第二次来生活书店之后的第二天，韬奋接到了一个特别的请柬，韬奋怎么也没想到蒋介石会请他见面。请柬是杜重远派人给韬奋送来的，蒋介石请他们两个一块儿去见他。

韬奋回到简陋却备感温馨的家，见沈粹缜在房间里给女儿织毛衣，过去拉一把椅子坐到她的对面。沈粹缜抬眼瞅了韬奋一眼，发现他的神情有点奇怪，问他是不是又有什么事。韬奋把蒋介石给他请柬的事告诉了她。沈粹缜紧张起来，担心是鸿门宴。韬奋也觉得奇怪：蒋介石为什么要请自己和杜重远去见他，我们两个都是被政府逮捕关押过的，他见我们会有什么事呢？沈粹缜想，肯定是他们两个还有叫他不放心的地方。

韬奋觉得沈粹缜这话有道理，但他想，现在政府抗战了，不大可能对他们主张团结御侮、一致抗日的人再加以压制，但委员长绝不会无缘无故请他们两个去聊天，委员长跟他们有什么共同话题可聊呢？

韬奋和杜重远如约来到蒋介石的寓所，蒋介石在寓所的会客室接见了他们两个。蒋介石坐在会客室正中的沙发上，韬奋、杜重远分坐在两边。因为两人都被政府拘捕过，这事蒋介石自然也清楚，他们两个显得有点拘谨。在会客室的一角还有一位穿黑色中山装的人在做记录。

蒋介石开门见山说："你们对国事还有什么建议？"

杜重远似乎不想在这种场合多言，他已经见过蒋介石一次，便推辞说："上次见委员长，要说的都说了，我再没什么建议，韬奋先生你说吧。"

韬奋明白杜重远的意思，他想：既然见了蒋介石，他现在是抗战的最高统帅，不能浪费这难得的机会，让我发表意见，我就如实地说我的意见。韬奋坦率地说："委员长，你现在是全国抗战的最高统帅，我希望委员长不只是一党的领袖，而应该成为全中华民族的领袖；不仅要用党内的贤才，同时要善用党外的贤才。"

蒋介石频频点头，欣然接受韬奋的建议，说这建议好。

韬奋发现蒋介石对他的话没反感，似乎放松了一些，继续说："领袖的伟大，不在他事必躬亲，而在善于用人。"

蒋介石接韬奋的话说："你们都是知名人士，在做着关系国家与民族命运问题的研究，我只想对你们说两点，一是研究问题须重视科学的方法，科学就是客观，而不是主观；客观因素多了，研究就比较全面；主观因素多了，就容易片面。二是要特别注重组织的重要性，没有组织就难成就事业。"

韬奋和杜重远没再打断蒋介石的话，一直听蒋介石说。蒋介石围绕组织问题说了许多，但说得韬奋满腹疑问，他又不好意思打断细问，只好先把他说的话记住。

这确实是一次纯粹的见面谈话，谈完话他们就告辞了。韬奋和杜重远走出会客室，韬奋知道陈布雷就在隔壁，他们好多年没见了，他想去看看陈布雷。其实，看陈布雷还在其次，韬奋是个爽直的人，他不愿意把疑问淤积在心里，不搞明白心里不爽快。他心里这疑问，陈布雷应该清楚，陈是最高国防委员会副秘书长，一直做着蒋介石的文字秘书工作。于是他跟杜重远在会客室门口分了手，杜重远有事返回，韬奋就去了隔壁陈布雷办公室。

两个人久别重逢，一番热烈。怎能忘当年邵飘萍遭暗杀，陈布雷和他的激愤；他们在《时事新报》同舟共济的日子，更是一生难忘的记忆。陈布雷为韬奋泡了杯茶，到了这里气氛就完全不同了，他们毕竟曾经是文友和同事。

韬奋喝着茶问："彦及兄，你还好吗？"

陈布雷点点头，笑容有些苦涩，他说："民间不是说我春风得意吗？"

韬奋从茶几上随手拿起一本书，感慨地说："老兄的文笔我真是怎么都比不上，《对张、杨之训话》《庐山讲话》皆是好文章啊！"

陈布雷仍是苦笑："委员长知道我终究是个文人，他对我还算不错……"

韬奋言归正题，他很认真地问："彦及兄，刚才委员长郑重地反复跟我们谈了组织的重要性，我有些不解，他强调的组织是指什么呢？"

陈布雷笑了笑说："委员长说的组织，可不是你的救国会，是指党的组织。"

韬奋更不解了："他想要我加入国民党？"

陈布雷对韬奋坦诚地说："委员长十余年来一直有个理想，他想集中中国一切人才组织一个伟大的政党，由他来领导。”

韬奋还是不解：“他现在不是国民党的最高领导嘛！有了国民党还不够，他还要什么党呢？”

陈布雷说：“委员长对国民党并不满意，派系太多，他想建一个把全国优秀人才都包含在内的政党。”

韬奋笑了：“委员长是不是有点异想天开了，想把全国优秀人才都弄到国民党里来，我看毛泽东第一个就会反对。”

陈布雷解释：“那也是希望除中共之外，其他的一致地集合起来组成一个政党。”

韬奋心中的疑问终于解开了，明白深意之后，他觉得蒋介石的想法是很好，说明蒋介石对国民党的现状不满，有改革创新的意图，这是好事。但是，他感觉蒋介石的这个想法有点不够现实，难以实现，但他希望蒋介石励精图治，有所作为，他不好泼冷水，更不能唱反调。

韬奋委婉地说：“这是一个值得很好地研究的问题，现实建立民主制度、团结各党派各界一致抗日御侮是当务之急。”

国民政府总算有了具体的行动。1938 年 3 月 29 日至 4 月 1 日，国民政府在武汉举行临时全国代表大会，通过《抗战建国纲领》，其中第四条规定：“组织国民参政机关，团结全国力量，集中全国思虑与识见，以利国策的决定与推行，加速完成地方自治条件，改善政治机构。”这一行动始于 1937 年 8 月 17 日，国民政府依据《国防最高会议组织条例》召开的“国防参议会”做出决定，由国防最高会议主席聘请各界人士，包括中国共产党、中国青年党、救国会和各界人士为参政员，组成参政会，作为国防最高会议的咨询机关，这是国共合作之后国民政府发扬民主积极抗战的一大改革创举，得到全国各界称赞与认同。1938 年 3 月 1 日，中国共产党正式提出了“建立民意机关”的主张。国民党决定接受中共主张，所以有了这一次临时全国代表大会。

6

就在国民政府做出抗战建国积极姿态之时，鲁南抗日战场传来了台儿庄大捷的特大喜讯。台儿庄是山东省峄县的一个小镇（现属枣庄市），位于津浦线台枣（台儿庄—枣庄）支线及台潍（台儿庄—潍坊）公路的交会点，是遏制运河的咽喉、徐州的门户，自古在军事上有着重要的地位。1937 年卢沟桥事变后，日军开辟华北、华东两条进攻中国内地的战线，先后攻陷了上海、南京，急欲打通津浦线，夺取徐州，然后循陇海线西进，取道郑州南下，占领中国抗战的中心城市——武汉。为了阻止日军的进攻，中国当局于 1937 年 10 月 12 日任命李宗仁为第五战区司令长官，驻节徐州。1938 年 3 月至 4 月，中国军队同日本侵略军在台儿庄进行了一次大规模的会战，中国军队整体约 29 万人参战，日军参战人数也达约 5 万人。整个战役由李宗仁、白崇禧、孙连仲、汤恩伯、张自忠、田镇南、关麟征、池峰城、王铭章等抗日将领指挥。

经过一个月的血战，中国军队虽然牺牲了 5 万余人，但击溃日军两个精锐师团的主力，歼灭日军两万余人，首次打得日军四处溃逃撤退，缴获了大批武器、弹药，严重地挫伤了日军的气焰，是国民党军队在抗战初期取得的一次重大胜利，振奋了全民族的抗战精神，坚定了国人抗战胜利的信念。这次战役不仅鼓舞了全民族的士气，同时改变了国际视听，消灭了日本侵略者的威风，歼灭了日军大量有生力量。

此次大捷是中华民族抗战以来，继长城战役、平型关大捷等战役后，中国人民取得的又一次伟大胜利，也是抗日战争以来取得的最大胜利。

韬奋利用《抗战》三日刊，不遗余力地宣传台儿庄大捷战果，鼓舞士气，进一步激发抗战热情，增强全民族誓死抗击日本侵略者的决心。他在《振奋人心的鲁南捷报》中指出："我们以为鲁南捷报应该是一种推进更为迅速紧张的整个动员的发动机，而不应该仅是一种暂时的兴奋和刺激。要迅速地达到整个动员以配合当前急迫要求的目的，最最重要的基本条件还是在巩固和扩大团结。因为只有在巩固和扩大团结的大原则之下，才有整个动员的可能；因为要整个动员，必须集中全部力量一致对外，必须没有人把精神才力消耗于处心积虑对付内部，勾心斗角于内部的倾轧和排挤，必须心目中所注意到的不是一己的利益，不是党派的私利，不把整个国家民族的利益反而放在次要的地位，甚至把整个国家民族的利益完全置之不顾，否则徒然延长国家民族的牺牲，延长大多数同胞的惨酷的遭遇。在不顾大局的私人或党派，在事实上仍然是自掘坟墓，即少数私人或党派的私利也终于不免幻灭！古语所谓：'皮之不存，毛将安附？'在这样紧要的关头，国家民族的利益高于一切，国家民族的生存高于一切，这是全国人大澈大悟的最后机会，这是保持胜利和争取更大胜利的最最基本的条件！"

除此，韬奋在《抗战》三日刊连续发表了《战俘反战》《胜利声中的加紧努力》《救护伤兵的医药征募运动》《台儿庄留下了什么？》《鲁南胜利与欧洲舆论》《愿意到前线去》《衷心的呼吁》《扫除争取更大胜利的障碍物》等近十篇文章，努力扩大台儿庄大捷的影响，借机动员全国民众积极投入抗战，呼吁政府和各界珍惜团结、一致抗日，切实发挥了笔杆子无形的威力与作用，以致周恩来对《救亡日报》负责人夏衍谈办报方针时说："你要好好学习韬奋办《生活》的作风，通俗易懂，精辟动人，讲人民大众想讲的，讲国民党不肯讲的，讲《新华日报》不便讲的，这就是方针。"

国民政府于4月12日公布了《国民参政会组织条例》，规定国民参政会为咨询机关，有听取国民政府施政报告、询问、建议、调查之权。6月，国民政府任命汪兆铭为国民参政会议长，张伯苓为副议长；同时公布200名参政员名单，大多数是国民党员，共产党参政员有毛泽东、陈绍禹、秦邦宪、林伯渠、吴玉章、董必武、邓颖超等七人，沈钧儒、邹韬奋、李公朴等民主人士也在其中。同时，宣布原来的国防参议会职能结束，由国民参政会替代其行使职能。

钱俊瑞当时是全国各界救国联合会的执行委员，而且是该会的党组书记。韬奋知道他是中共秘密党员。韬奋再一次直接向钱俊瑞提出要求加入中国共产党的申请，并想请钱俊瑞做他的入党介绍人。钱俊瑞及时地把韬奋的愿望报告了长江局，长江局领导研究，认为韬奋留在党外，对推进统一战线工作、团结抗战更为有利，让钱俊瑞说服韬奋暂时不要加入中国共产党；但是，党的组织一定把他当党员一样看待，绝不见外。钱俊瑞跟韬奋转达长江局领导的意见后，韬奋当时不完全接受，他对钱俊瑞只说了一句话："那我只能服从！"请钱俊瑞向博古、凯丰转达他的意见。

在国民政府筹备首届国民参政会期间，全国各界救国联合会内部发生了一些情况。汪精卫已经公开投敌，蒋介石时时不忘安内反共，在这种十分危急的形势下，一些抗日党派和爱国人士，迫切希望联合起来，和共产党站在一起，坚持民主团结抗日。在全国各界救国会中一些中共秘密党员积极活动，联络当时国民参政会中一些党派的领导和无党派人士参政员，在全国各界救国联合会之外，拟成立另一个秘密组织。5月底，韬奋与原救国会同人沈钧儒、沙千里、李公朴、史良、艾寒松、金仲华、柳湜、沈兹九、胡愈之、杜重远、钱俊瑞、张志让等开会，讨论“需否成立组织”，同时讨论了钱俊瑞和另两人起草的《主张》《纲领》。

6月3日，韬奋又与原救国会同人在生成南里74号，召开了第二次座谈会，再一次讨论拟成立组织的《工作纲领》和《工作计划》。6月5日晚，韬奋与救国会同人召开第三次座谈会。这次会议，明确沈钧儒任主席，确定拟成立的组织定名为“抗战建国同志会”，着重研究了《政治纲领》和《组织简章》，会议推选邹韬奋、胡愈之和张志让为修改《简章》的负责人，对抗战建国同志会的宗旨、会员资格等条款进行了细致的讨论，提出了充分的修改意见。6月21日，韬奋出席了第四次座谈会，沈钧儒担任主席，会议讨论了如何组织的问题，最高干部会议由部门负责人参加，确定文化部门有张仲实、柳湜、金仲华、邹韬奋、艾寒松；经常负责人推选沈钧儒、沙千里、邹韬奋、柳湜、钱俊瑞五人。

韬奋与沈钧儒、李公朴做出了一个重大决定。沈钧儒很欣赏韬奋办的《抗战》三日刊，他主动地跟韬奋商量。他说：“韬奋啊，办刊还是你有经验，我建议把我们办的《全民》周刊，与你的《抗战》三日刊合并成一个刊物，怎么样？”这对韬奋来说是求之不得的事，自己的刊物能受到沈老先生的赞赏是一个方面，更主要的是两刊合并后，就增加了沈老先生和李公朴两位爱国领袖来办刊，这在全国是多大的影响啊。他兴奋地说：“这当然好啊！这样刊物的影响力和号召力就更大了！”

沈钧儒说："合并后，还得你来当主编。"

《全民》当时由柳湜当主编，韬奋还是谦逊地说："让柳湜或者公朴先生当主编也行啊！"

李公朴坦诚地说："你就不必客气了，还是你当主编，我们都当编委。"

沈钧儒则考虑两刊合并后的刊名叫什么合适。

韬奋办刊还是有经验，他立即有了想法，他说："既然是两个刊物合并，那么把刊名合并就可以，就叫《全民抗战》三日刊，你们觉得如何？"

沈钧儒想听听李公朴的意见，李公朴觉得非常好，沈钧儒当即拍板，合并后的刊名就叫《全民抗战》三日刊。

他们三位都已经接到参加国民参政会第一次会议的通知。韬奋动作更快，他建议，两刊合并就借国民参政会第一次会议的东风，在会上把消息发布出去，下期刊物就更名合并出刊。

《世界知识》的助理编辑钱小柏要暂时离开武汉，他拿着自己收藏的全套《抗战》三日刊合订本，特意请主编邹韬奋题词。韬奋略一思考，在合订本的封面上写下刊物的名称《抗战》三日刊、刊物起讫期数、日期和自己秀丽的签名。然后，他翻开封面，在扉页上写了一段较长的文字："这个刊物在'八一三'抗战爆发后不到一个星期，于一九三七年八月十九日在上海创刊，一共出了八十六期，创刊后先在上海出版了二十九期，第三十期起迁到武汉出版，直到停刊。刊名一到六期叫《抗战》三日刊，第七期起更名《抵抗》，第三十期迁到武汉出版，又恢复原名仍叫《抗战》，直到一九三八年六月底出到第八十六期停刊为止。从一九三八年七月份起，此刊即告结束，与《全民》周刊合并，另行改名为《全民抗战》出版。这个刊物的出版是很不容易的。它在日寇的炮火中诞生，受过不少挫折。它既反映了祖国的被侵略，受尽灾难的人民奋起救亡、英勇抗战、备尝艰辛；也反映了刊物本身的曲折多难，一再改名、辗转流亡。它虽然只存在了一年不到，期数不多，但要把它收集齐全，一期不缺，也已不容易，因为战时不比平时。现在居然还能得此全豹成套装订成册，见后不胜感慨，也不胜欣慰！愿好好保存，永留纪念。”

7月7日，《全民抗战》三日刊正式创刊，韬奋在创刊号上撰写了《全民抗战的使命》(署名本社同人)、《我对参政会的希望》、《抗战一周年》等重头文章。

7月8日，韬奋出席了成立抗战建国同志会第五次座谈会，会议听取李公朴报告被扣经过，当选的参政员报告参政会消息。会议讨论形成决议：一、将吴大琨起草的《暂行组织条例》和《暂行工作原则》交五位负责人审查；二、正式确定邹韬奋等六人组成《全民抗战》编辑委员会，由编委会草拟《全民抗战》办理原则，提交座谈会讨论。

7月10日，韬奋参加国民参政会在汉口两仪街上海大戏院(今汉口洞庭街中原电影院)召开的第一届第一次大会，到会的参政员有156名。韬奋在会上连续提出了《调整民众团体以发挥民力案》《具体规定检查书报标准并统一执行案》《改善青年训练以解除青年苦闷而培植救国干部案》等提案。他的《改善青年训练以解除青年苦闷而培植救国干部案》列入了大会讨论审查范围。

7

上海、南京相继沦陷后，日军的侵略野心迅速膨胀。日军并没有因台儿庄的惨败而收敛，反怀着一股复仇心理，溯长江西犯，不断扩大战争，战火直接烧到中国的抗战中心武汉。日军空军也没有因 2 月 18 日的空战损失 13 架飞机而减少对武汉的空袭，反变本加厉地对武汉地区空军基地进行连续大规模空袭，企图摧毁其空中抵抗力量。中国空军在苏联空军志愿队配合下，英勇抗击。

4 月 29 日，日军再次出动轰炸机、驱逐机共 39 架偷袭武汉。中国空军对此早有防备，集中飞机 67 架，以伊 -15 型驱逐机编队钳制日驱逐机，伊 -16 型驱逐机集中打击日轰炸机，经激烈奋战，中国空军击落日机 21 架，我空军被日机击落 12 架，牺牲飞行员五人，其中陈怀民击落一架日机后，在被敌机包围、飞机多处受损情况下，仍向敌机猛冲过去，与敌人同归于尽。

日军遭受惨败后，又于 5 月 31 日出动轰炸机 18 架、驱逐机 36 架再次袭击武汉。中国空军和苏联空军志愿队英勇抗击，再次粉碎了日军空袭企图。中国空军在保卫武汉的空战中，连战皆捷，打击了日军的嚣张气焰，鼓舞了全国军民的抗日斗志。

受挫的日军发了疯，从空中和陆地向武汉发起了大规模的进攻，武汉保卫战正式打响。

狗一旦疯了，人是无法防备的。疯狗对人的袭击是没有规律的，人无法判断它什么时间发疯，也无法判断它什么时间会向人袭击，疯的本质就是完全失去规律与理性。日军的侵略进攻受阻之后，完全陷入病态的疯狂。连续不断的空袭让武汉军民惨遭灾难，死伤十分惨重。

国民政府自宣布迁都后，政府机关就不停地迁往重庆，为减轻重庆突变首都带来的机关用房、交通运输、生活设施、物资供应等种种压力，政府一部分机关先过渡到武汉。现在日军的空袭让武汉不得片刻的安宁，所有机关和相关单位都只好向重庆转移。空战的不断发生，空运风险太大，为了安全起见，只好由汉口转道宜昌，由水路前往重庆。

生活书店理事会决定，生活书店总管理处也由武汉迁往重庆，8月1日开始迁移，8月4日开始工作，14日起各门店正式开始正常办公。《全民抗战》三日刊的编辑、印制、出版工作迁移重庆，还需要跟政府办理手续，只能暂时继续在汉口编辑出版，韬奋继续在汉口工作。

办书店办报刊不同于办其他企业，虽然同样都是生产产品，精神产品与物质产品又有着截然不同的区别。有些物质产品品牌开发成功之后，企业一般可以靠这个品牌“吃”上一段时间，有的甚至可以“吃”上一辈子；精神产品可不同，它无法一劳永逸，一个选题只能是一本书，不能重复，刊物、报纸则要求期期不同，天天不同，内容不能重复，所以办刊办报是一辈子都无法做完的事业，这是其一。其二，精神产品的生产责任也不同于物质产品，物质产品质量出现问题，或许只是消费者受一点经济损失，而精神产品出现问题，轻则误人子弟，重则毒害人生。所以政府管理方式也不同于物质生产，加之战争年代，政治倾向更是政府关注的重点，若与政府立场、主张、观点不一致，常常会遭到查禁与封杀。当书店和刊物报纸的老板，一天都无法松懈与麻痹。

一方面，生活书店总管理处各部门搬到重庆，尽管韬奋先期已经到重庆做了考察，跟重庆分店经理有了沟通和商量研究，一切相关事宜都做了安排，但作为总经理的他仍在汉口，有点鞭长莫及，心里很不踏实；另一方面，他也考虑全家的搬迁问题，有必要先去重庆安排一下。8月9日下午1时，韬奋和柳湜一起乘飞机去了重庆。

一到了重庆，韬奋就忙碌起来，开会、听汇报、到各部门了解情况。很快他发现总管理处与各地的分店之间出现了新的情况。各地办起分店之后，因店多面宽，地域分散，客观上和主观上在管理、交流、沟通等方面已经出现上情不能及时下达，下情不能及时上报，各地业务宏观控制困难，内部建议和意见也得不到及时反映等情况。假如不采取措施改进弥补，将直接影响工作和书店的整体建设。总管理处还没有完全正式展开工作，都在忙着搬迁后的整理和工作准备，不便开大会，但事情不能拖，必须防患于未然。

韬奋通过《店务通讯》向全体店员提出《迅速扩展后的积极整顿——向同人提出一个具体的建议》，他在建议中说："自'八一三'以来，我们的分店突然加多，干部也突然因事实上的需要而分散到各地去，于是彼此有许多意思都比较地难以沟通，我便渐渐感觉到《店务通讯》的重要。同时看到本店扩展迅速（当然是由于客观的需要），在组织上、工作上和人事上好像脱了节，主观的条件赶不上客观的要求。因此，我一方面觉得我们大家的文化事业开展之可慰，一方面也感到本店前途的危机。我一万分地深信这危机不是人力所不能克服的，所以我近来很想多抽出一些时间帮助本店积极整顿一番。

"我要向同人提出一个具体的建议，请每个同事把他胸中所要说的话，无论是对于本店任何部分工作或任何个人的批评或建议，都丝毫不隐瞒，丝毫不必忌讳地写信告诉我，信封上写明'亲启'，我必亲自拆阅，有保守秘密必要的，我必负全责保守秘密。我的目的是要根据实际的检讨，为本店整个文化事业开辟光明之路，绝对不愿引起人世间的摩擦。倘有建议或改革，不便由任何个别同事提出的，只须是确实重要，确实有价值，我可以负责用我的名义（即不涉及建议者的名义，以免建议者为难）负责提出，负责督促其实现。如有疑问提出，我也可以解答；倘有为我所不知道的，我也要负责查究明白，将结果奉告。如属多数人的疑问，或疑问的性质，有公开解释必要的，我也可以在《店务通讯》里做公开的解释。如果我有问题要征求同人意见的，也可以提出来请教。”

韬奋一投入工作就无法脱身，除按期完成亲自撰写稿件外，他一有空闲就在考虑书店的建设。他于 8 月 20 日又通过《店务通讯》发布了《本店设立总管理处的理由——总管理处和各分店的互助》。他在文章中说明，本店在组织系统上原来只有总店和分店（支店和办事处当然在内，以下相同），并无所谓总管理处（以下简称“总处”）。自总店从上海搬到汉口后，才想出总处的办法来。

现在总处和以前的总店有所不同之点，只是：“（一）把门市部归于所在地的分店；（二）其他部分的工作因分店的增加而较前扩大复杂起来。”总处目前的组织分五部：1. 总务部，2. 主计部，3. 营业部，4. 编辑部，5. 出版部。总处的主要任务，“须特别注意本店各部门整个计划的规划与全盘中各项工作的考核指导与调整。一方面尽量容纳各分店工作同志的合理意见，一方面尽力帮助各分店工作同志解决困难问题。

“各分店负责同志，关系各分店范围的工作，对于总处负有报告的责任，对于总处的咨询负有回答及贡献意见的责任（对于整个本店的计划和工作，每个工作同志当然都可咨询或建议，当然并不限于分店的范围)。

“大家这样分工合作,和衷共济,我相信本店的组织和工作一定能够一天天健全和进步的。”

经过一个适应期,到8月底书店工作才进入正常轨道。8月30日下午7时,生活书店总管理处举行第一次全体同人谈话会,互相交换意见。韬奋任会议主席并讲话,他在会上对总管理处与各分店的关系做了进一步的说明和解释。他在会上宣布决定,同人谈话会每两周举行一次,总管理处的全体同人参加。谈话的情况与内容,通过《店务通讯》通报各地分店和每一个本店店员。

8

武汉的形势越来越紧张,沈粹缜和孩子们还在武汉,很不安全,可韬奋实在抽不出身,只能拜托徐伯昕去搬迁时一起带他们到重庆。

人多东西也多,乘飞机已经很不安全,只能先去宜昌,再由宜昌乘船到重庆。

沈粹缜身上几乎背着全家的行李,手里还牵着邹嘉骊。邹嘉骅也背着两个包袱,还要照顾弟弟,邹嘉骝也背着小行李。

徐伯昕和妻子也是带着两个孩子,背着沉重的行李,两家人像逃荒的难民一样来到宜昌,他们随着逃难的人流涌向码头。宜昌码头人流如潮,汹涌澎湃。

码头上的大喇叭声嘶力竭、毫不客气地在拒绝他们,他们还没有靠近码头就听到喇叭里在不停地喊:“宜昌至重庆,无票;宜昌至万州,无票;宜昌至丰都,无票……”

喇叭送来的消息制止了两家人的行动，他们无奈地在码头台阶前停了下来。

徐伯昕也累得直喘气，扭头来跟沈粹缜说："宜昌分店的同志说让咱们在码头下台阶的右侧等他们，咱们到右边等。"

不一会儿，一位小伙子跑过来，把他们看了一遍，不好意思地问："你们是不是邹先生家和徐先生家？"

徐伯昕点了点头。

小伙子说："我是宜昌生活书店的小冯，实在对不起，今天下午没能搞到去重庆的票，现在票已经不预售了，今天没搞到票。"

沈粹缜有些担心，她眼巴巴看着徐伯昕问："那怎么办？"

小冯说："我们经理在找关系搞票，他说先到书店住下，等弄到票再走。"

徐伯昕有点不放心了，他说："我们一共八个人呢！要是搞个三两张票怎么办？孩子们不能分开走。"

小冯说："经理知道。因为今天你们来得太急促，没办法可想。我们会想办法让你们一次一起走的，如果搞到大人票，无论如何把小孩子送上船再补票。"

徐伯昕安慰沈粹缜："他们经理会想办法的，咱们就先跟他去书店住下。"

两家人肩扛手提带着沉重的行李，跟着小冯上了车，去宜昌生活书店。

屋外下着暴雨，雨水欢畅地在窗户玻璃上流出各种各样的一条条水线。书店内，邹嘉骝歪着嘴把一包东西，重重地放在地上，邹嘉骅一把把东西提起来。

邹嘉骅不高兴地说弟弟："里头有爸爸的书和书稿，地上湿，不能随便放！"

邹嘉骝一屁股坐到行李箱上，直喘气："太重了，我背不动。"

邹嘉骅给他换了一个轻一点的，小声劝他："你背这个，妈妈已经背了这么多东西，你别再吭声了，走的时候牵着小妹的手，千万不要松手！"

邹嘉骅用油布把书又裹了一通，自己背了起来，再提另外两个小包。

沈粹缜提着大包小包从里屋出来，邹嘉骊主动从妈妈手里要过一个包袱，让妈妈帮她背到自己肩上。

宜昌生活书店的小冯开着车来到书店门口。

老天爷真给脸，车开到宜昌码头，雨停了，大家从心里到嘴上都感谢了老天。徐伯昕背着沉重的行李，让宜昌生活书店的小冯和另一个小伙子先帮着把两箱子书送上船，他让妻子和两个孩子跟着小伙子在前面走，他在后面招呼着沈粹缜和三个孩子一起朝码头挪。沈粹缜一边尽力往前挤，一边回头招呼儿女们。

轮船的汽笛吼叫了一声，把码头上的人叫乱了，没上船的人拼命朝轮船那边拥挤。一群人猛挤过来，把沈粹缜和孩子们冲开，沈粹缜拼命往回挤招呼孩子们。徐伯昕拼出全身力气推拨开人群往前挤，还好，他的妻子和孩子已经挤上船在喊他。

徐伯昕终于踏上了甲板，他累得跪在地上起不来。邹嘉骅放下行李，赶紧回头去帮妈妈。他拉住小妹的手，牵着她上船。沈粹缜身上背着大包小包，在跳板上被人撞了一下，险些掉下江去，幸好邹嘉骝拉住了妈妈的衣服，沈粹缜和邹嘉骝终于迈上了甲板，他们两个也一起跪到船甲板上。轮船终于开了，他们两家人一个个都流着汗，累得谁也不想说话，连汗都顾不得擦，任其自流。

船到重庆天已经大亮，邹嘉骊早早就在船舱里贴着窗户向外张望，她用眼睛在码头的人堆里找她爸爸。哦！她终于找到了，她看到爸爸站在码头的人堆里朝船上看呢！他们在船舱里，他看不到他们。邹嘉骊从窗口伸出小胳膊，使劲地朝她爸爸招手，距离太远，人太多，她爸爸却没有看到她。

船靠上码头，一家人背着大包小包跟着徐伯昕上岸，韬奋和书店的一个小伙子和司机都来到船头来迎接他们。韬奋终于听到女儿在喊他，他抢着上前先把小女儿抱上了岸。

邹嘉骊跟他说："妈妈上船时，让人家挤得差一点儿掉到江里，爸爸总是只顾自己一个人走，把我们扔下不管。"

韬奋让小女儿说得鼻子酸了。小女儿说的没错，他确实是个照顾不了家庭、照顾不了妻子和儿女的男人，是个不够格的丈夫、不称职的父亲。韬奋什么也没说，只是把女儿抱得更紧。司机和书店的小伙子，已经把沈粹缜和大宝、二宝接上码头，两家人一起上了车。

卡车拉着两家人开到了重庆学田湾，汽车直接开进了一个院子。韬奋抱着邹嘉骊从驾驶室里下来，他跟车上的沈粹缜和孩子们说："这就是咱们的新家。"

韬奋扶沈粹缜下车，再抱两个孩子下车。徐伯昕和跟车来的书店的两个店员帮着卸行李。韬奋悄悄地跟沈粹缜说："那个主楼住着陈果夫，咱这座小楼是一户同姓租的，他们家用不了，咱们转租了他们家房间。"

二房东邹伯母走出来迎接。韬奋让孩子们叫人，三个孩子一一叫了伯母。沈粹缜也与她相互做了介绍，邹伯母热情地欢迎他们。

搬完行李，卡车再送徐伯昕一家。

9

有家生活才有秩序，安居才能乐业，一家人在重庆团聚，韬奋再一次体味到家庭生活的甜美。其实，韬奋一直没把家庭作为一种负担，他把家全交给了沈粹缜，他没时间也没有经营家庭的能力，在生活能力上他一直处于小学生的低水平，这个家全靠沈粹缜在操持，他至多有空挂念一下。一家人团聚在一起，他就再用不着分心去挂念亲人，可以全心全意投入到自己的事业之中。没有人要求他这么玩命地工作，也没有组织在督促他这么做，是他个人要求自己这么做，这就叫命。

在韬奋的观念中，“我们做任何事情，必须以现实做出发点，我们既不能像孙行者的摇身一变，脱离这个现实的世界，翻个筋斗到天空里去，那么我们只有向前干的态度，只有排除万难向前奋斗的一个态度”。

他做事特别注重现实，他懂得：“现实是有缺憾的，必然是不完全的，必然是有着许多不满意的，甚至必然是有着许多令人痛心疾首的，我们既不能逃避现实，就不能逃避这种种，就只有设法来对付这种种；一个人或少数人来对付不够，就只有设法造成集体的力量来对付。”“自己无论怎样进步，不能使周围的人们随着进步，这个人对社会的贡献是极其有限的，绝不以‘孤独’‘进步’为满足，必须负担责任，使大家都进步，至少使周围的人都进步。”

一个人所从事的工作，和所在的一个单位，本身也是一种需要不断认识的事物，它既有自身的客观存在的现实，也有它自身的内在规律，不去用心研究它、认识它，那就无法真正了解它掌握它。到了重庆之后，韬奋认识到，现在的生活书店再不是在上海时的生活书店了，已经是有几十家分店的大企业、大合作社。他是大家选举的连任几届的总经理，大家对自己这么信任，自己就得对这种信任有所承诺，有所付出，就有责任把这个大企业、这个大合作社搞好。所以，除了设计好《全民抗战》三日刊的栏目和内容，每期亲自撰写多篇稿件外，他把其余的时间都用在了对生活书店的研究与建设上。除了明确总管理处与各分店的关系和建立同人谈话会制度外，他采取了一系列措施加强书店的内部建设。

他于9月3日首先抓了“增加社员的调整”工作。在实际调查中，他发现书店的扩展，有相当一部分人成为了同事，但并没有成为生活书店合作社的社员。他要全体同事认清，这是非常特殊时期的一种过渡，是临时补救的特殊办法，需要逐步调整。他更要全体同事更清楚地认识到，增加社员要有比较严格的原则，任何政党、任何团体、任何合作社，要健全组织、纯洁队伍，必须严格参加原则，必须有相当的标准和履行严格的手段，集团越庞大，越要重视这一点，否则这个组织的本身就不能严密，易于腐化，而加入这种组织的人也会感觉不到它的价值。

有了这一思考与研究之后，9月9日，韬奋主持了总管理处第26次常会，专题研究了雇员的任用问题。提出两个议题：一是拟订雇员晋升为职员的审查标准案；二是旧雇员审查研究委员因职务分散，应重新确定推选案。

与会人员围绕这两个方案进行了认真的讨论，最后形成决议：一、雇员审查标准应以文化水准占百分之五十，工作成绩占百分之五十为原则，具体办法交由雇员审查研究委员会起草、提出，本会通过后执行；二、推选艾逖生、张志民、赵晓恩、方学武、金汝揖为雇员审查研究委员会委员，并由艾逖生负责召集开会。

9月10日，韬奋又通过《店务通讯》第25号发布了两篇文章，统一全体同人的思想。一篇是《社员和非社员的同点和异点——同为文化事业努力则一》。他在文章中明确："在店的方面，无论是社员或非社员，因为同为店员，在所受待遇方面有两个重要的共同点：第一是经济平等。所谓经济平等，不是就薪水一律相同，这就是已达到社会主义的苏联社会还做不到，在我们所处的环境中当然更做不到，但是这里所谓经济平等，是指各人因工作而得的薪金均按合作社制度规定执行，并不因社员与非社员的不同而有差异。第二是职业保障。除因违反纪律而被解职的，本店同事都得有职业保障，也并不因社员与非社员的不同而有所差异（这当然是指一般的原则谈，在试用期内是言明两方面都得随时停止；在特约期内，也只能享受特约期内的保障）。"总结来说："就店的范围说，本店同事有两个共同点，即经济平等与职业保障，并不因社员与非社员的不同而有所差异。就合作社的范围说，则有社员和非社员的区分。"

另一篇文章是《关于〈店务通讯〉一封有意义的信——致各分店经理书》。文章说："为联络各地分店和同人暨传达业务方针，《店务通讯》出版以来，颇受同人欢迎，咸称便利。惟是过去《店务通讯》之编印，缺点甚多，如油印不清晰，出版常延期，内容太枯燥，编排欠活泼等等。其最大缺点，即为同各地同人在《店务通讯》内少有业务意见发表，因此《店务通讯》乃不能成为全体同人共同努力出版之刊物。

“从第二十一号起，‘每周谈话’每期由弟执笔写一短文，借与全体同人多有接触机会，其次则请徐伯昕、张仲实、艾逖生诸先生经常为《店务通讯》写文，内容注重解释店务与研究办法，此外各同人，亦请尽量发表意见，共同商榷。

“今后《店务通讯》要做到成为同人生活、思想、技术之教育训练的刊物，成为沟通同人意见，共同讨论本店业务的刊物，通过这刊物，要将同人为大众文化及民族解放而努力之目标统一起来，精神一致起来。”

10

韬奋正在书房里伏案赶写稿件，楼下忽然传来邹嘉骅激情澎湃的喊声。

“我考上啦！我考上啦！”邹嘉骅一边喊一边朝楼上跑。

韬奋闻声忙不迭搁下笔走出书房，沈粹缜也惊喜地来到楼梯口。邹嘉骅举着录取通知书跑上楼来。他高兴地说：“爸爸，妈妈，我考上了南开中学啦！”

韬奋的喜悦是罕见的，他像要证实儿子的话一般急忙接过通知书细看，沈粹缜也凑过来看。没错，是南开中学，盖着鲜红的大印呢！韬奋一下紧紧地把儿子揽在怀里，儿子让他感动，儿子让他骄傲。没有安定的生活，没有固定的学校可上，没有老师指导，他不是流亡就是为工作四处奔忙，没时间关照儿子的学习，没想到儿子这么争气，儿子完全是靠自己坚持自学，一下子竟考上了南开中学。他搂着儿子说："好儿子，争气的好儿子。"

沈粹缜也激动得流下了眼泪。邹嘉骝与邹嘉骊也闻声来到客厅。韬奋坐到椅子上，欣慰地跟邹嘉骝和邹嘉骊说："哥哥是你们的好榜样，你们要好好向哥哥学习。"

邹嘉骊借机撒娇："爸爸，我也要上学校读书。"

韬奋自然要鼓励宝贝女儿，他说："好好，我们嘉骊将来一定也是个才女！"

邹嘉骊骄傲地依到父亲身边。

韬奋觉得该奖励儿子，也让全家高兴，他说："粹缜，今天加餐庆贺！"

孩子们都高兴地去看书学习，韬奋疼爱地看着离去的嘉骅，心里莫名地发酸，他觉得有点对不起孩子，自己对他们没有尽到更多的父亲的责任，不由自主地拭了一下眼角。没想到被沈粹缜发觉了，他不好意思地笑了一下。

沈粹缜却开心地笑了，她说："儿子争气，这是多好的喜事，怎么反伤感起来了呢？"

韬奋愧疚地说："我打过大宝两巴掌，真觉得对不起他。"

沈粹缜嗔怪道："小孩子谁没挨过父母打，你太惯着他们了。"

韬奋却认真地说："咱们的孩子懂事，不该打。大宝靠自学，还考上了南开中学，成绩比那些在学校读书的还好，这样的孩子怎么能打呢！"

沈粹缜说不过他，只好摇着头笑。

韬奋和沈粹缜两个一起把邹嘉骅送到重庆南开中学宿舍。当父亲的总想体贴一下儿子，让儿子感受到自己因他而骄傲，韬奋亲手替儿子铺床单。其实，韬奋在生活方面能力很弱，他都分不清床单哪边是横哪边是竖。沈粹缜给邹嘉骅放置好衣物和日用品，她知道丈夫不会做这种家务活，欲上前帮忙，却被韬奋挡开了，尽管他笨手笨脚，但他一定要亲手替儿子铺好床。

邹嘉骅看着父亲为他铺床，生出许多感动，他默默地过去帮父亲抻平床单，一起铺床。铺好床，韬奋满意地在床头坐下，看着儿子说："嘉骅，你已经长大了，离开了家，离开了爸妈，一个人在外念书，一切都要自己照顾自己了。凡事都要小心，听到防空警报不能大意，一定要当心！"

邹嘉骅听到父亲唤自己大名，知道严肃，很认真地点点头。

有同学来叫邹嘉骅，韬奋让他去，他们就此回去。邹嘉骅与爸妈一起走出寝室，目送着爸妈离开后，才跟同学一起去做他们的事。

韬奋跟沈粹缜在校园里走着，他跟沈粹缜说："我是在大宝这么大的时候看了几本梁启超先生主编的杂志，才开始想当记者的。不知道大宝会更爱哪一科？"

沈粹缜说："你想要他学什么你可以引导啊，关键还要看他自己的爱好。"

韬奋说："是啊！我爸爸一直想让我当工程师，我学的也是机电专业，但我却干了新闻出版，主要还是受了梁启超先生的影响，他让我羡慕，让我向往，我就有了志向。"

沈粹缜说："你可以找一些你觉得能对他产生影响的书给他看，至于他能不能产生兴趣，这就得看他自己了。"

韬奋一边走一边看着学校操场上朝气蓬勃的少年们，让他对未来抱有无限的希望。

韬奋回到武库街生活书店。今天他的心情很好，看到书店门市店堂里读者很多，他的思维立即又转到书店这里。

徐伯昕兴冲冲地向韬奋报告情况，他说："韬奋先生，告诉你个好消息！咱们在全国的分支书店已经达到了55家。"韬奋一听，十分激动，这真是太好了。

徐伯昕还向他建议："你不是说要去陕甘宁根据地和新四军根据地建书店嘛！现在人手有点紧张，要不把柯益民和贺众秀叫来重庆吧，上海那边现在就只是销售书刊，他们两个放那里不能人尽其才。"

韬奋略一思考说："不用叫他们来重庆，可以直接让他们去陕甘宁根据地建书店，陕甘宁那边建好后，再去苏北新四军根据地建书店。"

徐伯昕说："这样更好。"

韬奋跟徐伯昕一起上楼，韬奋说："我还有件事要跟你商量。"徐伯昕问他什么事。

韬奋说："咱们的书店是合作社，还应该增强大家庭的氛围，咱现在已经有了两周一次的同人谈话会，我想这还不够，每个月应该再开一次茶话会。这个茶话会，不只书店员工参加，有亲属在这儿的，请亲属也一起来参加。茶话会可以一边喝茶，一边聊天。大家在一起聊聊天，拉拉家常，增进相互间的了解，当然也可聊书店的建设，也可以提意见提建议。重庆也有了八路军办事处，可以请八路军的首长来给讲讲形势。战争年代，更应该把生活搞得活跃一些。"

徐伯昕发自内心地赞叹："你真是生活书店的灵魂。这样，大家更把书店当自己的家了。"

韬奋和徐伯昕自然不知道，就在他们商量工作的时候，徐恩曾在他的办公室也在给两个特务布置任务。常言道："树大招风。"生活书店的影响太大太广了，引起了国民党中央宣传部的注意。他们发现，国共合作以来，无论是生活书店出版的图书，还是《全民抗战》三日刊发表的文章，都肆无忌惮地在帮中共做宣传，简直成了中共的舆论阵地，必须加以遏制。

任务最后仍然落到了作为韬奋的老同学也是老对手的徐恩曾头上。徐恩曾在涉及韬奋的事上，一直处于矛盾的心理：论私交，韬奋是他的老同学；论工作，韬奋是他的敌人。作为“中统”的副局长，他是老牌的国民党特务，自然不可能因这点私交而不顾个人的前途，所以他对韬奋没法手软，不过是更注意手段而已。

徐恩曾把生活书店的一份油印刊物《店务通讯》第 14 期给了两个特务。特务看《店务通讯》，醒目的大标题是《毛泽东先生在去年答复杜威先生的问话》。

徐恩曾说：“国共是合作了，但是执政的是国民党，抗战的领袖是蒋委员长，他们生活书店专门请共产党的人到店里做报告，内部通讯这么肆无忌惮地为共产党做宣传，这是什么意思啊？不能让他们这么无法无天下去，你们这次去，先不动手查，拿着他们的这份通讯，先给邹韬奋一次警告，煞一煞他们的威风，让他们收敛一点儿。”

两个特务领受任务后离开。

韬奋和徐伯昕在办公室正商量着计划，两个不明身份的人闯了进来，其中一个很不客气地把《店务通讯》摔在韬奋面前。

韬奋有些莫名其妙，他问：“你们是哪里的？这是怎么啦？”

摔《通讯》的便衣说：“国民党中央执行委员会调查统计局，你应该清楚吧？”

另一个便衣说：“你们专门印‘共匪’领导的这种文章是什么

意思？”

韬奋惊奇地问：“现在国共已经合作，你怎么还这么说话呢？”

便衣说：“请你们别忘了，国民党是执政党，抗战的最高领袖是蒋委员长，你们怎么不登蒋委员长的文章？《战时图书杂志原稿审查办法》和《修正抗战期间图书杂志审查标准》这些法规没有学过吗？现在重庆书报刊审查委员会已经成立，书报原稿发表前都必须送审！”

另一个便衣说：“韬奋先生，我可以正告你，你们的《全民抗战》三日刊，文章也都是偏向共产党那一边的；你们还经常请‘共匪’的领导来书店做报告，你们怎么从来不请国民政府的领导做报告呢？你们的书店是不是共产党办的？是不是共产党的掩护机构啊？你们小心一点儿。这一次我们是来警告，再犯就没那么便宜了！”

韬奋没跟他们两个争辩。事情太意外了，他一点儿思想准备都没有，两个特务走了之后，韬奋才从这突然袭击中醒过来，这满心的欢喜全让他们两个给搅了。他真没想到，国共合作之后，国民党党部和国民政府并没有松懈对共产党的警惕，并没有放弃“反共剿共”的立场，一切都不过是应付时局而已。韬奋从内心感到，自己真的太天真，太一厢情愿了。

第九章　抉　择

1

救国会与汉口文化界决定组织慰问团，由武汉赴江西德安一带第九战区慰问鼓励前方抗日将士，救国会研究决定派沈钧儒、邹韬奋、范长江、王炳南代表救国会参加慰问团，对前方抗日将士进行慰问。

韬奋离开汉口已经一个多月，《全民抗战》三日刊仍在汉口出版发行，暂时还不能迁移到重庆，很有必要前去看望和了解协调一下近来的工作，同时要商量安排准备迁移重庆办刊的准备工作。他于9月12日由重庆飞往汉口。到达汉口后，他得知国民党陆军陈德馨旅长在抗日战场英勇殉国，13日先赴汉口万国医院吊唁这位英雄。

韬奋在汉口除了做生活书店和刊物的工作，还认真为前方将士准备了精神食粮，他要把本刊读者以及后方民众的热切希望带给将士们，他也打算把前方将士作战生活情况和自己的所见所闻所感记录下来，献给广大读者。

9月18日，韬奋与沈钧儒、范长江、王炳南一起代表救国会和武汉文化界参加了慰问团，他们带着食品和书刊，晚上8时乘粤汉火车出发，20日凌晨1点到达长沙，晚上再离开湖南前往江西，23日由南昌到达德安。

24日，韬奋与沈钧儒一行去了德安、星子一线的某军军部，举行了盛大的献旗典礼，出席了部队举行的欢迎会，视察战利品，看到了缴获的日军防毒面具及毒气筒。25日再返回南昌，了解了当地的抗敌后援工作和军民关系，拜会了战区总指挥国民党将领薛岳，并一起合影纪念。从南昌回到长沙后，专访了在长沙抗敌后援会工作的救国会友人薛暮桥、杨东莼。在慰问期间，各地的爱国青年不断找来访问，韬奋和沈钧儒两位爱国领袖格外繁忙，两人自早到晚不停地接待爱国青年，跟他们交谈，回答他们所提出的一切问题，常常搞到深夜一两点钟，连续几天都不能很好地休息。

他们一行于27日由长沙乘轮船返汉口。考虑到战时的安全，轮船绕道洞庭湖，于29日晚抵达武汉。慰问活动历时11天。

这一慰问活动使韬奋收获巨大，他看到了前方抗敌将士为国家为民族奋战的舍身精神，也发现了许多需要改进和解决的现实问题，还有许多引发他思考的现象。韬奋对抗日救国从来都没有一点懈怠，他让自己手中的这支笔出色地战斗着。

他先为陈德馨旅长的英勇殉国所感慨，撰写了《记临死呼战的陈旅长》。他在文章中说："陈旅长的抗战的英勇与殉国的壮烈，可说是神圣抗战发动以来，许多为国牺牲的弟兄们的象征。这些为国牺牲的前线将士，以及正在前线为国浴血作战，备尝艰苦的战士，他们全副精神所集中的只是为国家民族争生存这一件事，此外没有其他一丝一毫的私念，在后方的同胞们，应体念这种精神，绝对不许内部再有消耗自己力量的可痛的现象，也应集中全副精神为国家民族争生存这一件事而努力，只有这样才对得住一切为国牺牲的同胞。"

记者、文人无论采访或参加某项活动，一般写一两篇消息随感加以报道也就算是负责任地完成了任务。韬奋与他人不同之处是他对抗日御侮没有任务这个概念，说他把自己的心都交给了祖国和民族一点儿不为过。在赴战区前线慰问期间，他再忙也没有闲下他手中的笔，他把慰问过程中所见所闻所感全装到心里，不停地反复思考，不失时机地写成文章。《由武汉出发》《至忠极勇的前线战士——前线慰问感观之一》《军队需要与民众动员——前线慰问感观之二》《敌我士气的比较——前线慰问感观之三》《再谈前线需要——前线慰问感观之四》《接近战区的民气——前线慰问感观之五》等作品，一一发表在《全民抗战》三日刊上，让全国的读者都参与到慰问将士的活动之中。

10月3日，武汉文化界举行盛大集会，新近从香港赶到汉口的陶行知，从前线慰问回来的沈钧儒、邹韬奋、钱俊瑞、范长江、王炳南、沙千里、杜重远、萨空了，以及当天下午就要离开汉口的军委会政治部第三厅的文化工作者胡愈之、张志让等都参加了会议。会上介绍了海外侨胞参与救亡运动的活动情况，介绍了各国援助我国抗战的情形，还介绍了前线很多英勇抗战的事迹，军队与民运工作的情况。会议着重研究了今后文化工作的方向和态度，根据现实的情况确定了分散工作、以点带面、重视沦陷区域工作等方式与重点。

除了参加会议、撰写文章，韬奋一点儿都不放松对书店的改革与管理，他继续通过《店务通讯》做他还未完成的书店内部建设，发布了《关于增加新社员的问题》的意见。他说：

"要在本届改选举行以前，决定增加新社员，由临委会议决，凡在服务一年以上的非社员的同事，要经过相当审查手续而为候补社员，在服务一年半以上的同事，要经过相当审查手续而为社员，这仍然是沿着一向增加新社员须经过审查的惯例，我认为这原则是对的。……

“不过审查的办法确需要慎重的考虑，这是要注意平日的工作和品行的经常的审查，而不是临时一次填表所能完全测验出来的，但是在告一段落时（例如以前在试期终了时，现在所规定的一年以上及一年半以上的段落），特对平日的材料加一番整理或检讨（也可以说是审查），虽说是临时的工作，只要它的注意点是注重在平日的工作和品行，仍然不是仅凭临时一次的得失。……

“我们这次对于新社员的增加，是要在举行改选以前增加新的力量，新的血液，使我们的组织更加健全，使我们的干部更加充实，使我们的工作效率更加增高，所以在临委员执行人委员一向所执行的职责的时候，一定只有虚怀求贤的态度，绝对不会存着吹毛求疵的褊狭的心胸。”

2

10月3日，《全民抗战》三日刊在重庆履行送审程序。第一次送审比较客气，删改不多。送审这一程序的增加，给按时出版带来了问题。韬奋考虑，编刊出刊方面再难，都是书店自己的工作，再怎么难、怎么烦、怎么累都应该，但不能因脱期出版而失信于读者。为适应国民党中央图书杂志审查委员会对杂志的审查程序，使刊物能如期出版，唯一的办法只能扩大刊物的出版周期。经与各编委沟通，韬奋当机立断，决定将《全民抗战》三日刊自第30号起改为五日刊，每逢五、十出版，版面扩充到十六面，刊物正式落户重庆冉家巷16号。自此，汉口分店除继续经营外，总管理处和刊物工作全部转移到了重庆。

接到参政会的通知，参政会第一届第二次大会即将在重庆召开，参政员都需要准备提案。10月4日，凌晨3点，韬奋与沈钧儒、沙千里乘一架很小的水上飞机返回重庆。

韬奋做事情从来都是说到做到，不放空炮。抗战期间，他每天的工作时间表上，事情都排得满满的，尽管如此繁忙，他坚持每期《店务通讯》写一篇谈话文章，也要与全体店员见面交流谈心。回到重庆，他在《店务通讯》第29号写了《理想与现实——关于整顿社务店务的感想》。在第30号《公开用文字讨论店务的流弊——值得注意的一个严重问题》这篇文章中，他指出：

“我最近在本讯上看到好些同人的对本店的业务有种种的批评，这原是一种很好的现象，其中虽有些地方对于实际的情形不免隔膜，有的事情实在是本店已在做或已做好了，还有着不必要的批评。这种误解只须加以解释，原也没有什么要紧。使我深刻地感到困难的，是关于营业的计划或编辑的计划，（举一两个例子说）有好些部分是有着秘密性，不宜于公开用文字讨论或宣布的，这里所谓秘密性并不是有何不可告人之处，只是说，无论那一部门的事业，例如书业，某一书店的营业计划或编辑计划，必有其不能公诸同业的部分，也有的部分在成功以前也不能完全给社会一般人都知道的。诚然，我们的《店讯》是本店同人阅看的刊物，本店的业务上的一切计划，本店同人知道了当然是无碍的。这话不能说不对，但是印在纸上的黑字，谁都不能绝对担保不会被外人看见，所以我认为用文字公开讨论本店的问题当然不是一概不可，但偏重口头的商讨而不宜于公开用文字讨论，除非是不公开发表的信件，那当然是可以的。因此我觉得为检讨并规划本店业务的重要事项起见，有召集各分店负责人（或因交通困难而仅召集比较尤重要的各处负责人）到渝开一个扩大业务会议的必要，在这会议里可以解释误会，交换意见，奠定未来的一切重要计划，这事正在积极研究中。

“人众口多，有些计划或计划中的某部分，或者只宜于最高干部知道，这并不是说有任何人不忠于本店事业，但无意中的传播是事实上可能的。当然，这干部必须是大家所选出而信托的。我们不要忘记我们所处的是一个复杂的社会，我们不能不顾到现实的。同时，就是在《店讯》上可以发表的东西，如业务一般讨论，研究计划及临委会议决案等，也只是对同人们是公开的，同人们千万不要误会，以为公开在《店讯》上登载的，就不妨公开的告诉别人，实际上对本店以外仍是不公开的，这点还要特别的要请同人们注意。”

为了把书店办成大家庭式的合作社，既有统一意志，又有个人心情舒畅；既有分工职责，又相互平等；既有社员雇员之别，又一视同仁、同工同酬，扩大交流沟通是一种极有效的方法。除了已经确定的两周一次同人谈话会，一月一次茶话会之外，韬奋还要主持不定期的业务联席会议。白天都忙于经营业务，他便把这种会议安排在晚上。每次会议都是韬奋亲自主持，各部门负责人都要在这个会上汇报工作，然后，各人对书店业务建设提出问题与建议，对于各人提出的问题，韬奋均亲自逐一解答，直到同人们满意为止，这种会议每次总要开到晚上 10 点多才结束。

10 月 21 日，广州失守，日本侵略军占领广州。10 月 25 日汉口沦陷，至 27 日武汉的武昌、汉口、汉阳三镇全部失陷。

韬奋心情沉重地回到学田湾家中。全国抗日战场的局势让他忧心如焚，深恨自己一书生，无力奔赴沙场，指挥千军万马与日本侵略者一拼。忧患之余，他又深刻地检讨自己。尽管已经竭尽全力站在全国的高度，时时为国家为民族发声，唤起民众为民族尊严仇恨日寇，奋起抗击；忠告劝说国民政府停止内战，一致抗日；号召各党派各界团结御侮，不计前嫌，齐心协力抗击日本帝国主义。但是，看着暴日的铁蹄践踏着祖国的山河，侵占着祖国一个又一个城市，侮辱着中华民族，蹂躏着中华儿女，他心里那股痛与恨无法排遣。

韬奋在书房里抽着烟，心情沉重，血管里的热血汹涌澎湃。面对日本侵略者的横行，面对破碎的山河，他能做什么呢？他只有手中这一杆笔。

韬奋坐到写字台前，铺开稿纸，拿起笔，心中的激愤跃然纸上。

他首先写的是《参政会第二届大会的重大使命》，文章说："这十五个月以来，我们的进步还远赶不上抗战的实际需要，以致所产生的新的力量还不能阻挡敌人的继续进攻，虽则已使敌人进攻的速度较前逐步的减低。所以我们一方面承认十五个月来的空前进步，一方面却不能不深刻地探讨为什么我们的进步还远赶不上抗战的实际需要。"

为此他指出了症结的所在："只注视到军事的胜败消息，而忽略了和军事相配合的各部门的重要工作。在抗战时期，各部门的重要工作应以军事为中心，这是无疑的，但是误会军事第一的真义而忽视了其他部门的重要工作，使军事上因此得不到充分的辅助，这却是一个非常严重的缺憾。例如兵役问题……决不是仅仅注意到军事一方面所能办到的，必须注意下层政治机构的切实改善，军人家属优待的切实执行，壮丁训练方法的切实改善，壮丁待遇问题的适当解决，民众动员的开展扩大与普遍，这都不仅是军事的问题，都同时要牵涉到政治经济民运等等方面去。……这只是举一个例子，其他方面可以类推。"

接着，他写了《接近战区的民气》。文章指出："前线将领在谈话中所恳切希望于后方的是精诚团结，共赴国难，不要再有什么内部摩擦的消息漏到前方去，使他们听了头痛心伤！……他们一致提出两个要求：（一）军民打成一片；（二）前方与后方打成一片。根据这两个要求，我们可以说，抗战的胜利不但要靠士气，同时还要靠民气。所以记者不但注意前方的士气，同时并注意到接近战区的民气。”

第三篇文章是《广州武汉失陷以后怎样》。文章指出：

“经此两个重要地点的剧变后，全国同胞都一致引起了这个急待解答的问题：广州武汉失陷以后怎样？

“第一，我们的抗战既是民族生死存亡之争，既是因为不愿做奴隶而拼命，无论如何艰苦，除到了民族可以独立解放，同胞不至被敌人逼迫屈膝做奴隶的时候，我们除了继续坚持抗战之外，没有第二条生路可走。……

“第二，我们抗战胜利的基本条件是全国精诚团结，一致在坚决领导全国抗战的国民政府和最高领袖领导之下，百折不回地努力奋斗。……中国的整个力量如被分化，那就必然要堕入深渊，永劫不复。……

“第三，半殖民地的民族解放战争的胜利，不能仅靠单纯的军事，同时必须注重政治的彻底改善与全国人力物力的彻底动员，真能实现‘全国抗战’和‘全民抗战’。”

3

10 月 28 日，国民参政会第一届第二次大会如期在重庆举行，韬奋正集中精力参与会议提案的审议与讨论，争取在会议期间做一些实际有效的事情，10 月 31 日晚，他接到西安分店的来电，说 30 日晚上西安当局派人去书店查了20种图书，书店被停止营业，书店经理张锡荣被押去警察局。这似乎是应了祸不单行这句话。国难当头，他们正竭尽全力在为民族抗击日寇废寝忘食、呕心沥血地工作，结果当局却给爱国救国的人找麻烦，不让你爱国不让你救国，不知他们究竟想做什么。

韬奋气愤异常，他一面将消息通报给参加参政会的全国各界救国会的朋友和文化界的友人，得到友人的支持与声援；一面理直气壮地一级一级找当局，最后直接找到国民党中央宣传部，他所碰到的政府和国民党中央的人个个都搪塞推说不知道这件事，待问清情况再给他答复。也许是国民党当局想给邹韬奋一点警告，让他在参政会上有所顾忌、有所收敛，少给政府出难题。他们恰恰打错了算盘，这却更激起了韬奋对政府的一些政策和做法的抵触与反感。韬奋继续联络全国各界救国联合会的朋友和文化界的朋友共74位代表，一起呼吁政府表决通过《请撤销图书杂志原稿审查办法，以充分反映舆论及保障出版自由案》。

11月4日，西安来电，说张锡荣经理已经被释放，书店继续营业。

假如说，当国民参政会参政员，有人看作是因个人声望获得的一种待遇、资格与名分，而在韬奋心里却是为民众代言的资格与权利。既然推选我当参政会参政员，那么我就得站在民众的立场上问政、议政、督政。从参会前到参会中再到参会后，他把自己的相当一部分精力集中用在这个会上。11月4日的大会，通过了由他起草和其他74人签名的《请撤销图书杂志原稿审查办法，以充分反映舆论及保障出版自由案》，这对新闻出版界来说，确实是一件大快人心的事情，他们已经被这“审查法”搞得焦头烂额。

参政会前韬奋撰写了《〈民众呼声——一封致国民参政会全体参

政员的信〉按语》《参政会第二次大会的使命》，参会期间他又撰写了《关于参政会第二次大会（一）》《关于参政会第二次大会的检讨（二）》《关于参政会第二次大会（三）》《第二次大会的特点》等系列文章，全面反映了这次大会。

韬奋在这些文章中分别做了自己想做和要做的事情。首先他在汪精卫召集的预备会上先向参会的同人报告两件事："（一）一般社会人士对于国民参政会，都有着一个疑问待解释，即上次大会所通过的方案，到现在究竟有多少已实行了？这个疑问的明白答复，不仅有关国民参政会的信誉，也有关政府的威信，希望关于这方面的报告须尽可能宣布于大众，就是关于军事财政之有秘密性的，不能全部公布，也应该尽可能让人民知道。（二）一般民众都渴望国民参政会对于目前的紧张局势有具体的好办法，这办法的内容也应该尽可能让大众知道。这不但与振作士气有关，也与振作民气有关，是不容忽视的。"

其次，他对胡景伊先生等所提出的《拥护抗战建国纲领确立战时新闻政策促进新闻事业发展案》和他带头提出的《撤销图书杂志原稿审查办法，以充分反映舆论及保障出版自由案》在会上所经历的讨论与辩论做了补充说明。尤其是后一个提案，在第三审查委员会审查中，"撤销"被改为"改善"，这等于推翻了整个提案，于是不得不在大会上做最后努力，尽管结果以 75 票赞成 55 票反对通过原案，但还需经过最高国防会议核准。

大会结束后，韬奋心系前线，立即转入抗战的报道，他撰写了《外国女记者心目中的中国士兵》通讯，介绍了最同情中国民族解放运动的国际友人、美国女记者史沫特莱写的《中国的士兵》这篇文章。史沫特莱参观了几个伤兵医院，里面有好些数月前在山东战场上受伤的士兵，他们都魁梧强壮、沉着坚毅，完全明了这次神圣战争的意义。其中几个虽知道自己将要死去，却没有说一句埋怨的话。尤其使她感动的是其中一个奄奄一息的伤兵安慰她，说就是他死去也不在乎，因为中国是要胜利的。我们有这样的卫国将士，是我们的光荣；但是我们没有很周到地卫护我们的英勇将士，却是我们的歉疚。

于是，韬奋决定在生活书店重庆分店率先举行“义卖献金日”，用后方支援前线的实际行动激励前方的将士。11 月 27 日，生活书店重庆分店，不分总管理处、分店，全员参加义卖。清晨到店全体同人纷纷行动，有直接参与义卖队的，有背着书、背着竹筒到街上做宣传的，有在门市帮忙照应营业的，从早上 9 点开始，读者络绎不绝，直至晚上 9 点，店内仍旧熙熙攘攘、挤满读者，几经劝说才依依离去。这一天义卖共得现金 442.96 元（含书店职工捐献的 198.13 元），全部支援抗战。各报刊登了《生活书店重庆分店为义卖献金敬向各界道谢启事》，向《中国日报》《新华日报》《新蜀报》《扫荡报》《国民公报》《新民报》和国民印刷公司等单位致谢。启事最后附录了一张包含参加义卖者姓名及捐款数目的名单。

11 月至 12 月，在生活书店重庆分店的带动下，重庆新闻出版界举行了“义卖一日献金活动”，重庆分店再次参加，同时参加的还有正中书局服务部、国民印刷公司、武汉日报社、新民报社、商务日报社、中国文化报社等单位，在大后方重庆掀起一个支援前线抗战的热潮。

4

1939 年 1 月，中国进入了极不平常的岁月，一系列意想不到的重大事件接连发生，灾难深重的中华民族，不仅遭受日本侵略者的欺凌，同时还要经受国内种种不幸事件的打击。

就是这个1月，发生了一件震惊中外、让中华民族丢尽脸面的大事——汪精卫叛国投敌，公开投降日本，当了汉奸。早在1938年年底，身为国民党副总裁、国民参政会议长的汪精卫，擅自离开重庆，飞到昆明；接着与陈璧君、陈公博、周佛海、陶希圣、曾仲鸣等十余人离开昆明飞离祖国。12月29日，他恬不知耻地发表“艳电”赞同日本《近卫声明》，投降日本帝国主义。

“艳电”电文摘要如下：

重庆中央党部，蒋总裁，暨中央执监委员诸同志均鉴：

今年4月，临时全国代表大会宣言，说明此次抗战之原因，曰：“自塘沽协定以来，吾人所以忍辱负重与日本周旋，无非欲停止军事行动，采用和平方法，先谋北方各省之保全，再进而谋东北四省问题之合理解决，在政治上以保持主权及行政之完整为最低限度。在经济上以互惠平等为合作原则。”

自去岁7月卢沟桥事变突发，中国认为此种希望不能实现，始迫而出于抗战。顷读日本政府本月22日关于调整中日邦交根本方针的阐明：

第一点，为善邻友好。并郑重声明日本对于中国无领土之要求，无赔偿军费之要求，日本不但尊重中国之主权，且将仿明治维新前例，以允许内地营业之自由为条件，交还租界，废除治外法权，俾中国能完成其独立。日本政府既有此郑重声明……则吾人遵照宣言谋东北四省问题之合理解决，实为应有之决心与步骤。

第二点，为共同防共。……今日本政府既已阐明，当以日德意防共协定之精神缔结中日防共协定。……中国共产党人既声明愿为三民主义之实现而奋斗，则应即彻底抛弃其组织及宣传，并取消其边区政府及军队之特殊组织，完全遵守中华民国之法律制度。三民主义为中华民国立国之最高原则，一切违背此最高原则之组织与宣传，吾人必自动地积极地加以制裁，以尽其维护中华民国之责任。

第三点，为经济提携。……今者日本政府既已郑重阐明尊重中国之主权及行政之独立完整，并阐明非欲在中国实行经济上之独占，亦非欲要求中国限制第三国之利益，惟欲按照中日平等之原则，以谋经济提携之实现，则对此主张应在原则上予以赞同，并应本此原则，以商订各种具体方案。

以上三点，兆铭经熟虑之后，以为国民政府应即以此为根据，与日本政府交换诚意，以期恢复和平。……抗战年余，创巨痛深，倘犹能以合于正义之和平而结束战事，则国家之生存独立可保，即抗战之目的已达。……

中日两国壤地相接，善邻友好有其自然与必要，历年以来，所以背道而驰，不可不深求其故，而各自明了其责任。今后中国固应以善邻友好为教育方针，……以奠定两国永久和平之基础，此为吾人对于东亚幸福应有之努力。同时吾人对于太平之安宁秩序及世界之和平保障，亦必须与关系各国一致努力，以维持增进其友谊及共同利益也。

谨引提议，伏祈采纳！

汪兆铭，艳。

震怒的韬奋立即撰文《汪精卫的自掘坟墓》，他在文章中说："最近震动一时的事件，莫过于汪精卫叛国背党，而最使全国翕服的一件事，也莫过于中央毅然决议汪精卫永远开除党籍，并撤除他的一切职务。

"……就国家与民族的立场说，我们认为汪氏叛国阴谋的完全暴露不但于抗战前途没有坏的影响，而且有好的影响；乃至就国民党说，汪氏背党阴谋的完全暴露不但于国民党无损，而且于国民党有益。汪氏的叛国背党，只是自掘坟墓，自绝于国人，自己断送其政治生命，自陷于国家民族千秋万世的罪人而已。

"汪氏对于我国的神圣抗战，自始就没有坚决的信念，当记者于'八一三'战事将爆发前……曾访汪氏一谈，问到战事前途的推测，他泪下如雨，仰首呜咽好些时候，才颤声说道：'抗战！抗战！中国抗战不到三个月，全国人都要饿死了！'据我们当时所得到的内幕的消息，最高统帅已由庐山赶回首都发号施令，以最坚决和最镇定的态度发动神圣的抗战了，而汪氏对于抗战却充满着失败主义的情绪！现在我国在最高领袖与国民政府领导之下，愈打愈强，不但全国人不曾在三个月以内都饿死，而且全国团结愈坚，抗战必胜的信念永不动摇，而敌人则日暮途穷，泥足愈陷愈深，与汪氏所幻想者完全不同。……不再受他的欺骗，这是可为抗战庆幸的。

"……人们对汪氏这次的悖谬行为却不可不得到相当的教训：脱离了大众意志的任何个人……为大众幸福而努力奋斗，一旦离开了这个立场，无论他原来的地位如何崇高，都是要被国人所唾弃的。"

韬奋又在他的《广东精神的另一表现》里称赞在港的广东人："《华南日报》是汪精卫在香港的机关报，自从'通敌投降'的通电发出以后，该报在新闻标题和社论中大为汪氏张目，并大造重庆'赤化'

的谣言，以耸国际听闻。在香港的广东同胞恨极了，就是靠报为生的报贩们，也一致被激起了公愤，自动地一致不再卖《华南日报》，所以最近在香港马路上一份《华南日报》也买不到！可敬哉广东同胞的爱国精神！”

他还在《汪精卫通敌卖国》一文中揭示：“最近的重要时事中最令人痛心的，莫过于汪精卫通敌卖国的阴谋。其丧心病狂的程度，竟至为敌设计企图颠覆国民政府，引敌深入，以灭亡祖国，真是骇人听闻。……

“我们深信，凡是爱国的同胞，看了汪逆精卫的这种通敌卖国的阴谋，没有不极端愤慨的。……

“决定抗战国策的政府和领袖，是我们全国同胞所始终坚决拥护的。敌人和汉奸的离间分化，不但不能动摇我们的分毫，而且更加强我们的决心。……任何民族解放的战争，在过程中不免有若干内奸的活动，这不是可异的事情，最重要的是我们能够以广大的民众力量，在政府领导之下，努力于肃清内奸的工作，使内奸妨碍抗战国策的效力完全消灭。”

为此，韬奋还和沈钧儒、胡愈之、史良、张仲实等20位文化出版界好友联名向蒋介石发了《快邮代电》，严词声讨汪精卫叛国投敌。

也是在这个1月，生活书店内部进行重大改革与调整。韬奋始终没忘他肩上挑着两副担子，如果说他左肩挑着《全民抗战》五日刊主编、编委和记者的担子，那么他的右肩则挑着生活书店总经理的担子。一边他要让自己主编的刊物成为全国抗战的舆论阵地、全民抗战的指针；另一边他要对生活书店的全体社员负责，除给全国广大读者提供优秀的精神食粮外，他要确保每个社员有实际的经济收入，还要确保每个社员在这个团体中相互平等。这两副担子的分量都不轻，但他自从承担下来之后，一直挺直腰杆，全力以赴，全心全意地忠于职守，他非常出色地履行了自己的诺言："我们并不以本刊仅能支持为不满足，我们情愿在经济自立上挣扎，我们情愿只用自己的苦赚来的正当收入，因为如此才能保持我们言论上及纪事上的大公无私的独立精神，才能绝对不受任何私人任何团体的牵掣，曾有有经济力量的某君，示意如本刊需要的话，肯无条件地资助本刊，我立刻毅然地婉谢他的好意。记者将来瞑了目，或是滚了蛋，我所留与我的继任者，就只有这种大公无私的独立精神，并没有什么积蓄的钱；能保持这种精神的便仍可得到读者的信任，否则读者所给予的信任亦随时可收回，不能任人藉为营私的工具。这是记者要乘此机会倾怀一述本刊对营业方面的态度。"

就是如此，韬奋仍没有一丝一毫的懈怠，他不时地给自己拧紧发条，让自己像钟表一样一秒都不停息地跟时间赛跑。

在全方位注视全国抗战局势的变化，不失时机地站在国家与民族高度随时发出正义的声音的同时，他一刻也没停止对书店建设的思考。一进入 1939 年，他立即把远在广西桂林的胡愈之邀请回重庆，召开生活书店上层的干部会，共同商讨生活书店今后的工作方针。他们做出决定，把大力发展生活书店在全国的分店作为今后工作的重点，努力通过各地的分店，把抗日文化的种子撒到全国去。对生活书店总管理处的机构进一步健全调整，决定成立编审委员会。

韬奋和艾寒松首先组织总店同人，为杜重远和张仲实赴新疆开辟工作举行同乐会。张仲实在发言时言辞恳切，他表示到新疆后，一定为书店出版事宜努力负责。韬奋和艾寒松先后都发了言，为他们送行，祝他们工作顺利。最后全体同人高唱《义勇军进行曲》尽欢结束。

1月10日，生活书店编审委员会正式成立，胡愈之任主席，沈志远、金仲华任副主席，艾逖生任秘书，邹韬奋、柳湜、史枚、刘思慕、沈兹九、张仲实、戈宝权、茅盾、戴伯桃任编委。在此基础上，生活书店选举产生了第五届理事会，邹韬奋再次当选总经理，徐伯昕也再次当选为经理。阎宝航也加入了生活书店总管理处服务部工作。

韬奋代表生活书店理事会，起草并通过了《生活出版社章程》，同时撰写了《我们的工作原则》，指出："第一是促进大众文化。我们必须注意到最大多数的群众在文化方面的实际需要，我们必须用尽方法帮助最大多数的群众能够提高他们的文化水准，我们必须使最大多数的群众都能受到我们文化工作的影响。第二是供应抗战需要。我们当前最神圣的伟大任务是争取抗战胜利，我们所努力的文化工作必须供应抗战需要。第三是发展服务精神。生活书店可以说是服务社会起家的。我们现在不但保持我们对于社会的这种传统的服务精神，而且还要尽量发展这种传统服务精神，由此使我们的文化事业得到更大的开展，由此使我们的工作对于国家民族有更普遍而深刻的贡献。"

他公布了《本店机构的调整》，提出了《本社事业怎样能上轨道》。

还是在这个1月，邹韬奋、沈钧儒等"七君子""救国是否有罪"一案，随着国民政府和国民党中央迁移重庆，此案也由江苏高等法院移交给四川高等法院，四川高等法院交由第一分院审理。经过一年多时间的调查审理，正式宣布对"七君子"撤回起诉，同时宣布对陶行知等的通缉令亦一并撤销。此案从1936年11月逮捕"七君子"起，经过两年多时间的调查、开庭、保释、再调查审理，终于在法律程序上画了句号。

还是在这个1月，中共中央批准成立中共中央南方局。南方局领导成员有周恩来、博古、凯丰、叶剑英、廖承志、董必武等，周恩来为书记。南方局领导的分工是：博古负责组织工作，凯丰分管宣传与党报，周恩来兼管统战，叶剑英负责联络工作，吴克坚负责报馆，邓颖超负责妇女工作。

韬奋、杜重远、萨空了由杜重远代表三人一起再一次向周恩来提出要求加入中国共产党，周恩来恳切地跟杜重远说："现在你们已经有了身份地位，在党外活动可以自由得多，入了组织，活动反而会有诸多不便。你们暂时都不要急于入党，以党外人士的身份与国民党反动派做政治斗争，比以一个共产党员身份所起的作用不一样。"

仍是在这个1月，生活书店会议室里摆满了用两个小桌拼成的一张张方桌，书店的领导和店员以及亲属都来了，大家开开心心地坐在一起喝茶吃瓜子。沈粹缜也领着邹嘉骊来参加茶话会。

身着军装的叶剑英，在徐伯昕的陪同下走进会场，茶话会场内爆发出更热烈的掌声。韬奋走到讲台前，示意大家安静。

韬奋面带微笑开心地跟大家说："在座的各位同人，还有各位书店的亲属朋友，咱们生活书店是个大家庭，在这个大家庭里没有老板，没有资本家，没有剥削，大家都是主人，平等相待，我这个总经理是为大家服务的。今后，这种茶话会，咱们每月举行一次。大家一起认识认识，摆摆龙门阵，增进相互间的了解。除了聊天，我们还会请一些领导、专家、学者来给咱们做报告。今天，我们请来了八路军的参谋长叶剑英先生，叶剑英先生是国共合作的代表人物，他正在筹备创办国民党南岳游击干部训练班，他还是中国共产党中央长江局委员和南方局常委，他要给我们讲讲抗战的形势，让我们欢迎叶参谋长为我们做报告。”

大家再度鼓掌，叶剑英行了个军礼，走到台前，开始演讲。

“各位朋友，今天这次讲演来之不易，感谢邹先生在生活书店如此危难的时刻还能让我们这些共产党的军人来讲话。

“今天我要讲的是今后的战局。广州武汉失陷后，军事相当沉寂，乃是敌人新的进攻步骤，因为敌人已觉得照老样子打不行了。敌人的新的进攻步骤是稳定前方，以巩固已得的据点，肃清后方，以开发财源，用武力威胁英法，或割断国际交通线，使之断绝对我国的帮助。这是针对我国‘长期抵抗’的‘长期侵略’步骤。我们的对策应该是用运动战攻击其前方据点，固守现存后方，以增长新军力；用游击战扰乱其后方，扩大游击区及根据地，用抗战到底的决心和事实去争取外援。……”

5

2 月下旬，一个阴谋在悄悄施行。阴谋是国民党中央宣传部根据蒋介石种种报告的讲话精神设计的。国民参政会第一届第三次大会结束后，国民党中宣部秘密地传达了特种谈话会上制定的《禁止或减少共产党书籍邮运办法及取缔生活书店、新知、互助等书店办法》的内部规定。

涉及新闻出版范围的单位由国民党中央图书杂志审查委员会具体执行，这里自然少不了徐恩曾的特务组织的配合。3 月 3 日，审查委员会的几个人无缘无故地闯进重庆生活书店，说是要搜查“未经审查合格”的图书，他们一阵乱翻，搜走了 7000 余册图书。3 月 8 日，浙江省行署无故迫令天目山生活书店临时营业处停止营业，警察将营业处封闭，将两名书店职员强制押送出境，他们所有的行李及公家的财货全部被封存。徐伯昕不想给韬奋添太多烦恼，事情在他那儿搁下，他没告诉韬奋。

也许是周恩来发觉了生活书店所面临的严峻形势，也许是周恩来看透了国民党政府对生活书店的居心，他把张友渔调到生活书店工作，加强对生活书店的领导。

韬奋对张友渔不陌生。张友渔是周恩来特意从敌后调来重庆参与救国会工作的，他是当时救国会沈钧儒、邹韬奋等19个领导成员之一。张友渔和沈钧儒、韬奋等六人共同写了《我们对于“五五宪草”的意见》（注：“五五宪草”指1936年5月5日公布的《中华民国宪法草案》）一个小册子，由邹韬奋主编，他们每人写一篇，张友渔写了三篇。韬奋和沈钧儒参加参政会，把这作为正式意见向大会提出。张友渔归周恩来、董必武直接领导，以左翼文化人身份进行社会活动，不住在党的机关，有事直接到曾家岩50号周恩来住处汇报请示。

周恩来派张友渔参加生活书店领导工作时交给他两个任务：第一个任务要以救国会的出版机关的面貌出现，做好左翼和中间派文化人的统战工作，争取团结尽可能多的作家，出版尽可能多的马列主义、革命文化的书刊，以发挥革命文化运动的堡垒作用。同时，要保护这个堡垒，使它能存在下去。出版的书刊，发表的文章，既不能丧失原则，也不能猛冲猛打。要善于运用斗争艺术，进行合法斗争。批判蒋介石，可利用孙中山的话，甚至就利用蒋介石自己的话，用他那些骗人的好话，来打他自己的嘴巴，更可以用来打击国民党中的顽固派。第二个任务，是领导生活书店党组织，联系进步作家，团结书店职工，同心协力，发挥革命文化堡垒的作用。对党员进行政治思想教育，提高他们的革命觉悟、斗争艺术和革命警惕性。既不能右倾麻痹，也不能“左倾”冒进。决不能脱离群众，更不能对群众采取命令主义态度，发号施令。既必须广泛交朋友，广泛进行组织宣传工作，又要防止认敌为友，受骗上当。

在重庆冉家巷生活书店宿舍里，张友渔第一次见到韬奋，韬奋约他为《全民抗战》写有关民主、宪政、日本问题，特别是华北敌后情况的文章，每期一篇，从此张友渔成为韬奋的特约撰稿人。

国民党中央根据蒋介石所做的报告，确定了“溶共、防共、限共、反共”方针，秘密通过了《限制异党活动办法》，设立了“限共委员会”。

国民党中央图书杂志审查委员会无理查扣生活书店7000余册图书后，再无下文，交涉后也一直不见回音，总管理处于4月15日特致函国民党中央图书杂志审查委员会和国民党内政部，表示强烈抗议。

祸不单行，从浙江传来噩耗，4月3日，孙梦旦因患肺病，在他的家乡上虞病逝，年仅29岁。韬奋心情十分沉痛，他跟徐伯昕说：“本店失去了一个踏实的同志，文化界失去了一个得力的伙伴，这种损失是很令人痛惜的，要为梦旦开一个追悼会。”

书店会议室里一片肃穆，墙上挂着孙梦旦的遗像，上方横标上写“沉痛悼念孙梦旦先生”，韬奋站在孙梦旦遗像前致悼词。

韬奋十分沉痛地说：“孙梦旦先生是在生活书店工作了十五年的一位老同志，他十六岁就加入了刚创办的生活周刊社，失去这样一位同人十分令人痛惜。我们每个同志的行为，应该对自己负责，同时也要对团体负责。团体的精神、思想和特点，是每一个参加的同志造成的。

死者遗留给我们的好的精神，应该特别提出孙先生的最大优点是富有高度的责任心。在《生活》周刊时代，他是练习生。那时人少事多，经济基础薄弱，他身兼发行、会计等职务，什么事都做，常常工作至深夜。后来书店慢慢发展，他的责任加重，他对工作非常负责。他把公事当作自己的事，事不做完不休息，劝他休息，他也不休息，甚至有了病不告诉人家，为了避免别人劝阻他工作。去年患病已深，由汉口回乡治疗休养，途经长沙及广州等处，仍抱病为长沙分店连夜整理账务，因行期匆促，每天通宵不息。他重视团体的财产，极度地为团体打算节省开支。这种种都表现出他的高度的责任心，给我们深刻的印象和记忆。我们学习他的责任心，是不是照着他的做法把性命拼掉呢？不是！责任心的本身是应该具有的，可是不能把性命拼掉！列宁说：‘客观上能够做到百分之百的，而只做到百分之八十，这是不负责；客观上只能够做到百分之八十，而勉强做到百分之百，把性命拼掉，同样是不负责！’我们也是一样。我们书店的发展太快，事务的增多与人手的增加不成正比，因此有时非开夜工不可。但这是为了应付当前困难的偶然的现象，决不能经常如此。我们为公着想，为长久之计着想，如果失掉了生命，对于整个事业是莫大的损失。至于死者，在本店始创时代，事实上是被迫非做夜工不可，没有顾到健康，是忽略了的。

“从此我们得一教训，我们必须抛弃只顾责任心而不顾健康的恶劣传统，我们要不做夜工，工作时间要从七小时减到六小时，以至五小时，使有充分业余时间来调剂工作的活动，同时增加健康。我们团体日益发达，同人的福利随着增加，只要在本店的经济力量可能的范围内，我们可以而且必须这样做。”

健康的忽略是“生活”的坏传统，韬奋觉得应该力谋改正，使店和同人的进步加快。

韬奋和全体店员怀着沉痛的心情向孙梦旦先生告别。追悼会结束后，徐伯昕跟着韬奋默默地回办公室。回到办公室，徐伯昕看韬奋很痛苦，本不想再给他添不愉快，但事情重大，不能瞒着他。稍事休息，徐伯昕小声跟韬奋说：“还有个坏消息。”

韬奋愕然地看着徐伯昕，问他是什么坏消息。徐伯昕尽量压抑着内心的愤怒，平和地说：“西安生活书店被他们查封了，周名寰经理遭当局逮捕！”

韬奋愤然站了起来：“他们怎么能这么干？他们有什么理由？”

徐伯昕说：“他们是早有预谋。我没跟你说，月初他们就先从咱们书店搜走了7000余册图书，接着查封了浙江天目山分店的售书处。这次警察和审查处去了几个人，先是检查，搜走了一批图书，说书店销售查禁图书。接着他们就查封了书店，把书店的经营用具全搬走了，像强盗一样抢劫一空。然后逮捕了周经理。”

韬奋气愤难耐，他真的没法理解。他和他的生活书店、《全民抗战》杂志，竭尽所能在为国家民族的抵抗外敌服务，为了维护团结、维护统一战线，他们可以说是委曲求全地在拥护最高统帅蒋介石，只要蒋介石有一点积极抗日的态度，韬奋都不遗余力为他宣传，他们如此忠诚地在为国家和民族的尊严做着一切努力，而不能令国民党中央和政府有所感动，反而在暗地里不断地打击迫害他们，这还有天理没有？

韬奋忍无可忍地站了起来，气愤地说：“我这就找他们去！”

韬奋直接去了国民党中央宣传部，徐伯昕不放心，一起陪着他。宣传部的工作人员把他们接进了会客室。韬奋和徐伯昕在会客室没等候多久，潘公展副部长陪同叶楚伧部长一起来见了他们。招呼之后韬奋直奔主题。

韬奋尽力压住心头的气愤，努力平和地说："今天来打扰叶部长和潘副部长，是为本店西安分店的事，不知道因何要查封我们的西安分店，更不知为何要逮捕西安分店的周经理？他犯了什么罪？"

叶楚伧面有尴尬，明显在搪塞，他说："哦，我还不知道这件事，潘副部长你知道吗？"

潘公展摇了摇头没开口。

韬奋说："西安的事没有省党部发话不可能发生，省党部做这事也不可能不向中央党部请示报告，我不清楚究竟是什么原因，要给我们这么严重的处罚？"

叶楚伧打官腔："韬奋先生你先别急，待我们去电询问之后，再告诉你们，行吗？"

韬奋听他们这么说，就有些无奈。不知者不为过，他只好说："那么我们只能等你们问明原因再说。"

叶楚伧立即转换话题，他说："生活书店这些年事业发达众所周知，不过，我感觉其中总有一部分不肯公开，所以党对你们总有些不怎么放心。"

韬奋觉得叶楚伧这话很蹊跷，叶楚伧身为国民党中央宣传部的部长，既然这么说总是事出有因，他倒要听听他们究竟怎么看生活书店。于是，他谦和地问："部长说我们生活书店总有一部分不肯公开，我倒要讨教，我们有哪一部分不公开呢？"

叶楚伧没想到韬奋竟要逼他上墙，他有些难言，只好把话又收回来。他说："这只是感觉，这种感觉一两句话很难说清楚。"

韬奋非常坦然地说："生活书店向来光明磊落，没有任何部分不可以公开。人可以公开，经济可以公开，出版物公开，仓库也可以公开，没有任何秘密。既然部长有感觉，那就肯定有部长产生感觉的事情，有何疑问尽可以提出来。"

叶楚伧和潘公展二位都很尴尬，一时无言。也许是韬奋来得突然，他们确实没有准备，要把他们的真实意图说出来，又没有抓到确凿的把柄和依据。于是，他们只好搪塞应付，把话收拢，说待询问清楚，再给韬奋回话。

韬奋把这事交给徐伯昕，让他跟他们保持联系，弄清楚情况再说。

生活书店和杂志社搬到重庆冉家巷 16 号之后，《全民抗战》改成了五日刊。编委会仍然每期按时开编务会，那天，韬奋正在编务会上介绍当期的稿件安排。他说："刊物每一期必须有一篇全民关注的重头文章，本期的重头文章是《中国对反侵略阵线应有的态度》……"

正说着，徐伯昕急匆匆赶到。韬奋知道他是去打听消息的，看他那急匆匆的样子，知道他有了消息，问他打听到了吗，徐伯昕点点头。

编辑人员给徐伯昕倒了一杯水，徐伯昕喝了一口，直接把情况向编委会汇报。他说："这次查封西安分店，是国民党第一战区政治部、陕西省党部和警察局三家联合行动。搜查中，查封了 1860 册图书，但这些图书都是经内政部审查准予出版的图书。他们列出的查封理由有三条：一、销售禁售的图书；二、在自办刊物上诋毁陕西省军政当局；三、店内有小组，为某方做交通机关。"

韬奋气愤地拍了桌子："无耻！太无耻了！周名寰经理怎么样？"

徐伯昕说："已经被他们送进了监牢。"

韬奋气愤地站了起来，他愤怒地说："这才是他们溶共、防共、反共的真面目！1938年国共合作的大好形势去矣！”

6

生活书店第五届理事大会选举结束后，尽管生活书店遭受着国民党中央和政府的不断打击与迫害，但韬奋始终以抗日御侮为大局，生活书店在他和徐伯昕领导下继续按原定方针努力工作。《全民抗战》五日刊上《中国对反侵略阵线应有的态度》《中国现在需要的是生存》《疑事数点》《劳动节在中国抗战期中的伟大意义》等一篇篇重头文章，在抗战宣传中发挥着积极的作用。书店的茶话会也按部就班地进行，书店经营管理与建设在继续开拓。茶话会又请董必武演讲《中国工人运动之过去、现在和将来》。他们还在重庆创办了读书会，邀请戈宝权先生讲授“苏联概况”。

但是，国民党中央与政府对生活书店的打击在不断扩大。西安分店的事情还没有解决，南郑生活书店支店又遭搜查，国民党县党部会同警察局上门搜查，搜去书店本版和外版书籍498册，还有一部分私人信件。5月4日将书店封闭，并羁押经理贺承先，所有存货及生财用具全被没收。省党部密令将所有生活书店查封，连挂牌“生活商店”招牌的店家也遭到牵连，无故被查封。邮寄支店的公函信件，以及一切非禁书报均被扣留。

4月至5月，甘肃天水生活支店屡遭搜查，被迫迁入陋巷，5月31日，又被县党部搜查，毫无所获。职员阎振业在车站候车，突然无辜遭拘捕。经理薛天鹏正在甘谷收账，亦被捕入狱，并判拘押六个月。

接着，6月9日湖南沅陵分店遭查，深夜及10日中午又遭国民党县党部会同警备司令部及所谓“学生抗敌后援会”搜查，前后搜去并非禁售的图书500余册，拘押代经理诸侃。

6月14日，浙江金华生活书店分店遭搜查，国民党浙江省党部会同警察、宪兵搜去图书1000余册，并将职员阮贤道拘押，判处徒刑六个月。7月1日，又到店里强迫全体店员限十分钟内迁出，将店与栈房封闭。国民党当局还颁发密令：凡生活书店出版的图书，一律禁止在浙江省内销售。

6月15日，江西吉安生活书店分店遭国民党江西省会警察部队执行省党部命令搜查门市部、栈房，结果一无所获。至23日，又被县党部等搜去非禁书数册，省会警察总队勒令吉安分店立即停止营业。经向省党部据理交涉未果，反在交涉函中批文云：“所述理由，其谁能信。事关违反法令，应听候政府处置。所请应毋庸议。”

同日，江西赣州生活书店分店遭查封。国民党县党部等搜查，取走非禁图书数册，至16日，被无故勒令停业，几经交涉无效。

6月17日，湖北宜昌生活书店分店遭查封。国民党湖北省党部会同警备司令部及图书杂志审查委员会等搜去书刊1423种封存，并勒令停业，拘捕职员杨罕人。

越是如此，韬奋越是加强书店的管理与建设，他写了《共度危难》《几个问题》，通过《店务通讯》统一全体同人的思想与意志。5月20日在日军飞机大轰炸的情况下，召开书店全体同人茶话会，总结发扬生活书店精神。应急对付日军飞机轰炸，突击三天，将书店全部财物转移至郊外新屋。他主持会议，选举了张锡荣、徐伯昕、董文椿、李济安、冯一予五位同人获“劳动英雄”荣誉称号，号召全体同人以他们为榜样。

各地生活书店无故被查封的消息接踵而来。韬奋正忧虑之时，张友渔转达周恩来请韬奋和读书出版社负责人一起去他那儿的信息。韬奋和读书出版社的负责人一起去了曾家岩50号。周恩来听取汇报后，与他们一起分析，认为这是国民党政府全面防共反共计划的组成部分，即使书店经营完全遵纪守法没一点问题，他们照样要打击、压制、查封，核心就是他们不愿意让民众听到与国民党政府不同的声音，不愿意让民众接触共产党，更不愿意让民众认识马列主义。周恩来提出：“目前的任务一方面要与国民政府据理交涉，但这解决不了根本问题，这是一场斗争，要讲究策略。当务之急是要保存力量，国民党政府在按计划打击摧残，咱们就得针锋相对有计划地撤退到敌后，到根据地去开创出版事业。”

韬奋从周恩来那里回来后，心里开朗了许多，根据地的华北书店和大众书店已经在建立，现在看，不只是销售图书，还需要扩展出版。

国民党重庆市社会局、市党部派出特派员，带领着武装警察来到生活书店总管理处“调查户口”。查问生活书店的组织、资本额、营业状况。这些问题自然由当家人总经理来回答。韬奋亲自回答他们的问题，同时一一出示实业部登记证。

那位前来调查的特派员闹出了笑话，他竟然说他见过邹韬奋，现在回答问题的邹韬奋不是他见过的邹韬奋本人，怀疑是替身。韬奋只觉好笑，幸好他手头有一本他的著作《经历》，他把《经历》出示给那位特派员，书上有他的照片，请特派员拿照片跟他本人对照比较，看看他是不是邹韬奋。这位特派员果真拿着书，看着书上的照片与韬奋对照比较，看了半天，才没话可说。

调查一番之后，调查人员提出，要把账册带走，回去再细细审查；另外要求找生活书店的每个工作人员单独谈话。

韬奋是个书生文人，但他的脊梁是刚硬的。韬奋不容商量地说：“不可以！”

调查组在生活书店查了两天，仍不满意，估计是没有查到什么可供他们利用的东西。23日，调查人员又来到生活书店总管理处，说对前两天的调查很不满意，仍提出要找书店工作人员单独谈话、把账册带回市政府继续审查的要求，又一次遭到韬奋婉言拒绝。

没过几天，重庆市党部会同重庆市社会局及中央图书杂志审查委员会，再次派三人到生活书店总管理处来查账，还带了四个背着“盒子炮”的武装警察一道光临。三位大员，其中两位查账，一位跟韬奋谈话，谈话的主要内容是责问，事无巨细不停地问，连续两天，每天都是从下午一两点钟开始，一直问到五六点钟。嘴上口口声声称韬奋“参政员”，而问的问题与问的口气，让韬奋感觉如同又回到了江苏高等法院的监狱，面对的不是调查员，而是那位官气十足的翁检察官。

这三位大员来到生活书店说要查账，韬奋没有客气，要求他们出示公文。他们像怕被人发现什么秘密一样偷偷摸摸地将公文给韬奋看了一眼就收了回去，韬奋要求留底备查做证，他们不许他抄公文留底，甚至不肯让韬奋看第二眼。韬奋匆匆一眼中，看见文中有生活书店的“罪状”是“生活书店自称公司”。他们这么写，韬奋不知他们有何证据。生活书店一向声明是“商号注册”，从来没有对任何人“自称公司”。当他们提出这个问题时，韬奋感觉真是莫名其妙，毫无由来。

更奇怪的是，那位大员竟问：“如果政府要在法令之外叫你做什么，你做不做？”

韬奋反问他：“我不能想象政府要在法令之外叫我做什么。我相信政府叫国民做的事情一定是光明磊落的，为什么不可以见于法令呢？”

这位大员被反问得半天无话可回，之后就啰啰唆唆问了许多无关紧要的废话，到最后没什么好问的了，他又提出要找书店工作人员单独谈话。

韬奋明确地告诉他：“生活书店总经理是我，一切由我全权负责，与书店工作人员毫无关系，他们没有接受调查的义务。假如他们谁犯了罪，应该由法院来调查审问，你们没有权力找个别人问话，我也不允许你们越权。”

那位大员又提出要把账册搬回去审查。

韬奋毫不客气地说：“账册记录的是书店的经营和经济状况，是商业机密，是得到法律保护的，只有法院才可以审查民间商业机构的账册。你们来查账已经是越出法律规定了，是很冒昧的行为，如果把账册再搬运出去，更改了账册，不知要任意栽赃我们什么，这是绝对不可以的。你们要查只可以在本店内查，你们也没有权力要求把书店的商业机密带走。”

当时，韬奋思想上已经做好了一切准备，他直接面对那四位雄赳赳的武装警察，等着他们动手，准备再次锒铛入狱。他们看韬奋态度坚决，而且拒绝的理由相当充分，看他毫不畏惧的样子，再加上也许他们没忘记他还是“参政员”，最后他们虽悻悻然不快，但还是没敢动手。那三位大员完全没料到，武装警察的威胁竟没起一点作用。

生活书店各地分店被无故查封的消息接二连三地传来，至 6 月底，生活书店被国民党地方政府查封或勒令停业的分店已达 11 家。

韬奋无法再忍受下去，为了终生奋斗的事业，为了这个团体，为了书店全体同人，他直接去国民党中央宣传部找了副部长潘公展。韬奋向潘公展陈述了生活书店无故遭查封的情况，像安徽屯溪支店，毫无违法行为，未经搜查就被国民党县政府下令，限期于7月1日收歇。

韬奋压住内心的愤怒，尽力平和地说：“我们自问并没有不服从法令，也没有不接受纠正的事实，但是如果中央党部指出我们对于这两点尚有疏忽的事实，请具体相告，我们当根据‘服从法令，接受纠正’的原则，努力改正。我没法理解的是，为什么全国各地会如此统一做法、统一行动来搜查封杀生活书店分店，有些书店别说检查，竟连招呼都不打就勒令停止营业，拘捕经理职员，这究竟是什么原因？我们究竟做错了什么？”

潘公展跟他打官腔，说这事可分以往和未来两部分来解决。关于以往部分，除重庆图书杂志审查委员会所印的《不准发售书刊一览表》所载的图书外，如书店尚有书籍被认为不妥的，即再加入，以后不得再售。关于未来部分，书稿已送审查，代售书籍除自然科学及已审查者外，亦须送审查。

韬奋说：“我们完全接受国民党中央和地方党部原则上的领导，不销售本版和外版禁销的图书，而且完全可以做到，我们也是这么要求自己各店的。问题是现在搜查与封店是同时的，搜查去的图书没有一本是禁止销售的，就算有销售禁销的图书，也是可以改正的，用得着封店拘捕人吗？更甚的是，没有任何问题的分店，同样在遭封杀哪！”

潘公展说：“接受中央和地方党部的领导是个原则，是必须的。关于未来方面解决的办法，最好再做具体规定，中宣部正在起草有关办法，待确定之后再约谈。”

当正义遇到权力的时候，正义往往成了豆腐，而权力则是刀子，权力可以随意对正义切割。韬奋在潘公展面前十分无奈，见潘公展如此搪塞他，他已经失去了争辩的欲望，再说也无异于对牛弹琴。韬奋还得给潘公展面子，给他台阶下，便只好说：“但愿能早一点见到办法，我们随时听候通知。”给了面子，给了台阶，韬奋就告辞回了书店。事实果然如此，韬奋去找潘公展理论，没有起到任何作用，各地书店仍在继续遭受摧残，被拘捕的人也没有释放，有的连去向都不知道。这个时候他们才深切地感到，尽管中宣部推说这是“地方党部的行为”，实际上却是中宣部内定的摧残进步文化事业整套计划中的既定做法。这时已经有朋友转达了内部秘密消息，说国民党中央党部已经决定先封闭生活书店的各分店，进而封闭生活书店重庆总店。那位朋友已经看到了这个密令。

潘公展算是说话算数。7 月 4 日，他没有忘记他跟韬奋说过的话，真的约韬奋去谈话。韬奋想，国民党中宣部已经有了处理“未来部分”的办法，但愿他们对生活书店能手下留情。徐伯昕不放心韬奋独自前往，陪同他去见了潘公展。

潘公展开宗明义说：“前次所言原则上的领导，党部尚无法放心，据叶部长之意，你店须与正中书局及独立出版社联合，在三家联合之上，组织一总管理处，或成立一董事会，主持编辑计划、营业计划等，由此确保实行党的领导。三家机关可以仍保留原来的名字，如能接受这个方案，便可以进一步商定具体的管理办法。”

韬奋当即给潘公展做了回答，他说：“我认为这是等于合并，合并得有相同或相近的目标与管理的方式，有共同的愿望才可以。生活书店之所以能发展到今天这样的规模，靠的是本店的‘生活精神’，别的出版机构与我们的精神是不一致的，这样怎么合并？这样强行合并，不但是让本店自杀，而且对于党国也有百害无一利，这是我们不能接受的。我们能接受的是，根据抗日建国纲领的国策，对我们做原则上的领导。”

徐伯昕也说：“我们生活书店的管理体制，与其他机构完全不一样，我们没有老板，没有资本家，总经理、经理与本店工作人员是平等的。几个完全不一样管理体制的单位是无法合并的。”

谈话无果而终。韬奋和徐伯昕回到书店后，立即着手准备一个详细的呈文，直接呈递给国民党中宣部，除了重申他们的意见外，并根据“服从法令，接受纠正”的原则，提出了较具体的办法。

呈文递上去之后，经多方努力，国民党中宣部表示“合作”可以取消，似退一步为商谈“监督”的办法。韬奋他们商量后认为，呈文中所提出的具体办法就是“监督”的办法，所以原则上可以接受国民党中央和地方党部的“监督”。

事业不是靠做表面文章做出来的，而是要一步一个脚印地苦干实干方能成就。尽管自己的事业连遭执政党和政府无故摧残，但韬奋在这种重压之下，没有考虑个人的得失与荣辱，他仍坚守着自己的事业，始终坚持着最合理、最坚定的立场不退让，领导、监督、管理、审查，一切都可以商谈，但原则与立场不能放弃。他心里想的是生活书店这一份出版事业，想的是全体同人的尊严与利益，他的理念是：身在总经理的位置上，就必须负起总经理的职责，也必须承担总经理该承担的责任与风险。

越遭摧残，他越抓紧书店的内部思想建设。为安定书店内部的心绪、统一思想，韬奋立即通过《店务通讯》发表了两篇文章。一篇是《在渡过难关中的几个要点——奉告关切本店前途的全体同人》，他在文章中陈述了自4月21日西安分店被查封以来的情况和他们为此已做的工作，方法不宜公开，但几个要点可以让全体同人知道。

第一是交涉的原则，始终抱定“服从法令，接受纠正”原则，坦白诚恳地向各方解释。

第二是此事已不是“地方事件”，须由中央来整体解决。

第三是各地分店因被勒令停业只得遵令暂行停业。

第四是在停业期间注意修养与学习。

第五是仍安全的分店，须切实执行总管理处的指示。

第六是我们自信我们的事业有着光明的前途，我们没什么不可告人的秘密，我们都是以光明磊落的态度共同努力于国家民族的文化事业。国家民族有光明的前途，我们这群艰苦奋斗的作者——为国家民族的福利而艰苦奋斗的文化工作者——也必然有光明的前途。我们不怕磨难，只怕自己没有勇气，没有毅力！

另一篇文章是《致全体同人一封重要的信》，文章说：

“同人公鉴：本店自被误会，分店被停业，诸同人对于店务前途的关心是可以想见的。我和伯昕先生正在积极努力，时刻在积极方面设法，使能渡过这个难关。不过在援救的过程中，未能将详情一一奉告，将来总是可以知道的。希望诸同人镇定积极，不要因一时的困难而消极灰心，是为至要。

“呈文上送之后，静候批示，但指示始终不见下来。可每隔几日即有一个分店被封的‘报丧’电话，弄得生活书店从上到下一片辛酸和哀痛。让韬奋尤其不能接受的是那些艰苦忠贞于抗战建国文化事业的青年干部一个又一个地被拘捕，韬奋已经当着国民党中宣部领导的面怒吼，你们如若有本店的犯罪证据，你们应该逮捕我邹韬奋！为什么要摧残这么多无辜青年呢！”

无法可想，韬奋直接给冯玉祥写了信，请他设法帮助制止对生活书店的封杀，冯玉祥回函一定竭力帮忙。

7

生活书店按期举行理事会，选举了书店新一届理事、理事会主席、秘书，书店总经理、经理。沈钧儒在会上当场宣布选举结果，经过无记名投票，邹韬奋、徐伯昕、沈钧儒、金仲华、张仲实、李济安当选为常务理事，徐伯昕为理事会主席，金仲华为理事会秘书，邹韬奋再次当选书店总经理，徐伯昕也再次当选书店经理。

会议结束，韬奋和徐伯昕刚刚送走沈钧儒、金仲华、张仲实、李济安等人，还没转身回屋，像是算好了似的，刘百闵来到生活书店。书店的呈文报送上去之后，他们翘首盼着国民党中宣部的批示，指示没有等到，却等来了这位国民党中央主管出版的总头目刘百闵，业内称他是“主管文化出版黑店的总头目”。韬奋清楚，刘百闵一直是徐恩曾的得力干将。

之前刘百闵已经来过一次，他跟韬奋谈的全是潘公展已经说过的旧话，说与正中书局和独立出版社合并的事。他看韬奋不接受，又想出了一个主意，其实是早就在他肚子里的上面的主意。他说：“合并你们若是不同意，中央退一步，可以取消。但是必须由党部派党代表经常来书店监督一切。凡有编审、营业等方面的决定，党代表均需参加提意见，否则难以保全书店。”

韬奋给他的回答是："由中央监督之原则可以接受，如以后倘有不合法令之处，愿受处分；但派党代表经常在店监督之方式，出版界向无先例，万难接受。本店经营十五年，现已初具规模，社会上有其信誉，倘接受如此办法，势必丧失其信誉，与其丧失信誉而等于被消灭，毋宁保全信誉而遭受封闭。"

上次结果是不欢而散。刘百闵又再次登门，他向来无事不登三宝殿，这次肯定来者不善。

韬奋单独接待了刘百闵，张锡荣有点不放心，悄悄尾随上楼，在宿舍里偷听。一开始还行，刘百闵说："生活书店越来越红火啊！邹老板，今天我是要给生活书店喜上加喜啊！"

韬奋不会装假，更不会奉迎，他没好气地说："喜？难道把被你们查封的 11 家生活书店分店开禁啦？"

刘百闵却不以为然，他继续虚张声势地说："11 家分店算什么呢！生活书店要成为全国第一大出版社啦！你韬奋先生要成全国最大的出版社老板啦！"

韬奋让他说得有点摸不着头脑，他实在不习惯这种官场腔调，也看不惯这种做派，他直率地说："刘总管，你就别摆迷魂阵了，有什么事你就直说，别绕弯，我们这些人喜欢直来直去。"

韬奋这么一说，气氛瞬即变了，不像是在交谈工作，而是在谈判。两人谈得十分激烈，韬奋说话的声音越来越高，情绪也越来越激愤，张锡荣从来没见这位总经理这么说过话。

韬奋嗓门一高，刘百闵这才言归正传。他说："现在最让你纠结的事不就是分店被查封嘛！我们想来想去，要解决这个后顾之忧，必须给你想一个最佳发展之路。"

韬奋不知他葫芦里卖的是什么药，他单刀直入：“劳你费心了，什么路说吧。”

刘百闵居高临下地说：“你们的生活书店再发达，也不过一个私营的书店，我们想还是与官办的正中书局、独立出版社合并或者联合的方案最佳，成立总管理处，请你来当这三家的总老板，主持并总负责，管理所属三个出版机构，各店各社对外的名称可以保持不变。这样做，你所热爱的文化事业范围扩大了，对国家对民族的贡献也更多更大了，是一个值得采纳的好方案。这样你还用担忧什么呢？”

韬奋没想到刘百闵竟又回到了合并这事上，他严词拒绝，直截了当地说：“我当是什么最佳发展之路呢！原来还是老主意重提，所谓的‘联合’‘合并’，实际是要‘消灭’‘吞没’生活书店，我早跟潘副部长说了，这方案绝对不能接受。”

刘百闵一下被韬奋堵得没法说话，屋子里突然静了下来，张锡荣听不到他们两个的声音，谈判卡了壳。

两个人沉默半晌，刘百闵又提出了另一个方案，他说：“邹先生，我是一心在为你挖空心思想办法帮你哪！你怎么就不明白呢？你不接受联合和合并，我不勉强你。可你们的问题得解决哪！你的担忧怎么解除呢？总得想个办法呀！既要保持你‘生活’的特点和特性，同时又要为了‘生活’业务发展，免得受政府‘误会’，有人为你们想了另一个好办法。我先说明，这个办法不是党部和政府定的，谁想的我先保密。”

韬奋苦笑着问：“什么好办法？”

刘百闵说：“建议政府参与资金。政府参与了资金，这不就接受政府‘监督’了嘛！一旦政府出了钱，自然要派两个人驻生活书店总管理处办公，参加商量编辑、出版、发行业务，实际上是挂个空名，象征性的，并不干涉生活书店的正常工作。这样做，外界并不知道，但可使政府放心，解除疑虑。”

韬奋的苦笑不是做出来的，刘百闵看他苦笑，只能陪着傻笑。韬奋之所以苦笑，是笑刘百闵在跟他耍花招：这个办法潘公展也已经说过了，他毫不留情地正面婉言拒绝了，你刘百闵能不知道？还在这里装腔作势。

韬奋只好把拒绝的话重说一遍，他告诉刘百闵：“民办事业是国家法令允许的，生活书店一向遵守法令，已经接受法律的监督，不能接受中央或政府再派人‘监督’。”

刘百闵被韬奋逼急了，他说：“老实跟你说吧，这个办法是蒋总裁本人的主意。你怎么不开窍呢！刘备对诸葛亮也不过三请，蒋总裁对你已经不是三请。蒋总裁的主意你不能再违抗，为了‘生活’前途计，你还是接受有利。假如拒不接受这个方案，后患无穷，到那时‘全部消灭’，我刘百闵也无能为力，请三思。”

韬奋主意早就定了，用不着三思。蒋介石的一番用心，他不是不明白，但人各有志，别说旁人，真正有志向的人，连自己都不能强勉自己。韬奋是立了长志的人，他自然无法跟刘百闵倾心交谈这些，他也无心跟这种人交谈，他只能应付。

韬奋跟刘百闵说：“我在江苏高等法院的法庭上就表示过了，我无党无派，立志要做自由之人、大众之人，也许别人理解不了，我只希望别人能尊重我的自由。我认为失去店格就等于灭亡，与其失去店格而灭亡，还不如保全店格而被消灭。我的主意已决，宁为玉碎，不为瓦全！”

刘百闵看韬奋是块顽石，也失去了再劝告的兴趣，他给自己找台阶下。他说："该说的我都说了，我的这些话最实在不过了，希望你郑重考虑。"

夜晚，韬奋躺在床上，把白天发生的事细细地告诉了沈粹缜。沈粹缜感到新奇，她侧过身来说："真是难得，你可从来不愿意把书店的难事跟我说。"韬奋解释："我不跟你说工作上的事，主要是考虑到，这个家已够让你操心，不忍心再让你为我担忧。"沈粹缜真的替丈夫担忧，她说："他们既然这么来找你说这件事，说明他们已经早有了计划，而且这个计划是国民党政府的首脑们点头确定了的事，他们还把这当作拉拢你的好事来办，假如你不顺着他们的意思办，他们会饶过你吗？"韬奋说："我早看透了，刘百闵也好，潘公展也好，他们嘴上说得都挺漂亮，其实他们就是一心想消灭生活书店，把我变成陈布雷第二。"沈粹缜替丈夫出主意，她说："国民党政府想做的事，假如做不成，他们肯定要把这好事变成坏事，你可得有这个思想准备。这事要告诉书店理事会，也报告给周恩来，听听他们的意见。张友渔不是来参加了书店领导工作嘛！书店里已经有了党组织，也应该听听他们的意见，也好一块儿对付他们。"

韬奋搂过沈粹缜，感激地说："你真是贤内助……"

两天之后，几个陌生人神气活现地闯进生活书店，进店不买书，也不看书，而是把书架上的图书乱翻一气。店员一看那神气就不敢惹，立即报告了徐伯昕。

徐伯昕下楼来，压住心中的火，很客气地问："请问有何贵干？"

其中一个瘦高个说："中央党部的，奉命检查，不光检查书，还要查你们生活书店的账。"瘦高个跟徐伯昕说完，转头对他带来的人说，你们几个在这里检查书，我们两个去查账。他说着，让徐伯昕带去查账。

徐伯昕不敢怠慢，引他们去书店财务室。到了财务室，徐伯昕问瘦高个：“想怎么查，是查生活书店的账，还是查重庆分店的账？是查今年的账，还是连往年的账一起查？”瘦高个朝另一个看了一眼，那人看来懂账务，说先查重庆分店今年的账。徐伯昕就让财务室配合，把重庆分店今年的账拿出来让他们查。

生活书店让这帮人搅得乱七八糟，其实他们的指挥官在屋外车里没有进来，生活书店屋外的场地上停着三辆车，徐恩曾和刘百闵在车内没露脸，让这一帮警察和文化稽查人员进书店搜查。

警察和文化稽查人员不用训练，他们比土匪还土匪，书店门市里书架上的书让他们翻得已经不像样，书店门口还堆了一堆书，整个书店像个废品收购店。读者们看这么一帮人在横行，不知发生了什么事，都悄悄地离开了书店。

徐伯昕来到门口，看着被他们从书架上撤下来的这堆书，马克思、恩格斯、列宁、斯大林、毛泽东的书都被扔到了地上，心中的愤怒勃然而起。他拿起几本书，责问警察和稽查人员：“马克思、恩格斯的书什么时候确定为禁书的？”

稽查人员不屑地对徐伯昕说：“这还用说吗，宣传共产主义的书全部是禁书！”

徐伯昕又从书堆里捡起几本书，继续责问：“张仲实、李公朴、章乃器先生的书也是禁书？”

稽查人员反问他：“你说呢？那标准没学习吗？他们反政府、坐过牢，不禁行吗？”

徐伯昕再次捡起了几本书责问："夏衍、端木蕻良、刘白羽、冼星海的书都是文艺图书，这也要禁吗？"

稽查人员说："他们都是'共匪'作家！自然在查禁之列！"

徐伯昕除了无奈地摇头，还能说什么呢？

在这乌云压顶的日子里，韬奋没退缩，仍然按自己确定的立场和主张建设生活书店，一切都照常进行。一月一次的茶话会如期举行，他们再一次邀请周恩来参加。周恩来也有意要给韬奋撑腰，他看到书店的店员和亲属济济一堂，真有点合作社的气氛，韬奋请他给大家讲话，他也就不再客气，跟大家聊了起来。

周恩来说："国民党对'拥护革命的三民主义'这句口号很不满，指责我们说，三民主义就是三民主义，为什么共产党要加上'革命的'形容词？我对他们说，你们自称是孙中山虔诚的信徒，你们有没有读过《建国方略》这部书？孙中山先生在这部书的开头就讲，'余所著之三民主义及革命之三民主义'，可见，我们只是把'之'字改成了'的'字，有什么不对呢？这是孙中山先生的原话。"

店员和亲属们发出爽朗的笑声。

周恩来接着说："国民党又说我们信仰马克思主义不好，说马克思是外国人，其思想是舶来品，不合中国国情。我说，我们一贯信仰马克思主义，不信仰马克思主义就不称其为共产党人了。说马克思是外国人其思想不合国情，这就大错特错了。日本飞机在天上扔炸弹，地上老太婆听了念'阿弥陀佛'。这里的'飞机''炸弹''阿弥陀佛'都是外国货，都是舶来品，从来没有人说不合国情。"

会场内又发出一阵大笑声。

周恩来继续说："有些好心的朋友称赞中国共产党团结抗战的政策

和行动，但认为‘共产党’这名称不是很好，建议我们改一下。我同他们说，名称仅仅是名称，是代表一件事物的符号，主要是看他的实际行动。例如我的名字叫‘恩来’，这个词带有封建迷信的味道。可大家叫惯了，觉得很好，何必要改呢？”

听着周恩来深入浅出、亲切而又富有说服力的讲话，大家的脸上自始至终洋溢着微笑，大家都感觉，这个共产党的领导，平易近人，亲切而又让人没距离感；而且有知识，还风趣，有一种不可抗拒的人格魅力。

韬奋、徐伯昕、张友渔一起送周恩来时，周恩来对韬奋说：“你们理事会对国民党要求联合和合并这事儿分析得很对，只怕是醉翁之意不在酒啊！按理事会的决议办，同时要做好斗争的准备。”

8

生活书店总管理处几次被国民党中宣部约谈，重庆分店也两次遭到国民党中央图书杂志审查委员会的搜查、查账，搜走了两批图书，这给生活书店全体店员的心中造成了一个不可言说的阴影，人们的心理发生了微妙的变化，这就给居心叵测的人提供了一个可利用的契机，一个更险恶的阴谋悄悄地逼向韬奋。

先是有人关心起书店的用人，后又有同人对当年创办《生活日报》筹资提出许多质疑。生活书店的平等制度、民主风气和服务精神在社会上是众所周知的，韬奋听到这些疑问，觉得有些奇怪：用人问题向来是公开的，别说用干部，就是进人和增加新社员都是由专门的审查组织临时委员会负责，他虽为总经理，从没有直接安排过一个店员；

创办《生活日报》是几年前的事，资金筹措大家也都清楚。韬奋没把这当回事，但觉得有必要向大家重申一下自己的态度和原则。

韬奋特意写了《主持事业最主要的基本态度》，发表在《店务通讯》第58号上。他在这篇文章里表明：

“主持事业最重要的是在用人，所谓干部决定一切，所注意的也是重在这一点。对于用人，最重要的基本态度是大公无私，是非明辨。要真能做到大公无私，是非明辨，最重要的是须能根据事实，注意理智的考虑与判断，而不可夹以私人的感情作用。

“试就社会的一般情形看，有些机关的负责人喜欢援用亲戚。人材随处都有，说在亲戚里面就绝对没有人材，这诚然是过于武断的话，但是就社会中的实际情形留心观察，任何机关舅老爷表老爷一类人物多了之后，往往糟糕的可能性大大增加！症结所在，就是因为偏重私人的感情，不能很虚心地根据事实，纯用理智来考虑和判断。别人做的错误的事情，在舅老爷表老爷做了，便不算错误！这样一来，事实不在乎，理智可撇开，所存在的只是私人的感情作用。

“我向来不造成在自己主持的机关里用自己的亲戚，自己的亲戚里如有人材，情愿让他在别人主持的机关里去发展。本店同事自二三人发展到二三百人，我从来不肯介绍自己的亲戚。（即有一二也不是在我负责时期用的，而且也不是由我介绍的。）这是因为我在社会中看见了不少关于这方面的流弊，所以自己极力避免。”

为此，店里举行了常委会和临时会议各一次，出席会议的理事有沈钧儒、邹韬奋、徐伯昕、李济安，其余的都有代表人物替代参加。会议主要研究通过《本店组织大纲及组织系统图》《本店年度工作计划大纲》和《理事会组织及办事细则》三个文件，研究讨论了多项业务、审查新社员等。韬奋在会上特意做了《关于生活日报创办经过的解释》，说明：“第一，《生活日报》的创办，完全系本店最高机构开会核定；第二，本人根据理事会之决定，代表本店为《生活日报》无限责任股东；第三，本人既系代表本店创办《生活日报》，《生活日报》即为本店事业的一部分，办理《生活日报》之经过，以至结束，且由本人向理事会报告，账册亦经会计师查核过。根据以上三点，本人应向常务理事会声明：《生活日报》之创办及结束，全系本店之事，且该事早已结束，手续清楚，并应由本店理事会向不明真相之个别同人随时负责解释。”

但没想到的是，此后竟反而谣言不断，说生活书店每月得某某方面津贴十万元，还说生活书店帮某某方布置通信网。潘公展还专门约韬奋谈话，说叶楚伧部长接到情报，说生活书店决定全部由重庆“撤退”，搬到国民党管辖不到的区域去办。又说邹韬奋和沈钧儒、沙千里诸先生决定离开重庆，表示不合作！还有政府机关一热心朋友告知，说他看到政府一个报告，说店内有一通讯，内容系指须保守秘密，现在这个时候要谨慎，免遭政府捕缉等。上述全是无中生有，捕风捉影。为此，韬奋撰文《不可思议的谣言》对以上谣言做针锋相对的回答，一一辟谣澄清。

到 1940 年 5 月，谣言更甚，居然已经惊动到军界。国民党参谋长兼军政部部长何应钦在国防最高委员会会议上的报告说：“据‘情报’，沈钧儒、邹韬奋、沙千里将于‘七七’在重庆领导暴动，如不成，将于‘双十’再暴动。”

韬奋到这时才意识到这是国民党那些人有组织地在对他以另一种方式进行迫害，他找了沈钧儒和沙千里，他们两个也感觉到了事情的严重，他们不能再一味地沉默，得有所行动。于是他们三个一道前往国民政府军事委员会，拜访了何应钦，详询原委。

何应钦还算不错，亲自出面接见了他们三位，承认确实有人报告，并叫参谋拿出书面报告。报告大意说是根据政治部干训团的两个自首学生的报告，邹韬奋、沈钧儒、沙千里三人定于“七七”领导暴动，沙千里主持沙坪坝学校区一带的学生暴动，邹韬奋和沈钧儒主持重庆市城里的暴动，总指挥已委定某某，邹韬奋还负责管理军械的重要任务。自首的两个学生中一个姓胡的学生还曾见过邹韬奋，说军械已经布置好，到时只要到邹韬奋处领取就行。

韬奋问何应钦，这两个自首的学生在哪里，可否叫出来对质。何应钦说：“党部方面为安全计，已把他们藏到别处去了。”

韬奋很觉好笑，他说：“陪都戒备森严，特务密布，军械不是随身可带可掖的小东西，究竟有无，不难查明。而且，我们三人平日一贯拥护抗战国策，言行光明磊落，一切公开，全国众所周知。暴动不是三个人就干得了的事情，显而易见，何部长竟然相信这种无稽之谈，报告于国防会议，实属不可思议。”

国民党最高当局密令军警机关和各地方党部来回防范，派特务严密监视邹韬奋、沈钧儒、沙千里的行动，他们三个人所到之处，都有特务秘密跟踪监视。韬奋甚觉好笑，这帮人真是该做的正经事不做，不该做的邪恶之事创造性地在做。

他在一篇文章中说：“说起来真是天晓得！我在重庆所住的地方，就在陈果夫先生的公馆一个大门内的另一座房子，我因出不起大的租费，只在那座屋子楼下租了个房间，全家在内，一妻之外，三个小孩由学校回来挤在一起，真是济济一室。现在很流行的用语，纸笔和书报为‘笔枪纸弹’，在我这个狭小的济济一室里，几枝‘笔枪’和几架‘纸弹’是有的，军械实在放不下，搬进搬出，要经过陈公馆的传达室，也瞒不住我这贵邻居。”

一波未平一波又起，生活书店的同事中竟然私下里流传开另一起谣言，说韬奋一面在本店预支版税，一面将预支的版税存入银行。韬奋听到这谣言后，真有点哭笑不得。从 1926 年接手《生活》周刊开始，因为杂志社经济拘拮，他总是把自己的薪酬都垫给公家用，自己总只拿一部分维持家里的生活，现在竟造出这种谣言来侮辱损害他。他忍无可忍，写了《韬奋声明》发在《店务通讯》第 94 号。

《声明》中说：“近闻有人在同事中传说：韬奋一面在本店预支版税，一面将预支的版税存入银行。这纯属谣言。我于三年前因事入狱八个月，本店关于我的薪水因离职停止，家属无以为生，诚然曾由店中负责人自动将版税按月照薪水额预支给我家属。后来在我出狱四个月后（1937 年年底结算版税时）已由结算后之版税中完全扣还。在当时素不相识的社会人士尚有激于公义，对因国事入狱的数人慨捐一部分的费用，我在本店原有著作出版，以此抵押预支版税若干以应患难之家属生活费，想无罪状可言。至于近来资金困难，每届本店关于我的版税已结算之后，我念店中经济困难，并未于结算后即全数支取，仅于家用需要贴补时，陆续商请支取，本届版税亦已结算，我亦以同样原因，至今尚未全数支取，以上情形均有主计部账目可查，谣言所传，适与事实相反。我在本店服务十余年，大小家累增加数倍（须顾三个子女四个弟妹的学费及生活费），所以须时常著作以版税补贴家用，确是事实，但绝无预支版税存入银行的事实。在参政会所得公费，我并不取作家用，已陆续捐给本店办战地版刊物及社会上其他捐款。

自愧德信未孚，深觉沉痛；个人毁誉，原不足计，亦不值多说，但因本店忝为负责之人，此种谣言，如任其传播，在客观上不免起到离间同人与我感情的作用，故特根据事实加以说明。以后同事中如有人对我有何怀疑，尽请直接质问，或报告理事会处决，否则背后传说，即属事实亦难纠正；如非事实，被诬者亦有无从说明之冤。这不仅是我的要求，凡同事间的互相待遇，都应该注意到这一点。”

5月29日，生活书店第六届理事会成立，邹韬奋当选为理事会主席，徐伯昕当选为总经理，徐伯昕、邹韬奋、沈志远、胡愈之、李济安当选为常务理事。6月5日，生活书店第六届人事委员会成立，邹韬奋当选为主席，张锡荣为秘书。

生活书店的现实情况很不好，书店几位老店员老同事辞职，国民党中央和地方党部继续查封生活书店各地分支店，至6月，55家分支店仅剩成都、贵阳、桂林、昆明、香港和重庆六家。

韬奋心情沉重地在《店务通讯》上写了《几位老同事引起的波动》，对几位老同事辞职原因分析为两类：一类是书店工作辛苦，待遇却菲薄，养家糊口所累，另谋收入颇丰的职业；另一类是见解各异，分道扬镳。前一类让人理解，后一类则让人感觉不安，感觉可惜。本店的态度：第一，见解各异，检讨我们的缺点，诚恳挽留。第二，诚恳挽留得力的老干部，尽可能使他们归来继续共同奋斗。第三，挽留不住的，只须他们确是仍为进步文化事业努力，祝他们另创新局面。

面对国民党中央和地方党部的肆意摧残，韬奋怀着沉痛的心情，对生活书店的历史做了回顾与总结，写出了《广大读者爱护支持的文化堡垒》。文章说：

自民国二十八年三月至二十九年六月（1939年3月至1940年6月）间，仅仅一年零三个月，“生活”原来在全国各地满布着的五十五个分支店，为全国文化事业最积极最努力的一个坚强堡垒，一个又一个地被摧残着，最后只剩下六个分店。

由于“生活”十六年来对于文化事业的努力，它得到国内外最广大读者的爱护与支持，在任何据点的“生活”分店，它都有一个一看就知道的象征，就是每天从早到晚，门市部都源源不绝地拥满着热心的读者和购买书报的人们。

“生活”为什么能得到国内外广大读者这样的爱护与支持呢？说来很简单，它内部的基础建立在苦干的精神和民主的纪律，它外部的基础，除了书刊有着正确丰富的内容外，最重要的是自从生活周刊社成立以来的传统的对于读者竭尽心力的服务精神。

因此有许多读者把“生活”当作他们的“家”，每一个地方，只须知道那个地方有“生活”分店，他们总要想到“生活”。人地生疏，想起“生活”，往那里跑；认不得路，想起“生活”，往那里跑；找不到旅馆，想起“生活”，往那里跑，请代找一个；买不到火车票或船票，想起“生活”，往那里跑，请帮忙买一张；地址一时不能确定，也想起“生活”，也往那里跑，请有信暂为留下转交，以便自己来取。

“生活”的全体同事都是从苦干中锻炼出来的，也是从社会服务中锻炼出来的。他们对于任何读者委托的事情，只须他们能力办得到的，没有不看作如自己的事情。不怕麻烦，不厌啰嗦，以十分诚恳的同情心，十分严重的责任心，乃至十分浓厚的兴趣心竭忠尽智，务必为读者办到，然后于心始安。“生活”所以能够“空手起家”，所以能在十二三年里由三个半人的工作者增加到三百人的坚强而勇敢的工作干部，所以能在十二三年中由上海一隅的一家小小店铺增加到布满全国五十五个分支店，这不是偶然的，是由于全体同事在这十几年中流血汗、绞脑汁、劳淬心力、忍饥耐寒，对于国内读者竭诚服务的一片丹心赤忱，凝结而成的！

但是这样凝结而成的一个文化堡垒，竟遭受国民党中一部分人的嫉恨，加以惨酷的摧残。所出的书刊都经政府设立的机关审查过，数年的账册经党部派人仔细审查过，证明无任何问题，它究竟犯了什么滔天大罪要受到这样惨酷的摧残呢？我曾经为这件事往访陈布雷先生。他的答语中有几句特别使我受到很深的感触，他说，韬奋兄！党里有些同志认为你们所办的文化事业的发展，妨碍了他们所办的事业的发展。我很沉痛地对陈先生说，事业发展有其本身积极努力的因素，应该在工作努力上比赛，不应凭藉政治力量给予对方以压迫和摧残，这样的作风，在实际上绝对不能促进“党里有些同志”“所办文化事业”。我曾屡次说明过，我绝对不是仅仅为着一个“生活书店”的被摧残而作抗议，虽则这个文化堡垒本身有它应该存在的价值。我们知道“生活”的被无理摧残只是许多被摧残文化堡垒中的一个，只是人民的民主权利被摧残的许多象征中的一个，只是政治逆流中许多象征中的一个，只是在文化上开倒车的许多象征中的一个。我所以不惮烦地报告“许多象征中的一个”，是希望由此可以唤起国人对于整个政治改革的注意与努力，而不是拘拘于一个机关本身的得失。这一点意思，我在本文中也许已暗示过，但因为特别重要，所以不惮烦又在这里郑重提它一下。

9

在天地无助、走投无路的情况下，韬奋想到了徐恩曾。夫子说：“道不同，不相与谋。”对韬奋和徐恩曾来说，别说相谋，韬奋从内心不想与这位老同学相见。在生活书店遭受无理摧残的这一年零三个月中，他虽然露面不多，也没有面对面发生过冲突，但韬奋清楚，在对自己对生活书店的摧残这件事上，他没少费心机。

韬奋与徐恩曾是地地道道的老同学，他们两个不只在南洋公学做过同学，从中学到大学的机电系他俩还是同班。他们两个彼此间的私人友谊就建立在同班同学的关系上，友谊可说不薄。因为徐恩曾在特务机关做事，韬奋在生活书店干事业，他们的直接联系便不是很多。

众所周知，简称“军统”的国民政府军事委员会调查统计局和简称“中统”的中国国民党中央执行委员会调查统计局，是国民党的两大“特务”系统。“军统”由戴雨农主事，“中统”由徐恩曾主事。徐恩曾是老牌特务，“中统”开始属“国民政府军事委员会调查统计局第一处”时期，全部人员是照军事机关编制的，徐恩曾是少将衔处长。“中统”还有过一个名称，叫“大本营第六部第四组”，徐恩曾任中将衔组长，他的待遇跟国民党中央部长是一样的。1938 年春，“中统”迁到重庆后，先设在九道门兴华小学内，后迁两路口川东师范，一直到抗战结束搬回南京为止。

生活书店遭摧残中，韬奋跟徐恩曾有过接触，徐恩曾有时住在国府路，离韬奋住的学田湾很近。这一次韬奋是无计可施才找的徐恩曾。

两个人单独见面自然还是老同学的样子，因为韬奋是民主人士，徐恩曾没有什么要顾虑担忧的，彼此说话没有什么拘束。

两人一见面，徐恩曾就破口大骂共产党，在他的地位上这是必然的。好在韬奋不是共产党，也用不着代表共产党跟他辩论，韬奋找他的目的是要跟他说明，国民党无理摧残进步文化事业不合理。

韬奋很平和地问他："依我们老同学的友谊，彼此都可以说老实话。你是主持特务局的，依你所得的材料，我究竟是不是共产党？"

徐恩曾微笑着说："我跟了你七年之久，未能证明你是共产党。"

韬奋又问："既然如此，你何必要跟我说这许多关于共产党的话呢？"

徐恩曾直率地说："到了现在这个时候，不做国民党就是共产党。其间没有中立的余地，无所谓民众的立场！你们这班文化人，不加入国民党，就是替共产党工作！"

韬奋坦诚地说："我的工作完全是公开的，无论是出书或出刊物，无论是写书或是写文章在刊物上发表，都是经过政府所设立的审查机关审查的，审查通过的文章，不能再归罪于我吧？如果我们做的工作是为共产党工作，审查机关是国民党的机关，为什么能通过呢？"

徐恩曾坦白地说："有许多事情不能见于法令，与审查的通过不相干，要你自己明白其意而为之。"

这句话当时韬奋没法了解其意，他只沉痛地感到做当时的中华民国的国民，即使在遵守法令的范围内，也不一定能够得到合法的保障。所谓"明白其意而为之"，大概是"仰承意旨"的意思罢了。

韬奋老实地对徐恩曾说："做一个光明磊落的国民，只能做有益于国家民族的光明磊落的事情，遵守国家法令就是光明磊落的事情，我不能于国家法令之外，做任何私人或私党的走狗！‘仰承意旨’的玩意儿是我这副骨头所干不来的！”

这个话题谈到这里，他们似乎再无法往下谈。

徐恩曾转了话题，谈到韬奋个人。他说：“我希望你加入国民党，多研究三民主义。许多人看不起三民主义，其实三民主义是全世界独一无二的好主义，愈读愈有味，愈读愈能发现真理。”

韬奋说：“三民主义已为全国人民所接受，只须在实际上实行起来，没有不受全国人民所欢迎的，至于我自己，也曾经讲过好几遍，你要我再读，我当然‘愿安承受’的。不过要我加入国民党，也不妨事前和我商量商量，现在无缘无故地在短时期内把几十家书店封闭，把无辜的工人拘捕，在这样无理压迫下要我入党，无异要我屈膝。中国读书人是最讲气节的，这也是民族气节的一个根源，即使我屈膝，你们得到这样一个无人格的党员有何益处？”

韬奋说到这里，徐恩曾突然怒形于色，他说：“你把加入国民党视为屈膝，是在侮辱国民党！”

韬奋则说：“我正是尊重国民党，所以希望它能尊重每个中华民国国民的人格。”

徐恩曾到最后才说：“关于‘生活’，中宣部主张和党办的正中书局等合并，是表示国民党看得起‘生活’，真该赶紧接受！”

韬奋已经感到，找老同学也根本解决不了问题，他也不可能为了自己去与中宣部对着干，何况他们是一条道上的人。韬奋只是想：他想说的话已经说了，他知道我的态度和立场就好，相信他会把我的态度和立场让某些人知道的。于是韬奋说：“感谢老同学的好意，但我却无法‘仰承意旨’，不胜歉然！”

两个人的交谈就这样结束了。

韬奋最后还是直接给蒋介石写了信，不管有用没用，他想要蒋介石知道他们的生活书店在经受怎样的摧残。这封信韬奋还用心想了策略，他在信里不是只说摧残“生活”这事。开头他先写：“听说党老爷们对‘生活’落井下石，把共产党每月津贴十万元的谣言传到蒋委员长的耳朵里去了，所以有必要写这封信加以澄清。”

这封信的主要内容想说明两点：一点是要告诉蒋介石，那些摧残生活书店的人，所说的“生活书店销售违禁”这一条是莫须有，他们是用出版物的统计数字来证明生活书店售卖了违禁刊物，这样的证据是主观唯心而不确切的。第二点，共产党每月给生活书店十万元津贴是造谣，这事很简单，问一问党部派到“生活”查账的人员就清楚，他们不是一次到“生活”查账，而是三番五次地来查了账，这种谣言完全是党老爷诬陷我们的阴谋。

韬奋考虑到平常写给蒋介石的信，不一定能够直达他面前，这次他用国民参政员写给议长的方式，而且请国民参政会的秘书长直接面交议长。

不久得到消息，蒋介石真的看到了这封信，他把叶楚伧叫到他那里去了（叶当时已为中央党部秘书长），大意是说生活书店在社会上有着它的信誉，不可弄得太厉害，免得引起社会反感。

这寥寥几句话，还是给生活书店带来一些平安。自 1940 年 7 月至 1941 年 1 月止，这半年间，国民党党部方面对于仅仅剩下的六个分店暂时停止了封店捕人的事情。

初夏，韬奋和徐伯昕接到了周恩来的邀请，他们两个一起去了曾家岩。到了那里才知道，周恩来同时还约了读书出版社的黄洛峰、新知书店的徐雪寒。

周恩来约见他们要谈的中心议题是以民间企业的形式去延安和华北敌后开展图书出版发行工作。这对韬奋来说真是及时雨，他正为生活书店在国统区惨遭毁灭性的摧残而苦恼，正不知如何将自己一生钟爱的事业进行下去，周恩来的谈话，给他指引了新的征途的方向，他又找到了事业的新天地。

生活书店、读书出版社、新知书店三家出版机构遵照周恩来的指示，联合行动起来，组织人员奔赴延安和华北敌后开辟图书出版工作。九、十月间，他们分两次派人到晋东南抗日根据地和延安开设华北书店，并在工作中逐步走向联合，为日后三联书店的成立打下了基础。

10

太阳还没下山，暮雾裹着重庆让其提前进入了黄昏。韬奋学田湾住处的窗户里已经亮起灯光，徐伯昕正在客厅里向韬奋汇报书店白天发生的事。国民党中央图书杂志审查委员会又来书店检查，搜走了几千册图书，又查了半天账，他们还摘记了一些数字，最后什么也没说就走了。

韬奋听完，气得嘴唇直哆嗦，他从牙缝里蹦出两个字："流氓！"

他们两个正生着气，楼下传来了邹伯母的声音，说来客人了。韬奋和徐伯昕起身朝下面楼梯看，邹伯母送来的客人竟是柯益民与贺众秀。沈粹缜也从房间出来，没想到会是他们两个，十分惊喜。

柯益民和贺众秀跟韬奋、徐伯昕和沈粹缜久别，这次在陪都重逢，格外亲热。邹伯母看他们这么亲热，更显得自己是局外人，赶紧告辞。

一阵热烈之后大家才坐下。韬奋感叹，一晃都三年了，没想到会是他们回来，除了信上得到一点消息，差不多隔断了联系。

柯益民先向韬奋汇报了他们这几年的工作。他说："遵照总经理您的指示，我们依靠陕甘宁边区政府，用一年半时间，在大中城市都建了华北书店，连山西、山东也一块儿建了，一共建了 19 家。然后，我们就转移到苏北新四军根据地，在苏北建了五家大众书店。"

柯益民报告的消息，让韬奋一扫国民党党部到书店寻事的不快，他称赞他们两个真了不起！

柯益民说："我在苏北听说了，国民党在查封咱们的分店。"

韬奋又来了气："别说了，现在只剩桂林、贵阳、重庆三家了，其他 52 家分店全被他们查封了。他们逼咱们跟正中书局和独立出版社合并，我们拒绝了，他们就用这种手段打击咱们，想把咱们扼杀，卑鄙得很。看来，咱们只能把工作重点转移到八路军和新四军的根据地去了。"

徐伯昕说："这正与周恩来的指示相一致。"

韬奋说："工作就是斗争，这话起码在现阶段非常有道理，有咱们要做的事，有咱们做不完的事。你们还没住处吧？"

徐伯昕说："这事我来安排，那就先去落实住处，工作明天再商量。"

韬奋和沈粹缜一起下楼送徐伯昕和柯益民、贺众秀，让他们去找住处。

日军对重庆的空袭跟狂躁型精神病患者差不多，你无法判断和确定他什么时间犯病，什么时间发狂，他们这种病态式的空袭，把重庆的空袭警报系统累得也快神经错乱了。这天，韬奋刚离开家上书店，全城的空袭警报骤然间尖叫起来，全城老百姓已经被警报训练出条件反射的功能，全城人倾巢奔出，跑向各自的防空洞。沈粹缜一手牵着邹嘉骊，一手拉着邹嘉骝跑出小楼往山边的防空洞跑。

生活书店前排成一字长蛇阵，他们在传送重要的书稿和财物，转移到安全的地方。

韬奋也插到长蛇阵中，传递着各种物品，累得满头是汗。徐伯昕劝他到安全地方休息，他笑笑说："跟大家在一起最安全。"

日军的轰炸机驴叫着飞临上空，扔下一排排炸弹。守军的高射炮、高射机枪一齐开火。驻军空军的战机立即飞起，迎战敌机。

日军空军的炸弹，在重庆的山上山下、江边水中不时制造出各种独创的"景观"。景致不同，结果是重复的，炸弹爆炸之后，硝烟弥漫，不是房屋在烟尘中倒塌，就是人畜在爆炸中丧生。一排炸弹落在离生活书店不远的居民区，房子炸塌起火，男女大呼小哭，惨不忍睹。

日军飞机在我守军炮火的打击和空军战机的攻击下，扔下炸弹就掉头逃命，空袭警报随着日机轰鸣声的远去而疲惫地停止吼叫，剩下满城的硝烟在山城上空恋恋不舍地飘荡着散去。全城人急着想看自己的家园被糟蹋成啥样，有的只顾自己不管别人地拼命抢挤着钻出防空设施，朝自己的家亡命而去。

还是有不怕死的，也许是空袭警报太频繁，刺激得他们的神经麻痹了，有一些人就不在乎警报催促，不去钻防空洞。结果胆大大不过炸弹的杀伤力，命硬硬不过四处飞舞的弹片，有人就付出了生命的代价，哪里有人炸死，哪里就全家老小一片哭喊。每次空袭，这种哭喊声总是此起彼伏；房屋谁也搬不走，也没能耐防护，被炸塌房屋的屋主能做的事就是在嘴上把日军的祖宗八代全骂遍，这种对日本鬼子全家的咒骂，每次空袭后也是此起彼伏。空袭一次，重庆就惊心动魄一次。

孩子总是孩子，他们的脑子没那么复杂，也没有那么多思想。日军空袭，多数人是恐惧紧张，逃命要紧；但有些孩子却觉得这很好玩，跟做游戏一个样。还有一件特别吸引他们的事，他们发现炸弹不只是炸塌房子炸死人，炸弹还会送给他们许许多多弹片。这种弹片捡到后，可以拿到废品收购站卖，可以变成钱，可以买好玩的玩具、好吃的食品。尤其是那些得了便宜的小孩子，他们甚至渴望日军多来轰炸几次，也让他们发点小洋财。

邹嘉骊对捡弹片也非常感兴趣，她看到别人家的孩子捡到了弹片，非常羡慕。空袭警报一结束，她拉二哥邹嘉骝的衣服，恳求他带她去捡弹片。邹嘉骝也喜欢捡弹片，他当即答应，甚至有点感激小妹，因为是妹妹要求，他就可以名正言顺地带着妹妹满世界去找弹片，尽管他内心比小妹更加渴望做这件事。但他知道爸爸妈妈一定不赞成他们做这种事，现在小妹提出来了，正中他下怀。邹嘉骝二话没说，拉起小妹的手就朝炸塌房子的地方跑。

邹嘉骊和邹嘉骝瞪着两眼，在瓦砾中仔细地寻找，他们找得很认真很细致，甚至用手翻动一些瓦砾察看。

邹嘉骊突然发现了弹片，她急忙喊："二哥！二哥！你快来！这里有一块弹片！"

邹嘉骝三步并作两步飞奔过来，是真的，一块弹片埋在瓦砾中露着一个角。邹嘉骊和邹嘉骝两个一起搬开一块块瓦砾，终于拿出了弹片，邹嘉骊高兴得直蹦。

邹嘉骝在前，邹嘉骊紧紧跟随，两人兴高采烈地跑回家，邹嘉骊一边上楼一边喊："妈妈！妈妈！我和二哥捡到弹片啦！"

韬奋和沈粹缜闻声到楼梯口看他们。邹嘉骊看到父亲在家，更是骄傲地举起了一块钱，高兴地说："爸爸！我们捡到了一块弹片，是我看到的，我们两个一起扒出来的，卖到了两块钱！我和二哥一人一块钱，好开心哟！"

韬奋蹲下搂过女儿，他一边夸她，一边跟她说："你们都是勇敢的孩子，不过，以后再也不要去捡弹片了。"

邹嘉骊不明白，问："为什么不要去捡？"

韬奋耐心地跟他们说："日本鬼子扔下来的炸弹有的可能没有爆炸，要是捡到那种没爆炸的炸弹，一碰它就会爆炸，人就会被炸死！"

邹嘉骊吓一哆嗦，她一歪身子倒在父亲怀里，害怕地说："真的吗？好吓人哟！"

韬奋说："是真的，重庆已经发生过好多次了，人都被炸死了。嘉骝记住啊，再不要带小妹去捡弹片啦。"

邹嘉骝默默地点头，轻声应了一句"知道了"。

11

在各地分店惨遭摧残的境况下，韬奋和徐伯昕一直在思考并寻求生活书店建设的新方向与新方法，周恩来的指示加上柯益民他们的实践，给了他们信心。好在柯益民他们已经在根据地和敌后建了书店，这次与读书出版社和新知书店一起派出新人员开赴根据地和敌后，就不只是建书店门市，而是要建新的出版机构。

为了供应战时需要，更大规模地推进抗战文化，扩大据点的工作也在展开。他们派数百名同事，分散奔赴近40个据点，这些据点布满了前线与敌后各地。为加强领导，便于沟通意见、报告情况、布置工作，他们决定将《店务通讯》改为内部周刊，每周出一期。

韬奋仍坚持每期必写一篇有关工作与书店建设、管理的文章，指示全面建设，当作与全体同人面谈，内容大部分是关于事业的管理与职业的修养。文章根据性质大体分四类：关于民主与集中，关于干部与待遇，关于服务的对象与态度，关于工作与学习。前两类偏于事业管理，后两类偏于职业修养。这种管理方式的施行，一方面是客观的抗战环境所迫，另一方面反显示出它的优越。通常所谓管理，往往是一个人或少数人的管理，多数人是被管理者；而采用这种方式后，充分体现了民主集中的原则，大家都是管理者，大家又都是被管理者，可以说不再是一个人或少数人的管理，而是集体管理。

时间老人蹒跚的步伐终于迈进了1941年，灾难深重的中华大地仍在日本帝国主义铁蹄的蹂躏下挣扎，外侮尚在抵御之中，自己的窝里却又斗了起来，这种灭绝人性的自相残杀无疑让人民大众承受着雪上加霜的摧残。1940年10月19日，蒋介石发出“皓电”，限令黄河以南新四军于一个月内撤到黄河以北，同时密令其数十万军队准备进攻华中新四军，从而掀起了第二次反共高潮。中共中央在揭露蒋介石罪恶阴谋的同时，为顾全大局，决定将皖南的新四军撤到长江以北，并连去电东南局和军分会书记项英，乘国民党军尚未部署就绪，迅速率部北移，防止遭到突然袭击。1941年1月4日，项英率新四军军部和部队共9000余人北移。6日，当部队进入安徽泾县茂林地区时，突遭事先埋伏好的国民党军队七个师八万余人的包围和袭击。经过七昼夜的浴血奋战，终因军力悬殊，战术失当，仅2000余人突出重围，一部分被俘，大部分壮烈牺牲。军长叶挺与对方谈判被扣，政治部主任袁国平牺牲，副军长项英、参谋长周子昆在突围中被叛徒杀害。17日，蒋介石竟反诬新四军“叛变”，宣布取消其番号，并声称要将叶挺交军事法庭审判。周恩来等根据中共中央指示，向国民党提出严正抗议，并在《新华日报》上刊登亲笔题词：“千古奇冤，江南一叶，同室操戈，相煎何急！”针对蒋介石取消新四军番号的决定，1941年1月20日，中共中央军委发布重建新四军军部的命令，任命陈毅为新四军代理军长，张云逸为副军长，刘少奇为政治委员，赖传珠为参谋长，邓子恢为政治部主任，继续领导新四军坚持长江南北敌后抗日斗争。

皖南事变后，国民党中央和政府不再半遮半掩，露出了反共的真实面目，一切倾向于共产党的行为都在他们镇压迫害的范围之内。2月7日，四川省图书杂志审查委员会率先到四川成都生活书店分店搜查，搜去图书24种。至8日晨，既无任何正式行文，亦无明示审查结果，任意把成都分店封闭。12日又在无任何明令查禁的书籍的情况下，强行抄走2687册图书。

2月10日，桂林当局接到三民主义青年团中央团部及国民党中央宣传部查封“生活”桂林分店的命令，立即约桂林分店的经理谈话，限令于三日之内停止营业、关闭书店。至12日晚7点多钟，桂林分店门市正当顾客十分拥挤的时候，一个穿军装的和两个便衣将数十本并非禁销的纯文艺图书拿起就走。门市职员认为这无疑是偷书，随即挺身而阻止，他们三个这才出示名片两张：一个是军委会少校谍报员，一个是桂林警备司令部特务连长。书店工作人员再三解释，不能随意拿书，结果被打了几个耳光，书被拿走。时隔半个小时，该连长与警备司令部官长多人又重返门市部，进门即大声辱骂该店营业旺盛为毫无秩序，并喝令顾客不准将所买书带走。随后又拥进警察四名、宪兵六名，以及省党部人员三名，将本店职员四人拘押去警备司令部。事后发现会计课储藏现钞的抽屉锁被毁，现款600元及各项单据已不翼而飞。实物包括蒋介石瓷像20余个，肥皂、牙膏、袜子等日用品、私人信件都被取走。

2月20日凌晨2时，贵阳当地图书杂志审查委员会会同宪警查封了生活书店贵阳分店，经理、职员全部被拘捕。查封后书店所有生财存货及银钱，全被搬运一空，形同抢劫。

2月21日晚，昆明分店被查封，封存货物的总值约在万元以上。

自2月8日起，不到半个月时间，生活书店分店又接连被摧残了四家。

韬奋毕竟是个知识分子，至此，他仍没有死心，总认为人究竟是有着若干人性的高级动物，不可能做出这种伤天害理、无视法律、不知羞耻的不要脸的勾当，他仍抱着一线商谈挽回的希望。他们一面呈文给行政院、中央党部、中央宣传部、监察院，请求撤销查封生活书店分店的命令，准予继续营业以利抗战事。一面直接去找了新的国民党中宣部部长王世杰先生。王世杰先生同时是国民参政会秘书长，原来就是熟人，又在参政会一起开过几次会，韬奋对他抱有很大希望。结果没想到，王世杰冷着面孔把事情推得一干二净，说中宣部只管书报内容有无错误，书店不归中宣部管，封闭书店是军警的事，中宣部管不着。

其实韬奋清楚，摧残“生活”的勾当，全是由中宣部密令干的。王世杰竟矢口否认，说中宣部从来没有下过这种命令，也从没有下这种命令的想法。也许是党部内定的政策，他也无可奈何。但一个身为部长的人，说话竟这么不负责任。

韬奋又去找潘公展，他觉得潘公展比王世杰会强一些，起码不完全编鬼话骗他。但潘公展不在，再找还是不在，只碰着了中宣部主任秘书许孝炎先生，没想到这位许先生跟王世杰口气完全一样，也是推得一干二净。

部长与主任秘书说得这么不谋而合，韬奋才意识到他们完全把他当三岁的孩子耍弄。他这才感到自己真傻，还一个劲地跟他们争辩，说中央党部与军警尽管是不同机关，但政府是整个的，国民党是整个的，出版事业既然是在中宣部管辖之下，中宣部应该负起责任来，不该如此推诿。

韬奋仍不死心，再去找潘公展，他仍不在，又碰着了许孝炎先生。韬奋再一次试探还有没有商谈的余地。许先生继续蒙他，说自己已经查了，下面还没有答复。韬奋说：“几处‘生活’分店被摧残，为事尚小，值得考虑的是党部领导对文化事业的整个态度问题。党部是不是已经内定，凡不是党部或国民党党员所办的文化事业机关统统非关闭不可？”许孝炎说没有这个规定。韬奋又问：“那么民间所办的文化事业机关，既然‘服从法令，接受纠正’，在原则上可以接受党部的领导，为什么还不许存在呢？”许孝炎说，他没有什么理由可以答复这个问题，只能待与王、潘两位先生商谈办法后，再另行通知。

这时韬奋才彻底明白，这位许先生说的通知是永远都不会来的，他也明白这最后的商谈是毫无希望的。到 21 日止，不到半个月时间，16 年惨淡经营备尝艰辛所建成的 55 个分店，几乎被摧残殆尽，仅剩重庆和香港两家分店，完全兑现了刘百闵“不合并即须全部消灭”的警告恐吓。这时他才完全相信，应该有若干人性的高级动物，也有会干出伤天害理、无视法律、不知羞耻的这种不要脸的勾当。他们如此摧残进步文化事业，得到的是什么呢？或许只有他们上司的赏识与夸奖，他们可以踌躇满志了，但他们在韬奋眼里已经是不要脸的没有人性的动物了。

12

晚霞把山城映衬得格外秀丽。长江与嘉陵江在这里交汇，依山而建的房屋，层层叠叠，错落有致，水把山峰缠绕，山在水中倒映，山水相依，独秀天下。

从学田湾去曾家岩方向的山丘小路上，韬奋携夫人沈粹缜悠闲地走着。很少见他们夫妻有这闲情逸致游山逛景，不是他们不想这么相依相伴，也不是他们不爱游山看水，是他们没有空闲工夫。今天不知因何有这雅兴。

韬奋和沈粹缜不是在游山逛景，他们是接到周恩来的邀请，要到曾家岩周恩来的住处去拜访。

韬奋对沈粹缜说："现在环境越来越险恶，自从周恩来住到曾家岩之后，上清寺通往曾家岩的街上，日夜都有国民党特务监视。为了安全，咱们只能辛苦一点，从这一条小路步行前往，翻过前面那个小土丘，然后再迂回到那里。"

韬奋和沈粹缜谨慎地来到曾家岩 50 号，韬奋抬手按了门铃。不一会儿，一位女服务员打开了小门洞，问是谁，韬奋通报了姓名。门立即打开，服务员非常礼貌地请他们进去。

周恩来和夫人邓颖超在门口迎接他们，把他们接进客厅。周恩来坐到中间的藤椅上，韬奋和沈粹缜坐在旁边的木椅上，邓颖超为他们倒了茶。

坐下后，周恩来问：“这几天情况如何？”

韬奋叹了口气说：“十分糟糕！只剩下重庆和香港两家分店，其余53家分店全让国民党查封了，还被他们抓去了不少人。重庆这边他们也来书店查了书，拉走了几千册书，别说马、恩、列、毛的书，他们把沈钧儒、李公朴、章乃器的书也列为禁书，连夏衍、端木蕻良、刘白羽、冼星海的书都抄走了。凡是不跟他们同流合污的作家所写的书，统统被列为禁书，您说，这还有法办出版社吗？”

周恩来神情沉重地说：“看来的确需要转移阵地了。韬奋先生，今天约你来是想跟你商量一件事。为了保存进步文化的力量，我们打算把重庆、桂林等地的大批民主人士和文化界人士分批转移到香港，在香港建立新的文化阵地。香港有八路军的办事处，廖承志在那里当主任，潘汉年也在，茅盾他们已经搬到香港。你去的主要任务是和其他同志一起开辟第二战线办刊办报。”

韬奋非常兴奋地说：“非常感谢，我去！一切都有基础，我非常愿意去开辟新的文化阵地。”

周恩来郑重地交代：“现在环境很险恶，要秘密地离开，你照样出席第二届国民参政会，然后见机行动。想法乘车到桂林，然后由桂林乘飞机去香港。邹夫人，全家一起走目标太大，只能韬奋先生先去，你和孩子随后再去。”

沈粹缜笑了笑说：“已经习惯了，这些年从来就没安静地生活过，父亲在孩子们的记忆中就是一个在外面到处流亡的流浪者。”

第十章　新　生

1

现实把韬奋心境搅得像经受了十二级台风肆虐的大地，一片狼藉，无法收拾。他处于极度的痛苦之中，内心的滋味用文字难以形容。

第二届国民参政会就要召开，一方面他有心要追随各位前辈与朋友努力于以支持“团结”的“形式”参加应该主持正义的所谓过渡“民意机关”；另一方面他却无奈地眼巴巴望着自己的心血和汗水结出的硕果——遍布全国的生活书店分支店——被暴风骤雨般摧残，他们不但违法背理地大封其店，而且违法背理地大捕其人！他苦心数年宣传敦促的“团结”做何解释？他赞颂张扬的“正义”做何解释？国民党中央和政府鼓噪的“民意”又做何解释？有人劝他，何不把这件违法背理的事情，在“民意机关”（参政会）里力求申诉？对此，韬奋只能苦笑：“诸君如不健忘的话，谁都会记得我以前在参政会上所报告的一个个提案，而且不少提案都得到了大会通过，可实际执行的效力呢？却等于零。这是一个多么可笑的游戏啊！”

书店一个又一个被查封关闭是事实，忠诚于文化事业的青年干部一个又一个锒铛入狱也是事实，面对这种违法背理的行径，他怎么能昧着良心装作痴聋呢？那几天他忍耐又忍耐，总想着他们也是有着若干人性的高级动物，不可能做那种完全灭绝人性的事，他一而再再而三地去访问他们，向他们做解释，询问他们如何方能停止摧残，如何方能让那些被查封的分支店恢复营业。弄半天是自己太傻了，他的真诚、他的谦卑，在他们眼里一文不值，他们对他那种文人气节、对国家民族那种热忱，视同儿戏。他们竟会直接哄骗他，拿信口胡编的话搪塞他，一转身他们更变本加厉，暴风骤雨般摧残，而且越来越凶！甚至不需证据和借口。贵阳分店 2 月 20 日深夜被查封，全体职工无故被捕，邮电均被封锁，直到 2 月 23 日，是“生活”的热心读者出于义愤主动向总店发的告急信，他们这才知道事情的残酷经过。被动到这般田地，眼睁睁看着为抗战文化艰苦奋斗的青年干部遭受这种冤屈迫害而无法援救，任何稍有良心的人，都难以抑制愤怒。

这几天韬奋寝食俱废，他想在这种地狱般的凄惨环境中，自己再去粉饰场面实在是莫大的邪恶！沈粹缜看着丈夫的情形，她知道这里再也无法留住他，沈钧儒看到韬奋这种状态，也知道这里再也留不住他了。其间韬奋写了两篇文章，一篇是《言行一致的政治》，文章抨击国民党表里不一，制造皖南事变，掀起又一次反共高潮。《全民抗战》第 157 期发表了这篇檄文，因此，刊物遭到查禁，被勒令停刊。

他又写了第二篇文章《舆论的力量》，尽管文章没有指任何特殊事实，只是原则研究舆论的功能，但该文被审查委员会扣留。

韬奋已经做出决断，决定辞去国民参政员职务，拒绝参加将于 3 月 1 日召开的第二届国民参政会。2 月 23 日，韬奋写了《呈请国民参政会转呈国民政府辞职电》和《致沈钧儒等在野各抗日党派领袖》两份信函。

他在《辞职电》中说："本会上届第一次大会通过公布之抗战建国纲领，明载在抗战期间于不违反三民主义最高原则及法令范围内，对于言论出版集会结社自由，当予以合法之充分保障。此种最低限度之民权，必须在实际上得到合法保障，始有推进政治之可言。韬奋参加工作之生活书店，努力抗战建国文化，现在所出杂志八种，及书千余种，均经政府机关审查通过，毫无违法行为。乃最近又于二月八日起至二十一日止，不及半个月，成都、桂林、贵阳、昆明等处分店，均无故被封，或勒令停业，十六年之惨淡经营，五十余处分店至此已全部被毁，虽屡向中央及地方有关之党政各机关请求纠正，毫无结果。夫一部分文化事业被违法摧残之事小，民权毫无保障之事大。国民参政会号称民意机关，决议等于废纸。念及民主政治前途，不胜痛心。韬奋忝列议席，无补时艰，深自愧疚。敬请转呈国民政府，辞去国民参政员，嗣后仍当以国民一分子资格，拥护政府，服从领袖，抗战到底，所望民权得到实际保障，民意机关始有实效，由此巩固团结，发扬民力改善政治，争取抗战最后胜利，不胜大愿。"

他在《致沈钧儒等在野各抗日党派领袖》中说："韬奋追随诸先生之后，曾于二三年来在国民参政会中，勉竭驽钝，原冀对于民主政治有所推进，俾于国家民族有所贡献，但二三年之实际经验，深觉提议等于废纸，会议徒具形式，精神上时感深刻之苦痛，但以顾全大局，希望有徐图挽救之机会，故未忍遽尔言去耳。"

他在两份信函中陈述生活书店惨遭无故摧残、16年心血全被毁灭的义愤之后，表白自己的意志："在此种惨酷压迫之情况下，法治无存，是非不论，韬奋苟犹列身议席，无异自侮，即在会外欲勉守文化岗位，有所努力，亦为事实所不许，故决计远离，暂以尽心于译著，自藏愚拙。临行匆促，未能尽所欲言。最后所愿奉告者，韬奋仍当以国民一分子资格，拥护抗战国策，为民族自由解放而努力奋斗。苟有政敌以造谣毁谤相诬陷者，敬恳诸先生根据事实，代为辩证，而免于压迫之余，复遭莫须有之冤抑。忝在爱末，用敢披沥上陈，诸希鉴察为幸。诸先生为前辈先进，对国家民族尤其无上热诚，必能为全国同胞积极谋福利，再接再厉也。临颖怅惘，无任神驰。”

2月24日，韬奋穿一身挺括的西服，外面披了件风衣，来到第二届国民参政会会议报到处报到。会务人员热情地迎接了他，请他签名报到，然后请他抽座位签。韬奋平静而不露声色地按会务人员的要求，默默地做着这一切。韬奋抽到了第20号。工作人员发给他一张由国民政府主席及各院院长盖章的聘请状，还有一枚参政员徽章。有记者在一边，不停地把韬奋的一举一动拍下照片，韬奋不予理睬，只顾做自己该做的事情。

韬奋办完报到所需的一切手续，一位拿着一架大相机的记者坚持邀他拍了张半身照，韬奋没有拒绝，也没有十分配合，勉强地拍了照。记者拍完照，很客气地问韬奋，最近到不到别的地方去。也许他是无意中顺便一句搭讪，也许是知道韬奋向重庆卫戍司令部稽查处要求购买飞机票的事。韬奋听了后没有作答，只是笑着摇了摇头。

报到后，韬奋参加了在野各抗日党派的会议，沈钧儒、黄炎培、梁漱溟等都在，与会人员都深感政治“逆流”的可忧，公决在开会前即联名写一封信给蒋介石，内容是对于巩固团结及改善政治，在具体方法方面有所建议。大家充分讨论后，与会16人都签了名，韬奋也签了名。

开完会，韬奋回了家。到家天色已晚，他跟夫人说要亲往沈钧儒先生家告别，并商议出行的事。韬奋到沈钧儒先生家，带去了《呈请国民参政会转呈国民政府辞职电》《致沈钧儒等在野各抗日党派领袖》和为生活书店辩白的长文《生活书店横被摧残的经过》。

沈钧儒深情地收下了韬奋交托的电文、书信。

韬奋心情沉重地说："没有一点理由，他们就这样封完了我的书店，我无法保障它，我还能保障什么……"

韬奋说着悲愤地流下了热泪，心里那痛苦，别人难以体会。

沈钧儒完全理解韬奋的心情，但他对这局面也无能为力，只能安慰韬奋："你放心走吧，我会亲自转给国民政府的，我还要以此为抗议！"

韬奋说："我给您的这一封信，可以在会议上宣读，也可以发表。"

沈钧儒紧紧地握住韬奋的手说："我明白。到桂林的交通问题，我让侄儿沈浩落实，你做好随时走的准备，车落实好后，我去找你。"

韬奋从沈钧儒家出来，外面已经一片漆黑。见了沈钧儒先生，心情并没有轻松多少，他也知道他们在参政会上所要进行的斗争，也非常艰巨。他所不能释怀的是，他对国家与民族的感情已经高于一切，他经历的是一种艰难的苦恋，他始终弄不明白，那些应该有着若干人性的高级动物为何一点都感触不到他那份苦恋的真挚与纯洁，难道他们对国家、民族的感情也跟他们办理公务一样，完全是一种敷衍，一种对付？

此时，这里的山山水水再美，没有值得他留恋的，他心里割不断放不下的是他生活书店的那份事业，还有那些与他一起同甘共苦、患难相依的同人。他忽然想到恩师黄炎培，他立即调整方向，他要去见恩师，他必须去跟恩师告别，他有许多话要说，于是他直奔张家花园的“菁园”。

走进黄炎培寓所，当黄炎培紧紧地握住韬奋的手时，韬奋忍不住了，他竟大声地哭了起来。他想起了16年前，就是这位恩师赏识他，把《生活》周刊交给了他。

韬奋悲愤地说：“《生活》周刊当初发行量只有2800份，我们搞到20万份，还建了生活书店，全国各地有55家分支店，16年的心血就这样被他们摧残了……”

韬奋悲愤地痛哭起来。

黄炎培也异常悲愤，但他只能轻拍着韬奋的肩膀安慰着韬奋，除此，他还能说什么呢?

2

凌晨4点，一个并不机警的身影闪进重庆学田湾韬奋家那个院子，这个模糊的身影既没大大方方行走，也没有鬼鬼祟祟躲藏，他只是靠墙近一些，迈着轻轻的脚步走向韬奋住的那座楼。明显看出，他只不过是要尽量避开那一座陈公馆小楼的视线而已。

韬奋听到轻轻的敲门声，此时他已经起床，沈粹缜也已经起床，他们两个摸着黑，已经为韬奋出行准备好了简单的行李。韬奋知道是沈钧儒老先生来送他，他轻手轻脚拉开门，把沈老先生迎进屋子。为了不惊动孩子们，他们小着声说话。

沈钧儒告诉韬奋，车子已经准备好了，他侄儿沈浩在南岸等候。韬奋没说话，只是点点头。韬奋跟沈钧儒像地下工作者一样来到窗前，察看院子里的动静。他们心照不宣，防的就是那边楼里的陈果夫，韬奋等于在“CC”系统大头目的眼皮子底下逃离重庆。

院子里寂静得能听到虫子的歌声。沈钧儒玩笑地说，也许灯下黑，台风中心往往反而平静。两个人做了个走的手势。沈粹缜先与沈钧儒握手道谢，再与韬奋紧紧拥抱告别，她轻声嘱咐他：“包袱千万不要离开身，一切东西都在里边，自己一人在外小心，没人在你身边，只能自己照顾自己。”韬奋不住地点着头。

韬奋到了桂林，为避免节外生枝，只内部知道，对外故意没有声张，也没有住旅店，悄悄地住在一个朋友的家里。先到桂林的张友渔来看他，告诉他到香港的机票已经买好，3 月 5 日下午两人同行。正说着夏衍也来了，他见到韬奋，开玩笑说：“蒋介石怎么会放过你？”一提蒋介石，韬奋心里的火不打一处来。他失去了以往温良敦厚的风度，忽地站了起来，激愤地说：“我现在算是看透了他，表里不一，玩弄权术，骨子里缺少领袖的风范！”夏衍继续开玩笑：“领袖不耍权术就当不成领袖。”韬奋从包里拿出一叠原稿捏在手里说：“我还有嘴，还有笔，我一定要让前线和后方的中国人知道，生活书店如何在可耻可鄙的阴谋中遭受摧残！”

潘公展、徐恩曾、刘百闵垂头丧气地坐在王世杰的办公室里，似乎谁也不想说话，但这事儿他们谁都有份。蒋介石发了话，不管采取什么手段，一定要把邹韬奋弄回来，不能让他出境。而且指着王世杰，要他以参政会主席团名义，发电广西桂林李济深，务必劝邹回渝。

沉默到了该说话的时候，还是王世杰先开了口，他说：“我以参政会主席团名义，找桂林李济深，让他劝阻邹韬奋，绝不能让邹韬奋出境。公展跟那边党部也下个任务，徐局长，你们那边是不是要采取点更强硬的措施啊？”

徐恩曾说：“只要他还在桂林，他就别想离开。”

王世杰说：“那就分头行动吧。”

王世杰给李济深的电报，下午近3点半送到。没出一个小时，机场的警察来电话报告，查航班记录后，发现邹韬奋已于下午2点与张友渔一起登机飞往香港。李济深给重庆回电：邹在收电之前已经走了。

好险，只差一个半小时，要是晚一天，或晚一个航班，韬奋肯定走不成，肯定要被特务扣留押回重庆，后果不堪设想。

王世杰接到李济深回电，不知该如何向委员长汇报。此时，金仲华已经在香港的住处设便宴为韬奋、张友渔接风，先期已到香港的茅盾、范长江等文化界的人士也前来参加。韬奋像讲故事一样给大家报告了他的脱险经过，大家开心得哈哈大笑，一起举杯为他脱险庆贺。

韬奋却庄严地声明：“咱们到香港可不是为逃难而来，而是为坚持抗战，反对投降；坚持团结，反对分裂；坚持进步，反对倒退而来。我来之前恩来先生跟我交代，要到香港开辟新的文化阵地，咱们除了办报办刊、写书出书，还能干什么呢？我想咱们要继续拿笔做‘枪’，以纸为‘弹’，继续战斗！来的路上我想了，我准备复刊《大众生活》！”

范长江接着说：“我们正在策划创办新刊新报！”

邹伯母陪着沈粹缜一起走出当铺。邹伯母一边出店，一边同情地说：“一个女人带三个孩子，独撑这个家，真不容易。”沈粹缜笑了笑，说：“已经习惯了，孩子他爸那年流亡欧美，一去就两年，那时小女儿才三岁。”邹伯母钦佩地扭头看着沈粹缜，她让自己刮目相看。邹伯母说：“看你这么文弱，没想到这么坚强。”沈粹缜不好意思，她说：“这也是没办法，什么都是被逼出来的，到了那个份上，你不行也得行。抗战前，国民党把我先生他们七个人关进苏州监狱，一关就是七八个月，我带着三个孩子，手里一文钱都没有，只好到他那个书店预支稿费度日。”邹伯母好惊奇，她说：“要是我，吓都吓死了，以后有啥事，你尽管说。走，我陪你去粮店先买点米。”沈粹缜说：“真得谢谢你啊！”邹伯母责怪道：“我女儿都认你做干妈了，一家人了，还谢啥！”

两个人亲亲热热如姐妹一般相携着朝粮店走去。

其实，沈粹缜进当铺是故意安排的。自从韬奋去香港后，特务三天两头来查问，问邹先生来信没有，问她是不是也想逃离重庆。所以她就特意请房东邹伯母陪同，说先生走了，家里没多少积蓄，日子要从长打算，只能把首饰当了。因为特务也常跟邹伯母打听这边的消息，要造成他们不离开重庆的假象。其实，南方局那边正在安排，要尽快把他们全家转移去香港。

傍晚，沈粹缜和三个孩子正在吃饭，楼下传来邹伯母的声音。

“你是做啥的？怎么随便往人家里闯呢？她男人不在家呀！”

一胖一瘦两个便衣特务走进屋来。沈粹缜让孩子们别害怕，只顾吃饭，她立即站起来应付。

胖特务问：“邹先生来信没有？”

沈粹缜说：“没有音讯。”

瘦特务问：“他上哪儿去啦？”

沈粹缜说：“兵荒马乱的，他悄悄地走了，也没跟我说，我也不知道。”

胖特务又问：“你们是不是也想离开重庆啊？”

沈粹缜说：“我一个女人家，带着三个孩子，手里吃饭钱都没有，能上哪儿去啊？”

瘦特务问：“那你为什么要去当铺当东西啊？是不是在准备路费啊？”

沈粹缜说：“苦日子你们哪知道啊！先生走了，家里没钱，我们四口人要活命哪！”

胖特务说：“希望你们不要给我们添麻烦，先生溜走，我们都挨处分了！”

天已经黑透了，柯益民和贺众秀一起来看望沈粹缜和孩子。柯益民悄悄跟沈粹缜说：“下面特务盯着，不能多待。周恩来先生已经安排好了，我跟沈钧儒老先生也联系好了，还是乘沈浩的车，按计划先去桂林，再转去香港。”沈粹缜点头，问哪天走。柯益民说要找特务不注意的机会，先做好准备，一有机会说走就走。

沈粹缜点头明白。

3

人是群居社会中的一分子，每个人想在社会上做事，都需要一个群，也都有一个相互依存、相互支持、相互照应的群，离开了这个群，人们就会陷入孤独，说话无人听，做事无人帮，荣辱兴衰、喜怒哀乐无人管，这对每个个体的人来说，都是一件痛苦的事。

邹韬奋、范长江、茅盾、夏衍、金仲华、邓文田、邓文钊等一批文人，在中共南方局的安排下，安全转移到了香港。正如韬奋所说，这些人可不是来逃难的，更不是来观光游玩的，他们跟前方的将士一样，是有意避开国民党的威胁与迫害，来香港开辟抗战文化的新阵地，利用香港这块自由天地，更自由、更直接地为抗战救国服务，更直接地跟国民党反动势力做斗争。

韬奋到了香港之后，爱人和孩子都还在重庆，他就暂先住在湾仔峡道 15 号金仲华家里。住下之后，韬奋急于投入工作，想从“生活”被摧残的痛苦中解脱出来，可是刚在香港落脚，既没刊也没报，一时有劲无使处。他与金仲华商量，他们都是中国民权保障同盟的执委会成员，决定在香港出版《“保盟”通讯》中文版，由他和金仲华以中国民权保障同盟执行委员的名义担任主编。面对破碎的山河，面对国民党违法背理的摧残，韬奋无法让他手中这支笔有片刻的停歇，在没有报纸和刊物的情况下，他仍在写《中国政治发展的展望》《苏日中立条约和远东局势》等文章，就发在《“保盟”通讯》上。

没用韬奋着更多的急，廖承志就找了他。廖承志是中共驻香港办事处的负责人，他早就接到了周恩来的指示。皖南事变后，国民党对左派人士已不再客气，中共中央决定把这批左派人士疏散到香港，一方面是保护人才，另一方面是要开辟新的文化阵地，加强同国民党在文化、思想舆论领域里的斗争。新的文化阵地不是空的，就是要办刊办报，但在香港，不是以共产党的名义办刊办报，而是由民间爱国人士出面来办。廖承志的内心跟韬奋一样着急，这是他的工作。廖承志的工作思路十分明确，他不只是要管好这一批文化人，确保他们的安全，更重要的是要发挥他们的作用，在香港开辟新的思想文化阵地。他想得很多，也想得很细。虽然中共把他们定为左派人士，但他们不是党员，管好他们，确保他们的安全，发挥他们的作用建立新的思想文化阵地在廖承志心里仅是一个方面，他看得更重的是这些人中千万不能出政治问题，他们要出点政治问题，影响就太大了。

鉴于这种考虑，廖承志在开展工作的同时，在防止出现政治问题方面想得更细更谨慎。这里面就弄出一点小故事。他在向中共中央书记处和周恩来发电报告在香港成立统战委员组织、成立座谈会、成立救国会香港工作委员会、办书店办报的设想方案时，在统战委员名单中，特别提出不要夏衍参加，似乎对他不能信任。周恩来很快有了批复。

廖承志首先找了韬奋，传达了周恩来的指示，责成由邹韬奋发起，联合张友渔、范长江、杨东莼、韩幽桐、于毅夫、金仲华，成立救国会香港工作委员会。这真是想到了他们所想，帮到了他们所需。在这战乱年代，尤其在别国控制的香港，文人们真切的心愿是建立组织，没有组织就等于一个人没有家，做事时没有群。韬奋与以上人士一一联络，大家一致赞成，接到开会的消息，他们都像找到了家一样高兴，同找到了工作单位一样兴奋，都按时赶到开会的地方。中共长期从事文化统战工作的潘汉年也赶到香港协助廖承志工作，潘汉年是他们多年的老朋友，大家更像是一个团体一样在开展工作。

韬奋主持了救国会香港工作委员会的成立大会，大家一致推举邹韬奋总负责，桂林来的杨东莼当第二把手，范长江、张友渔、于毅夫、金仲华、韩幽桐任常务理事，张友渔实际是代表中共参与救国会的领导工作。

接着，廖承志约邹韬奋、范长江、金仲华、乔冠华、夏衍等举行会议，专题研究在香港办报纸的事。范长江与胡仲持已经做了一些研究与准备。廖承志提议报纸名称定为《华商报》，经讨论后一致同意。然后确定办报方针：对国内贯彻团结、民主、进步，反对分裂、反对独裁、反对倒退；对国外反对美英对日妥协，揭批绥靖政策和“东方慕尼黑”阴谋。

《华商报》筹备会议开了多次，商议组织机构、分工、申请登记，相应考虑斗争的“有理、有利、有节”的问题。最后统一思想，正式成立机构。范长江为《华商报》的经理，胡仲持为总编辑，廖沫沙担任编辑部主任，张友渔担任总主笔，负责审核社论。社论书写的分工是：茅盾、夏衍负责文艺部分社论撰写，邹韬奋负责民主运动部分撰写，乔冠华负责国际部分撰写，胡绳负责思想理论部分撰写，张友渔负责抗战和日本问题部分撰写。

《华商报》由廖承志的一个表兄——他是银行家——出面办理注册登记手续。范长江在中环荷里活道租下一间两层楼铺面，那里可是非常热闹的地方。

报纸筹备工作基本就绪，周恩来同志的指示也传到香港，廖承志传达了周恩来同志的指示：他同意大家的意见，报纸就叫《华商报》，报纸的基调他强调要“不红不白，灰一些”。4月8日，《华商报》在香港正式创刊，从创刊号开始，开专栏连载韬奋撰写的长篇抗战史料《抗战以来》，每天一篇，计划连载77篇。

看着《华商报》创刊，韬奋有点着急，他急忙着手《大众生活》在香港复刊的工作。在香港办报刊，登记是一道难关。若不是广东人，尤其是名字被多数人知道的文人，要出面登记，很难通过。好在《大众生活》在香港有过登记，现在是复刊，可能会容易一些，但也需要当地人的协助。

韬奋复刊《大众生活》自然要借助在香港这些朋友的支持，5 月 3 日，香港版《大众生活》召开了第一次编委会，邀请出席的编委有：千家驹、金仲华、茅盾、夏衍、乔木（乔冠华）、胡绳。韬奋仍担任主编。编委会讨论了出刊的全部事宜。

第一次编委会结束的第二天，韬奋专程过海从九龙赶去茅盾寓所，他有一件重要的事情要与茅盾当面商议确定。茅盾看他这么繁忙，还特意专程来拜访，有些过意不去，说有事那天编委会上说就是了，还专程从九龙过海来做什么呢。

韬奋跟茅盾解释："那天会上当着你面，大家不便说，会后都向我建议，《大众生活》上的连载小说，应该请你来写。你的名气大，下笔又快，这个任务是不成问题的，请你作为紧急任务赶写一部连载长篇小说。"

茅盾为难地笑了，他说："长篇小说哪是说写就写得出来的？"

韬奋继续劝说："这也是万不得已，请你就把平时积累的素材拿出来编个故事。你可以一边写一边登，大约每期只占四个页码，8000 字左右。1938 年你在《立报 · 言林》上不就边写边登过一个连载小说吗？"

茅盾说："所以那部小说写失败了。"

韬奋说："我不这样认为，那是第一部写抗战的长篇小说，从帮助当时青年认清持久抗战的道路来说，是起了很好的作用的。"

茅盾被韬奋劝说得很为难，他沉吟了片刻，最后咬牙说："好吧，我来写！你什么时候要第一批稿？"

韬奋扳着手指算了算说："给你一个星期，到 13 号交稿。我给你留出四个页码，你给我四天印刷的时间。"

廖承志同样非常敬业，他对这批文化人“抓”得很紧。很快他就组织了漫谈会，而且是每周举行一次，对国际、国内形势进行分析，相互交流情报，交换意见，这个会实际是廖承志组织的每周一次小型学习会。

周恩来对这些文化人特别关心，而且非常尊重他们，也很讲究与他们相处的方法。他从廖承志往来的文电中，发现廖承志对这些文化人的态度和看法有值得注意的问题，于是他专门给廖承志发了电，直接提醒廖承志注意。周恩来在电文中说：“我们仍要向你提议对待文化战线上的朋友及党与非党干部的不同方法，第一，不能仍拿抗战前的眼光看他们，因他们已进步了，已经过一次考验了；第二，不能拿抗战前的态度对他们，因他们已经过一些政治生活，不是从前上海时代的生活了；第三，我们也不能拿一般党员的尺度去测量他们，去要求他们，因为他们终究是做上层统战及文化工作的人，故仍保留一些文化人的习气和作风，这些如高尔基、鲁迅也不能免的，何况他们乎。因此，我们必须学习列宁、斯大林对待高尔基的眼光、态度和尺度，才能帮助和促进文化人前进。毛主席告诉我们要重视这支文化战线的力量，因为他们正是群众革命精神宣传者和歌颂者，我这一年来在此收获不少，希望和建议你们本此精神去做，原则的问题不要放松，工作方法上处人态度和蔼，作风不能尽人一致的。从前那种有时失之轻浮，有时失之圆滑，有时失之谦虚，有时失之骄傲的态度是不适当的。希望你也一样的排斥，并且更慎重认真切实细密一些，因为你来电中对夏衍有‘不敢相信’一语，并且又曾拒绝加入支委，故我有些感觉，致电告你，望你有则改之，无则加勉。”

5 月 17 日，新版《大众生活》在香港复刊出版。韬奋办刊向来严谨，做事特别认真。《大众生活》复刊，他仍按传统，每周开一次编委会，确定每周六上午在香港中环太子行办公室开会，雷打不动。千家驹、金仲华、茅盾、夏衍、乔木（乔冠华）、胡绳每次都按时出席。编委会除讨论时事之外，确定下一期的主要内容，每个编委都要交一篇以上文稿。开会除编委参加外，徐伯昕有时也参加讨论，还有助理编辑程浩飞列席。编委们都另有自己的工作，都是出于友谊帮助韬奋，但他们只能做到每周参加一次编委会，决定下一期的内容，并在规定时间内完成一篇文稿，或者负责向编委以外的朋友拉一篇那一期所需要的稿件，别的就再抽不出精力帮韬奋了。刊物其他的一大堆事情，都必须由韬奋自己来完成。每期登在卷首的社评，那是有一定篇幅的，太长或太短都会影响到刊物的整体编排计划；审阅来稿，包括特约稿件和外来投稿；给读者的来信回复，这是刊物很重要的一个栏目，尤其重要，可借这一栏目发表一些不宜用其他方式来发表的主张或批评。这些事情，都只能由韬奋自己来完成。

有一天，夏衍前来看韬奋，见韬奋正在看一大堆读者来信。夏衍问："这么多读者来信你都亲自看吗？"韬奋说："像我们这样的读书人，或多或少都会脱离群众的，特别是在香港这样一个特殊的、语言不通的地方，我只能从这些读者来信中，了解到一些人民群众的希望、苦闷和要求。"夏衍说："你办刊物的特点总是抓'一头一尾'，头是社论，尾就是答读者问。"韬奋朝他微笑，觉得他概括得很准确。确实如此，刊物每一期的社论几乎都是韬奋亲自执笔，他对社论或者专论的内容抓得很紧也很准，他强调社论对所要讲的事必须做到"及时、讲透、有针对性"。为了写好一篇社论，他不仅在编委会上反复讨论，甚至打好清样后还要请相关专题分工的编委审定。韬奋对夏衍说："刊物没有社论，等于一个人不讲话。要讲话，那么既不能讲错话，也不能讲得含糊不清。对于读者来信，花的工夫就更多，每一封来信我都要看，看了之后挑出一些有代表性的来信，亲自写信回复。”

在诸多朋友齐心协力下，《华商报》已经投放社会，每天连载韬奋的《抗战以来》，吸引了相当多的读者；《大众生活》每期也连载茅盾先生的长篇小说《腐蚀》，韬奋撰写的《民主的妙解》《中国的光明前途》《晋南战事的严重性》《还需要统一战线么？》《妇女不能漠视政治》《远东和平与中国抗战》等一系列配合抗战进程的文章，在香港《大众生活》上成批发表，《大众生活》和《华商报》很快在香港和内地成为广大读者关注的报刊，成为抗战的舆论阵地。

4

重庆人民依然在惊心动魄中过着提心吊胆的日子。日本空军的飞机随时来检验重庆政府和重庆民众的防空意识与警惕性，空袭警报不断。换个角度看，日军的空袭给重庆人民带来灾难之外，也有其“积极”的一面：它不只让民众在逃命的奔忙中锻炼身体、增强体质，而且每一次空袭都是一次最实际、最有说服力、最有实效的抗击日本帝国主义的战争动员，让全体民众自觉地增强对日本侵略者的仇恨，自觉地参加到抗战御侮的行列。

空袭警报再一次让重庆市民如汤浇蚁穴，人们争先恐后地奔向各自的防空避难之处。沈粹缜、邹嘉骅、邹嘉骝、邹嘉骊也夹在人群中奔跑。与众不同的是，他们每个人都带着轻便的行李。当然顾自逃命的人没精力注意他们这一个与众不同，更没有富余的精力来注意他们另一个与众不同——沈粹缜和三个孩子没像往常那样跑向他们原来的防空洞，而是沿着街边在跑向别处。这是柯益民和沈钧儒老先生想到的这个时机，空袭的混乱正是他们可利用的最好时机。柯益民和贺众秀也混在躲空袭的人群中奔跑，他们两个拿着比沈粹缜他们更重一些的行李，还故意跑得跟他们保持一定的距离。他们按照设定好的隐蔽路线奔跑，跑向沈钧儒的侄儿沈浩停着汽车等候他们的地方。

尽管历尽了艰难曲折，尽管经受了千辛万苦和担惊受怕，当沈粹缜和三个孩子在九龙见到韬奋时，一切都被重逢的喜悦与快乐所取代。韬奋和沈缜粹背着大包小包，领着三个孩子，走进了九龙的弥敦道。这是通过朋友的熟人找熟人租的房子，房子是一位叫徐文烈的年轻人未婚妻家的。这位徐先生很敬仰韬奋先生，他几乎天天都来见韬奋先生，而韬奋先生又特别爱和年轻人聊天，天南地北、国际国内，什么都聊，他们相处得非常融洽。

来到寓所前，韬奋掏钥匙打开门。孩子们一看混乱破败的街景情绪大跌，破旧的屋子，真还不如住在重庆好呢！孩子们自然不知道什么叫流亡，韬奋只好跟他们解释："现在是战乱年代，这里很安全，没有国民党特务，过一段时间太平了咱们再换好的地方。"

范长江来九龙找韬奋，看了他的住处，觉得有点太艰苦。韬奋只好自我安慰："在战争年月，流亡在他乡，能有安居之处就算不错了。条件是差些，但比起内地来安全多了。"

沈粹缜和邹嘉骊买东西回来，邹嘉骊手里捧着一个苹果，进门高高兴兴地喊爸爸，说专门给爸爸买了一个苹果。邹嘉骊正要把苹果给爸爸，发现家里还有客人，她为难地拿着苹果，不知该把苹果给谁。沈粹缜看到女儿求助的目光，她抬了抬下巴，示意给客人。邹嘉骊有些害羞地叫了一声叔叔，把苹果送给范长江。范长江说："好孩子，你吃吧，叔叔不吃。"韬奋和沈粹缜在范长江面前都有些尴尬。

范长江从韬奋和夫人的尴尬发现了他家的穷困，于是说："韬奋先生，你的《抗战以来》已经在《华商报》连载了一些日子，今天我是来给你送稿费的，先预付一笔。"范长江说着从包里拿出一沓钱来。

韬奋有点尴尬地说："现在报社资金这么紧张，预付不大好吧……"

范长江很爽快："你就别客气了，全家老小都来了，在香港生活是需要钱的。"

沈粹缜十分感激："范先生，谢谢你啦！你知道的，家里过日子的事，他是从来不管的。"

有了范长江预支的这一笔稿费，韬奋一家才在九龙有了安居的感觉，在流亡的颠沛中能有住有吃，而且能做想做的事，就很幸福了。

在战乱年代，战争的进程和时局的变化是不会依老百姓的意志和愿望进行的。1941 年 12 月 8 日，这是世界人民无法忘却的日子，不只是爱好和平的世界人民无法忘记这个日子，只怕连日本军国主义那些战争魔鬼及追随者和日本人民也都不会忘记这个日子。就在那一天凌晨，日本的航空母舰上起飞了 180 多架飞机，向美国海军太平洋上最大的海军基地珍珠港发动偷袭，一个小时后，日军再次出动 190 多架飞机，对珍珠港实施第二次攻击，投下穿甲炸弹；日本海军的微型潜艇向美国的战列舰和巡洋舰发射鱼雷。美军将士都沉浸在假日狂欢的沉睡之中，毫无防备，将士们都是在爆炸的巨响中从睡梦中惊醒，仓促自卫反击。这场先发制人的袭击历时 90 分钟，美军珍珠港基地遭受毁灭性打击，舰艇被击沉，数以千计的军人在睡梦中被炸死，伤亡人数无法统计……

珍珠港事件爆发的第二天中午，美国国会参、众两院一致通过了罗斯福总统对日宣战的要求；英国首相丘吉尔得知美国对日宣战的消息，激动得老泪纵横，他早就盼望着这一天的到来，英国也随即于当天宣布同日本进入战争状态，太平洋战争爆发。

韬奋参加了廖承志召开的紧急会议，在香港的工委、文化界、新闻界的朋友都参加了这个会议。周恩来已经来了两次急电，一是传达中共中央书记处来电，“我对英美政府应建立广泛和真诚的反日反德的统一战线”；二是指示香港文化界人士和党的工作人员应向南洋及东江撤退。周恩来向廖承志、潘汉年、刘少文指示，明确要帮助宋庆龄、何香凝及柳亚子、邹韬奋、梁漱溟等安全离港。会议的主要任务是分析形势，商讨应急措施，立即派人与广东人民抗日游击队在香港的武工队联系，以便疏散大批进步文化人士。会上同时决定，《华商报》和《大众生活》已无法正常出版，做好停刊准备。于是《华商报》于 12 月 12 日停止出报，《大众生活》出版到新 30 期为止。

当天下午，港九轮渡已经停止载渡九龙到香港本岛的乘客，韬奋一家和《华商报》的采访部主任陆浮等住在九龙的其他人无法去香港本岛。于毅夫匆匆赶到九龙，他告诉韬奋先生，情况很危急，日军马上要进攻香港，八路军办事处决定当晚一定要把他全家和相关同志送过海去，与在香港的其他人会合，以便组织集体撤退。

韬奋全家紧急准备，好在没有多少行李。傍晚，八路军办事处的同志联系了一艘民船，把韬奋全家和陆浮一起送到了香港本岛。到了香港，办事处的人先把韬奋全家送到了茅盾的住处，挤在茅盾寓所过了一夜。第二天中午，朋友杨潮（羊枣）来找韬奋。茅盾说实在找不到住处，韬奋一家就先在他家挤着。杨潮说："你们都是有很高知名度的人，你们的目标太大，住一起更不安全，我在我们住处附近已经找到了一处避难所，先到那里躲一躲再说。"他们一起离开了茅盾寓所。

杨潮好歹为韬奋一家找到了一个住处，韬奋带着妻子儿女随朋友去了那个临时避难所。确实是个名副其实的避难所，只有空空荡荡两间屋子，桌椅板凳什么都没有，连一口喝的开水都弄不到。韬奋觉得有点太委屈妻子儿女了，他只好说看看这里是否安全，内心是想重找条件稍好一点的地方。杨潮告诉他，就连这种房子都难找了，房东已经在请他们搬家。没有找到合适的房子之前，不妨在这里挤几天。没办法，韬奋一家只好先在那个避难所住下。

廖承志又接到周恩来的急电，他随即与潘汉年联系。周恩来强调，太平洋战争爆发，香港已成死港，帮助这些文化人士撤离香港时，要根据各自的情况，分散转移，能留的留，能去海外的去海外，能去上海、重庆的去上海、重庆，自己没去处的，办事处统一安排。周恩来特别提到韬奋先生，要指定专人负责，韬奋夫妇及子女先到广东抗日游击队根据地，然后去桂林，可暂时住在桂林，要落实好他的津贴补助，按月保障。韬奋本人下一步怎么安排，根据他本人的意见，再做商量。

在避难所住了两天，韬奋想去看看金仲华，他带夫人和孩子一起去了香港湾仔峡道 15 号五楼金仲华住处。到了金仲华住处，坐下才说了几句话，萨空了也来了，这些患难相知在这里相遇，真是百感交集。大家坐下来没一会儿，防空警报器响了，他们只好一起下楼进防空洞躲避。躲过空袭警报，吃了午饭，韬奋又带着夫人和孩子一起去了坚尼地道茅盾寓所，看他的寓所安全不安全。

日军偷袭珍珠港仅仅四天后，侵华日军就占领了九龙，日军的火炮直接对隔海的香港本岛轰击，香港已经危在旦夕，整个香港完全陷入了战争的混乱之中。韬奋已经无处安身，他在电话公司门口再次遇见萨空了。韬奋已经没有住处了，萨空了带他去了俞颂华家，没想到，杨潮和夫人沈强也被那家房东请离了，已经住到了俞颂华家。俞颂华还是十分客气，说韬奋先生若是不嫌弃，就暂时一起在他家先挤一挤。韬奋看这么多人挤在他家，有些过意不去。萨空了是直爽人，说："谁叫咱们碰上了这狗日的日本帝国主义，在这战争年代没法讲究了。"萨空了就讲他一路的风闻，他们一直聊到下午 3 点，萨空了离开时说："只要香港不被日本鬼子占领，我仍会随时来看望大家。"

20 多天后，萨空了再去俞颂华家，得知韬奋、杨潮早已搬走，而且不知去向。不只是俞颂华不知道韬奋全家的去向，连八路军驻香港办事处也与他失去了联系，办事处派机要员也是秘密交通员潘柱寻找韬奋。潘柱先找到了张友渔，张友渔也不知道韬奋住到了哪里。后来又找到了徐伯昕，徐伯昕协助潘柱一起找，一起打听。他们从俞颂华、金仲华和茅盾那里找线索，顺着线索找，发现韬奋已经搬了六处住的地方，到走投无路的时候，他在一家咖啡店，得到一位侍者的同情与敬仰，让他们在咖啡店的楼上住了七八天，这位侍者还"情让"给他一件"唐装"。最后，潘柱终于在铜锣湾灯笼街的贫民窟里找到了韬奋。潘柱告诉韬奋先生，周恩来指示，香港已经成死港，要组织在港的文化人士转移到广东抗日游击队根据地，然后再向内地疏散。组织上已经派廖承志、张友渔和乔冠华三个打前哨，打通秘密交通站，设计安排好行动路线，尽快把他和茅盾先生一起送出香港。

韬奋得到这消息，非常激动，这样动荡的生活他真的已经受够了，他不是孤身一个人，身边还有三个孩子，这么东躲西藏的，他真害怕发生什么意外。他郑重地跟潘柱说："应付这样的局面，我是毫无经验的，你们告诉我怎样做我就怎样做。"

潘柱将韬奋全家带回两间大空屋，他让他们做好随时离开的准备，安排好后，他会来接他们一起离开香港。

一天傍晚，秘密交通员潘柱匆匆赶来，进门让韬奋先生赶快收拾东西，行动路线已经确定，在香港的武工队已经与广东的抗日游击队联系好，那边已经做好接应准备，一会儿就上船转移。全家一起走目标太大，还是韬奋先生先走，随后他们再送邹夫人和孩子走。

沈粹缜很不放心，她焦急地问："打算转移到哪儿？"

潘柱说："先到九龙，再由游击队接到广东。"

邹嘉骊哭出了声，拽住了韬奋的衣服，哭着说："爸爸，我要跟你一起走。"

沈粹缜已经顾不得女儿，当即给韬奋收拾简单行李，她已经做了准备，把韬奋一天到晚要用的一支笔、一只手表缝在裤子里层的右边，把一点钱缝在裤子里层的左边。

也不知是心里紧张，还是在这些奔波不定的日子受了煎熬，韬奋耳朵里突然一阵绞痛，他的手有些抖，他用手使劲按住自己的耳朵，不住地揉着，以缓解疼痛。

沈粹缜发现，立即放下衣物，过来帮他揉，一边揉一边问他怎么啦，韬奋自己也不清楚，只是感觉耳朵里不舒服，但没这么痛过，这次突然痛得很厉害。沈粹缜继续揉着，一边关照他到那边停下后，赶紧找医生看看，别不当回事。韬奋安慰她："耳朵不会有什么大毛病，也许是中耳炎。"让他放不下心的是他又要撇下妻子孩子先走，他叮嘱沈粹缜安全是第一位的，有空就让他们在屋里看看书，尽量不要出去。

沈粹缜默默点头。

潘柱催促韬奋先生，请他放心："一家五口目标太大，只是分开走，减少影响，以免发生问题，我们很快就会把夫人和孩子送过去的。"

韬奋难过地握住沈粹缜的手说："粹缜，我真是个不合格的丈夫、不合格的父亲，我连自己的妻子和儿女都照顾不了……"韬奋说着突然在沈粹缜面前跪了下来，沈粹缜慌了神。

韬奋说："粹缜，如果我们的联系一旦中断，你就去重庆生活书店，伯昕要去重庆组织书店重新开张，万一找不到生活书店……那就去找周公，找孙夫人。"

沈粹缜听不下去了，她安慰韬奋，让他放心："办事处都安排好了，你到那里安定下来，我们就会过去。"沈粹缜转身拭泪，一边拭泪一边把韬奋拉起来，她交代："这边缝了点钱，要紧的时候再拆，这边是你的钢笔和手表。"韬奋握着沈粹缜的手，眼睛湿润了。

潘柱又回到屋里催韬奋先生赶快跟他走。

三个孩子一齐扑过来叫爸爸。

5

广东抗日游击队派来的向导在前引路，并发给他们一人一张难民回乡证，一个个都化装成难民，韬奋背一小袋米跟着向导走在前面，后面跟着茅盾夫妇、于伶夫妇、胡绳夫妇等十多个人，每个人都背着一些行李，混在难民队伍里，走在山间小路上。

茅盾看着走在前面的韬奋两个大裤腿，觉得有些不得劲，他问韬奋："怎么穿这么肥大的裤子？"韬奋扭头笑笑，小声告诉他："粹缜在里面藏了秘密。"他是生活自理能力很差的人，她把他离不开的钢笔和手表，还有点钱，全藏里面了。

翻过梅林坳，前面日本鬼子设了哨卡，四个日本兵在检查过往行人，他们自然也不能例外，都得被日本鬼子一一检查。向导是当地地面活跃的人物，他知道怎么对付鬼子，他从兜里掏出一点钱，悄悄地塞给了日本兵，日本兵对他们的态度就跟别的行人大不一样。

第二天，向导又领来了叶籁士等十几个男女同志，这行人混杂在成千上万的难民群中，在新向导的带领下继续前进。他们走过荃湾镇，再折进山陵地带赶路，中午在交通站两户老乡家休息打尖。饭后再沿着山间道路，翻过几个山头，进入了"绿林好汉地区"，途中遇到两个烂仔拦路抢劫，他俩哪想到这"难民"队伍中有带枪的"大哥"，"大哥"缴了他俩的械，用绳子把他俩绑起来跟着他们一路同行。游击队跟"绿林好汉们"打过交道，"好汉们"对他们很友好，愿意帮忙，协助游击队护送这些文人过境。

这一天走了有70多里路，走到黄昏，在离汉奸伪组织占据的元朗大镇不远的杨家祠堂休息，这里是"绿林好汉"的司令部。茅盾看韬奋的脚走路一跷一拐的，问他脚怎么啦。韬奋有点不好意思，说路上蹩了一下。原来他在爬第二座山头时，不小心滑了一跤，脚扭了筋，其实很痛，韬奋没吭声，坚持走下了70多里路，这对这些文化人来说，真是破天荒的纪录。韬奋的脚崴了，还咬牙走了下来，真的是不容易。茅盾夫人从行李里找出一盒万金油，给韬奋治扭伤的脚。脚已经肿胀，踝部还有些发烫。茅盾一边给他搽万金油，一边安慰他：“过一夜或许会好一点。”

“绿林好汉”中的王大哥，把于伶误认是韬奋，把他请进厢房，说了许多真情钦佩的话，演了一出真假韬奋的滑稽戏，被向导发觉，催着上路才解了围。第二天，向导为韬奋雇了一顶轿子，韬奋不肯坐，别的人更不肯坐，大家都不坐，仍是一起徒步上路。

新旧向导领着这批“难民”朝着宝安、深圳走去，路上时常会遇上日本鬼子的卡车，有时日本兵还会对他们叽哩哇啦吼叫。向导有交代，让他们只管闷头走路，不要对日本鬼子有任何表示。

天黑前，他们到达了宝安境内，这里离游击队根据地已经不远，向导决定让他们就地休息。韬奋和茅盾等十来个人，睡在右厢房走廊的地上，尽管铺了稻草，躺下后仍旧能感到地上透着冷气，大家和衣睡了一夜，都没睡好。

他们终于来到与游击队根据地接近的哨卡，四个日本兵在放哨。向导过去摸出一点钱疏通关系，四个日本兵例行公事地对他们做了检查，然后把他们押送到大河边。向导找了三条木船，让他们分别上了船，把他们送到了对岸。渡河上岸，又有三个日本兵端着枪朝他们走来。向导立即走过去，又摸出一点钱给他们。另一个向导则领着大家快步往绵延起伏的山路奔跑，翻上了一座高山，这就是梅林坳，这里已经是游击队掌控的地区了。傍晚，他们到达了宝安县白石龙——广东人民抗日游击队大队部的驻地。在一座遭战火破坏的耶稣教堂前的广场上，这批文化界的精英，受到广东人民抗日游击队政治委员林平、第 3 大队大队长曾生、第 5 大队大队长王作尧的接见，晚上用狗肉宴款待他们，夜里就住在司令部的楼上。

第二天上午，大队部在一座小庙前的空地上举行盛大的欢迎会。在欢迎会上，韬奋的发言朴实，感情真挚，深沉动人。

游击队领导考虑到这些文化人的安全，将他们转移到宝安县的西北面离白石龙村不太远的羊台山上住下。他们来到羊台山中，发现有两幢新建的人字形大草寮。一座供起居用，一座供吃饭休息。大草寮房内中间是过道，三面都是草铺。这草寮还真不小，他们这一批人有于伶和夫人梅朗珂、胡绳和夫人吴全衡、沈志远和夫人崔平，还有叶籁士、戈宝权、恽逸群、殷国秀等20多个呢！草寮内隔成了几户住房，一户与一户之间用布帘隔开。考虑到沈粹缜和孩子很快就会来这里，分给韬奋两席铺。

在白石龙村草寮房住下后，尽管跟部队一起生活又热闹又痛快，韬奋内心仍无法踏实下来，夫人和孩子还在香港，香港已经沦陷，各种不测随时可能发生，也不知他们什么时候能安全离开香港，这一切他都无能为力，只能把全部希望寄予八路军办事处那个潘柱身上。他自己也仍是一种漂泊流亡的感觉，下一步他也不知该上哪儿去，也不知能上哪儿去。生活书店没有了，刊物没有了，报纸没有了，他手中的笔可以继续写，但却无法与广大的读者交流。

关于以后的去向问题，在香港时，八路军办事处的张文彬书记跟他谈过，他也想过。他想，重庆肯定是不能去，上海已经沦陷，也不能去，去了也没事可做，其他就没处可去了。他想能不能先去桂林暂避，看看形势再说。如果全家不可能一起去延安，妻子和孩子可否先去重庆，再设法转往延安；或者他们先去桂林，孩子先不入学，由桂林转往延安。据张文彬说，他已经把韬奋的想法电告了周恩来。

文人们在游击队根据地住下不久，南方工作委员会副书记张文彬到羊台山抗日根据地的白石龙村召开游击队干部会议，总结了部队对敌斗争的经验，成立了以林平为书记的中共广东军政委员会，统一领导东江和珠江地区的抗日斗争，并将广东人民抗日游击队编为游击总队，梁鸿钧任总队长，林平任政治委员。

韬奋与茅盾一起参观了游击总队的机关报《东江民报》，编辑部的同志请韬奋为报纸写一篇社论。韬奋了解到日军进攻惠州、博罗时，国民党军队不战而逃，于是他欣然答应，挥笔写就了社论《惠博失陷的教训》。

韬奋和茅盾他们在白石龙住了五六天，到1947年1月中旬，茅盾夫妇等已经确定先去桂林，茅盾告诉韬奋后，问他怎么打算。韬奋真想跟茅盾一起走，护送他们的交通员劝他还是先别走，他夫人和孩子这一两日就会到，他也觉得还是应该等一等妻子和孩子们，他只好送茅盾夫妇先走。

韬奋倚在铺上看书，但精力集中不起来，看到别人家两口子有说有笑的，他就在想粹缜和孩子不知究竟哪天能到。正想着，外面有了人声。好像有粹缜的声音，接着他听到女儿在问“我爸爸在哪里”。韬奋从草铺上弹起，跑出草寮，妻子和孩子真的来了，全家在草寮前抱成了一团。韬奋一家在大草寮中欢聚团圆，大家一起为之欢庆。同时也以沉重的心情和深深的钦佩，体味分享了邹师母带着三个孩子从港战开始的100多个惊心动魄的日日夜夜，还有对韬奋时时刻刻无法用语言描述的思念与担忧，说起来比电影故事还惊险。

日本占领香港后，香港通往广东方向的交通完全被封锁，连韬奋他们走的秘密通道也被卡断了，硬闯太危险。上面强调一定要确保韬奋夫人和孩子的安全。为万无一失，潘柱他们把沈粹缜和三个孩子先送到港九大队大队长黄冠芳那里，黄冠芳派短枪队把沈粹缜和三个孩子护送到越南的西贡，把他们交给了游击总队的护航队。香港沦陷后，大鹏湾海上土匪多如牛毛，大大小小有十多股，他们在海上无恶不作，勒索渔民，行劫商旅，因此，沿海渔民和商旅对他们恨之入骨，游击总队为保护渔民和商人，成立了护航队，扬帆出海护航。护航队把沈粹缜和三个孩子送到惠阳大队大队长彭沃那里，他们再把娘儿四个转送到宝安的白石龙村附近的羊台山。

草寮的日子是难忘的，再艰苦再艰难，一家人团聚在一起就是幸福。韬奋是草寮里最活跃的人，他每天早晨起床前，总是教大家做床上健身操，教得极其认真。这种操可以躺在床上做，他称这是“懒人体操”。还教大家做脸部按摩。每次爬山，他也是最活跃欢快的人。到河边洗脸洗衣，他总是走在前头。他的洗脸毛巾破了，肥皂也没有了，大队部给他补充，韬奋不肯接受，说留给战士们用。给了他，他又乘人不注意悄悄塞进来人的包里带了回去。大家经常请韬奋演讲，他总是有求必应，不管人多人少，他都讲得十分专注。他讲国际联盟企图用德国法西斯来对付苏联；讲英美的民主政治的不民主实质；讲亲眼所见的苏联的新人新事新面貌；讲苏联抗德的艰苦与前景；讲国民党政府的反动本质和倒行逆施；讲他所接触到的中共领袖人物的政治品德与言行；还讲学习、修养、事业心等各方面的自我感受。每次演讲他都以蓬勃的朝气、朴实的语言、真诚而又带着风趣幽默的表情，以循循善诱与谦和诲人的态度让每一个人乐在其中。

天上月光皎洁，星光灿烂。月光下，韬奋和十几个难友围坐在草寮前田野旁的一块空地上。他们各家各户都拿出了自己做的菜，摆了一地。沈粹缜手捧着一把壶走出草寮。

沈粹缜走过来说："感谢大家为恩润补过生日。很对不起，这里弄不到酒，我熬了一壶姜糖水，咱们只能以水代酒。"

于伶、胡绳等一齐叫好。邹嘉骊坐在父亲身边高兴地拍手。大家端起姜糖水，唱生日歌，祝韬奋生日快乐。

于伶说："咱们是不是请寿星给咱做个演讲？"

大家鼓掌积极响应。

韬奋放下碗，高兴地开了口："我非常理解大家的心情，是想借过生日之名让我开心，大家一起欢叙交谈，我本人也正好反省一下。有人说这姜汤是土咖啡，我只觉得它甜太多，辣有余而苦味不够。我邹韬奋是一个平凡的人，人生短促，只想在苦的酸的辣的时代里干一点苦事业！"

在座的都为他热烈鼓掌。

"偶然的机会，我认识了潘汉年，使我眼睛一亮！由于他，我跟胡愈之、鲁迅、宋庆龄、沈衡老（沈钧儒）等人多了来往，初步认识到要辣！再后来跟周恩来、董必武、王稼祥、叶剑英等几位相处，我才认识到我自己太弱、太浅，太不够，太差了。今天的辣姜汤太甜了！"

大家大笑着为他鼓掌。

6

自从蒋介石发了话，徐恩曾肩上就有了压力，他自然不能也不敢渎职。邹韬奋再一次上了特务机关要惩处的人员名单，而且他的名字排在最前面，国民党的特务机关时刻关注着邹韬奋的一切动向。

先是曲江国民党报的“时人行踪”栏登出邹韬奋的消息，说邹韬奋、茅盾、夏衍等十余人，由香港乘小船逃往广州湾，船在途中翻了，估计可能已经丧命。

不久国民党报“时人行踪”栏第二次发出消息，据闻邹韬奋等已到广东，在东江游击区那里担任文化工作，前讯广州湾遇险消息不确。

为了查清邹韬奋的下落，徐恩曾派刘百闵带助手亲赴广东搜捕，执行蒋介石的指令，一经发现，就地惩办。

2 月 14 日是 1942 年农历的除夕，游击总队的电台修好了，与延安党中央取得了联系，收到了党中央的指示，这真是特大喜讯。游击总队政委林平前来草寮慰问。林平政委首先转达了周恩来副主席对韬奋的亲切关怀和慰问，然后代表广东人民抗日游击总队全体指战员对留在羊台山的同志进行问候。文人们一边接受慰问品，一边激动得流下了眼泪。林平政委还传达了周恩来副主席对国际国内战争与政治形势的分析，对东江游击区形势的估计，具体谈了对仍留在这里的人员将做出的妥善的安排。

他们住在羊台山虽然艰苦，但这里毕竟是根据地，相对比较安全。其实前线的战事越来越危急，广东的日军又发起了大进攻大扫荡，直接危及根据地和他们这批文化人士的安全，大队把这些文人分批陆续转移，最后只剩下韬奋全家和于伶夫妇一小批人，为确保安全，大队决定把他们转移到大队部新驻地——一个叫光头仔的小山村。

他们离开羊台山的那天晚上，刘百闵带着几个特务，找到了羊台山上的那两幢草寮房。他们趁着夜色摸近那两幢草寮。刘百闵向手下交代：两幢草寮一起炸，里面的人一个不留！刘百闵在一边树林里躲着得意地抽着烟。轰！轰！轰！炸药包和手榴弹一齐炸响，两幢草寮一齐着火，火光冲天。

特务们完成任务向刘百闵报告，一个都没出来，在梦里直接到阎王爷那儿报到了。刘百闵听了开心地大笑。

韬奋全家在光头仔村住到了4月初。那时夏衍到了延安，他直接向周恩来汇报了香港沦陷时文化界人士分批转移撤离的情况，当周恩来得悉国民党下令通缉邹韬奋的情况后，立即电告八路军香港办事处负责人连贯，交代他一定要让韬奋就地隐蔽，保证他的安全。草寮被炸的事也让游击总队领导震惊。连贯亲自赶到光头仔村游击队大队驻地找韬奋，告诉他国民党已经派特务在四处搜捕他，为了安全，其余人都转移去桂林，但他不能随这批人行动，只能在广东隐蔽一段时间再说。组织将派人先把他夫人和孩子送到桂林郊区。韬奋表示服从组织安排，于是韬奋与转移去桂林的人一道离开光头仔村。

韬奋换了一身唐装，头戴礼帽，扮成商人模样，与共患难的朋友和家人告别。他们相互握手、相互关照。韬奋一家又一次离别，韬奋面对三个孩子，百感交集。

韬奋搂着孩子们说："孩子们，你们已经长大了，要学会自己照顾自己，为妈妈分忧。尤其是大宝，你要替爸爸妈妈照顾好弟弟妹妹。"

邹嘉骊不舍地问："爸爸，那你什么时候去桂林找我们啊？"

韬奋说："你们先去，爸爸在这里躲避一段时间，就去桂林找你们。"

韬奋最后跟沈粹缜握别。沈粹缜担心地问他，组织上准备让他躲哪儿去。韬奋说组织上没有具体说，他也不知道躲哪儿去，只能走到哪儿算哪儿。沈粹缜又问他最近没听他说耳朵痛，耳朵感觉怎么样。韬奋说还好，最近耳朵倒没怎么痛，只是感觉有时候喉咙有些不舒服。

沈粹缜嘱咐他要是碰上有这方面的医生，还是要好好检查一下，小病要早治。韬奋认真地点了点头。沈粹缜难舍地告诫韬奋，要他多注意身体，保证休息时间，她不在身边，只能靠他自己照顾自己了。韬奋却觉得很对不起她，一点都帮不了她，他叮嘱沈粹缜，到桂林，那里要是有学校，尽快让孩子们上学。沈粹缜含着泪点头，两人握手挥泪告别。

正逢清明时节，南方细雨纷飞。在雨中，沈粹缜带着三个孩子和吴全衡，加于伶等人，由游击队的老何领队，他们撑着雨伞跟韬奋和林平政委挥手告别，步行出发；韬奋也跟着连贯的女儿连洁和游击总队的郑展，背起行李上了路，开始了他们各自艰难的行程。

沈粹缜他们一批人，步行、夜宿、再坐木船，经过“白区”的几个县，到了粤北的交通要点老隆。小住几天，再由地下交通站安排，分别上了两辆装盐的大卡车，去曲江。后因大水冲坏了公路，沈粹缜他们乘的汽车抛锚，与另一辆车失去了联系。车一时无法修好，只能步行前进，他们相互照应，商量着路线。整整一个月，联络员也找不到他们。直到 5 月初，联络员才从桂林方面得知，他们最后找到了火车站，乘火车到了桂林。

韬奋随护送他的连洁、郑展两人先到了革命老区梅县，他们把他安排在梅县偏僻的江头村侨兴行经理陈炳传家里隐蔽。初到梅县时，韬奋与陈启昌的父亲扮成风水先生，背着罗盘，以踏看陈氏家的祖屋、祖坟为名，借此熟悉全村的地形和通路。

韬奋在江头村整整过了近半年的隐蔽生活。他每天晚上参与“山村夜谈”。这个六七十户人家的小山村有个习惯，吃过晚饭后大家喜欢聚在一起聊天。村子中间有座老学堂，这里便成为全村的文化中心和晚上聊天的场所。每晚总有二三十人参加，绝大多数是农民。在这里公事私事、天文地理、古今中外的奇闻趣事，无所不聊。大家参与不仅是听，对提出的话题可以补充，可以质疑，可以争论，各抒己见、无拘无束。韬奋对这里的夜谈评价极高，兴趣极浓。他称这里是人民生活经验交流的场所，是思想智慧的源泉，是乡村文化的特别形式。他认为这对他来说是一次“夜大学”，在这“夜大学”里，可以听到过去没有听过的也难以听到的课程。他非常愿意在这样的“夜大学”里当个学生。

为了克服语言的障碍，他曾刻苦学习客家话，拜孩子们做老师，并把日常用语写出来用英文字母注音。日常生活中则学一句用一句，讲了还要请教别人发音是否正确。不到两个月，他基本上能听懂客家话，也能跟大家做日常生活的简单交谈了。

有一次夜谈中，有人讲了两年前本村新兵受当官的虐待的事。一批刚刚被抓来的新兵，受不了当官的打骂虐待，一些新兵私下里结伙一起逃跑，不料有五个新兵被追赶的国民党兵打中负伤，被捉了回来。没料到国民党军官这么残忍，五个新兵刚被押回村子就惨遭杀害。国民党军官杀人的手段十分残忍，杀死新兵后，又把他们的心肝挖了出来，用一片片竹片把挖出的心肝撑开，挂在水怡楼门口的竹竿上，待心肝晒干后才收回去。住在水怡楼的陈福连正害着病，一看见竹竿上晒着的人的心肝，当场就吓死了。

韬奋听了这骇人听闻的事之后，和陈启昌的父亲以看他父母的坟墓为名，到对面山岭，顺路踏着国民党军官杀戮新兵的刑场，以及挂竹竿晒人心肝的墙头，访问被吓死的陈福连的家属，死者的家属泣不成声。韬奋跟陈启昌父亲说，他到前线去慰问抗日战士时，看到受伤的士兵独自勉强支撑着走路，有的匍匐在路旁奄奄一息，有的浑身是血躺在田野里挣扎，这些伤兵竟无人过问。他当时对国民党政府和军队不关心士兵疾苦的行为非常愤慨。当时为了顾全抗日统一战线的大局，没做深入报道和揭露。全面抗战爆发之后，国民党越来越暴露出真实本质，他们不是决心抗日，不是走向民主与进步之路，而是日益走向反共反人民、投降日军的反动立场，这是反动政治的必然表现。

陈启昌的父亲被韬奋感动，为了使韬奋进一步了解梅县的革命历史，他把两箱子历史文献取回来供韬奋阅读研究。这其中有整套的中国共产党中央机关报《向导》周报，有团中央机关报《中国青年》，有广东党区机关报《政治》周报，团区委的《少年先锋》，还有梅县地委的《青年旗帜》等。韬奋看到这些报刊如获至宝，每天村里人下田干活时，他就到陈家看这一堆资料。他说他要补课，还说“中国人民的火炬在广东炽烈地燃烧起来的时候，我还是个不大关心政治的人”。

韬奋特别重视培育孩子们的正义感和爱国主义思想感情，经常跟孩子们一起“打赤子”、玩纸牌、游泳。一有空就给孩子讲中国历史上的民族英雄和抗日英雄的故事，受他教育影响的孩子们有许多后来都参加了中国人民解放军。

韬奋在这山村里没有一点文化名人的架子，走到哪里就和哪里的群众打成一片。他在陈启昌家住着，竟还学会了做豆腐，从选豆、过秤、除壳、泡豆、磨浆、煮浆、过滤、加卤水，到压包完成，全过程都学会了，他还亲自做了豆腐。

在梅县的乡下住着比较安全，但他还是惦着生活书店，他让人捎口信，托徐伯昕从桂林到重庆后去拜访沈钧儒先生，要仰仗沈老先生扶持生活书店。徐伯昕直到 8 月份才得到韬奋的口信，他按照韬奋的嘱咐，认真去做了。徐伯昕回到重庆后，直接向周恩来汇报了生活书店在国统区的布局和工作进展，周恩来指示，在投资合营和化名自营的出版机构中，务必要分三条战线，以利战斗，免得遭受更严重的损失。要采取隐蔽的做法，学会做统战工作，以便在艰苦环境下，把革命出版事业坚持下去。

地下党员胡一声接到乔冠华从韶关拍出的电报："即来侨兴谈生意。"胡一声立即赶去韶关，乔冠华着急地告诉胡一声，国民党已经在兴梅一带搜捕韬奋，周恩来指示，必须立即设法护送韬奋安全地离开广东去上海，再由上海转往苏北抗日根据地。生活书店也派柯益民前来一起护送。胡一声当即和柯益民一起回到梅县，找到郑展和陈炳传，一起商量护送路线。

韬奋知道自己即将离开梅县，他对与他共度艰难岁月的朋友感激不尽，他用了一些时间，一一给他们留下了题词。

9 月 23 日，柯益民到江头村，胡一声带柯益民见了韬奋先生。韬奋见到柯益民十分意外。他问柯益民怎么来到这里，柯益民暗示他是党组织的安排，韬奋这才知道，柯益民已经加入了中国共产党。他问柯益民小贺现在在哪里，柯益民幸福地告诉他小贺在重庆坐月子。

韬奋十分惊喜，问柯益民是儿子还是女儿。柯益民非常自豪地说是儿子，将来可以当兵扛枪打仗。韬奋跟他一样欣喜，恭喜他，问他这次来有什么特别的任务。胡一声告诉韬奋，这里不能再待下去了，国民党特务刘百闵又带着特务到了梅县，正在四处打听搜捕他。周恩来指示，让韬奋转移去上海，然后再由上海转移到苏北根据地。

韬奋沉默了，但他的心情却如台风袭击后的大海，表面看似平静，深处却汹涌激荡。他轻轻地叹了一声，非常平静地跟胡一声和柯益民说："我毕生办报办刊、做记者、办书店，简直是'题残稿纸百万张，写秃毛锥十万管'了。但政权、军权还在蒋介石手里，他一声令下，就可以使千万个人头落地，千万本书籍杂志焚毁！连我这样的文弱书生，只谈爱国，他都一再使我流离失所、家破人散呢！我现在彻底觉悟了，我要到八路军、新四军方面去，在毛泽东、周恩来、朱德等人领导下，参加革命斗争，争取加入中国共产党。"

9月24日，中秋节，江头村以"李伯伯"的名义在老学堂设便宴，把村里的长辈和青年代表全请来，名义上是过中秋节，实际是为韬奋先生送行。9月27日，韬奋告别江头村，由郑展和柯益民伴随，乘上侨兴行运输货物的汽车，从广东梅县的江头村出发，前往韶关。

韬奋又穿上了那套银灰色的唐装，戴了一顶礼帽，扮成商人模样，和柯益民并排坐在驾驶室里。郑展坐在后面的车厢里，胡一声则坐在另一辆车里头，一路尾随着前行，万一遇险，可以马上向组织报告，及时救援。

7

上海已经被日本侵略者蹂躏了整整五年，韬奋在胡一声、柯益民和郑展的护送下进入上海，发现上海近乎空城，街上行人稀少，只有日本鬼子的巡逻队和军车、摩托车不时在街上招摇，让冷落的上海街市增添了许多阴森与恐怖。

地下党组织已经联系妥当，他们直接把韬奋送到地下党员陈其襄的正泰商行里，当天韬奋就在商行里住了一夜。第二天，陈其襄带着韬奋去了自己的叔叔家。陈其襄的叔叔是位普通工人，他信佛，家里摆着济公活佛，但他却有朴素的爱国心，他的佛坛经常被陈其襄用作收藏生活书店进步书刊的掩护场所。他很热情地收留了韬奋。住了几天，陈其襄又把韬奋搬到自己的贝勒路德和公司楼上的一个亭子间里。

韬奋到上海还有一件事要做，他没有忘记夫人的嘱咐，要找医生看看他的耳朵。韬奋想到了曾耀仲医师。曾耀仲曾担任过《生活》周刊的医药顾问，他与韬奋很要好，为人正直，他们相识、相熟，非常可靠。

抽一天晚上有空，陈其襄领着韬奋去了曾耀仲医师的寓所。韬奋向曾耀仲陈述了自己的情况，除耳朵痛，最近鼻腔老感觉不舒服。曾耀仲给他做了检查，又同韬奋到静安寺 X 光专家沈成武医师那里做了检查，还找口腔科的著名医师做了检查。因当时上海环境太险恶，不敢到处再找别的地方做更细更多的检查，他们初步诊断为“中耳炎”，给韬奋配了一些药。

11 月 20 日，是个最平常不过的日子。生活书店的张锡荣从陈其襄的德和公司引领着一家三口走出公司大门。这一家的老太太手拿佛珠，张锡荣替她提着香篮，走在前面；后面一位中年女子搀扶着中年男子相随，那中年男子像是身体不好，女子细心体贴地搀扶着男子，从女子对男子的亲热和细心照料看出这是一对中年夫妻。

这是党组织为安全护送韬奋转移苏北采取的措施。至于如何向苏北转移，他们决定从上海坐船直接过江去苏北。安排柯益民在码头接应，陈其襄和张锡荣为韬奋组织了一个临时家庭，那老太太是由陈其襄公司的一位同事的母亲华老太太装扮，她充当韬奋的“岳母”；那位中年女子叫王兰芬，是读书出版社苏北籍职员，她充当华老太太的“女儿”，韬奋就扮演“女婿”。“岳母”和“女儿”陪着生病的“女婿”回家乡。张锡荣当家丁，把他们三个领出公司大门，大门外已经有两辆三轮人力车在等候，他们三个出门，王兰芬搀着韬奋上了前面的三轮车；张锡荣扶着老太太上了后面这辆三轮车，两辆三轮车直奔码头。沿路有暗哨在暗中配合，以防意外。

两辆三轮车来到外滩，离航轮尚有一段距离时，他们分别下了车。华老太太和王兰芬一起搀扶着韬奋缓缓前行，码头上扮成商人的柯益民向黄浦江上一挥手，一艘小舢板飞快地驶过来靠岸，两人搀扶着韬奋，一起登上舢板，直接开到轮船边，然后上了轮船。柯益民则在轮船的另一侧上了航轮，避开了日伪军的检查。

因为是送“病人”回家乡，就没有多少演技要求，这“一家三口”在轮船上，只不时照看一下“病人”，无需说什么话，还可以用睡觉打发时间，柯益民也只需用眼睛远远地照看这边，没有别的事情要干。一切都随着江轮犁开平静的江面顺利地航行在江面上，他们直接到达苏北靖江（新港）。

码头的关卡看起来很严，几处都有警察在检查。检查对这“一家三口”来说，已无关紧要，柯益民已通过组织事先把码头的伪警买通，“一家三口”平安通过关卡。到了岸上，柯益民领着他们绕道走进乡间的田野土路，大约走了20多里，来到了苏中三分区如西县（现如皋市）的一个小村庄。

令韬奋意外的是，这小村庄里竟有他们创办的大众书店。书店的同志听说韬奋来到，一个个都感到莫大的惊喜，都拥到门口迎接，这时“一家三口”的戏宣告结束，韬奋恢复了身份。除了大众书店，分区的《江潮报》也在这里，看到书店，看到报纸，韬奋如同回到自己家一样开心，他立即恢复了原本活跃的性格，关切地问着书店的一切情况。书店沈一展同志要求韬奋在书店住一夜再走，韬奋欣然同意，柯益民赶紧与组织联系，改变行程。

无论是书店的同志还是韬奋本人，他们都跟久别的亲人重新团聚一样亲热，从走进书店到晚上他们一直在交谈。韬奋跟他们讲皖南事变，讲国统区生活书店惨遭封杀迫害，讲他离开重庆时周恩来要他把书店的出版发行工作的重点转移到共产党领导的解放区。他跟书店的同志说："国统区的 55 家生活书店都遭无辜查封，在根据地看到大众书店，分外亲切。大众书店和陕甘宁的华北书店，都是根据周恩来同志把书店出版发行工作重点转移到解放区的指示办起来的。不管出现什么艰难险恶的环境，一定要坚持下去。眼前的困难是暂时的，要坚守岗位，决不后退。"

沈一展怀着崇敬的心情率直地问韬奋："你为中华民族的解放运动和共产主义事业鞠躬尽瘁，是否允许我问一句，你是什么时候参加中国共产党的？"韬奋满怀深情地笑了，他非常和蔼地说："抗日战争开始的时候，我在武汉曾向周恩来同志提出入党要求，恩来同志说：'你现在以党外人士身份在国民党地区和国民党做政治斗争，和你以一个共产党员跟国民党做斗争所起的作用不一样，这是党需要你这样做的。'我接受了恩来同志的指示，在党外与国民党进行斗争。到重庆后，我又向恩来同志提出入党要求，他还是坚持以前的意见，从武汉到重庆，再从重庆到香港，再回到上海，现在转到解放区，我的一切工作和行动都是在党和恩来同志指示下进行的。"

沈一展深受教育，也被韬奋的精神深深感动，他写下了《难忘的一夜》，记录了这一晚韬奋和他们的交谈。

白天，韬奋看望了江潮报社，询问了编辑、通联、发行的情况，赞赏他们刻写蜡纸的功夫，说他在广东东江游击队那里也看到了类似的油印报纸，他非常佩服他们刻写蜡纸的功夫，跟铅印的报纸一样。

晚上，三分区领导带着陈毅军长的欢迎电报，在一个地主家大院的厅堂里举行欢迎韬奋的大会，特地点了两盏汽灯。院子里坐满了新四军战士和当地群众。

三分区的领导说："陈毅军长发来了电报，欢迎韬奋先生来到咱们新四军根据地。欢迎韬奋先生给我们做报告。"

韬奋在掌声中站起来，面对战斗在解放区根据地的新四军将士，他非常激动。他说："谢谢陈毅军长，谢谢三分区领导的盛情欢迎，谢谢大家。"

接着，韬奋讲在周恩来同志的直接安排下，他们这批文人从重庆转移到香港，再从香港转移到广东，靠的是东江纵队的接应，然后再辗转到这里。从他一个文弱书生，加入到军人的队伍中，亲历了三个月的游击队生活讲起，讲在东江游击纵队的所见所闻，讲那里的领导人的传奇故事，讲他随游击队行军、跋山涉水、急行军，他如何从山上滚下来，如何羡慕战士们在战争环境中磨炼出来的行军作战本领。感慨良多。

接着，他高瞻远瞩地纵论国际、国内的复杂斗争，讲继续争取建立反法西斯和抗日统一战线的道理。最后他说："我已经亲历了国统区的生活，现在又目睹了共产党领导下的八路军、新四军在艰险紧张的环境下磨炼出来的作战本领和战斗精神，我认为，中国的命运寄托在中国共产党及其领导的八路军、新四军身上。"

这时，有人递上来一张条子。

韬奋看了条子说："有位同志向我提问，国民党蒋介石积极反共消极抗战，结局会不会投降日本？我认为，国民党蒋先生是很为难的，他挂着两块招牌，一块是三民主义，一块是抗战，两块招牌要是全丢了，他就什么都完了！"

会场里发出大笑声，战士们一边笑一边鼓掌。

当夜，分区副司令员陈玉生亲率一支部队护送韬奋到泰东县，这里是苏中区党委驻地。

接待人员把韬奋送到住处。这是个乡绅的宅院，来到院内的一间卧房门外，有一位战士在站岗，见韬奋到来，他有些拘谨。韬奋走进卧房，房间里苏北式木架子床上已经躺着一位新四军干部，他睡得香极了，鼾声如雷，韬奋还没听到过如此"惊心动魄"的呼噜声。

警卫员要叫醒这位干部，让韬奋拦住了，他让警卫员在房间里另打一个地铺，警卫员有些过意不去，韬奋让他不要出声，警卫员无奈地为韬奋打了个地铺。韬奋轻轻地在地铺上坐下，看着眼前这位和衣睡着的新四军干部，他只是脱了鞋，连绷带都没有解掉。听说是日军连续"大扫荡"刚刚结束，整天行军打仗，他太疲劳太困了，估计倒下就睡着了。

韬奋就这么静静地看着这位新四军干部酣睡。看着看着，新四军干部突然醒来，警觉地一骨碌坐起，随手就操起了盒子枪，同时发出一声吼："你是谁？！"

韬奋微笑着说："我是邹恩润，也叫韬奋。"

新四军干部一听慌了手脚，他手忙脚乱又愧疚地拍着自己的脑袋说："啊！你是韬奋先生！"说着新四军干部就下了床，伸出双手握住韬奋的手，“实在对不起，我不知道你来这么快，什么时候到的？”

韬奋反有点过意不去地说：“快凌晨1点，是四分区姬鹏飞派丁参谋送我过来的。”

警卫员走进屋来向这位新四军干部报告：“司令员，是邹先生不让我叫醒你，坚持要睡地铺。”

原来他是军区司令员管文蔚。管司令又拍了自己的脑袋：“嗨！我该死！怎么就睡这么死呢！”

韬奋心疼地说：“司令员，你们整天行军打仗，太辛苦太累了！”

管司令立即让警卫员在房间另准备一架床，让韬奋补觉。苏中区党委接到中共中央华中局电报，嘱咐韬奋到来，要热情接待；并指示韬奋此行是要去延安，路过此地，因敌伪军正在盐阜地区“大扫荡”，陇海路不能通过，建议邹先生在苏中地区逗留一段时间，可利用此机会对社会做些考察。此时刘季平已调回苏中行署任文教处处长，他在国统区见过韬奋，韬奋也熟悉他，所以韬奋一到苏北就打听过他，还托东台县县长董希白捎信给他，希望能见面。区委党委就委托刘季平全程陪同韬奋，刘季平立即骑马赶到韬奋驻地，从此两人同住、同吃、同行。

8

管司令为韬奋选了一匹很驯良的马，刘季平全程陪同，行军时总跟着管司令一起走。

一日清晨，他们起床后跟部队一起出发。韬奋发现，部队一起床就特别忙，他们除了打包整理个人的装备外，总要把驻地的场院扫得干干净净，借老乡家的门板都要一一送还上好，一旦有损坏要认真算钱赔偿；还要帮老乡家把水缸挑满；哪怕是借一把笤帚、一个水桶、一把勺子都当面送还。部队出发前，各连各排各班都还要认真检查一遍，借老乡的东西还了没有，水缸挑满没有，有没有损坏老乡家的东西。队列站好，或者要出发离开村庄，部队都要高唱《三大纪律八项注意》歌。而且他们做这些，并不是要做给谁看，是他们习惯了的传统，各级领导把这些当作纪律来要求。

韬奋看着部队这些举动，新鲜又感动，他不由得想到在广东江头村夜谈听到的那五个国民党新兵逃跑惨遭杀害，还被当官的挖出心肝吓死老乡的事，两者简直是天壤之别。看着斗志昂扬的新四军部队，韬奋激情澎湃。他跟管司令说："这样的军队，是无法战胜的！中国共产党是真正为人民、为民族、为国家而流血奋斗的政党，是抗日战争中的中流砥柱。胜利必定属于中国共产党领导下的抗日军民！"

在刘季平和这匹马的陪伴与帮助下，韬奋在苏北根据地各处走访、参观，他从二分区到四分区，看了许多部队，再到了新四军苏中地委。苏中地委举行了隆重的欢迎仪式，同时请韬奋做演讲。每到一地都是如此，他在如西县滨江中学做了演讲，又到了东台县许墩乡，部队在村庄的打谷场上和农民一起欢迎了他，他在东台县许墩乡墩塘庄村里的打谷场上为战士和农民做了演讲。他再到苏中联抗地区，曲北区的新四军、学生举行欢迎大会，他在曲北区五家庄紫石中学为战士和学生做了演讲。

韬奋得知紫石中学是爱国民主人士韩国钧先生创办的。韩老先生坦诚地与共产党合作共事，韩老先生身故后，学校就停办了。现在共产党又重新恢复韩老先生创办的紫石中学。所以他在演讲中说："国统区是独裁统治、特务横行，人民没有自由，许多进步人士惨遭迫害。

我们55家生活书店的分支店，全部被国民党党部和政府无故封杀关闭。我到了苏北解放区，这里实行的民主政治，让我钦佩不已。中国共产党把各抗日阶层团结在自己周围，我亲眼看到自己所憧憬的真正的民主政治，各阶层抗战力量得到发挥，民众生活得到改善，人民向上的精神得到鼓舞，军民团结一致，坚持敌后斗争，让我深受感动。从共产党身上，从解放区的民主建设，从人民群众的伟大斗争中，更看到了中国的未来和希望，伟大祖国的前途是光明的！”

学生和战士们看到韬奋耳朵里塞着药棉，知道他是带病在演讲，愈加崇敬，会场内爆发出热烈的掌声。

中共如西县委召开由三个区县县委干部、三所中学代表、教师代表参加的各界欢迎大会，迎接韬奋先生到来，会后他又到如西县耙齿凌的薛达三先生家的大厅，为70多位区县干部和老师、学生做了演讲。

每次演讲的前一天晚上，韬奋都要根据演讲对象认真准备演讲稿。那天晚上，刘季平发现韬奋突然停下了手中的笔，双手捧着头。一会儿，他拿出棉花，只见从他耳朵里流出许多脓来。

刘季平惊慌地问：“邹先生，你怎么啦？”

韬奋不当回事地说：“没什么，耳朵里发炎了，医生说是中耳炎。”

刘季平不容商量地说：“不行！我得领你找医生，赶紧看看。”

韬奋被刘季平拉着一起去了医务室，军医为韬奋检查了耳朵，拿小镊子夹着药棉球，把耳朵里的脓清理干净，然后查看，看得非常细致。

检查完之后，军医说韬奋的病症不太像是中耳炎。他先给韬奋配了点药吃着，让他想法去新四军的战地医院检查一下。韬奋十分感谢，答应有机会一定去检查。军医看他并不太重视自己的疾病，再次叮嘱："还是别不当回事，这症状不轻，一定得抓紧时间去检查。"韬奋再一次谢了军医。

韬奋来到南通，粟裕师长接待了他。部队在南通县骑岸镇黄运清大圆场举行了有3000余人参加的欢迎大会，粟裕师长亲自陪同韬奋一起走进欢迎会场。粟裕告诉韬奋，部队听说他来，非常欢迎，都想见到他、听他演讲，今天好好跟大家讲讲国统区和全国抗日形势。韬奋在欢迎会上做了对国统区和全国抗日形势的演讲。

韬奋去苏中四专署十总区要通过敌人的封锁线，为了安全，他们改乘船前往，部队派了战士同行护送。韬奋在苏中四专署十总区的一所小学里为战士和学生们做了演讲。在南通县县立中学操场上举行盛大欢迎会，参加人员超过了3000人，韬奋骑马进入会场，在大会上又做了全国抗日形势的演讲。除了演讲，他还深入部队直接采访新四军的干部，有时甚至忍着耳痛一边问，一边不停地记。

一天夜里，韬奋在准备白天的演讲稿，刘季平看他又不时地停下按摩太阳穴和耳根。他知道韬奋的耳病又在发作。刘季平进来劝他，让他吃了药早点休息。韬奋却说："明天的演讲不同往常，他们是苏中文化界的朋友，而且一天有两场听众不同的演讲，得好好准备。"刘季平只能无奈地摇头。

会场在南通骑岸镇，刘季平陪同韬奋来到会场时，会场里已经挤满了各界人士，都在恭候他的到来。

韬奋在演讲中说："我是被国民党通缉的人，在国统区声言抗日是有罪的，许多青年人，只是因为坚持抗日，反对内战，讲几句真话，就会被特务盯梢、监视、上黑名单，有的莫名其妙地'失踪'了，这种局面非改变不可！我在重庆无法安生，流亡到香港，又从香港转移到广东东江纵队，再辗转到苏北新四军根据地。我感受到了两种局面、两重天。后方在消极抗日，积极反共，压制民主，迫害进步人士，对敌人软弱、温和，对同胞、进步人士残酷无情！到了苏北，我感受到了新的天地，这里讲团结、讲民主，在追求进步，在坚定不移地抗击日本侵略者！这里是中国的希望之所在！”

会场内爆发了热烈的掌声。

韬奋接着说：“我跟粟裕师长讲了，我们新四军不光在收复失地，而且在坚守已收复的国土，建立根据地，坚守比收复更艰巨、更复杂。扫荡与反扫荡、伪化与反伪化、包围与反包围，这几句话很了不起！有了占领与反占领，再加上这几句话，不但证明我们中国没有亡，而且证明，我们中国永远不会亡！”

会场内更是掌声雷动。

演讲中，他的耳朵和大脑不停地疼痛，他只能用手同时按揉。

韬奋的耳病越来越严重，通西行署的领导梁灵光通过内线，从敌占区请新闻志明医院医师袁志明替韬奋诊治。韬奋录唐代诗人白居易五言诗《访陶公旧宅》前十句：“垢尘不污玉，灵凤不啄膻。呜呼陶靖节，生彼晋宋间。心实有所守，口终不能言。永惟孤竹子，拂衣首阳山。夷齐各一身，穷饿未为难。”写成条幅相赠，勉励他洁身自好，坚持民族气节。

这天，韬奋随部队行军，天突然下起了雨。韬奋仍骑马前行，刘季平陪在一旁。马走路总是要颠，马一颠，韬奋的头就一阵疼痛，他只能拿手按住脑袋。前面有桥，刘季平扶韬奋下马，上下一折腾，韬奋顿时头痛得不能抬腿。

刘季平看着韬奋的痛苦，十分焦急，他劝韬奋先生不能再这么下去了，还是去住院治疗吧。韬奋却说难得机会，得多跟部队在一起。他很赞成陶行知先生的话：“行是知之始，知是行之成。”新四军的一切实际就是实践第一。他来苏中，就是听实践，看实践，亲自实践，才弄明白一些道理。只有通过实践来明理，明了理再更好地实践。

新四军战士精神抖擞地在雨中大步前进，无所畏惧的精神感染着韬奋，鼓舞着韬奋。他跟刘季平说，他还要到盐阜地区去看看。

新四军第三师师部在苏北阜宁县孙河庄驻扎。那天贺绿汀匆匆走进师长黄克诚的办公室。他向师长报告：“黄师长，让我紧急赶来有什么急事？是不是日本鬼子又要扫荡啦？”

黄克诚微笑着说：“是的，我们已经在做反扫荡准备。不过，特别叫你来是另有一件事。韬奋马上就要到了，我想让你跟他做伴，一起隐蔽到开明绅士杨芷江家，你来接他一起前往。让你这文化人跟韬奋先生在一起，他不会寂寞。”

贺绿汀非常愉快地接受了任务，表示一定完成好这个任务。

1943 年的 1 月上旬，韬奋来到了苏北阜宁县，一辆汽车载着韬奋和贺绿汀开进杨庄，杨芷江已经在村口迎接。他们见面相互介绍后，杨芷江跟他们说：“最近，日本鬼子要来扫荡，先别进村住到我家，到南面那个小村子去住，只有二里地，不能用车，只能走去，把车子藏到村里，我们三个步行去，还不能一起走，要分开走。”他在前面，韬奋先生远远地跟着他走，贺先生在最后面走。

韬奋远远地看着杨芷江的背影，跟着他走。走着走着，韬奋的耳朵和脑袋疼得厉害，他强忍着从衣袋里摸出药瓶，吃了一片德国狮牌止痛药。

贺绿汀在后面看韬奋停了下来，看看周围没人注意，他跑了过去问韬奋是怎么啦。韬奋说："没问题，耳朵有毛病，走急了，脚后跟着地时震得脑袋痛。我用脚尖踮着走。"贺绿汀和杨芷江看着韬奋一踮一踮朝南面村子走去，心里急却又不好去搀扶。

那是一间很小的又低又窄的农家小屋，进门有一个小门厅，旁边有一个房间，南面有个木窗，屋里没有床，只有一个地铺，韬奋与贺绿汀盘腿坐在地铺上。

贺绿汀问："韬奋先生，你搞没搞良民证？"

韬奋说："在一师的时候他们给我搞了，在身上带着呢。"

这时，外面传来了嘈杂的脚步声和人声。两个人站起来一齐靠到南面的木窗前朝外看。一队十几个日本兵像会操一样迈着整齐的步伐朝村子走来，他们肩上的刺刀在阳光下随着脚步一闪一闪地放光。

韬奋说："我还是头一次直接面对日本鬼子，看人长得跟咱们中国人差不多呀！怎么会这么野蛮呢……"

贺绿汀说："战争环境让他们变异了，兽性膨胀了。没事，咱们是良民，坦然面对就行。"

贺绿汀走到小厅里，干脆把小屋的门打开，"迎接"日本兵搜查。

日本兵的队伍在小屋前面的路口停下，他们朝小屋看了看，小屋太不起眼了，又开着门，他们反没有过来，直接朝村里走去。

韬奋的头又痛起来，但他身边已没止痛药，贺绿汀急得不知如何是好。一直熬到晚上，杨芷江的小老婆赶来报信，说伪军徐继泰部队驻进了杨庄，徐本人就住在杨芷江家，并且知道韬奋和贺绿汀在这里，徐认为他们住的地方不安全，要他们住到杨芷江家。杨芷江不同意，徐又让他的参谋来劝说，让他们回杨庄，他可以保护他们两个。不得已，韬奋和贺绿汀只好去了杨芷江家。晚上徐还到房间拜访了韬奋，说在武汉见过韬奋。他原是冯玉祥的部下，后来想曲线救国，现在连抗战意识都没有了。韬奋只含糊地应付他，后来徐知趣地走了。

第二天一早，徐带部队走了，杨芷江赶紧乘机雇两辆独轮车，派他女婿护送韬奋他们离开杨庄，到笆头山找宋乃德的部队。宋乃德派专人把韬奋和贺绿汀送回到三师师部。

在三师师部住了几天，考虑到安全问题，他们还是决定把韬奋送回一师。黄克诚亲自来送行，韬奋耳病发作躺在床上，他见师长来想起来迎接，黄克诚不让他起来。

黄克诚说："韬奋同志，日伪军扫荡不断，这里还是不安全，上级指示还是送你去一师。"黄克诚拿出了5000元伪币，说："这是给你准备的路费。为了争取时间，从海路去一师快一些，我已经找好了一条海帆船，派田丰同志送你去一师。"

韬奋十分感动，他握着黄克诚的手说："黄师长，谢谢组织的关怀，我这儿的任务才开始，治好病，我立即就回来。"

到3月，韬奋的耳病愈来愈严重，每隔四个小时就要吃一片头痛片，根据地又处在敌人"扫荡"的战争环境之中，无法进行诊治。陈毅同志做出"速派同志重新护送韬奋回上海治病"的决定。于是韬奋在部队的护送下，从射阳到大丰，然后从海路回上海。途经一师师部时，粟裕师长再次会见了韬奋。

粟裕师长晚上招待了韬奋，介绍了苏北的战斗情况。他说日本人正准备"五月大扫荡"，决定让韬奋尽早离开回上海，明天一早就启程，到南通的天生港乡下汤景延司令部去。韬奋表示一切服从组织安排。

粟裕师长给韬奋一张25000元的支票，另给贺绿汀5000元伪币做路费，这样贺绿汀手里就有了8000元伪币做路费。韬奋对各级组织的关怀备感亲切，他真切地感受到了组织的温暖，他表示治好病之后，一定还要回来。

四个新四军侦察员，一人一支驳壳枪，一人一辆自行车。两辆车载人，两辆车载行李，韬奋和贺绿汀各上了一辆自行车车座，飞驰在苏北乡野的马路上。途经敌人据点时，他们还下车买了东西。他们一路没遇到麻烦，很快就到了汤景延的司令部。

韬奋和贺绿汀在汤景延那里住了十几天，买布做新衣服，为便于化装，韬奋还留了希特勒式的胡子，贺绿汀则留了八字胡。部队弄到了一枚伪海门县公安局图章和一本良民证，他们照了相贴在良民证上，随便在证书上填上一个名字，盖上伪公安局的图章就可以通行了。韬奋还搞了一张常熟县清乡良民证，为了保证他的安全，组织上专门安排了他去上海的路线。贺绿汀把韬奋交给田丰同志，就在这里跟韬奋分了手，两人相处一段时间，有点离别的伤感。

9

田丰护送韬奋回到上海，陈其襄和柯益民已经做好了接应准备，他们没有直接去医院，也没有去陈其襄的公司，为安全起见将韬奋送到了他妹妹家。

陈其襄先请了曾耀仲医师到韬奋妹妹家为韬奋诊断，曾医师非常重情义，他请了他所能请到的专家轮番为韬奋检查，最后几位专家一致怀疑是中耳癌。他们建议到红十字会医院住院，请耳鼻喉科专家穆瑞芬主任亲自检查确诊。

陈其襄送走医生后，和张锡荣、韬奋妹妹、柯益民进房间一起与韬奋商量。

陈其襄说："医生说这病不能耽误，但韬奋先生是国民党通缉的人，上海生活书店也已被查封，连图书公司也被关闭。为了安全，只能化名住院。住院肯定需要担保，我以德和公司的公开身份作保。"

韬奋妹妹拿不定主意，说："化什么名呢？"

陈其襄说："随便起个名吧，叫邹恒逊好吗？"

韬奋说："反正是化名，有个名就行。"

陈其襄说："要尽快与夫人联系，身边没亲人不好。"

韬奋犯难地说："他们在广西桂林呢！"

柯益民说："这事我来联系。"

陈其襄说："穆瑞芬主任是上海的权威，红十字会医院医术好也安全，就上红十字会医院。"

韬奋十分感激，他只能感谢。

陈其襄以德和企业公司经理的公开身份出面作保，韬奋化名为"邹恒逊"，住进了红十字会医院的特等病房。穆瑞芬主任与陈其襄谈了治疗方案，她说："经过检查，邹恒逊患的是中耳癌，必须立即手术，然后接受放射性治疗。你是他亲属吗？手术需要亲属签名。"

陈其襄说："他妻子和儿女现在都在外地，我是他的担保人，我签字。"

穆瑞芬主任说："现在他体质太弱，需要调养一下，让体力恢复一些再动手术。"

经过两个多月的调养、护理，到5月，韬奋的体力有所恢复，征得地下党组织与韬奋本人的同意，决定由耳鼻喉科专家穆瑞芬医师施行手术。手术需要签名，此时，沈粹缜还在广西桂林，就由陈其襄全权代理。

邹韬奋已经从苏北回到上海的情报，是戴笠打电话告诉徐恩曾的。徐恩曾有些奇怪：上海生活书店连同图书公司全都封杀关闭了，他去上海做啥呢？似乎邹韬奋又给他添了麻烦。戴笠告诉他，邹韬奋病了，到上海看病，而且病很重。徐恩曾放下电话，心里有点沮丧，多了一桩心事。戴老板这电话，无疑是给他施加压力。蒋介石发了话，对邹韬奋这种一心投向共产党的顽固分子，发现就可以就地惩处。情报一会儿说他淹死了，一会儿又说他没死，正在广东东江游击纵队那儿做文化工作，一会儿又说去了桂林，一会儿又说去了苏北。

说心里话，徐恩曾真不想邹韬奋死在自己手里。他离开重庆前那次畅谈，各自心里的话都说了，他知道邹韬奋不是共产党员，但邹韬奋是死心塌地跟定共产党了，这是格杀勿论的死罪。这事用不着他亲自动手，他动动嘴言语一声就得了，就是让手下人把他干掉，也没什么可说的。但说到底他们毕竟是同学，他真要染上这血案，这辈子会让世人骂死。可吃了这碗饭，真到了这份儿上，啥也顾不得了。

一番调查之后，徐恩曾还是跟陈布雷碰了一次头。他找陈布雷，倒不是要与他商量处置邹韬奋的事，他是要告诉陈布雷，邹韬奋病了，而且得的是绝症。陈布雷跟韬奋曾是同事，也是好友，这事他得让陈布雷知道。陈布雷知道后，感慨了一番，他也就只能感慨一番，他还能做啥呢？

柯益民到桂林找到当地党组织，在他们的陪同下找到了沈粹缜，到她住处时，沈粹缜正在洗衣服。柯益民叫了一声师母，眼泪就止不住地往下流。沈粹缜见柯益民这副模样心里就慌了，不知道出了啥事，问他怎么会到这儿来的。柯益民这时只能说实话。他把韬奋的病情如实说了，说韬奋已经在上海红十字会医院等待手术，要接他们赶紧回上海。沈粹缜如五雷轰顶，差一点晕过去。

柯益民急忙扶住她。沈粹缜慢慢镇定下来，她真难啊，二宝在中学上初三，小妹也在上初二，她要是走，他们怎么办？

柯益民想也是，他说："要不我先带大宝回上海，您安排一下，稍后再回上海，邹先生病成这样，师母肯定是要回去的。"

沈粹缜没有犹豫的余地，她必须做决断。她想了想说："这样也好，大宝在这儿没学可上了，你领大宝先回去，我这边安排好了就回去。"

当地工作人员也说："等安排好后，我们负责送邹师母他们回上海。"

邹嘉骅拿毛巾给父亲擦了脸，收拾了父亲吃完饭的碗筷。刚吃完饭，韬奋就叫儿子，把活动桌拿过来。

邹嘉骅看着病中的父亲，心里很痛，他说："爸爸，手术后您身体刚好一点，不能太累。"

韬奋没有发火，他耐心地跟儿子说："大宝，爸爸的时间太宝贵了。《患难余生记》还没写完，我还要写《苏北观感录》和《各国民主政治史》两部书，不抓紧时间，怕写不完。"

邹嘉骅心疼却又毫无办法地扶父亲倚着被子和枕头坐起，再把活动小桌搬放到病床上，拿来稿纸和笔。

韬奋半躺在病床上开始写作。他在稿纸上写下："第二章　离渝前的政治形势……"

手术后不久，穆瑞芬主任跟陈其襄说："这个邹恒逊是什么人？国民党政府那里有人到医院来查邹韬奋是不是在这里住院。”陈其襄笑着摇摇头说不是同一个人。

陈其襄感觉事情不妙，手术已经做了，以防万一，决定立即转院。陈其襄坐着黄包车匆匆赶到医院，柯益民和邹嘉骅已经办完了出院手续，他们立即到病房帮韬奋下楼。

陈其襄在门口带着黄包车等，柯益民和邹嘉骅搀扶着韬奋走出红十字会医院，直接上了黄包车。陈其襄告诉邹嘉骅去剑桥医院，车夫拉着他们就离开了，陈其襄再叫了一辆车，和柯益民一起上了车。

邹嘉骅急得头上冒汗，他不断地催师傅，请他尽量快一点。韬奋虚弱地说：“大宝，不要催了，师傅在尽力跑呢……”韬奋说完闭上了眼睛，车夫奋力奔跑起来。

到了剑桥医院，仍然是由陈其襄担保，这次韬奋化名叫李晋卿。

沈粹缜匆匆走进医院，身后跟着邹嘉骊，经过住院处时，她忽然听到有人在说韬奋，她扭头看，有两个便衣在住院处询问。

其中一个很不客气地说：“好好查，有没有邹韬奋这个人在住院，患的是中耳癌。”

住院处的人说：“真的没有这个人。”

另一个便衣说：“有没有邹恩润这个人在住院？”

住院处的人说：“也没有。”

先说话那个便衣又说：“你把患中耳癌的病人名单全都拿出来给我们看。”

住院处的人说：“对不起，这不合适，我们得对病人负责。”

沈粹缜一听赶紧闪躲到一边，转身去了病房。

沈粹缜随护士轻轻推门进了病房。病榻上的韬奋形销骨立，支了一张小桌子还在埋头写作。邹嘉骅在病床旁的椅子上睡着了。

沈粹缜不敢相信自己的眼睛，连邹嘉骊都认不得父亲了，沈粹缜生怕吓着他一样轻轻唤了一声“恩润”。床上放着一摞写完誊清的稿纸，第一页上写着“患难余生记”。韬奋的一只眼睛被蒙住了，只有一只眼睛能看，他几乎是趴在小桌上写作。听到沈粹缜喊他，他勉强支起身子，看了很久才认出沈粹缜：“粹缜，是粹缜吗？”

沈粹缜顾不得女儿，扑了过去，眼泪止不住地往下掉：“是我，是我啊！”

邹嘉骊这才上前来喊：“爸爸！爸爸！你怎么瘦成这个样？”

韬奋忍住眼泪微笑着说：“你们回来就好，我终于看到你们了，嘉骝呢？”

沈粹缜抹着泪说：“嘉骝已经初三了，他想考完试，拿了毕业证书再回来。”

韬奋宽慰地说：“大宝、二宝都是有出息的好孩子，男孩子就得有志向才行。”

邹嘉骊也骄傲地说：“爸爸，我也初二了。”

韬奋高兴地说：“我早说了，小妹将来肯定是个才女，只是拿笔杆子太辛苦，太辛苦了。大家回来就好，一家人在一起真好！”

柯益民谨慎地朝医院大门走来，大门外两个便衣注意到了他。一个便衣跟另一个说：“就是这小子，他叫柯益民，咱们盯住他就能找到目标。”柯益民走进医院大门，发现有人盯梢。他故意上二楼转了一圈，确定那两个人确实是在盯着他。他没有去韬奋病房，转身下楼出了医院，两个特务跟着下楼。

门外的特务发现柯益民出来，故意上去借火。柯益民发现不妙，转身就跑，俩特务紧追。柯益民拐弯转入弄堂，旁边有人将他绊倒，后面的特务一起将他架住。

韬奋疼痛难忍，额头上痛出一层汗，他忍不住哼哼起来。

沈粹缜喊："嘉骅！赶紧叫医生来打杜冷丁！"

邹嘉骅跑出去，邹嘉骊捧着父亲的手。沈粹缜拿毛巾替他擦额头上的汗。医生护士进来，医生指挥护士为韬奋打了杜冷丁。韬奋慢慢安静下来。

病房门打开，陈其襄领着徐伯昕、徐雪寒一起走进病房。屋子里人太多，沈粹缜让邹嘉骅领着妹妹出去休息一下。他们一一与韬奋握手。

徐雪寒说："韬奋先生，我是徐雪寒，陈毅同志派我来看你，还带来了医药费和药，大众书店的很多人都想来看你。"

韬奋拉着徐雪寒的手不肯松开："谢谢，见到熟人真开心。伯昕，你过来呀！你好吗？生活书店有恢复的可能吗？"

徐伯昕说："重庆有可能，其实我们一直在做，只是不公开而已。"

韬奋挣扎着喘息，他很欣慰地说："好啊！野火烧不尽，春风吹又生啊！《患难余生记》，我想写完它。写完了交给你，找个地方，印出来。《萍踪寄语》《萍踪忆语》及《抗战以来》等书尚可印行，但最好能将全部著作重加整理，如能请愈之审查，可由其全权决定取舍增删。"

徐伯昕说："你放心，我知道了。"

韬奋跟徐雪寒说："雪寒先生，日本帝国主义没赶出去，我却再拿不起笔来与敌人做斗争了。前几天，我听说国民党调了大批军队进攻陕甘宁边区，非常气愤，我写了一篇《对国人的呼吁》。粹缜，把那篇文章给雪寒，带回去找地方发表。我的希望寄托在延安。请代我起草一份遗嘱，写一份入党申请书，请党中央审查我的一生，若配得上共产党员的光荣称号，死后请追认我为中国共产党的党员。”

徐雪寒说：“你要注意休息，有什么要求，你说，我这就写，写好后念给你听。”

韬奋尽力挤出一个笑容，发现柯益民没在身边，他问：“益民呢？”

沈粹缜说：“为了防特务跟踪，我们故意岔开的，他马上就会到。”

柯益民已经被特务关进了上海市警察局的审讯室，柯益民遍体是伤，已经昏迷。一个打手将一盆水泼到他脸上，柯益民慢慢苏醒。打手问他：“邹韬奋在哪个医院？快说！”柯益民睁开眼，看了他们一眼，骂道：“狗特务，他始终在自己的战斗岗位上！”特务一鞭子抽在他头上，柯益民又昏了过去。

剑桥医院大门外围着一堆人，地上躺着一具尸体。陈其襄出大门过去看热闹，他一惊——柯益民被害了！陈其襄没有转身回医院，若无其事地径直往前走，他来到一个电话亭，拨了电话。陈其襄说：“护士，我是陈老板，请叫李晋卿病房的徐老板听电话，有点急事，麻烦你了。”不一会儿，电话里有了声音。

陈其襄说：“徐老板，柯益民被害了，立即转院到上海医院，我早跟曾耀仲院长打过招呼，他很敬佩韬奋先生，说冒生命危险也要为韬奋先生救治。我不便回去，你们直接去上海医院。记住不要走前门，从后门走，你们先送韬奋过去，留一人在住院处，我派人来结住院费。我直接到上海医院等你们。”

陈其襄、徐伯昕、徐雪寒帮沈粹缜刚把韬奋安顿下来，韬奋突然咬住牙，他痛得受不了了。沈粹缜说：“你们先出去吧，痛起来很吓人。”邹嘉骅带着护士从门外进来。

里屋传来痛不可遏的惨叫声。徐伯昕牵着邹嘉骊的手透过门缝往里看，韬奋疼得几欲滚下床铺，沈粹缜拉着他的手，邹嘉骅紧紧抱着父亲的身体，护士给他打针。

徐伯昕问陈其襄：“这样多久了？”

陈其襄说：“快半年了。”

邹嘉骅走出病房，对一直在外面的徐伯昕和徐雪寒说：“爸爸请你们两个进去。”

徐伯昕与徐雪寒飞快地记录着……

韬奋缓慢地说：“我自己能力薄弱，贡献微少，二十余年来追随诸先进，努力于民族解放、民主政治和进步文化事业，竭尽愚钝，全力以赴，虽颠沛流离，艰苦危难，甘之如饴。此次在敌后根据地视察研究，目击人民的伟大斗争，使我更看到新中国光明的未来。我正增加百倍的勇气和信心，奋勉自励，为我伟大祖国与伟大人民继续奋斗。但近四五年来，由于环境的压迫，我的行动不能自由，最近更不幸卧病经年，呻吟床褥，竟至不起。”

邹嘉骅抱头坐在走廊长椅上，陈其襄牵着邹嘉骊过去，把手按在他肩上。

邹嘉骅抬起头含着泪问：“叔叔，弟弟赶不回来了？”

陈其襄握住邹嘉骅的手说：“放心，嘉骝那边有人照顾。”

邹嘉骅点点头说：“爸爸希望我和弟弟去延安。”

陈其襄看着他的眼睛，邹嘉骅失声地问：“可妈妈和小妹怎么办？”他把头埋进自己膝盖里。

邹嘉骊泪眼蒙眬，陈其襄紧紧拉着她的手。

徐伯昕、徐雪寒仍在记录遗嘱。

韬奋缓慢地说着："我心怀祖国，眷念同胞，愿以最沉痛迫切的心情，最后一次呼吁全国坚持团结抗战，早日实行真正的民主政治，建设独立、自由、幸福的新中国。我死后，希望能将遗体先行解剖，或可对医学上有所贡献，然后举行火葬，骨灰尽可能带往延安。请中国共产党中央严格审查我一生奋斗历史，如其合格，请追认入党，遗嘱亦望能妥送延安。我妻沈粹缜女士可参加社会工作；大儿嘉骅从小专心机械构造，有志于电机工程；次子嘉骝如愿习医，在高中毕业后，可入医科攻读；幼女嘉骊爱好文学，尤喜戏剧。均望予以深造机会，俾可贡献于伟大的革命事业。"

沈粹缜强忍着泪水默立病榻之畔。邹嘉骅走到母亲身边，扶母亲坐下。

韬奋陷入昏迷，他断断续续地念着："周恩来，周恩来……"

韬奋睁开眼，面前是低声啜泣的女儿，妻子的面容已经有些呆板，邹嘉骅揽着母亲颤抖的肩膀。

邹嘉骊哭着说："爸爸！爸爸你不要吓我！"

韬奋已经说不出话来，沈粹缜发现他心里有话要说，赶紧递上笔记本和笔。

韬奋挣扎着写下三个字："不要怕。"

韬奋睁大眼睛，想看清家人的面容。

邹嘉骊抱着笔记本和父亲的手哀声哭泣。她看清了父亲写的三个字，哭泣声低了下去，只是点头，啜泣不停。

韬奋慢慢闭上了双眼。

时间定格在1944年7月24日。

尾 声

陈其襄、徐伯昕、张锡荣几位研究，决定请徐伯昕和张锡荣分别赴淮南和重庆向党组织报告韬奋病逝的消息，以及他留下的遗嘱。

8月18日，苏北新四军军部率先在驻地隆重举行韬奋追悼大会，党政军及各界人士数千人参加。陈毅军长去了延安，代军长张云逸、代政委饶漱石，以及韬奋生前好友范长江、钱俊瑞、于毅夫、徐雪寒等在会上致辞。

苏北抗日根据地，沈一展在大众书店里悬挂上韬奋像，店员们望着他的像，一个个掩面哭泣。

9月2日，周恩来获悉韬奋在上海病逝，当即向中共中央提议：(一)在延安开追悼会，先组筹委会；(二)《解放日报》发表追悼文章；(三)中央致挽电。毛泽东同志批示："同意，照周恩来意见办。"

9月12日、14日、15日，沈钧儒、黄炎培、陶行知、章乃器、沙千里、史良、张申府、王志莘、杨卫玉、徐伯昕等十人具名在重庆《新华日报》第一版刊登《韬奋先生逝世讣告》。

9月25日、26日、27日、30日，宋庆龄、于右任、孙科、冯玉祥、柳亚子、邵力子、陈布雷、章伯钧、黄炎培、沈钧儒、董必武、杜月笙、郭沫若、沈雁冰、夏衍、徐伯昕、徐雪寒等各界人士72人署名在重庆《新华日报》第一版刊登《韬奋先生追悼大会启事》，公告定于10月1日（星期天）上午9时假座道门口银社开会追悼。

9月28日，沈粹缜接到中共中央唁电，电文除致哀赞颂韬奋精神与业绩外，明确表示："先生遗嘱，要求追认入党，骨灰移葬延安，我们谨以严肃而沉痛的心情，接受先生临终的请求，并引此为吾党的光荣。"

10月1日上午9时，重庆各界在银社隆重集会，公开举行追悼韬奋逝世大会。黄炎培主祭，沈钧儒、左舜生陪祭，宋庆龄、董必武等各界人士800余人出席。

在凄风苦雨中，一群一群的青年男女涌进了银社的大门，默默地走向韬奋先生的灵位前。不等祭仪开始，会场就被挤满，灵位前始终一片宁静，庄严、静穆、悲愤的气氛占据着每个人的心，笼罩着整个会场。

会场四壁挂满了挽词、挽联。宋庆龄的横幅"精诚爱国"挂在会场中央，救国会的挽幛："历二十余年文化斗争，卓识匡时，很早就提到民主政治；有数十万读者拥护，真诚爱国，永远站在大众立场。"

许多职业青年、大学生，从北碚、从沙坪坝、从歌乐山、从万县赶来参加这个追悼会，他们没有带来挽联，没有带来祭礼，他们只愿在韬奋先生的祭坛前默默站上几分钟。

黄炎培读完祭文后，沈钧儒报告韬奋先生生前事略，沈钧儒老泪纵横，泣不成声。郭沫若先生、邵力子先生、林祖涵先生、褚辅成先生、纽约《新闻周刊》记者伊罗生、莫德惠先生、邓初民先生，都做了极哀痛的讲演，郭沫若、莫德惠、邓初民等先生，都是一边讲话一边擦泪。

重庆依然被雾气笼罩，嘉陵江边，汽笛哀鸣。

在举国一片哀悼的氛围中，徐恩曾走进了陈布雷的办公室，陈布雷的精神状态不是很好。陈布雷参加了在《新华日报》上刊登的由 72 人署名的《韬奋先生追悼大会启事》，但没有参加追悼大会。徐恩曾既没参加签名刊登公告，也没参加追悼大会，而那个一直在一线要对韬奋下毒手的刘百闵却参加了重庆的追悼大会。两人见面什么也没说，徐恩曾自己拉过一把椅子在陈布雷对面坐下，少顷，轻轻地说："人啊，真像一盏灯，说灭就灭了……"

陈布雷面无表情，只见他拿烟的手在微微抖动。

11 月 22 日下午 2 时，在延安边区参议会大礼堂举行韬奋追悼大会，中央领导人和各界人士送的花圈摆满了礼堂四周。大厅两旁挂满了挽联。

朱德题词："韬奋同志爱国志士，民主先锋。"挽联写："为坚强民主战士，是广大青年导师。"

周恩来、邓颖超送的挽联写："忧时从不后人，办文化机关，组救亡团体，力争民主，痛掊独裁，那怕冤狱摧残，宵小枉徒劳，更显先生正气；历史终须前进，开国事会议，建联合政权，准备反攻，驱逐日寇，正待吾辈努力，哲人今逝世，信令后死伤神。"

刘少奇、陈毅的挽联写："噩耗传来，忆抗敌冤狱，民主文章，革命气骨，涕泪满襟哭贤哲；胜利在望，看欧西革故，敌后鼎新，人民抬头，光芒到处慰英灵。"

吴玉章的挽联写："生不愿当亡国奴，大义凛然，愧煞国贼；死亦必归民主地，仪型宛在，激励主人。"

叶剑英的挽联写："面向真理，毕生为劳苦大众利益着想；心怀救国，长留那民主抗日奋斗精神。”

中共中央书记处、办公厅送的花圈上写：“功业救中国，属念在延安，追求新民主，胜利在望愈遗憾；迫害离重庆，困逝于上海，消灭法西斯，英才早死有余悲。”

中共中央宣传部送的花圈上写：“毕生向真理追求，横眉冷对千夫指；廿载替大众服务，俯首甘为孺子牛。”

会场被群众挤满，在挽歌声中，周恩来揽着邹嘉骝的肩膀走进会场。

在悲愤沉痛的挽歌声中，主祭人吴玉章，陪祭人周扬、柳湜就位，领导全体献花圈行礼。柳湜讲述韬奋生平事略，朱德、吴玉章、陈毅等在会上致辞讲话，海员工人朱宝庭等群众代表发言，韬奋胞弟邹恩洵代表家属致答词。最后张仲实代表筹委会报告。

追悼会通过致韬奋家属唁电后，全体高唱《义勇军进行曲》。

毛泽东在延安窑洞挥笔写下：“热爱人民，真诚地为人民服务，鞠躬尽瘁，死而后已，这就是韬奋先生的精神，这就是他之所以感动人的地方。”①

上海的夏日，沈粹缜出门归来，打开家门，门口落着一封信，她拆开看，题头是“粹缜先生”，沈粹缜翻到结尾，落款是“周恩来启”。

沈粹缜抬起头，院里石榴花正红。她心里念道：看来佛家的话也不准，那位法师说，到石榴花红时，韬奋的病就好了。石榴花红了，人却去了。

---

① 1944 年 11 月 22 日延安《解放日报》第一版，22 日悬挂在追悼会韬奋遗像侧；邹嘉骊编著《韬奋年谱》下卷 1938—1995，1355 页，上海文艺出版社出版，2005 年 10 月第一版。

跋：我们缺什么？

从韬奋先生说起

因到韬奋基金会做事，不能不查询研读邹韬奋先生的相关资料，深入了解之后，不禁为他的职业操守所震撼，思昔看今，感慨万千。

他父亲自然也望子成龙，希望他搞工科当工程师，在南洋公学他学的是机电；他逆反，偏偏爱文，就读圣约翰大学期间就翻译发表外国作品，给上海最大的报纸《申报》撰稿。毕业后到纱布交易所当英文秘书兼翻译，不久便到职教社做编辑，并兼职《时事新报》的秘书。1926年《生活》周刊创刊第二年，他接手做了杂志主编。当时刊物发行量只有2800份，人就他和徐伯昕外加兼职会计孙梦旦。自此，他把自己的毕生全部倾注给了这份事业，在难以想象的艰难困苦中求变、求新、求发展。“努力多登新颖有趣之文字”，“力求精警而避陈腐”，追求“有价值、有趣味”的风格，每期几个栏目，他用心水、思退、沈慰霞、因公、惭虚、秋月、落霞、春风、润等笔名撰稿。1931年“九一八事变”，他深感国难之痛，迅速将刊物的内容从城市中产阶级的趣味转向宣传抗日救国，由原来的“在谈笑风生的空气中欣欣然愉快一番”转变为“就民众的立场对政府对社会，都以其客观的、无所偏私的态度，作诚恳的批评或建议，论事论人，以正义为依归”。《生活》周刊这个职业教育刊物瞬即变脸为新闻评述刊物，“渐渐变为主持正义的舆论机关”、全国救亡运动的舆论阵地。这正契合了全国人民抗日的愿望，刊物发行量猛增到 15.5 万份，创下当时我国杂志发行的最高纪录。他既是出版家又是著名的新闻记者、作家、翻译家，他一面搞出版（亲手创办、主编了“六刊一报一店”，即《生活》周刊、《大众生活》、《生活日报周刊》、《生活星期刊》、《抗战》三日刊、《全民抗战》五日刊、《生活日报》和生活书店），一面笔耕不辍，翻译了《革命文豪高尔基》，撰写出版了《经历》《萍踪寄语》《萍踪忆语》《大众集》《坦白集》《患难余生记》等著作，身后结全集 14 卷，约 800 万字。

韬奋先生是位民主人士（去世后被追认为中国共产党党员），自《生活》周刊始，他把办杂志出版图书，为民众提供精神食粮作为一生的事业奋斗，把新闻出版当作阵地坚守。其“团结御侮，停止内战，一致抗日”的立场与主张，与蒋介石当时“攘外必先安内”的策略相悖。蒋介石很欣赏他，用尽了劝、拉、请、合、逼、打的种种手段：先派胡宗南劝其转变立场与政府站一起；再派他同学、中统副局长徐恩曾和国民党政要张道藩、刘健群拉他到政府做官；再委托杜月笙出面请他去南京相见；再是当面劝他加入组织；后又让国民党中央宣传部副部长潘公展要他将生活书店与国民党的正中书局和独立出版社“合并”“联合”“扩股”，统一归他掌管，确保他人生与事业双安全。韬奋先生笑称自己是个不识抬举的人，他让杜月笙转达蒋公：“三军可夺帅，匹夫不可夺志。”

韬奋先生如此不给面子，其命运可想而知：杂志屡遭封杀，生活书店在全国的 55 家分店被一一查封，人员被逮捕；他自己几次上了特务捕杀的黑名单，以致全国通缉，密令就地正法。为此，他与沈钧儒等“七君子”一起被捕入狱，关押243天，六次流亡海外、他乡，最长的欧美流亡长达两年。他始终不屈服，永不放弃，《生活》周刊被封，《新生》诞生；再封，再创办《大众生活》；再封，又创办《生活星期刊》；抗战爆发，又改办《抗战》三日刊、《全民抗战》五日刊及《生活日报》。创办生活书店，在战争年代就搞全国连锁经营。一刊遭挫折，一刊又起，不绝如缕。

韬奋先生因何对自己追求的事业如此执着，用他的话说：“一个人做事，要做一生投入都做不完的事业。”“为着做了编辑，曾经亡命过；为着做了编辑，曾经坐过牢；为着做了编辑，始终不外是个穷光蛋，被靠我过活的家族埋怨得要命。但是我至今‘乐此不疲’，自愿‘老死此乡’。”

文学与事业是一种信仰

韬奋先生为了追求自己的事业，不怕吃苦，不怕受累，不怕挨穷，不怕遭埋怨，甚至不怕坐牢、不怕杀头，所以他被国家公布为新闻出版界唯一的一位公祭烈士。

韬奋先生对事业的这份执着，让我想到一个词，叫作定力。

定力是佛教语，是佛和菩萨的十种法力之一，谓坚信精进、专为坚定之心。

佛教是一种信仰，大凡精神崇拜都离不开信仰。信仰，相信与敬仰，假若不相信，不敬仰，何谈信仰？我们每个人所追求的、喜爱的精神寄托和精神事业，何曾离得开信仰？

文学也是一种信仰，它是人类精神与灵魂的另一种寄托。文学的旨意是崇尚真善美，鞭挞假恶丑；褒扬真诚，贬抑虚伪。这种旨意构筑于全人类共同、共通的心愿与情感之上，它与宗教有着某种共同与相通的内涵。立志于文学，也就把个人人生的信仰、理想与追求皈依文学，把它当作一份终生事业来践行，这自然需要宗教教徒对宗教信仰那种虔诚，需要那种矢志不移、坚韧不屈的定力。出版事业又何尝不是如此？没有国家情怀、民族情怀和民众情怀，怎么能够为此奉献自己的青春与智慧？

在“互联网+”时代的目下，从事写作的人数以亿计。对这种全民写作、全民出书的状态，我想跟所有有志于此的写作者做一沟通交流。

按说，有志于文学者，愿以作家为荣、以写作为业的人，本身是对人生做了选择。这虽不像出家人“剃度”要履行庄严的程序，但无疑也是一种人生抉择与决断。据我所知，这支队伍中，不少人是弃官从文、弃商从文、弃教从文、弃医从文、弃武从文……他们并不糊涂，他们清楚在原领域里付出同样的心血，会获得比这一行更光明的前途、更丰足的财富、更瞩目的业绩、更优厚的待遇，但原本的事业不是自己最热爱最倾心的事业，他们愿为自己的选择放弃按部就班、安闲自在，甘愿接受逆向挑战，甘愿承受清贫与清苦。

既然文学在有志者心目中如此神圣，那么定力便是他追求这份事业不可或缺的一个基本素质与品格。可现实又如何呢？无论是有名的还是无名的，也不管是曾经名噪一时的还是始终家喻户晓的，真正以文学为事业和信仰，并愿为此付出自己毕生心血，不遗余力地终生探索研究，笔耕不辍且名副其实的作家又有多少？

有的刚进门便歇手退却，是一时头脑发热望错了山、进错了门，还是文学让他感觉无光可沾，认定全凭自己的手艺辛勤耕耘一世清苦不值？有的成功一举之后再也不举，如昙花般瞬即凋谢，是自己亲历事件的巧合局限，还是一时心血来潮、偶然冲动的意外收获？有的因何舞文弄墨、不研文学而只做文章，不从生活出发而从仕途着眼，把应景之作和获奖证书当敲门砖，削尖脑袋去钻营当官？有的原本很有文学天赋，写出过力作佳作，因何为利益所惑，放弃初衷、抛弃文学，一心去编写更能快速捞钱的影视作品？也有的因何过早江郎才尽，进入写作衰老期，写作寿命比体操运动员的竞技寿命还短？还有一些名家，因何一部接一部地重复别人、重复自己，忽悠粉丝和读者，对文学却没丝毫贡献？批评家又因何不去寻找作家、寻找作品，而只应付人情与版面？……

凡此种种，似乎都与文学精神格格不入。

缺定力

要求每一个热爱文学的人都必须为文学鞠躬尽瘁、死而后已似显苛刻。人各有志，百姓百心。选择人生之路，是每个人的权利，谁也不能侵害。人一生想干什么，不想干什么；今天想做这，明天想做那；你想做官，我愿为民；你喜争名逐利，我爱无私奉献，那是个人的自由，不可强勉。信佛教的出家人也无法全做到虔诚如一，成佛者有之，修成正果者有之，破戒成“花和尚”者有之，半途弃佛还俗者也有之。文学更只是爱好，没有任何戒律与约束，朝爱夕弃也无不可。

然“文之为德也大矣，与天地并生者何哉？”（刘勰《文心雕龙》)。与宗教比，文学所需的虔诚应更高一个层次。因为文学没人布道，也没人规劝，更没人胁迫，纯粹出于个人喜爱。文学对于任何人无所要求，全凭你个人兴趣与意志。假若你深爱它，对它虔诚，上下求索而孜孜不倦，百折不回而苦苦追求，它便与你亲近，陪伴你一步一步登上圣殿，接近那光辉的顶点，帮你留下一个个只属于自己的独特足迹和永恒篇章。假若你只是一时心血来潮玩弄它，它也不会嫌弃你，只是它无法与你接近，也不知你的取向，无法与你相伴相随，你也就不可能领略它的真谛，你只是在码字而已。至于写什么、写得如何，连你自己都含糊混沌，即便借助某种外力或手段，把自己经营得名噪一时，甚至获得这样那样的奖励，但不可能长久，作品终经不起时间的检验，今天可能洛阳纸贵，明日或许废纸一堆。

今天我们可以说不缺钱，不缺房，不缺文化，也不缺写作条件，不缺生活资源。缺什么？缺定力。

做事没有定力的人，好比空中的风筝，只能随风飘摇。是什么影响了我们的定力呢？

应该不会是待遇。要说待遇，上世纪 30 年代的作家大都是以写作谋生的自由撰稿人。韬奋先生结婚后，为了养家，他只能同时给几家报刊撰稿；流亡香港时，新创办的《生活日报》和《生活星期刊》，因往内地邮寄成本过大而亏损，流亡欧美借的债没还清，范长江发现他家的穷困尴尬后，预付他《抗战以来》在《华商报》上连载的稿费，才得以维持一家人的生活。今天的作家谁还要经历这种艰难？

也不会是写作环境。要说写作环境，鲁迅他们那个时代最为恶劣，他们写的许多文章只能用笔名，否则就会惹来麻烦。韬奋病重到上海治疗都不能用真名，四次换医院四次用化名，直至病逝用的都是假名“李晋卿”。今天社会安定，人民生活富裕，可谓国泰民安。在提倡依法治国的今天，写作应该有了更大的空间，现实不是没有言论自由，而是言论自由到了该有所收敛的时候了。

更不会是生存风险。当年鲁迅与邹韬奋两位先生去参加被国民党特务枪杀的民权保障同盟秘书长杨杏佛葬礼，他们两人也在特务的黑名单上，鲁迅倒是幽默地跟邹韬奋说：今天我出门就没带钥匙，没打算回得去！今天的作家，是受人尊敬的人类灵魂工程师，享有很高的荣誉。别说人身受伤害，其作品的著作权和署名权都受法律保护。只要个人不去以身试法，没有人身安全问题。

过去，鲁迅、韬奋先生他们为了自由，为了国家存亡，为了民族尊严，冒着掉脑袋的危险用文学去捍卫自己的信仰、立场和主张，坐牢、遭枪杀的威胁，都没有让他们有丝毫动摇，他们像战士一样战斗在文化阵地上，手中的笔杆子发挥着跟枪杆子同样重要的战斗作用。今天，我们又是如何面对文学事业的呢？又在如何奋斗呢？

说到底，定力是由信仰与胸怀决定的。什么样的信仰，什么样的胸怀，就有什么样的定力。邹韬奋在出狱欢迎宴会上说了一句话，他说：个人没有胜利，只有民族解放才是真正的胜利！

他的信仰是国不可亡，民族不可侮，中国人必须停止一切内战，团结一致抗日。为此，他愿意牺牲个人的一切。因为他心里装着国家存亡，装着民族安危，才把个人的一切置之度外。

影响定力的根本原因，只怕是心里装的东西太多太杂。也许外面的世界确实很精彩，诱惑人的东西实在难以抗拒。在市场经济更显生存竞争压力的时下，谁都没权利劝导别人追求什么、不追求什么，我所发感慨仅对有志于文学、有志于文学出版、愿以此为荣的文人、出版者而言。当你把自己的人生跟文学结缘，决意在文学上有所作为，那么你就静下心来，学会放下，淡看一切，反观自己，修正行为，洗礼心灵，确定好文学目标，并为此不遗余力。不管你的跋涉到达何处，只要你能问心无愧地跟自己说，我已经尽了自己的全部智慧与心力，足矣。